UN HIBISCUS A L'OREILLE

DU MEME AUTEUR

Juste une fille qui aimait lire (2021)

CLOTILDE BELLEC

UN HIBISCUS A L'OREILLE

A mes enfants

« Je crois que c'est grâce à la tristesse que je sais que je vais bien »

Adèle Van Reeth, *Inconsolable*

Prologue

Après vingt-cinq heures de voyage, c'est un air moite et chaud qui nous saisit à la descente de l'avion. Nous renvoyant une chaleur insupportable, le tarmac, sombre, brûle sous le soleil polynésien. À peine sortis de l'avion climatisé, c'est un premier choc ! Nous perdons un litre d'eau à la minute. Mais, que de fragrances incroyables, d'effluves efflorescentes ! Mon odorat de métropolitaine est comme réveillé d'un profond sommeil. Le dépaysement est total. C'est ce que je recherchais. Ces premiers instants à Tahiti me convainquent que je ne me suis pas trompée dans ma décision de tout quitter. J'espère que l'avenir me le confirmera...

Le lagon, que notre avion a frôlé avant de toucher la piste, se trouve seulement à quelques mètres de nous. J'avoue avoir craint que notre atterrissage ne se transforme en amerrissage ! Très impressionnant ! Je ne sais qui, d'Arthur ou de moi, tenait la main de l'autre à cet instant ! En nous dirigeant sagement vers la douane, nous pouvons apercevoir la mer, et, même si la tentation est grande, après ce long voyage, la baignade attendra ! Du haut du ciel, le bleu était encore plus saisissant ! La vue que nous offrait la nature à travers le hublot était féérique. Seul le vert intense de la végétation complétait la couleur prédominante de ce tableau. Ces îles minuscules à l'échelle de l'Océan Pacifique flottaient, tels des nymphéas sur un lac qui dérivent au gré des courants. Ainsi, les sœurs jumelles, Moorea et Tahiti jouaient avec nous, ne sachant plus qui des deux îles était l'une ou l'autre. J'ai alors observé mon fils et cru deviner un sourire sur son visage ; j'ai espéré que ce sourire était prémonitoire et signe d'une nouvelle vie.

Hypnotisée, je suis docilement la foule des passagers, accompagnée de mon Arthur qui est tout aussi subjugué que moi, par le spectacle que nous offre cette arrivée. Nous arrivons à la douane. Je sors mon passeport, je regarde ma photo. Dans mes yeux, je lis tous les évènements de ces derniers mois. Un passeport ne raconte rien de la personne. Seul mon nom, Claire

Keradec, me relie à mon ancienne vie. Le policier me sort de mes pensées, en me demandant l'objet de notre venue. Oserais-je lui dire : « Ressusciter » ? Je lui déclare tout de même : « Repartir à zéro ». Étonné, il lève le bout de son nez et nous observe, Arthur et moi. Il ne doit pas souvent entendre ce genre de réponse ! Cela doit le changer des « pour tourisme, une mutation, un travail ... ». D'un ton enjoué, il nous répond : « Ici, vous y trouverez le paradis ! » Sans attendre le septième ciel, nous espérons juste être heureux. Mais, sans lui faire part de ma pensée, je reprends mon passeport, en lui souriant. À peine sortis de la douane, et avant même de récupérer nos valises, des Tahitiennes nous enfilent des colliers de fleurs autour du cou, en nous souhaitant la bienvenue, avec leur plus beau sourire : « *Maeva* ! » Elles sont toutes aussi belles les unes que les autres, avec leur paréo coloré et leur couronne de fleurs. Derrière elles, tatoués et également vêtus de tissus locaux, des danseurs et musiciens d'ukulélé animent le hall de l'aéroport de Faaa. Je croise le regard d'Arthur, estomaqué, tel le capitaine Cook qui, en débarquant à Moorea, a vu pour la première fois des Polynésiens ! Il me sourit...

Chapitre 1

Six mois auparavant…

Ma semaine commence bien ! La famille Keradec a été à deux doigts de battre son propre record de drames à la minute !

En cinq morceaux, le bol de Marie. Son préféré, bien sûr, son bol breton, souvenir de notre dernier été dans le fief de Pierre ! Le sol de la cuisine à peine nettoyé, une tartine de confiture a voulu mettre plus de couleurs sur le tee-shirt blanc immaculé d'Arthur ! Ensuite, ce fut la tenue de rugby de Paul, qu'il a fallu chercher partout, et qui a été retrouvée, étonnamment, au fond du bac à linge sale, alors que sa finale interscolaire a lieu cette après-midi ! Enfin, la cravate fétiche de Pierre, en l'occurrence leur papa et mon mari adoré, qui a trempé dans son bol de café. Il ne l'avouera jamais, mais à chaque réunion du lundi, il la lui faut, ou c'est un drame ! Et moi, me direz-vous ? Après avoir hurlé sur chacun d'entre eux, ma patience ayant une limite plus que mesurée, j'ai réalisé que ma carte de bus avait mystérieusement disparu. Une fois de plus, Paul a dû me l'emprunter ce week-end pour je ne sais quelle sortie... Et elle doit être en train de profiter du lavage à 40°, dans une poche d'un de ses pantalons. « Y a plus qu'à la trouver ! » comme dit Marie, quand elle a égaré son Lapinou et que toute la famille se met à le chercher dans la seconde, à moins d'en pâtir toute la soirée. Bref, les cinq membres de la famille Keradec en ont pris chacun pour leur grade. Je déteste commencer ainsi une semaine, avec cette ambiance houleuse et électrique. Vivement ce soir que nous nous retrouvions, tous les cinq, à manger mon fameux hachis-parmentier, le plat traditionnel du lundi soir, afin de bien commencer la semaine. En réalité, le seul plat cuisiné qui fait l'unanimité familiale...

Afin que tout ce petit monde parte à l'heure, une solution radicale est rapidement trouvée pour chacune des catastrophes de ce début de journée : le bol, paix à son âme, est lui définitivement jeté au fond de la poubelle, Arthur enfile à la hâte un polo manches longues sur le tee-shirt décoré, Paul prend son sac de sport avec sa tenue déjà toute crottée, dont personne ne verra la différence au bout de cinq minutes de match, vu le temps exécrable qui s'annonce. Mes écoliers sont fin prêts pour le départ. Quant à leur père, sa réunion se déroulera exceptionnellement sans sa cravate fétiche !

- L'entreprise va sûrement s'écrouler ! j'ose lui crier, du bas de l'escalier, pendant qu'il en cherche une autre, dans son dressing.

Pour une fois, c'est lui que les enfants attendent !

- Papa, grouille, je vais me prendre un ticket de retard ! s'impatiente Paul, notre collégien de quatrième, qui coche toutes les cases de l'adolescent.

- Et moi, me faire gronder par la maitresse, ajoute Marie, du haut de ses quatre ans, pour imiter son grand frère.

- Savoure ta Grande Section. Tu verras quand tu te taperas Mademoiselle Grincheuse, rétorque Arthur, dix ans et qui n'a qu'une hâte, ne plus être dans la même école que sa petite sœur, mais se retrouver dans celle de Paul, qu'il adore.

- C'est bon, j'arrive, montez dans la voiture !

J'ouvre la porte d'entrée, me positionnant sur le perron, afin de recevoir mon bisou du matin. Jusqu'à quand accepteront-ils notre petit rituel ? Surtout mon grand dadet, qui me dépasse de cinq centimètres depuis cet hiver. J'espère le plus longtemps possible... Je savoure ce petit instant de bonheur, ô combien fantastique, et qui fait oublier tous les tracas du quart d’heure précédent. Telle une devise que je devrais faire graver sur le fronton de la maison, la mienne est « Ne jamais se quitter fâchés ! » Parfois un peu dur à appliquer…

Ayant chacun pris leur Kway, Arthur et Marie passent, m’embrassent et foncent sous une pluie battante, vers la 5 008, en me hurlant :

- Bonne journée, maman !

- Vous aussi, mes amours !

Quant à Paul, son sac de rugby sur l’épaule, il court derrière eux, en me faisant un signe de la main.

- Et mon bisou ?

- Pas le temps, m’man !

Que me disais-je, il n’y a pas deux minutes de cela ? M’y voici : mon aîné est devenu un grand, trop rapidement à mon goût !

Et, juste derrière lui, je vois passer Pierre qui court, s’arrête et revient sur ses pas.

- Aurais-tu oublié quelque chose ? je déclare, un sourire au coin des lèvres.

- Juste un bisou à ma femme, et lui souhaiter bonne chance avec le banquier !

Et il repart vers sa voiture, où l’attendent nos trois enfants, plus qu’impatients.

- Pierre, sois prudent sous cette pluie !

M'a-t-il entendu ? Pas sûr !

Bon, maintenant, que tout ce petit monde est parti, à moi de me préparer. Aujourd'hui est un jour particulier pour mon entreprise. Je croise les doigts pour que notre dossier passe et que le banquier nous accorde notre prêt. J'espère que les catastrophes de tout à l'heure ne sont pas annonciatrices d'une mauvaise nouvelle !

« *Tiens, je vais envoyer un SMS à Nath.* »

Nath, comme je l'appelle, est une ancienne cliente de ma première librairie, et la plus fidèle. À tel point qu'elle est devenue ma meilleure amie. Toujours joviale, passionnée de lecture, comme moi évidemment. Nous avions très vite sympathisé, devant les étagères de livres, à discuter du dernier ouvrage de tel ou tel auteur, pas toujours d'accord d'ailleurs, ce qui rendait nos échanges encore plus passionnants et passionnés ! Son autre dada, c'est la brocante. Elle passe ses week-ends à chiner, dans les villages du vignoble bordelais, prête à traverser la France entière, pour se rendre à une braderie célèbre, telle que la Braderie de Lille, qu'elle ne raterait pour rien au monde ! Une vraie chineuse !

Son mari lui a demandé, un jour, de faire un choix :

- Tes camelotes ou moi ?

Elle a répondu du tac au tac :

- Mes camelotes, sans hésitation !

Nath est comme cela, aussi sûre d'elle que moi je manque de confiance en moi. En réalité, tout nous oppose, c'est ce qui fait notre richesse.

Grande et blonde, mon amie est une très jolie femme de quarante-cinq ans, type Europe du Nord. Ses yeux bleus lui donnent un charme fou. Bref, les hommes n'ont d'yeux que pour elle, quand je me tiens à ses côtés. Je suis alors, je l'avoue, un peu jalouse. Plutôt petite et brune, avec une coupe au carré des plus classiques, ce ne sont pas mes yeux marron et quelconques, mon nez en trompette qui me vont me permettre de rivaliser avec son physique. Seul mon teint mat me procure un avantage sur Nathalie ; il m'évite les coups de soleil ! Mais, aujourd'hui, c'est son charme qui pourrait nous être bien utile, face à notre banquier !

Notre amitié a évolué au fil des années, au point de faire d'elle, désormais, ma partenaire de travail. Il y a cinq ans, j'ai fermé ma première boutique, située en plein centre de Bordeaux, rue Porte Dijeaux, et nous avons ouvert ensemble une librairie-brocante ou une brocante-librairie, selon qui présente l'affaire. Nous l'avons installée dans le quartier Saint-Michel, au milieu des brocanteurs ; nous y avons trouvé un superbe local. Ayant beaucoup d'humour, ma copine a proposé de le baptiser « Au livre Camelote ». J'ai tout de suite validé le nom. De fait, notre boutique dénote par sa particularité ; nos voisins, les brocanteurs, nous ont pris, au début, pour des étrangères à leur petit milieu de la chine, et ne pariaient pas une bouteille de vin sur notre boutique. Ce qui a terriblement vexé Nath, bien entendu ! Or, ce fut un succès immédiat. Les auteurs, que nous faisons venir régulièrement pour des cafés littéraires, sont souvent très surpris de présenter leur livre dans une brocante, au milieu de meubles et objets hétéroclites, et trouvent l'idée hyper originale. La formule, livres et brocante, a rapidement fonctionné. D'ailleurs, mon rêve absolu en tant que libraire bien sûr, en tant que maman, j'en ai tellement des rêves, est d'accueillir un Prix Goncourt. Ou un autre prix : Femina, Académie Française... Je ne serais pas difficile si l'un ou l'une de ces écrivains s'invitait chez moi ! C'est le rêve de tout libraire j'imagine. Mais qui sait, la chance me sourit pour l'instant...

Et, notre affaire marche très bien aujourd'hui, au point d'envisager une autre boutique à Arcachon. À condition que notre banquier soit du même avis... Les Parisiens en manque d'authenticité raffoleront de nos objets anciens et de nos ouvrages déco pour leur future maison de vacances. Les chineurs sont de grands lecteurs, nous pouvons désormais en témoigner. Nous sommes donc toutes les deux très fières de la réussite de notre pari, et surtout, que nos voisins nous aient finalement adoptées, en nous offrant un très bon Cru Bourgeois ! L'honneur était sauf pour ma collègue.

Un superbe escalier en fer forgé et un vieux parquet en chêne, que nous avons bien sûr gardés, donnent à notre magasin un charme fou et une ambiance chaleureuse. Et, le client est immédiatement saisi par le parfum qui flotte dans la boutique : un mélange de cire d'abeille et de vieux livres. Par contre, en raison de la configuration du lieu, il a fallu organiser nos deux activités, très différentes malgré tout. Cela a d'ailleurs fait l'objet de nombreuses discussions. Où installer la partie librairie et la brocante ? À l'étage ou rez-de-chaussée ? Les vieux objets et les livres, fallait-il les séparer, les mélanger ? Après avoir essayé toutes les configurations, nous avons opté pour un compromis : les beaux ouvrages de décoration et documentaires historiques avec la brocante, et tout le reste à l'étage. A moi donc de me coltiner l'escalier à chaque livraison. C'est mon sport de la semaine !

Nous sommes fières de notre « bébé », comme le dit souvent Nath. N'ayant pas d'enfants, son ex-mari n'en voulant pas, et c'est son plus grand regret, ce magasin est tout pour elle. C'est notre principale cause de disputes, car il y en a toujours entre collègues. Mais, notre amitié doit et devra rester toujours notre priorité. En effet, elle y passerait ses week-ends et ses soirées ! Alors que moi, avec mes trois enfants et un mari, mon quatrième enfant, j'ai une famille à gérer. Certes, Pierre me seconde bien volontiers, mais ses horaires sont habituellement incompatibles avec ceux de la vie quotidienne, les rendez-vous de dentiste, le cours de tennis de l'un ou le match de rugby pour l'autre ! J'apprécie d'ailleurs que mon amie Nathalie puisse prendre le relai à la librairie, lorsque je dois faire des conduites, à droite, à gauche. J'avoue qu'égoïstement, le fait qu'elle n'ait pas d'enfants m'arrange bien, mais je compatis tellement à sa tristesse… Notre boutique est donc devenue aussi son refuge. Et notre maison, également, quand le moral n'est pas au plus haut. Ayant su se faire rapidement adopter par son humour, mes enfants l'appellent tous Tante Nath ! En fait, plus qu'une collègue, plus qu'une amie, elle est devenue une sœur pour moi, qui suis fille unique, et même ma seule famille. Mes deux parents sont décédés dans un accident de voiture quand j'étais encore étudiante. Par conséquent, du jour au lendemain, je me suis retrouvée toute seule. Je n'étais pas prête à éprouver ce sentiment d'immense solitude. Je redoutais tant ce moment, mais il est arrivé trop vite, trop tôt. Ce sentiment de vide, sans frère et sœur, il m'avait fallu déjà le combler durant mon enfance et mon adolescence. Mais le départ de mes parents a été un autre défi à mener, un défi qui est arrivé trop brutalement. D'une étudiante immature et exubérante, leur mort m'a transformée en une jeune fille sérieuse et responsable de sa propre vie, ne devant compter que sur elle-même. Cette expérience a fait de moi la femme et la mère que je suis devenue, et j'en suis persuadée, de là-haut, mes parents doivent être fiers de tout ce que j'ai construit, tant ma famille que ma vie professionnelle...

Et à 14h00, cette après-midi, nous saurons si nous pouvons ouvrir notre deuxième boutique, au bord du Bassin d'Arcachon. Un énorme challenge pour nous deux, surtout pour moi. Je ne me serais pas lancée dans ce projet, si je n'avais pas eu, bien sûr, le soutien de Pierre, c'était la condition sine qua non ; Nathalie le savait bien et le comprenait. Avec Pierre, nous avons eu de longues discussions et tergiversations. Un jour, c'était oui, le lendemain, c'était non, les obstacles nous paraissant insurmontables. Puis, alors que nous étions en pleine réflexion, voire sur le point d'abandonner, un de nos très bons amis, Marc, a été mis du jour au lendemain à la porte de sa boîte. Nous ne pouvions le laisser sur le bord du chemin pendant qu'un beau projet nous tendait les bras. Nous lui en avons parlé, et, lecteur passionné, il a été d'emblée emballé par cette idée de gérer le magasin d'Arcachon. Nous avions trouvé la solution à notre problème ! Sachant que je ne pourrais me lancer qu'à la condition que ce copain soit de la partie, Nathalie a tout de suite accepté. Aussitôt présenté l'un à l'autre, tous les deux se sont très bien entendus. N'ayant ni l'une, ni l'autre le don d'ubiquité, nous avions, de toute façon, envisagé d'y mettre un gérant. J'espère, de tout cœur, qu'aucun de nous trois ne sera déçu cette après-midi...

Me retrouvant enfin tranquille pour me préparer à ce fameux rendez-vous, ô combien stressant, je prends mon iPhone et envoie un SMS à mon amie. *Salut ma Nath, alors, combien de cierges as-tu finalement déposés hier soir à Saint-André en rentrant chez toi ? Bise, à tout à l'heure. Rendez-vous à la banque...* accompagné d'un clin d'œil. Tandis que je commençais à monter l'escalier pour rejoindre ma chambre, un petit bip retentit. *Coucou Claire j'ai acheté tous les cierges, et même allumé le Cierge Pascal !* Je lui réponds qu'elle en serait bien capable ! Au moins, je vois que le stress n'a pas eu le dessus sur son humour et que notre petit échange a eu le mérite de faire descendre la pression ! Une bonne douche, et celle-ci sera complètement retombée ! Quoique, me connaissant, ma confiance va vite se carapater, et les doutes, vite réapparaître !

Dans l'escalier, je m'arrête devant le mur de photos qui accompagnent la montée. Je ne peux m'empêcher d'y jeter un rapide coup d'œil, dès que je me rends à l'étage. Sous mes yeux, défile ainsi toute la vie de notre petite famille. De notre mariage à nos dernières vacances en Bretagne, chez les parents de Pierre, en passant par les naissances de nos enfants, nos anniversaires, nos vacances aux sports d'hiver avec le flocon pour l'une et le chamois pour le plus grand, nos croisières entre amis du côté de Belle-Ile, Houat et Hoëdic, les premiers cours de voile… Bref, le vrai cliché de la famille bourgeoise, mais, cette famille, c'est la mienne, et je l'adore !

Mon mari, Pierre, je l'ai rencontré lors d'un stage chez un éditeur à Paris. Je terminais mon diplôme de juriste en propriété intellectuelle, à Assas, lorsque lui terminait son école de commerce. Ainsi, nous avons été amenés à travailler ensemble, dans cette même maison d'édition, lui dans le service stratégie, moi au service juridique. Un jour, le jeune « stratège » a eu besoin des conseils de la jeune juriste, ils se marièrent, puis ils eurent de nombreux enfants ! Pour moi, qui étais bien seule, à l'époque, cette rencontre fut un vrai conte de fée.

Je regarde donc ces photos, comme à mon habitude, avec fierté, et m'arrête, en premier, sur celles de Paul, mon aîné, que je n'ai pas vu grandir. Lorsqu'il est né, tout brun, c'était déjà un gros bébé. Et il a toujours gardé cette carrure solide qui l'aide bien aujourd'hui dans ses mêlées de rugby, sans parler de son caractère « rentre dedans ». Notre fils a toujours été le plus sûr des trois, à vouloir toujours avoir raison, ce qui exaspère tout le monde ! Pour moi, c'est encore mon tout petit qui, quoi qu'il dise, a encore besoin de sa maman. Grandiloquent, il impressionne Arthur, le doux et le calme de la famille. Ce sont mes deux alpha et oméga, comme je le dis souvent.

En effet, avec ses deux « distinctions », notre cadet se singularise : un léger autisme, accompagné d'une précocité et d'une hypersensibilité, classique dans ce type de pathologies. Le diagnostic de son autisme nous a été annoncé à l'âge d'un an. Je nous revois tous les deux devant les blouses blanches, écoutant abasourdis le discours froid et dénué de toute humanité du chef de service, tout aussi glacial, qui nous apprenait que notre enfant était handicapé. Handicap. Le mot que je craignais, que je ne voulais pas entendre... Nous sommes restés sans voix, incapables de réagir. Un vrai coup de massue ! Bouleversés, nous avons réussi à trouver la parcelle de courage qui était en nous pour les interroger sur les démarches à suivre. Que fallait-il faire ? Quel organisme contacter ? Il nous a cité la MDPH, sans nous expliquer bien entendu à quoi correspondaient ces lettres barbares... J'avais évidemment deviner le H. H comme Handicap. Nous n'étions plus les parents de l'enfant parfait dont il est si facile de s'occuper. Cela aussi, nous le réalisions ! Handicap, ce mot à lui tout seul nous déstabilisait, nous traumatisait les premières fois où nous l'entendions, le temps de digérer cette annonce à laquelle nous ne nous attendions pas.

Quoique… Au fond de nous-mêmes, en tant que parents et ayant déjà un autre petit garçon particulièrement dynamique, nous savions qu'Arthur nous « cachait quelque chose ». Au fur et à mesure qu'il grandissait, il nous déboussolait de plus en plus. En effet, nous avions perdu nos repères face à ce bébé qui se comportait tellement différemment de son grand frère : il agissait sans tenir compte de notre présence, ne nous regardant pas, ne voyant pas les objets que nous lui tendions. Nous n'existions pas pour lui, ou si peu… J'ai même cru que mon enfant était aveugle tellement il nous était compliqué de communiquer. Et, à notre grande peine, il supportait difficilement nos câlins. En outre, il ne tolérait que difficilement le bruit des autres enfants de la crèche. Celle-ci ne sachant que faire d'Arthur, elle l'a « renvoyé » ; le choix de la nounou s'est alors vite imposé.

Finalement, l'annonce de son autisme a mis un nom sur ce que nous avions repéré chez Arthur. Certes, ce fut un choc. Mais, le diagnostic nous a permis d'avancer… Cependant, les débuts furent si compliqués que nous sommes passés par des grands moments de désespoir. Heureusement, avec Pierre, nous étions soudés face à l'adversité. Quand l'un flanchait, l'autre était là pour lui donner la main et remonter la pente. En effet, que de fois nous avons été perdus au milieu de tous les avis des médecins, des psychologues et des lectures spécialisées sur ce handicap que nous découvrions totalement. Des avis souvent contraires d'ailleurs, chacun y allant de sa théorie plus ou moins nébuleuse ! Aucun n'allant dans la même direction, la boussole des spécialistes qui aurait pu nous orienter était devenue folle. Un psychologue allant même jusqu'à dire que cette pathologie trouvait son origine dans la relation mère-fils qui traumatiserait l'enfant, souffrant alors d'une blessure psychique ! J'ai alors commencé à culpabiliser cherchant ce que j'avais bien pu faire à mon bébé. Quant à Pierre, il l'a aussitôt éliminée, m'obligeant à l'imiter !

Un jour, une amie m'a parlé d'une émission qu'elle avait écoutée à la radio. Le journaliste avait présenté une nouvelle méthode prometteuse au regard des progrès de plusieurs petits autistes qui avaient suivi cette thérapie. Immédiatement, nous nous sommes intéressés à elle et avons contacté l'association des thérapeutes adeptes de cette méthode, que nous avons décidé d'essayer. Très rapidement, nous en avons vu les fruits : Arthur s'ouvrait à nous, nous accueillant de plus en plus, nous offrant des sourires qui illuminaient nos journées, et les siennes… Notre vie a radicalement changé. La nôtre, celle d'Arthur, mais également celle de Paul qui pâtissait de cette situation, notre attention étant forcément plus tournée vers son petit frère, malgré nos efforts de ne pas l'oublier. Quant à Marie, elle n'était pas encore née.

Grandissant « convenablement », comme l'a déclaré la Maison du Handicap, la fameuse MDPH, nous avons pu le scolariser. Quel soulagement ! Dès lors, les progrès n'ont fait que se multiplier. Désormais, c'est un petit garçon comme les autres… Certes avec ses « distinctions », mais qui en font un enfant extrêmement attachant. Et surprenant ! Par exemple, Arthur se fait remarquer par ses qualités de jeune écrivain et sa culture impressionnante. Sa maîtresse nous parle souvent de sa maturité d'écriture et l'inscrit régulièrement à des concours d'écriture, qu'il remporte parfois du haut de ses dix ans ! Ainsi, persuadée très vite de sa précocité, ou, comme le dit l'Éducation Nationale, de son Haut Potentiel, la directrice de l'école nous avait incités, très tôt, à lui faire passer des tests. Mais, à l'époque, nous étions opposés à toute différenciation supplémentaire, en plus de son autisme léger qui était très bien accueilli par tous les membres de la famille. Finalement, elle nous avait convaincus par ses arguments pertinents : il comprendrait mieux son mode de raisonnement et, surtout, pourquoi il fonctionnait différemment de Paul, sa référence. Les tests avaient confirmé sans surprise que notre fils était bien un autiste Asperger. Dès lors, comprenant pourquoi il agissait d'une manière qui lui était propre, il avait été beaucoup plus calme, plus serein. Nous ne réalisions pas à cette période qu'Arthur, même petit, était autant conscient de ses différences et, du fait de son hypersensibilité, qu'il en souffrait d'autant plus. Mettre un mot sur son handicap l'a finalement aidé, nous aussi par conséquent. Néanmoins, nous tâchons le plus possible de ne pas en tenir compte dans notre quotidien. Il est élevé, comme les autres, avec les mêmes règles de vie, et sa scolarité suit son cours.

Arthur est, par ailleurs, le portrait craché de Pierre, tout blond, grand et effilé, comme lui. Leur tempérament doux les rapproche également. De ce fait, par son assurance et sa jovialité, Paul a tendance, naturellement, à écraser son frère. Mais, conscient de la singularité d'Arthur, il se reprend et tâche de lui être attentif et protecteur. Notre fils toujours à fleur de peau ne peut donc rêver meilleur grand frère que Paul. Finalement, au lieu de les éloigner, leurs différences les ont ainsi rendus extrêmement complices. Ce lien me bouleverse, quand je les observe, en secret, et je ne m'en prive pas, même si je sais que cela les énerve !

Quant à la benjamine, ce fut ma cerise sur le gâteau… Marie est la joie de vivre par excellence, notre poupée à tous les quatre, un peu trop choyée, très certainement, et elle sait bien en profiter. Et qu'elle en profite, car cela ne va pas durer… Il va bien falloir la faire grandir, cette petite ! Le fait qu'Arthur parte bientôt au collège et la laisse seule dans l'école va en être l'occasion. D'après les photos, et ce qu'en disent mes amis, ce serait moi au même âge, très brune, au teint mat, avec des billes noires qui savent nous faire craquer, quand, bien sûr, il ne le faut surtout pas.

Mes trois loulous, mes trois p'tits loups, mes trois louveteaux, mes trois pépites… Pierre se moque de moi quand je les appelle par ces petits noms !

Je regarde ma montre, retour à la réalité ! Je dois absolument passer à la boutique, avant le rendez-vous à la banque, pour réceptionner une grosse livraison. Je profite que le lundi soit mon jour de fermeture, pour me faire livrer les nouveaux ouvrages, pour, ensuite, avoir le temps de les ranger dans les bons rayons ou au milieu des « camelotes » de Nath. Courage ! C'est le côté laborieux du job, mais, chaque lundi est, pour moi, un peu Noël, lorsque j'ouvre les cartons remplis de livres…

14h00, l'heure fatidique. Dehors, il pleut des hallebardes. A l'abri, nous sommes toutes les deux dans la salle d'attente de la banque, entourées d'affiches promettant des assurances-vie à des taux incroyables, ou d'autres qui vous laissent entendre que le banquier peut devenir votre meilleur copain. Le nôtre a intérêt à l'être, s'il ne veut pas devenir mon meilleur ennemi. Bref, nous sommes deux lycéennes devant le bureau du directeur, en train d'attendre combien d'heures de colle leur seront infligées. Pour l'avoir vécu, cette attente me fait penser à ce souvenir d'un autre temps. En ce qui nous concerne, prêt accordé ou refusé ? Cette seconde boutique restera-t-elle à l'état de projet ou deviendra-t-elle réalité ? Je suis dans un état de stress que je n'avais pas vécu depuis longtemps. Je jette un coup d'œil à Nathalie qui visualise, sur Instagram, des vidéos du niveau de mes garçons. Elle ne doit pas en mener très large non plus…

- Dis Nath, quand est-ce que tu as connu ton dernier coup de stress ?

- N'aurais-tu pas d'autres sujets de conversation pour nous distraire ? répond-elle en riant. Au moins, tu as réussi à me faire lever le nez de mon portable !

Puis, elle reprend :

- Tout en y réfléchissant bien, cela doit remonter à la demande en mariage de mon ex. Alors que je l'espérais depuis des mois, sa demande m'a stressée.

J'avais le sentiment d'être devant le fait accompli, d'être au pied du mur. Jamais je n'avais ressenti si intensément ce niveau de stress, même lors de mes résultats d'examens. Finalement, je n'étais plus sûre de rien, si je l'aimais au point de vouloir l'épouser. J'aurais dû m'écouter et lui dire non, tout compte fait…

- Tu as eu des années heureuses avec lui, tu me l'as dit toi-même.

- Oui, les premières… J'étais encore insouciante, immature, encore dans l'amour-passion. Bon, assez parlé de moi ! Et toi ? Ton dernier coup de stress ?

Je regarde, à tout hasard, si notre banquier n'arrive pas :

- Quelle chaleur ! Ils pourraient baisser le chauffage quand même ! Au prix que cela coûte… Et, ils le font exprès ou quoi de nous faire attendre ?

- C'est peut-être bon signe, rétorque Nathalie, en prenant ma main et en me souriant.

Nath, c'est l'optimiste de notre binôme ! Elle insiste :

- Bon, tu n'as pas répondu à ma question ! Chacune son tour !

- Il me semble que la dernière fois, c'est lorsque notre généraliste nous a fait part d'une suspicion d'un problème cardiaque chez Marie. Après des examens fastidieux, deux longues journées d'attente insupportable, enfin la bonne nouvelle que tout allait bien finalement. Tu parles d'un stress !

Je m'arrête et je réalise soudain ce que je suis en train de raconter. Je partage ma réflexion avec Nath, ma collègue, mais, surtout, ma confidente :

- Comment puis-je mettre dans la même balance une histoire d'argent et l'état de santé d'un de mes enfants ? J'exagère, non ?

Faisant la moue, Nathalie ne semble pas être tout à fait d'accord avec ce que je viens de déclarer. D'ailleurs, elle rebondit sur ce que je viens de déclarer :

- Nous nous sommes mises une trop grande pression ces dernières semaines. Je te l'accorde. Et, certes, nos vies ne seront pas bouleversées, si on nous refuse cet emprunt. Mais, cette deuxième boutique nous rendra nos journées encore plus excitantes ! me glisse-t-elle avec des pépites dans les yeux.

Je comprends sa réponse. Sans enfants, sans famille, sa vie, c'est la boutique, la brocante. Alors, ce deuxième magasin, elle y tient ! Moi, ma famille restera toujours ma priorité. Afin de ne pas la blesser, je garde cette dernière réflexion évidemment pour moi, mais elle a le mérite de faire retomber la pression et de relativiser cette attente de prêt. Tiens, mon portable vibre. C'est Pierre ! *Je pense bien fort à toi. Je t'aime.* Je lui réponds immédiatement : *On attend toujours, je te tiens au courant. Je t'aime fort.* Un gros cœur bien rouge s'affiche en guise de réponse à mon message.

C'est à ce moment-là que notre banquier arrive, nous salue et nous demande de le suivre. Surprises par sa voix, fluette et juvénile, nous nous regardons toutes les deux, nous retenant d'éclater de rire. « Il n'a pas encore fait sa mue ! » je souffle tout bas à Nath, qui me fait aussitôt des gros yeux ! Impressionnant tellement il fait jeune ! Heureusement que son costume-cravate le vieillit un peu, sinon j'aurais du mal à le prendre au sérieux, l'imaginant encore au lycée, passant le bac, puisque c'est actuellement la période. Nous nous asseyons en face de lui, en ôtant nos vestes ; il fait affreusement chaud dans son bureau.

- Je suis désolé, nous rencontrons un problème aujourd'hui avec notre chauffage que l'on ne parvient pas à faire baisser et qui par conséquent est au maximum, s'excuse-t-il, nous voyant nous liquéfier à grosses gouttes.

Entre l'humidité extérieure et la chaleur de l'agence, c'est un véritable hammam ! Même les vitres de son bureau sont recouvertes de buée, comme mon miroir lorsque je sors de ma douche. Il ne manque plus que la vapeur... Gênées qu'il ait remarqué notre sudation digne des pays tropicaux, nous le rassurons que tout va bien. Grand, beau et brun aux cheveux courts, toutes les filles de l'agence doivent se l'arracher. Bon, il faut que je me reconcentre. À force de me détendre, je suis complètement hors du coup ! Il faut que j'arrête de l'observer. Que va-t-il s'imaginer ? À cette idée, je sors la main de ma poche et la pose sur le bureau, afin de lui montrer mon alliance. « Non, mais, ça ne va pas,

Claire ! » Soudain, je réalise ce à quoi je pense au lieu d'écouter attentivement notre banquier et ses explications de prêts. J'en rougis ; j'ai de plus en plus chaud ; mon cerveau est en surchauffe, lui aussi ! Je compte sur Nathalie pour avoir enregistré le début des échanges... Quelle piètre collègue je fais !

Le jeune homme sort un dossier, avec tout un tas de chiffes, de pourcentages, de montages financiers, auxquels je ne comprends rien. Heureusement que Pierre nous a bien aidées pour monter notre dossier et nous rassurer sur notre capacité d'emprunt ! Étant de pures littéraires, aucune de nous deux ne peut compenser la nullité en maths de l'autre ! Je regarde Nathalie qui opine de la tête, à chaque explication, fronçant de temps en temps les sourcils. Quelle bonne actrice elle fait ! Elle ne doit pas plus comprendre que moi. Mais, c'est à elle que s'adresse le jeune banquier, la prenant, certainement, pour la comptable de l'équipe ! Tout à coup, en l'observant faire son cinéma, je suis prise d'un fou rire nerveux, totalement incontrôlable, à en pleurer. Tous les deux me regardent, sidérés. Nathalie, désespérée et morte de honte, me virera à la sortie de l'entretien, c'est sûr et certain. Quant à mon grand-brun aux yeux bleus, il reste très professionnel et stoïque, me tendant une boite de mouchoirs. Il doit la dégainer à chaque femme, qu'il fait pleurer et à qui il refuse un prêt ! Ce qui redouble mon fou rire. Je réalise que, tout à l'heure, je risque de pleurer cette fois de déception, et que sa boite me sera cette fois-ci bien utile. Je sors de son bureau et fonce aux toilettes, histoire de me calmer. Je me regarde devant la glace et éclate, à nouveau en voyant mon maquillage dégouliner et, entre la chaleur et les larmes, je ne ressemble plus à rien… Je me passe de l'eau froide sur la figure et tente de me calmer sérieusement. Nathalie doit m'en vouloir à mort. Autant dire que jamais un banquier ne prêterait de l'argent à une folle, et je le comprendrais. Courageusement, j'y retourne et m'excuse platement :

- Je suis sincèrement désolée, je ne sais pas ce qui m'a prise, la tension nerveuse, la chaleur très certainement…

Et, je me rassois, toute penaude. J'ose à peine me tourner vers Nath qui me sourit béatement et m'annonce :

- C'est bon, Véro ! Notre prêt est accordé !

Je tente un regard vers le banquier, en me mordant la joue pour ne pas me remettre à rire. Il me confirme la bonne nouvelle, en me tendant un beau stylo publicitaire. La signature de Nath est déjà apposée, il ne manque plus que la mienne. Je l'embrasserais bien volontiers, mon petit banquier… Finalement !

C'est fait, nous sommes propriétaires de notre deuxième boutique ! Je n'ose pas y croire ! Nous sortons de l'agence et saluons, aussi sérieusement que possible, notre jeune conseiller bancaire qui doit se demander s'il a bien fait de nous prêter autant d'argent. Puis, à peine, la porte fermée, Nath explose de rire. Sous une pluie battante, je tombe dans ses bras, nous nous embrassons, je savoure ce moment d'amitié. Nous pleurons toutes les deux de joie, de fierté, bref que du bonheur en cet instant. Et, déjà bien trempées, nous courons nous abriter sous un abribus.

- Allons fêter cela à la maison, Pierre a mis une bouteille de champagne au frais ce matin, au cas où !

- Avec grand plaisir, ma chère collègue !

Au sec, dans le bus, je me précipite sur mon iPhone pour envoyer un SMS à Pierre, mais aussi à mon deuxième collègue et ami, Marc. Il sera tellement heureux d'avoir la confirmation de ce nouveau travail, qui va tellement soulager sa femme. Ne serait-ce que pour eux, je suis fière et heureuse de contribuer à leur bonheur, grâce à ma seconde librairie. *La librairie du bonheur*. Le voilà, le nom de notre nouveau magasin !

Chapitre 2

Après la signature de notre emprunt à la banque, Nathalie et moi repassons par la boutique pour finir de ranger les arrivages du matin. Il ne faudrait pas que les clients du lendemain voient un magasin sens dessus dessous, avec les romans de l'été, au milieu des vieux pots de fleurs en terre cuite dont Nathalie raffole ! Son jardin en est plein. J'avoue qu'il est superbe, digne des plus belles revues de jardinage. Incomparable, au nôtre, qui ressemble plus à un champ qui vient d'être labouré.

Il faut reconnaitre qu'il sert de terrain d'entrainement pour notre champion de rugby et ses copains. Par conséquent, j'ai rapidement rendu mon tablier de jardinier et abandonné mon rêve d'avoir un jardin à l'anglaise !

Une fois les livres et les objets rangés chacun au bon endroit, nous rentrons à la maison. Rien de tel qu'un apéritif pour nous remettre de nos émotions. Vivement le retour de Pierre pour partager notre succès, d'autant que le mérite lui revient en grande partie. Rendons à César ce qui est à César ! Sans son montage financier, il n'y aurait pas eu de boutique à Arcachon…

Mon amour de mari m'a envoyé un message vers 18 h 30 : *Toute la tribu sur le point d'être récupérée*. Habituellement, c'est moi qui fais les trajets du soir ; je ne lui demande que rarement de me remplacer pour les conduites des enfants, mais avec la signature, je n'étais pas certaine d'être à l'heure à la sortie de l'étude. Pierre s'est donc organisé pour terminer plus tôt aujourd'hui. En tant que directeur de stratégie pour une entreprise de négoce en vin, c'est un homme extrêmement pris par son travail. Malgré tout, jusqu'à présent, nous avons toujours réussi à concilier nos deux emplois. Même si je sais que je peux compter sur lui pour me dépanner, je ne le fais qu'exceptionnellement. C'est néanmoins confortable de le savoir prêt à m'aider, ou du moins qu'il fera tout son possible. Travailler et gérer une famille, c'est toute une organisation. Mais quand un grain de sable vient la perturber, ma journée peut vite se transformer en véritable cauchemar ! Dans la mesure du possible, je m'organise avec Nath qui gère alors la partie librairie en mon absence. C'est la solution idéale. Mais, aujourd'hui, Pierre était heureux de répondre présent et les enfants adorent quand c'est lui qui vient les récupérer. Ce doit être la fête dans la voiture, avec la musique à fond ! Heureusement, les bonnes copines sont là également pour me dépanner, pour une conduite de dernière minute, mais je n'aime pas trop les appeler. Pierre me dit que je suis trop orgueilleuse, dès lors qu'il s'agit de déléguer. Peut-être... C'est vrai que je le vis comme un échec quand je les appelle à l'aide, puisque je leur prouve que travailler et être maman est incompatible. C'est donc leur donner raison !

C'est ainsi que je peux continuer à travailler, malgré ma « famille nombreuse ». Pierre savait en m'épousant que je ne serais une mère épanouie qu'en travaillant en dehors de la maison, et il l'avait tout de suite accepté à la naissance de Paul. Je lui en saurai éternellement gré. C'est grâce à cette bonne combinaison et à cet équilibre que nous sommes toujours aussi amoureux l'un de l'autre... Je considère que dans un couple, l'un ne doit jamais se sacrifier pour l'autre. Voici ce que je conseille souvent aux jeunes mariés que je rencontre : comme pour un gâteau, pour réussir son mariage, il faut suivre les bases de la recette, mais avoir également de bons ingrédients, et l'équilibre du couple en est un excellent ! Je ne suis pas une féministe revendicatrice, mais l'égalité homme-femme me tient à cœur. De ce fait, il est conseillé de ne pas me titiller sur le sujet, sinon je démarre au quart de tour ! Et, dans les diners, Pierre n'a qu'une crainte, que la conversation s'oriente sur ce sujet brûlant... Il me fait alors ses yeux suppliants qui me prient de ne pas m'engager sur ce terrain glissant. Trop tard, c'est parti pour la battle du dîner ! Au grand désespoir de Pierre...

Une heure après son SMS, toujours personne. Je mets leur retard sur le dos de la météo et des bouchons fréquents de la rocade de Bordeaux. La pluie tombe de façon drue, les routes doivent être détrempées. Un orage s'est installé dans le ciel de Bordeaux depuis ce matin et ne veut pas s'en déloger ! Horrible ce temps ! Il faut dire que les journées sont anormalement chaudes pour un mois de mars. On le paye aujourd'hui ! Des éclairs illuminent brusquement le salon, accompagnant parfois leurs éclats d'un claquement brusque et effrayant, nous faisant sursauter toutes les deux. Je monte vérifier si toutes les fenêtres sont bien fermées. Cette atmosphère ne me rassure absolument pas, et je m'impatiente de savoir les enfants et Pierre en sécurité à la maison, plutôt que sous ces averses, mêlant pluie, grêle et coups de vent.

Pour faire passer le temps, Nathalie suggère de mettre de la musique et de préparer une playlist, en vue d'animer notre future soirée. Elle le sera déjà certainement, mais un fond musical est toujours sympa ! Puis, également pour faire diversion, je pars préparer des petites choses à grignoter. Une tactique qui ne marche pas, puisque je regarde mon portable toutes les cinq minutes ! Et Pierre qui ne répond toujours pas au téléphone... Une fois, deux fois, trois fois j'essaie de le joindre. Ce n'est absolument pas dans ses habitudes de ne pas décrocher ! L'inquiétude commence réellement à me gagner. Pour patienter encore et encore., Nath et moi écrivons sur des étiquettes tous les noms que nous envisageons pour la boutique d'Arcachon, afin de procéder à un vote dans la soirée. Cela va de « La Mouette liseuse » au « Roman'tique », quitte à l'écrire « Au Rhum antique ». Bref, les jeux de mots vont bon train ! Championne de l'humour, elle parvient à me faire rire, malgré mon stress qui monte. Quant à l'affreuse météo, elle ne se fait malheureusement pas oublier...

Soudain, alors encore plongées dans nos étiquettes, mon portable se met à sonner. Enfin ! Mais, ce n'est pas le nom de Pierre qui s'affiche mais un numéro inconnu. Un pressentiment me fait alors frissonner. Je réussis malgré tout à décrocher, et lorsque j'entends les mots *hôpital, accident de la route,* sur un ton que je trouve particulièrement dramatique, je comprends que c'est grave. Je raccroche. Je suis tétanisée, dans l'impossibilité totale de réagir, de parler. Je revis instantanément l'annonce de l'accident de mes parents. Je me revois à l'hôpital avec les médecins, m'annonçant leur mort : « Morts sur le coup », « nous sommes désolés », « quelqu'un d'autre à prévenir ? ». Non, pas une deuxième fois, pas ma famille ! J'entends vaguement la voix de Nath qui m'interroge, inquiète, en me voyant me décomposer. Je me sens défaillir. Pour me faire réagir, elle finit par me hurler dessus. Je réussis, tant bien que mal, par lui expliquer que c'était l'hôpital et qu'il faut s'y rendre très vite ! Aussitôt, je la vois se précipiter sur le vide-poche de l'entrée, prendre les clés de ma vieille Clio, revenir dans le salon. Elle me tire par le bras, ferme la maison et me pousse dans ma voiture, sans que je comprenne le moindre mot de ce qu'elle me raconte. Sous cette pluie incessante, nous partons en direction de l'hôpital ! Le trajet me paraît interminable, malgré la vitesse à laquelle Nathalie roule. Après seulement dix minutes, nous arrivons.

Sans mon amie, je serais encore chez moi, sans réaction, choquée, et surtout, j'aurais été incapable de conduire.

Elle se gare juste devant la porte des Urgences et, à nouveau, me voyant sans réaction, me secoue pour me sortir de ma torpeur. Je crains tellement ce que l'on va m'annoncer. Je n'arrive plus à respirer. Je voudrais m'enfuir, fuir la réalité qui m'attend. Car, au fond de moi, je sais.

- Fonce ! crie Nath, sur un tel ton que j'émerge de mon brouillard.

Je parviens à accéder à l'accueil. Derrière une vitre, une femme, portant une blouse bleue, discute avec sa collègue. J'attends. Elle m'aperçoit et me demande ce que je souhaite. Une drôle de question pour un hôpital...

- Je souhaite voir mon mari. Il a eu...

- Son nom ? me coupe-t-elle, sans me regarder, fixée sur son écran.

- Pierre Keradec.

Immédiatement, je la vois se tourner vers un groupe de trois blouses blanches qui riaient derrière elle.

À ses explications, toutes s'arrêtent de parler et me fixent. J'ai envie de hurler : « Mais, parlez-moi au lieu de me regarder ! ».

L'une d'entre elles s'approche, puis me dit :

- Suivez-moi, s'il vous plaît.

J'obéis finalement sans demander de détails. J'ai peur. J'ai froid. Les couloirs sont dans ces cas-là affreusement longs, interminables. Et sous une lumière blafarde, je marche, tel un robot, derrière la femme à la blouse blanche, une infirmière, un médecin, je ne sais pas, peu m'importe d'ailleurs. Seul un grand silence sinistre m'accompagne. Je le connais ce silence. Quand les médecins n'osent pas vous parler... Il en était de même pour mes parents. Je le déteste. Mes jambes me soutiennent à peine ; je m'aide des rambardes qui longent les murs ; je fais une pause. La blouse blanche, inquiète de me voir si pâle, me demande si ça va. Premiers mots depuis l'accueil. J'ai juste envie de pleurer. Je ne sais pas si ma famille est vivante, mais je parviens à lui sortir un « oui, ça va ». Comment puis-je lui répondre que ça va ? Nous repartons vers d'autres couloirs tout aussi longs. Pourquoi faut-il que tous les hôpitaux soient d'interminables labyrinthes ? Serait-ce déterminant dans le cahier des charges des architectes ? Par d'étonnantes réflexions, mon cerveau cherche à me détourner de ce que je vais trouver au bout de ces couloirs. Une échappatoire à la réalité qui m'attend ?

Nous finissons par arriver aux soins intensifs ; je vois la pancarte sur la porte, autre mauvais signe. Une infirmière m'aide à enfiler une blouse, un masque et des chaussons bleus.

Ce qui me terrifie immédiatement, en arrivant dans l'immense salle, c'est le bruit que font les appareils, tous ces bips, insupportables… Ensuite, j'aperçois ces corps, inconscients, tous entubés, séparés les uns des autres par de simples rideaux. Ils ont un point commun, ils n'ont pas eu de chance. Sans se connaitre, ils sont pourtant réunis dans cette même pièce. L'ambiance est extrêmement pesante.

La femme m'indique un lit, celui de Pierre. Installé dans une des alcôves, mon Pierre dort, tranquillement, son visage est serein, un tuyau l'aide à respirer. Il respire. *Soulagement*. C'est le mot qui me vient instantanément à l'esprit. Les appareils bipent en permanence. « Comment fait-il pour dormir au milieu de tous ces bruits, lui qu'un simple roucoulement de pigeon réveille et énerve ? ». Son sommeil, si profond, m'inquiète à ce moment-là. Je le regarde, n'osant ni m'approcher ni le toucher. Pourquoi d'ailleurs ? Pourquoi je n'arrive pas à prendre, ne serait-ce que sa main ?

- Asseyez-vous, me propose gentiment une nouvelle blouse blanche.

Je reste, là, debout, inerte, les bras ballants. Mon cerveau est sur off, incapable de réagir, ne comprenant absolument pas ce qui est en train de se passer. Je ne vois que lui. Je m'en étonne :

- Et mes enfants ?

J'ai dû poser la question à voix haute, inconsciemment. La blouse blanche me répond par un vague « Je ne sais pas. » Si elle ne sait pas, c'est qu'ils ne sont pas là. Ils sont forcément chez un ami, leur papa n'ayant pas eu le temps de les récupérer à l'école et au collège. Ils sont en sécurité, eux. Comment vais-je pouvoir les prévenir ? Que vais-je pouvoir leur dire ?

Au bout d'un certain temps, je cherche Nath. Où est-elle ? Pourquoi me laisse-t-elle seule ? Que le temps est long ! Pourquoi me laisse-t-on seule ?

Enfin, la voilà ! Nathalie m'a retrouvée. Peut-être m'avait-elle perdue ? Je l'entends à nouveau parler. À qui s'adresse-t-elle ? À moi ? Elle me regarde. Pourquoi mes oreilles se mettent-elles à siffler autant ? Je ne la comprends pas. Je commence à discerner des mots, par-ci par-là. Je sors tout doucement de ma léthargie, je m'assois, c'est fou comme je suis fatiguée. Et, là, je comprends. Brutalement. Le déni qui me protégeait jusqu'à maintenant m'abandonne, s'effondre, laissant la place à l'horrible réalité ! J'attrape la main de Nath.

Un médecin arrive. Il m'annonce ce que je ne voulais pas entendre. Ce que j'ai pris pour un sommeil profond en arrivant, c'était en fait… Pierre était déjà parti. Nous sommes arrivées trop tard. Pierre n'est plus avec nous. Il est mort depuis déjà une bonne demi-heure. « Sans souffrances », ajoute le médecin. Je voudrais hurler, crier. Or, seuls les appareils, par leur bruit incessant remplissent l'alcôve, mon cri restant désespérément en moi, comme si je ne voulais pas le réveiller de son profond sommeil. Seuls des flots de larmes me permettent d'évacuer l'affreuse tristesse qui m'afflige. Nathalie pleure avec moi, en me serrant dans ses bras. Le médecin nous laisse seules, avec Pierre. Je le regarde, il est tellement beau ! Comment peut-il avoir un visage aussi serein, après un accident ? Je suis dévastée. Je voudrais qu'il me prenne dans ses bras, pour me consoler, pour m'emmener avec lui. Dans un faible murmure, je le supplie : « Pierre, ne me laisse pas... »

Quelques minutes passent, silencieuses. Ne le quittant pas des yeux, je ne comprends plus l'intérêt de la machine qui l'aide à respirer ? Cela n'a aucun sens ! Qu'on la débranche ! Qu'on en finisse avec son bruit insupportable... J'arrive à en faire la demande à une infirmière qui est revenue auprès de Pierre.

Tout en le pleurant, j'ai une pensée pour les enfants, et, entre deux sanglots, je demande à Nathalie où ils sont, où je peux les voir, chez qui ils sont. Ce sont d'eux dont j'ai besoin, là, maintenant. Elle ne me répond pas. Elle se lève et revient avec le médecin.

À la deuxième annonce, je m'écroule immédiatement. Le peu de forces, qui me maintenait encore « debout », disparaît aussitôt, ne supportant pas l'insoutenable. Je me sens partir...

Je me réveille allongée sur un lit, dans la pénombre d'une chambre. J'ai froid, les draps sont glacés. Où suis-je ? Me voyant réveillée, une infirmière m'explique, avec un sourire compatissant, ce que je fais là :

- On vous a fait une piqûre de tranquillisant pour que vous puissiez dormir un peu.

Le réveil est un vrai cauchemar. Je referme rapidement les yeux, espérant me rendormir, pour chasser la réalité, la retarder. Je me roule sur le côté et prends la position du fœtus, pour me protéger. Mais de quoi ? La réalité me rattrape et ne veut pas me laisser pas en paix. Et en m'évanouissant, je m'en veux d'avoir abandonné Pierre, de l'avoir laissé seul dans son alcôve. Et, mes pauvres tout-petits... Je sanglote.

Un homme et une femme, tous les deux en blouse blanche, entrent dans la pièce, prennent deux chaises et s'installent autour de mon lit. La réalité ne m'aura pas laissé beaucoup de répit. J'aperçois Nathalie derrière eux. Elle s'avance, s'assoit sur le bord du lit, et prend ma main, en silence.

Ils me saluent. La femme aborde doucement la question du don d'organes. C'est donc pour cela qu'ils viennent ? Tellement trop rapide après l'annonce de la mort de mes amours. Je suis encore en état de choc, de sidération. Mais, en les entendant, une colère sourde, mais si présente, m'envahit. Je leur crie :

- Comment osez-vous venir m'en parler, si rapidement ? Nath, fais-les sortir, je t'en supplie ! Pas maintenant !

Étrangement, crier me fait du bien. J'ai alors le sentiment de sortir de mon état second, qui ne m'avait pas quitté depuis le coup de téléphone. La réalité est d'autant plus rude, mais je décide, cette fois-ci, de l'affronter. Je veux voir mes enfants.

Une des infirmières, qui accompagne le petit groupe, me déclare doucement :

- À l'admission de votre mari, les policiers nous ont remis sa carte de donneur d'organes qu'ils avaient trouvée dans son portefeuille.

Nous avions, en effet, rapidement abordé le sujet, étant d'accord tous les deux sur le principe. Cela tombait sous le sens. Mais, comment imaginer une seule seconde que la question me serait posée un jour ? Cela n'arrive qu'aux autres, n'est-ce pas ? L'homme, cette fois, m'explique que des malades, des adultes et des enfants, attendent ou un cœur ou un rein ou un foie... Les autres ne sont pas mon problème ! Nathalie va-t-elle également intervenir ou me défendre ? Se sont-ils octroyés chacun un rôle pour me convaincre ? Ainsi, j'entends Nathalie me demander calmement :

- Que souhaites-tu au fond de toi-même ? Écoute ton cœur ? Et surtout qu'auraient voulu Pierre, Paul et Marie ?

Puis, elle enchaîne sur la grande générosité de Pierre, sur son empathie envers les autres, et, surtout, elle me rappelle la carte de donneur. Je ne peux pas, en effet, aller contre sa volonté ; cette carte, c'est tellement Pierre ! Mais, nous n'avions jamais parlé des enfants, du don de leurs organes ! La femme m'explique qu'il faut faire vite... Tous trois sont maintenus en vie, enfin, pas en vie, juste leurs organes. Je comprends mieux la présence de tous ces tuyaux autour de Pierre. En ce moment insupportable, mon amie m'aide à faire ce choix décisif. Elle connaissait si bien Paul et Marie ; ils auraient en effet également voulu que d'autres enfants vivent grâce à eux. Je les entends, soudain, me chuchoter à l'oreille : « Vas-y, maman ! Fais-le pour nous. » Ce moment, est-il réel ? J'en reste persuadée. Je les ai entendus et je vais les écouter.

En acceptant le don de leurs organes, étonnamment, je me sens beaucoup mieux. Cette décision ne supprime pas ma douleur, elle est et sera toujours présente en moi. Elle ne rend pas leur mort plus supportable, non plus. Mais, le don me donne un semblant de sens à la mort de mes enfants et de Pierre.

Enfin, le médecin m'annonce qu'il est temps, également, de dire au revoir à mes chers petits. Les médecins m'expliquent qu'ils m'ont donné suffisamment de calmants pour me permettre de supporter ce moment de l'adieu. Pendant ce temps, Nathalie a la lourde tâche de prévenir les parents de Pierre, n'ayant pas le courage de le faire moi-même. Tout s'enchaîne tellement vite ! C'est odieux ! Une infirmière me conduit en fauteuil roulant vers la chambre de Paul et Marie. Quand je les aperçois, ils ont encore leur beau visage. Malgré les tuyaux qui sortent de leur bouche. Je suis presque soulagée, je craignais tellement de les voir défigurés, suite à l'accident. Mais Marie a un gros bandage qui entoure son crâne. Paul, des égratignures et des bleus, comme lors de retour de match, dont il ne revenait jamais totalement indemne, mais toujours fier de son équipe. Néanmoins, j'imagine et je suis consciente de leurs affreuses blessures, cachées sous les draps blancs, immaculés. Mes petits anges. Je demande à m'allonger, à côté de chacun d'eux. Une infirmière m'aide afin de ne pas toucher au tuyau. Je les regarde avec une tendresse infinie. Je souhaite inscrire leur visage pour l'éternité. Je cherche à repérer le moindre détail que je n'aurais pas encore repéré. Mais je les connais par cœur, mes enfants. Bouleversée, je suis malgré tout capable de rester auprès d'eux, de les caresser, de les embrasser. Je pleure intensément, mais, calmement, sans cris, sans hurlements. Je n'en ressens même pas le besoin. L'ambiance est calme, impressionnante tellement c'est silencieux. Je n'entends plus les machines. Elles sont comme éteintes. Leur souffle régulier finit même par m'endormir. Je m'assoupis en tenant la main de Marie. Fichus calmants. C'est à peine si j'entends les trois équipes chirurgicales chargées des transferts d'organes ; ils me réveillent. À nouveau, le choc. Inévitable. Ils viennent m'annoncer qu'ils doivent les préparer en vue des greffes. Limite consciente, je sens que je m'agrippe à la menotte de ma puce, que je ne veux pas lâcher. Je sens une main qui détache mes doigts, un par un. C'est celle de Nathalie. Puis, j'entends sa voix, lointaine, qui m'explique qu'elle doit me raccompagner dans ma chambre. Assise dans mon fauteuil roulant, je regarde derrière moi. Ils ont disparu.

Une heure après, un des deux médecins vient m'annoncer que les organes de Pierre, de Paul et de Marie sont déjà attendus aux quatre coins de la France. Je ne veux pas savoir lesquels, ni où, ni à qui ils ont été offerts. D'ailleurs, on ne me le dirait pas si je le leur demandais. Je tâche de me convaincre que j'ai fait le bon choix, en me consolant et en me disant que d'autres enfants et adultes pourront vivre grâce à eux. Je m'imagine à la place des parents qui apprennent, soulagés, que leur petit vivra. Cette image réussit à me soutirer un léger sourire. Une vie contre une autre ?

Désormais, il me faut m'occuper de mon petit survivant. Que va-t-il devenir ? Comment va-t-il survivre à un tel traumatisme, lui, mon hypersensible ? Ce sont les interrogations que j'ai en tête lorsque je rejoins sa chambre, encore trop faible pour marcher. À partir de l'instant où je le vois, recroquevillé sur lui-même, endormi dans cette chambre aseptisée et glaciale, seul le bonheur d'Arthur comptera dans ma vie. Je m'en fais instantanément la promesse. Il sera mon moteur de vie. Et je compterai sur nos trois anges à tous les deux pour m'y aider.

Le médecin m'explique que mon petit garçon était en état de choc à son arrivée à l'hôpital. Il ne parlait pas, ne pleurait pas, avait le regard hagard. Il lui avait alors donné un sédatif. J'attends avec impatience, mais aussi avec appréhension, qu'Arthur se réveille. J'ai à la fois un besoin irrépressible de lui parler, mais en même temps, comment vais-je bien pouvoir lui annoncer la mort de son papa, de son frère adoré et de sa sœur chérie ? Je ressens également tellement d'amour pour lui, comme si tous les trois m'avaient confié le leur pour l'offrir à Arthur. Est-ce possible ? À la naissance de chacun de ses enfants, une maman voit son amour décupler. M'auraient-ils confié leur part d'amour, afin de l'offrir à

Arthur ? Je le ressens ainsi. Tellement beau, tellement étrange… Il en aura tant besoin. Et m'occuper de lui, ce sera un peu m'oublier, oublier mes propres souffrances, passer de la mort à la vie. Ce ne sera pas oublier mes trois chéris, mais Arthur est lui bel et bien vivant. Tout comme mes chéris qui sauvent des vies, Arthur sera la vie qui a vaincu la mort. Mon petit survivant.

Chapitre 3

Fin septembre, déjà sept mois…

Enveloppée dans un plaid écossais, debout sur ma terrasse, je bois une tisane bien chaude, limite brûlante, comme je les aime. Et j'adore sentir la chaleur de ma tasse sur mes mains. La soirée est fraîche pour un début d'automne, mais largement supportable pour profiter de ce moment calme. J'aime à cette heure-là de la soirée m'offrir ce temps qui m'apaise avant de me coucher.

Une fois Arthur endormi, je savoure ces moments durant lesquels je me retrouve seule. Je peux alors m'octroyer des petits plaisirs. Quoique tout simples, ils me permettent enfin de me détendre, pour la première fois de la journée. Auparavant, j'aurais profité de mes premières parties de soirée pour travailler. En effet, bien que mes déplacements soient devenus rares dans ma librairie, je continue à gérer la partie « romans et littérature ». De loin, de chez moi, comme du télétravail, finalement. Sauf que cette organisation, je ne l'ai pas choisie, elle s'est imposée à moi. Mais, elle m'est une survie qui me permet de garder la tête hors de l'eau, moralement, mais aussi financièrement. Par conséquent, j'utilise ce temps libre pour gérer les achats, planifier des rendez-vous, organiser des dédicaces... Une fois ce travail terminé, je peux enfin goûter ce moment tant attendu de la journée, un moment très égoïste, très individualiste. Tel un rituel qui a pour objectif de rassurer, je me fais chauffer de l'eau, je sélectionne la plante du jour, une différente pour chaque soir de la semaine. Puis, je prends bien soin de choisir également une jolie tasse parmi ma grande collection de mugs anglais. Seul bruit qui remplit la nuit, je laisse l'eau bouillir, juste pour le plaisir de l'écouter. Ensuite, je m'enroule dans un plaid pour profiter du calme serein de la nuit, dehors lorsque la météo me le permet, sinon dans mon canapé en m'y recroquevillant, avec ma tasse au creux de mes mains. L'heure est déjà en général très avancée. Je me couche d'ailleurs de plus en plus tard, reculant l'heure de mes retrouvailles avec mes démons de la nuit : la solitude et l'insomnie. Mes nouvelles compagnes, exténuantes, nerveusement et physiquement. En effet, seule dans ce lit, devenu bien trop grand, mes douleurs, mes doutes, mes désespoirs remplissent mes nuits, désormais bien ténébreuses.

Ces petites minutes sur la terrasse sont donc pour moi indispensables, voire vitales. Après m'être occupé d'Arthur, lui avoir fait la classe – il ne va plus à l'école depuis l'accident – après avoir été son chauffeur pour les nombreuses séances de psy et autres, après avoir pris le temps de gérer ma librairie, m'en priver m'est tout simplement impensable aujourd'hui. En réalité, je ne suis pas toujours seule. En effet, Nathalie vient me rejoindre de temps en temps. Grande insomniaque, elle aussi, Nath préfère rejoindre sa grande amie pour refaire le monde, au lieu de rester des heures à avaler des séries Netflix. Que serais-je sans elle à l'heure actuelle ? Epaule consolatrice, psychologue, confidente, collègue compréhensive, baby-sitter, punching-ball... Si précieuse !

Ma deuxième librairie a été ouverte. Sans moi. L'inauguration a eu lieu début juillet, pile pour l'arrivée des Parisiens sur le Bassin. Je devrais être en train de faire des aller-retours incessants entre Bordeaux et Arcachon, m'investir dans les deux boutiques, m'épanouir pleinement dans ce nouveau challenge. Un jour, où le moral ne devait pas être au beau fixe, j'ai fait la liste de ce que je ne ferai plus...

Comme tous les ans, nous aurions dû passer les vacances d'été en Bretagne. Voile, pêche, sorties en mer entre copains, suivies le soir-même d'un verre au seul pub du bourg, pour commenter nos régates, certes amicales, mais toujours disputées ! Le pub, un lieu unanimement apprécié de tous. Les parents d'un côté, les jeunes de l'autre. Tel était notre programme quotidien ! Sans parler de mes sorties en hobby-CAT avec Paul, qui acceptait encore sa maman à bord. Que de complicité entre une mère et son fils ! Surtout lorsque le vent nous amenait à pousser le cata jusqu'au déraisonnable, jusqu'à la limite du dessalage ! Mais, ayant une totale confiance en mon fils ainé, je le laissais barrer, comme il l'entendait. Avec, en fond sonore, non seulement le cri des mouettes et le bruit des vagues cognant sur le bateau, mais également, les petits hurlements que je poussais lorsque le « une coque » devenait vraiment tangent, suivis de nos rires partagés ! Comme ils me manqueront ses fou-rires ! Que donnerais-je pour entendre encore, juste une fois, le rire de Paul, si communicatif ?

Puis, après la mer, la montagne. Nous aurions terminé notre été par Font-Romeu, notre lieu favori pour les randos dans les Pyrénées. Marcher, crapahuter les uns derrière les autres, s'encourager, lorsque le dénivelé était particulièrement compliqué, se sentir tous fiers à notre arrivée, être récompensés par une vue à couper le souffle et ouvrir enfin le pique-nique qui nous rassasiait avec bonheur ! Ayant été très petite, habituée à ces vacances sportives, notre petite dernière, Marie, arrivait à nous suivre, tant bien que mal. Mais, avec ses deux grands frères, avait-elle le choix ?

La rentrée devrait déjà être bien entamée, avec toute l'excitation qui accompagne un mois de septembre : les inscriptions aux clubs de rugby, de tennis, de danse, les fournitures introuvables, comme le cahier 24×32 petits carreaux de Travaux Pratiques avec spirales et couvertures plastifiées, le manuel de français de la quatrième édition et déjà épuisé, acheter les tubes de peinture, étiqueter chacun de leurs vêtements, hésiter entre le cartable à roulettes ou rentabiliser l'ancien cartable du grand frère, tant de choses essentielles à faire ! Des moments qui m'ennuyaient terriblement, il y a un an, mais que je souhaiterais tellement vivre encore et encore...

Mais la journée du trois mars en a décidé autrement...

Toute date comportant le chiffre trois est devenue une date anniversaire. Le trois juin, le trois juillet, le trois août... En sera-t-il ainsi désormais ? Quant au trois Mars, je n'ose y penser, ce sera définitivement la date maudite.

Durant ces six derniers mois, je me suis oubliée. Seul Arthur comptait. J'étais devenue un robot qui s'obligeait à ne ressentir aucun sentiment, de peur de flancher. Ce furent des mois de désespoir durant lesquels un trou béant a tout emporté : notre bonheur, notre amour, nos amours, nos sourires, nos câlins, nos disputes, nos impatiences, nos surprises, nos rires, leurs voix, leurs bisous du matin, du soir, nos repas, nos inquiétudes, nos joies, leurs cris, leurs disputes, leurs pleurs, les consolations, leurs chambres en bazar, les cavalcades dans l'escalier, leur musique trop forte, les lessives quotidiennes, les portes qui claquent, les rires des copains qui ne viennent plus, les carnets à signer, le doudou à chercher, le merci lancé à la va vite mais qui fait tellement plaisir, les conduites à droite, à gauche, les grands plats familiaux, les soirées plateau-télé, les discussions animées, l'excitation du mercredi , les crises de nerfs du dimanche soir, les devoirs à vérifier, l'interro à signer, les leçons à faire réciter, la lecture du jour, la vérification du cartable, les chaussures devenues trop petites, le pull à recoudre, les débats houleux, nos échanges de romans , leur parfum, leur peau, les caresses dans les cheveux, qu'ils détestaient, leurs regards, leurs caprices, les félicitations, les cadeaux surprises, les discussions à table, plus ou moins calmes, le panier de linge sale...

Notre vie.

Notre vie a été chamboulée en l'espace de deux secondes. Deux secondes, le temps tout juste de compter un, deux. La police est venue m'expliquer les circonstances de l'accident. Un camion a fait un aquaplaning, a croisé la route de Pierre, puis s'est complètement retourné sur sa voiture. Ils m'ont certifié que Paul et Marie étaient morts sur le coup, et que Pierre n'avait pas souffert. C'est toujours ce qu'ils disent dans les films... Était-ce vrai ? Je me force à le croire. Quant à Arthur, miraculeusement, il s'en était sorti sans une égratignure, visible tout du moins. Car, à l'intérieur, que de blessures à guérir ! Il a tout vu, tout entendu, a été témoin de tout, lui mon hypersensible, mon petit fragile, mon autiste. Les pompiers ont mis du temps à le libérer de cette carcasse qui l'a transformé en prisonnier, incarcéré dans sa prison de ferrailles. Compressé près de sa sœur et de son frère, sanguinolents, son père qui ne répondait pas à ses appels à l'aide. Comment réparer tous ces dégâts qui ont détruit mon fils ? Déjà si fragile... Il est cassé, telle une de ses constructions en Lego qui serait tombée de la plus haute étagère et qu'il aurait à reconstruire, pièce après pièce.

Sa sensibilité s'est exacerbée ; la moindre contrariété prend des proportions démesurées, accompagnée systématiquement de cris et de larmes ; il en devient inconsolable. Arthur souffre encore de crises de panique lorsque je suis hors de sa vue, dès que je m'éloigne. Seules ses nuits réussissent à l'apaiser, quand elles ne sont pas accompagnées de cauchemars. Mais, le plus dur pour moi, c'est lorsque je me retrouve face à une coquille d'huitre. Totalement refermé sur lui-même, il m'est alors impossible de rentrer en contact avec lui, il me repousse violemment quand je veux le prendre dans mes bras. Le voir se balancer d'avant en arrière durant de longues minutes, sans pouvoir lui parler, le consoler, je n'en peux plus... Et, ses crises de larmes, soudaines et inconsolables, me bouleversent toujours autant. Son autisme s'est en effet sérieusement dégradé. Nous qui avions tout fait pour rendre notre fils le plus autonome possible... Toutes ces années à reconstruire ! De ce fait, tous ces troubles rendent impossible un retour normal à l'école.

Très rapidement, Nathalie est venue s'installer quelques semaines à la maison. Seule, je n'y arrivais pas. Je ne reconnaissais plus mon fils, il ne lisait plus, n'écrivait plus, restait enfermé des heures dans sa chambre, ne sortait plus de la maison. J'ai tout essayé. J'ai dû reconnaître et admettre que mon enfant était bel et bien malade et, surtout, que l'amour d'une maman ne suffisait plus. Une maman, elle-même blessée dans son cœur, dans son corps. Arthur souffre de « troubles du comportement », suite au syndrome de stress post-traumatique. Tel fut le diagnostic du psychologue et du pédopsychiatre, que j'ai fini par consulter. Malgré les médicaments et les nombreuses tentatives de médecine parallèle, l'hypnose, l'EMDR, le grand truc à la mode qui, dit-on, fait des miracles, la méditation, sans parler des rebouteux ou naturopathes que l'on me conseillait à droite, à gauche, Arthur s'enfonçait de plus en plus dans un mutisme insupportable. Je me sentais impuissante, et moi qui me devais d'être forte pour mon enfant, je savais que je ne tiendrais plus très longtemps... Les médecins me conseillaient de patienter, de faire confiance au temps qui atténuera ses blessures. Attendre ? Je ne voulais plus les écouter, je devais réagir, faire confiance à mon instinct de mère.

Un matin, en me réveillant, j'ai eu, soudain, un sentiment étrange. La maison du bonheur ne se retournait-elle pas petit à petit contre nous ? Ne devenait-elle pas la maison du souvenir, de la nostalgie, une sorte de mausolée ? Tout nous rattachait à elle. Nous finissions par être ancrés à elle, tel un bateau dont le capitaine aurait jeté l'ancre, qui se serait coincée entre deux rochers. Moi-même, je finissais aussi par m'en sentir prisonnière, prisonnière du moindre souvenir lié à ces murs. Le moindre détail me rappelait évidemment ou Pierre ou Paul ou Marie ! Je n'osais même pas bouger les objets qui leur appartenaient, ou plutôt, avait appartenu. Pourquoi ? J'avais beau me raisonner que les conserver ne les ferait pas revenir. Je ne pouvais pourtant rien toucher, rien déplacer. De la pure folie... J'étais tombée dans le fétichisme. J'en étais arrivée au point que cela pouvait porter malheur ! Que pouvait-il encore m'arriver de pire ? J'imaginais alors la disparition de ce qui me restait de plus cher au monde, Arthur. Lorsque je suis enfin sortie de ce cercle vicieux dans lequel j'avais fini par personnifier les objets, j'ai cherché à savoir pourquoi ceux-ci avaient pris tant de valeur durant ces premiers mois du deuil. Avec le recul, je réalise que j'avais eu la crainte de les oublier si je jetais, ou simplement, rangeais une de leurs affaires, hors de ma vue. Les oublier, eux, mais aussi, le plus petit souvenir de notre vie quotidienne. Ainsi, la brosse à dent de Pierre, accolée à la mienne, que je me refusais de jeter, la coupe de rugby de mon fils dans le salon, que je ne rangeais donc pas dans son armoire, le dernier cadeau de la fête des mères, un joli petit plateau peint à la main, qui nous sert désormais de vide-poches... Et tellement d'autres objets qui nous paraissaient anodins, mais qui ne le sont plus maintenant.

J'ai ainsi pris conscience qu'Arthur vivait la même sensation : il avait donné à cette maison une valeur telle qu'il ne pouvait en sortir que difficilement, au risque de les oublier, d'avoir l'impression de leur tourner le dos.

Lors d'une de ces nombreuses séances, le psychiatre m'a expliqué que mon fils souffrait du « syndrome du survivant ». Il est en fait coupable d'avoir survécu, contrairement à son frère Paul et sa sœur Marie. Mon fils refuserait-il de vivre, de sortir de cette boîte à souvenirs, tel un écrin à bijoux qui conserverait une bague si précieuse que sa propriétaire se refuse de la porter, de peur de la perdre ? Cette maison finissait par nous enfermer dans le passé, nous interdisant d'envisager la vie, sans elle, sans eux…

Mais, il y avait un coffre à trésors au plus profond de nous : nos souvenirs, qui eux ne s'effaceront jamais. Par conséquent, je devais, coûte que coûte, casser cette situation, en nous éloignant de cette boîte fermée à clé. Quant au lien indestructible qui nous relie à eux, je prends doucement conscience qu'il sera toujours présent, mais que nous devions également créer notre propre vie, nos propres souvenirs. En réalisant que Pierre, Paul et Marie vivront en nous, à chaque instant où nos pensées se dirigeront vers eux, vers nos souvenirs communs, vers nos moments partagés, je faisais un grand pas dans ma reconstruction. Je souhaiterais tant qu'Arthur s'autorise également le droit de se dire : « Vous n'êtes plus là, mais moi, le rescapé, je veux vivre ! » Lorsqu'il s'octroiera ce droit, cela signifiera que la reconstruction en Lego sera en cours d'achèvement.

Et, c'est ainsi qu'au début de l'été, j'ai réussi à prendre cette décision difficile, radicale : partir, partir le plus loin possible, fuir ce cadre qui nous rappelait tant notre vie d'avant. Mais, partir où ?

Je me suis mise alors à dévorer les revues et les ouvrages de voyage, sachant pertinemment que ce n'était que pure utopie de s'imaginer sur une de ces îles paradisiaques des Seychelles ou dans un des superbes fjords de Norvège... Mais, les feuilleter me permettait de me projeter ailleurs qu'à Bordeaux. C'était la première étape de ma démarche... Alors que je lisais une revue consacrée aux Antilles, je suis tombée sur un article qui parlait des bienfaits de la plongée sous-marine sur les maladies post-traumatiques. Cela m'a évidemment interpelée. Des médecins français ont eu l'idée d'amener des blessés des attentats de Paris en Guadeloupe pour les initier à la plongée. C'était étonnant et passionnant. Ainsi, le reportage indiquait que ce sport agit sur la respiration, plus lente avec les bouteilles, et sur la pleine conscience, qui leur permet d'oublier sous l'eau leurs pensées négatives, voire leur traumatisme. En effet, s'immerger, rapportait l'auteur de l'article, c'est entrer dans un environnement radicalement différent. De ce fait, je me suis aussitôt intéressée à cette forme particulière de thérapie. Je me suis plongée dans d'autres articles, j'ai visionné tous les reportages d'internet sur le sujet. Bien que toute nouvelle, cette méthode semble prometteuse au regard des résultats obtenus. Arthur devait absolument l'essayer ! J'y croyais dur comme fer, lui qui adore l'eau ! Un vrai poisson. Pas toujours à l'aise avec son corps longiligne, dans l'eau, il oublie son côté « asperge », comme il l'exprime lui-même, faisant le lien avec son trouble Asperger. Arthur peut être très pince-sans-rire, un humour que tout le monde ne comprend pas toujours et qu'il faut parfois décrypter… Si, en plus de notre départ, la plongée pouvait permettre à Arthur d'aller mieux, je n'avais plus de raison pour reculer ! J'ai alors opté pour la Polynésie Française ! Un haut lieu connu pour la plongée, mais, surtout, un rêve que nous avons toujours voulu réaliser avec Pierre…

Une fois le lieu choisi, et il y avait pire comme destination pour se projeter, il m'a fallu trouver de quoi subvenir à nos besoins, en gagnant des sous. Nous n'allions pas jouer les Robinson ! Certes, il y avait la location de la maison de Bordeaux qui allait nous aider, ainsi que mon activité de libraire que j'espérais ne pas abandonner totalement. Quant à la réparation de l'accident, je savais que le processus serait long et que je ne pourrais pas compter dessus avant des mois, voire des années. J'ai ainsi regardé toutes les offres du Pôle Emploi polynésien qui pouvaient me convenir. Et l'une d'entre elles me tendait les bras, je n'en revenais pas lorsque j'en ai pris connaissance plus en détails : responsable de la bibliothèque de Huahine, une île dont le nom m'était totalement inconnu, avant d'avoir ouvert Google Map. Un nom déjà parfumé à la vanille ! Huahine, qu'il faut prononcer [Houahiné] d'après Internet, n'était qu'à trente-cinq minutes d'avion de Tahiti. Soixante-quinze kilomètres carrés, six mille habitants. J'ai vérifié que les deux priorités pour Arthur existaient bien sur place : un collège et le fameux club de plongée. Et c'était le cas. Un vrai petit paradis sur Terre, d'après Google images ! J'ai aussitôt ouvert le lien qui me permettait de découvrir en quoi consistait précisément l'offre d'emploi : la bibliothèque Te Fare

Aitauira'a No Huahine recherchait sa nouvelle responsable. Objectif : dynamiser les activités sur l'île. Contrat de six mois renouvelables. Je ne courais pas trop de risques avec ce type de contrat. Je n'osais y croire tellement le poste me correspondait ! Quant aux qualités et aux compétences requises, j'étais même surdiplômée. Mais, je n'y allais pas pour rebondir dans ma vie professionnelle et y faire carrière ! J'espérais malgré tout que mon diplôme ferait la différence parmi les autres candidats, convaincue que des milliers de personnes répondraient à cette offre alléchante pour partir à l'aventure et découvrir la vie sur une île paradisiaque. Sans parler des locaux qui pourraient être intéressés... J'ai immédiatement postulé pour le poste. J'ai dû ouvrir ma boite mail une centaine de fois, j'avais même mis une alerte tellement je m'impatientais d'avoir la réponse. Et heureusement, l'attente ne fut pas trop longue. En effet, une semaine après, j'ai reçu le mail de la mairie à l'origine de l'annonce.

Je me souviens que, face à mon écran, je n'osais cliquer sur le message. J'appréhendais tellement une réponse négative qui remettrait alors tout mon projet en question. Ce qui m'obligerait en plus à rechercher un nouveau lieu, un nouveau travail, alors que celui-ci me convenait à cent pour cent ! Il m'aurait été impossible de retrouver un travail qui me correspondait aussi bien. Mais, par ailleurs, étais-je prête également à recevoir la réponse positive tant espérée ? Celle-ci allait bouleverser notre vie à tous les deux. Néanmoins, je savais au fond de moi que je ne reculerais pas, que je foncerais tête baissée pour la survie d'Arthur, et donc de la mienne… Ainsi, au bout de ce simple clic, j'allais découvrir ce que la vie nous réservait pour les mois à venir : Bordeaux ou Huahine ? J'ai cliqué. La réponse était positive ! J'ai immédiatement pleuré devant mon écran. De joie, de peur, de soulagement, de fierté ? Un joli cocktail d'émotions que j'appellerais aujourd'hui du nom de cette île lointaine. Beaucoup de joie, car je l'espérais vraiment ! Un soupçon de peur, car, soudain, je faisais face à l'inconnu. Un gros saupoudrage de soulagement, puisque je voyais enfin une lumière au bout de ce chemin creux. Et une cuillerée de fierté : c'est seule que je prenais une décision aussi déterminante. Avec ce cocktail bien dosé, les nerfs ont ensuite lâché. D'ailleurs, quel bien fou cela m'a fait… Tout en versant mes flots de larmes, j'ai pensé à nos trois bonnes étoiles qui veillaient sur nous ! Nous n'étions pas seuls dans cette aventure…

Désespérés de ne recevoir aucun candidat suffisamment sérieux, les élus de l'île avaient été les premiers surpris à la lecture de mon CV et avaient tout de suite accepté ma candidature ! Toutes les autres candidatures avaient été rejetées : trop fantaisistes, sans diplôme en lien avec le poste, une motivation seulement due au lieu… Cela faisait huit mois que la précédente responsable était partie en retraite et que la bibliothèque fonctionnait, plus ou moins bien, plutôt moins, apparemment, grâce à des bénévoles. Une place pour mon fils au collège fut immédiatement réservée pour la rentrée de novembre, après les vacances de la Toussaint. Cela me laissait du temps pour préparer notre départ…

Ma décision définitivement prise, le plus dur avait été de l'annoncer à Nath. Je ne pouvais pas croire que ce serait ma meilleure amie qui me mettrait des bâtons dans les roues... Mais, j'avais alors le sentiment de l'abandonner, elle qui m'avait tant aidée ! L'autre grande inquiétude qui me taraudait : allait-elle accepter mes conditions concernant notre magasin, que j'avais envisagées pour nous deux ? Je me rappelle la scène, je l'avais invitée à dîner. Quelle appréhension ! Elle est arrivée, toute pimpante comme d'habitude, nous a embrassés tous les deux. À cet instant-là, j'avais le sentiment de la trahir, faisant semblant que la soirée s'annonçait normale... Toujours heureux de la voir, Arthur est resté un petit moment avec nous. Puis, Nath l'a accompagné dans sa chambre pour le coucher, après lui avoir lu une histoire, un rituel pour le calmer, comme lorsqu'il était petit. Lui qui dévorait les livres n'a plus la concentration nécessaire pour les lire seul... Mais, son goût pour les histoires est heureusement toujours intact et je compte bien le conserver, espérant qu'un jour tout redevienne comme avant. Les romans sont une vraie source d'évasion pour lui qui ne sort plus et c'est un temps précieux qui l'apaise. Je lui lis donc des œuvres de son auteur préféré, Jules Verne... Heureusement pour moi, ce dernier a été prolifique, ce qui me donne de la marge !

Nath, quelle terrible annonce j'allais lui faire ! Mais, je devais affronter ce moment, tellement improbable quelques mois auparavant. Ce fut Nath qui entama la conversation :

- Arthur semble aller mieux.

- Tu es la seule personne qu'il accepte de voir. Non, je ne sais pas pourquoi, ses crises de panique auraient tendance à augmenter. Je ne supporte plus ces cris, surtout la nuit !

- Je te comprends, mais je suis si démunie. Je me sens totalement inutile depuis...

Je l'ai interrompu :

- Tu ne peux pas dire ça ! Tu sais parfaitement tout ce que tu nous as apporté ces derniers mois, l'ai-je rassurée. Sans ton soutien, je suis persuadée que je n'aurais pas tenu le coup, et Dieu seul sait la bêtise que j'ai envisagée tant de fois ! Sans parler du travail... Tu sais à quel point tu m'as soulagée dans nos deux boutiques. Tu as dû les gérer, du jour au lendemain, lancer Arcachon toute seule...

Je me souviens m'être tue quelques secondes, pour me donner du courage. Puis, j'ai continué :

- Et je vais encore te demander un immense service dans les mois à venir.

Nathalie a alors semblé étonnée, et se demandait bien comment elle allait pouvoir nous soutenir autrement :

- Je suis tout ouïe ! Tu sais que j'irais au bout du monde s'il le fallait !

- Eh bien, tu ne sais pas à quel point tu dis vrai, ai-je répondu, en souriant.

J'ai commencé par lui expliquer ma découverte sur la plongée sous-marine, ce qui l'a mis dans un état de perplexité encore plus grand. Puis, j'en suis arrivée au but de notre discussion. Moi-même, je n'en menais pas large à ce moment-là, ne sachant pas comment mon amie allait réagir. J'ai décidé de ne plus tourner autour du pot et de le lui annoncer sans plus de tergiversations :

- Arthur et moi partons à Tahiti, enfin à Huahine plus particulièrement.

- À quoi ? Où ça ? s'est-elle exclamée, ses yeux bleus grand ouverts.

- À Huahine, une île de Polynésie, où Arthur va pouvoir faire de la plongée. Nous avons besoin tous les deux de changer d'air, de quitter cette maison qui nous relie, chaque seconde, à Pierre, Paul et Marie. Il ne s'agit surtout pas de les oublier, mais Arthur doit revivre, et moi aussi.

Un silence s'est alors installé. Il a permis à Nathalie de digérer la nouvelle.

- Et que vas-tu faire de la maison ? Des boutiques ? Que vas-tu faire là-bas ? s'est-elle inquiétée.

- La maison, je vais la mettre en location. Quant aux boutiques, c'est là que tu vas m'aider, si tu acceptes. Serais-tu d'accord pour continuer à gérer les deux, avec moi, mais à distance ? Et en visio, moi sur la plage et toi à Bordeaux ! ai-je rajouté, en tentant de mettre un peu d'humour dans cet échange si pesant pour nous deux. Et la nouvelle employée que j'ai recrutée semble très bien se débrouiller, non ? Question boulot, j'ai trouvé un travail qui me convient parfaitement. Responsable de la bibliothèque de l'île. Et ne t'inquiète pas, nous reviendrons. Quand tout ce petit monde ira mieux, ai-je essayé de la rassurer. Je compte bien retrouver ma boutique et mes bouquins !

J'ai observé mon amie qui se décomposait dans mon canapé en velours rouge. J'ai attendu une réaction de sa part. Qu'allait-elle en penser ? Comment allait-elle le prendre ? Quelle que soit sa position, jamais je ne me serais fâchée avec elle. Mais, avec ce projet de partir, n'allais-je pas mettre notre amitié en péril ? Et si elle refusait ? Toutes ces questions ont fini par m'angoisser… Et ce silence qui en devenait assourdissant tellement l'attente était longue ! Au fond de moi-même, je savais que je partirais avec ou sans son accord, mais seule une réponse positive de sa part me permettrait de partir sereine sur mon île. Avant de partir, il m'avait fallu penser à notre retour, un jour, à Bordeaux. Je ne pouvais pas abandonner définitivement ce pour quoi je m'étais battue durant des années, mes deux magasins, ma passion. Et c'est seulement à Nathalie que je pouvais les confier. Serais-je prête à tout sacrifier pour ce départ ? Mon amitié et notre collaboration ? Or, son silence a commencé à me peser, à m'inquiéter. Elle qui réagissait habituellement du tac au tac me regardait, sans voix. Je l'avais anéantie, je le sentais. Je m'en voulais, je me sentais tellement coupable !

Nathalie s'est levée, est allée se servir un verre de whisky, qu'elle a bu cul sec ! Elle en a pris un deuxième, et m'a déclarée, tout aussi sec :

- Telle que je te connais, je ne pourrai pas te faire revenir sur ta décision ! Tout semble déjà bien ficelé ! Mais, fais-moi une promesse : que je retrouve un jour ma collègue préférée !

- Promis ! Et toi, promets-moi de venir nous voir à Huahine ! Notre *fare* t'attend déjà !

A cet instant, je savais qu'Arthur et moi pouvions partir. Sereinement, avec son blanc-seing. Je l'ai prise dans mes bras, et, toutes les deux, nous avons immédiatement fondu en larmes. Des larmes chargées d'émotions, de tristesse, car nous savions qu'une fois partis, nous ne nous reverrions pas avant longtemps. Par délicatesse, je n'ai pas trop exprimé ma joie. Mais, je commençais, à cet instant, à envisager réellement une nouvelle vie pour nous deux.

Notre soirée s'est poursuivie ensuite tranquillement, ponctuée par les questions nombreuses de Nath sur notre future vie à Huahine. Des questions auxquelles, pour la plupart, je ne pouvais malheureusement pas répondre, n'ayant que très peu d'éléments sur notre futur séjour. Ce qui inquiétait un peu mon amie, me voyant partir ainsi à l'aventure avec un petit garçon à l'état psychique fragile... J'ai tenté de la rassurer du mieux que je pouvais, avec, en effet, le peu de renseignements que j'avais en ma possession, en lui promettant de la tenir au courant à notre arrivée. Puis, la soirée a fini plus joyeusement, aidée par la bonne bouteille d'Entre-deux-Mers que j'avais remontée de la cave de Pierre. « Il aurait très certainement validé mon choix », avais-je déclaré en riant. Nous nous sommes remémoré toutes nos histoires d'amitié et de collègue. Que d'anecdotes mémorables, de demandes farfelues de la part de clients ! Les fous-rire m'avaient fait beaucoup de bien. Je n'avais pas ri autant depuis le décès de Pierre et des enfants. C'était un signe !

Dès le lendemain matin, j'ai voulu faire l'annonce à Arthur. Je m'étais beaucoup interrogé sur la façon de lui annoncer ce grand changement. En me demandant également comment il allait réagir. Il n'avait connu que Bordeaux. Allait-il comprendre ma décision ? Allait-il facilement accepter de quitter cette maison qui l'a vu grandir, entouré de Paul et Marie ?

Après le petit-déjeuner, je lui ai demandé de venir s'installer à côté de moi sur le canapé. Je lui ai caressé les cheveux puis l'ai entouré de mon bras. Il s'est bien sûr étonné de ce moment plutôt solennel et m'en a demandé la raison. J'ai commencé ainsi :

- Arthur, j'ai une nouvelle importante à t'apprendre Avant même de te la dire, je tiens à t'expliquer une chose essentielle. La décision que je vais t'annoncer, c'est pour tous les deux que je l'ai prise. Je souhaite que nous retrouvions le bonheur, que nous redécouvrions ce qu'est la joie, le plaisir de rire, de se raconter les « petits sourires de la journée », comme les appelait Marie. Tu t'en souviens ?

A ces mots, les yeux d'Arthur ont commencé à s'embrumer. J'ai cependant continué :

- Tu sais que tu ne vas pas très bien depuis qu'ils sont montés au Ciel. Tu as vu beaucoup de personnes pour aller mieux, et comme je te l'ai déjà dit, ce n'est ni de ta faute ni la faute de personne, si tu ne vas pas mieux. J'ai beaucoup réfléchi et cherché comment tu pourrais avancer. Je suis persuadée que notre nouvelle vie doit être ailleurs que dans cette maison.

- Mais, je ne veux pas quitter Papa, Marie et Paul ! a-t-il réagi, assez violemment.

Je m'étais attendue à cette réaction...

- Il ne s'agit pas de les quitter, ni de les oublier. Quel que soit l'endroit où nous irons, ils seront avec nous, toujours à nos côtés. Tu les emporteras partout avec toi, dans ton cœur et dans ta tête, lui ai-je expliqué, en les pointant avec mon doigt. Même en quittant notre maison. Tu comprends ? C'est ainsi que tu t'en sortiras, Arthur, et moi aussi. Tu ferais cela pour moi ?

Malgré les larmes qui coulaient, je voyais mon fils réfléchir, tourmenté par ce que je venais de lui dire. Comment ne pas se sentir coupable de faire pleurer son enfant ? Mais, je ne devais pas craquer. Je l'ai laissé revenir à moi.

- Mais, où irons-nous, alors ?

J'avais tellement espéré cette phrase. Cela signifiait qu'il avait mis un pied à l'extérieur de chez nous, sur le chemin de la Polynésie. Impatiente de lui montrer les images de Huahine, j'ai alors sorti la tablette. Je lui ai présenté des images de notre future vie, ainsi qu'un livre sur cette île que je lui ai aussitôt offert pour qu'il la découvre tranquillement. L'île que j'espère rapidement appelée l'Ile du bonheur.

Ses yeux se sont immédiatement écarquillés, des vraies billes qui me laissaient entendre que le pari de la destination était en partie gagné. Comment ne pas résister en effet à de telles images ? Surtout pour un petit garçon qui adore l'eau…

- Waouh ! En vrai, on va partir là-bas ?

- Oui, si tu le veux bien… Nous aurons une nouvelle maison, tu iras au collège, et tu feras de la plongée ! Tu en rêvais, non ?

- Et je pourrai emmener mes affaires ?

Ce n'était que la première question d'une longue série ! Arthur avait émis un beau sourire, le seul depuis tellement longtemps ! Je voyais ainsi poindre notre nouvelle vie polynésienne. J'étais pleine de fierté à ce moment-là, fière d'avoir été capable d'envisager de tourner la page pour en écrire la suite ! Ce voyage participera à la survie d'Arthur, et de ce fait à la mienne.

Malheureusement, c'était sans compter sur une opposition que je n'avais pas du tout présagée, celle de mes beaux-parents.

J'avais organisé notre ultime visite en Bretagne fin septembre, afin qu'ils voient leur petit-fils avant notre voyage ; il était programmé pour mi-octobre. Lorsque j'ai aperçu, au bout de l'allée de marronniers, le petit manoir breton en granit gris, sous le beau soleil d'automne, j'ai été bouleversée. Tous mes souvenirs de vacances sont alors remontés à la surface, pendant que moi, j'avais la tête sous l'eau, le souffle coupé. Trop d'émotions ! J'ai arrêté la voiture. Quand je me suis retournée pour voir comment réagissait Arthur, il commençait une bonne crise de panique. Il tapait sur la vitre, se cognait la tête avec ses mains et s'est mis à hurler. Je suis immédiatement sorti de la voiture, puis je l'ai pris dans mes bras, en le cajolant comme lorsqu'il était bébé, en lui chantonnant une berceuse, et en lui expliquant que sa maman était également émue de se rappeler leurs vacances familiales. Étonnamment, en lui parlant de son papa, de Paul et Marie, en lui rappelant tel ou tel bon moment passé avec eux, je parvenais en général à le calmer. Sa crise s'apaisant, j'ai redémarré la voiture, moi-même encore toute tremblotante.

Ce fut dans cet état, à fleur de peau, que nous sommes arrivés devant le perron, avec Mum et Dad, qui nous attendaient avec impatience. L'accueil a été très chaleureux, empreint évidemment d'émotions. En effet, nous ne nous étions pas revus depuis l'enterrement. Je savais qu'en revenant dans ces lieux, les deux jours allaient être compliqués à vivre, mais ils devaient être le passage obligé, avant de nous envoler.

Mon beau-père était le portrait craché de Pierre, grand, un visage allongé avec de beaux yeux marron foncé et une bouche qui semblait toujours sourire. La grosse différence avec Pierre, c'est qu'il était désormais entièrement chauve. Leur ressemblance m'avait aidée ainsi à me projeter afin d'imaginer mon mari avec plusieurs années en plus. Je ne le connaitrai jamais à soixante-cinq ans, l'âge de mon beau-père… J'ai toujours été très proche de Dad, comme on l'appelle. Toujours avenant, à l'humour pince-sans-rire, mais délicat, il tenait absolument à mettre de la chaleur humaine dans ce manoir un peu froid. Le granit gris, surtout sous la pluie, ne l'aidait pas ! Ni les températures glaciales que nous supportions difficilement, en particulier l'hiver, à cause d'une chaudière capricieuse ! « C'est ce qui fait le charme de ces vieilles maisons » rétorquait souvent mon beau-père à Pierre, quand ce dernier lui demandait, impatient, quand ils allaient finir par changer cette fameuse chaudière ! Quand nous venions à Noël, nous étions tous collés au feu de bois qui crépitait dans l'impressionnante et superbe cheminée en pierre. Et nous passions ainsi la journée dans le salon, seule pièce où les températures nous permettaient de nous réchauffer ! Nous y faisions des bricolages, des jeux de société, nous lisions. L'autre pièce supportable était la grande cuisine, chaleureuse dans tous les sens du terme, chauffée par la vieille cuisinière qui fonctionnait encore avec du bois. Sur la grande et très belle table rectangulaire, nous prenions des goûters gargantuesques et tous nos repas. Un peu vieille France, ils sont un peu près de leurs sous. C'était la principale source de disputes avec leurs enfants. Pierre avait un frère et une sœur. Tous deux habitant à l'étranger, l'un en Angleterre, l'autre en Hollande, nous ne les voyions guère, au mieux une fois par an, au moment de Noël.

Jamais l'été... Ils préfèrent le soleil de la Grèce ou de l'Espagne. C'est une blessure pour mes beaux-parents qui ont tant espéré voir des petits-enfants courir dans les couloirs et les prairies de Corn-Er-Hoët, le nom de la propriété.

Ma belle-mère, plus discrète, est extrêmement gentille et très attristée par cette situation. D'un abord un peu froid, elle se fait ensuite apprécier pour son empathie. Je l'ai toujours connue sans âge, ou plutôt, toujours vieille. Avec ses cheveux gris, coiffés en chignon, aussitôt la quarantaine passée, et son style très classique, elle me faisait plutôt penser à ma propre grand-mère ! Conscient du côté tradi de sa maman, Pierre ne s'en offusquait plus. Et, sa gentillesse compense largement cet aspect rétro. Les enfants l'adoraient. C'était une vraie grand-mère-gâteau, toujours près de son fourneau, pour leur préparer d'excellents biscuits, pour le retour de la voile. Ses clafoutis aux prunes et, bien entendu, son far breton faisaient l'unanimité. Passé une certaine heure, il n'en restait plus, chacun piochant dedans discrètement. Le soir, l'heure des légendes bretonnes devant le feu était un autre moment sacré des vacances. Et Mum, en tant que conteuse hors pair, était captivante, et elle en connaissait une quantité impressionnante. Même Paul, du haut de ses quatorze ans, les réclamaient encore l'hiver dernier ! Mais Marie finissait souvent sur mes genoux, terrorisée par les korrigans et autres personnages fantastiques des landes bretonnes ! Ses frères bien sûr en rajoutaient, en imitant l'hululement de la chouette, le cri du loup et tant d'autres bruits terrifiants. Leur objectif était atteint quand Marie se précipitait dans mes bras ! Bref, de belles traditions, presque caricaturales quand j'y pense, mais qui faisaient plaisir à tout le monde. Quant à moi, j'appréciais nos grandes discussions, sur la terrasse l'été ou sur le canapé, l'hiver, chacune emmitouflée dans son plaid. Ayant perdu mes parents, elle m'avait prise aussitôt sous son aile, et m'avait très vite accueillie lorsque Pierre m'avait présentée.

C'était donc heureuse, mais, émue que nous les avons retrouvés.

Nous sommes rentrés dans la maison par le hall qui permettait d'accéder directement à la terrasse, avec sa fabuleuse vue sur l'aber que l'on pouvait apercevoir à travers les arbres qui bordent la plage. Nous avions en effet la chance d'avoir la mer à nos pieds, tout en étant entourés d'arbres centenaires. Une de ces merveilles que la Bretagne peut nous offrir, la mer à la campagne. J'adore cet endroit et, tout particulièrement, cette terrasse qui nous permettait d'observer les enfants courir dans la prairie. Celle-ci descend directement vers la mer. J'aime la vue des voiliers échoués sur la vase, attendant désespérément que la mer remonte dans l'aber afin de pouvoir à nouveau se tenir droit, fiers comme Artaban, face au courant. Une image qui me fait encore penser à nous deux, Arthur et moi faisant face à l'adversité.

Arthur, accompagné de son grand-père, s'était aussitôt dirigé vers la crique où se cache le voilier en bois, sur lequel il a tant navigué avec son père. La journée étant clémente pour une fin septembre, Mum est alors arrivée avec un plateau, des verres et du jus de fruits. Nous nous sommes assises, puis, nous nous sommes remémoré tous les bons souvenirs des étés bretons. Des bons souvenirs, mais qui, je m'en souviens, faisaient encore si mal, lorsque nous en parlions. Elle m'a demandé comment j'allais, comment allait Arthur. Je ne lui ai pas caché que j'étais très inquiète par ses problèmes post-traumatiques.

- Cela va passer avec le temps, avait-elle sorti, comme elle aurait pu dire que le soleil, caché alors derrière les nuages, allait réapparaître. Ses problèmes, ne sont-ils pas un peu exagérés par les psys ? Aujourd'hui, c'est un peu la mode d'avoir son psy, non ?

J'étais estomaquée par sa remarque et par tant de légèreté de sa part. Depuis l'accident, elle était, d'après moi, dans une sorte de déni. Ce qu'elle venait de déclarer m'avait confortée dans ce sentiment. Elle prenait tout à la légère. Je m'étais alors fait la remarque que l'annonce de notre départ en Polynésie s'annonçait d'autant plus compliquée si mes beaux-parents ne réalisaient pas la gravité de la situation ! Notre discussion s'est poursuivie, tranquillement, comme lorsque nous finissions nos journées d'été à discuter sur la terrasse, enveloppées dans nos plaids. J'étais sidérée par sa nonchalance, par sa manière très sereine de parler de Pierre, comme s'il allait apparaître au fond de la prairie, avec ses affaires de voile sous le bras... N'osant surtout pas la malmener, j'ai opté pour la prudence : je suis rentrée dans son jeu, discutant de tout et de rien, passant de la politique aux derniers ragots du coin, des travaux réalisés récemment dans la maison aux nouveaux magasins qui venaient d'ouvrir dans le village. J'attendais que Dad revienne pour aborder le sujet délicat de notre départ de Bordeaux pour la Polynésie.

C'est à cet instant que nous avons entendu des hurlements. Ils venaient de la crique. J'ai aussitôt descendu les marches de la terrasse et couru vers la petite plage où se trouvaient Arthur. Je les ai aperçus, mon enfant, recroquevillé sur lui-même et hurlant, et son grand-père, droit comme un i, désemparé par le comportement de son petit-fils et ne sachant que faire. Comme d'habitude, le seul remède était de le prendre dans les bras et de le bercer, tout comme le voilier de son grand-père, accroché à sa bouée, qui était bercé par les flots de la marée montante.

A notre retour, Arthur s'est endormi sur le canapé, exténué par ses deux crises consécutives.

J'ai alors jugé ce moment opportun pour leur annoncer notre départ, en insistant évidemment sur les motivations qui justifiaient cette décision difficile.

Contre toute attente, ce fut Mam qui a réagi la première :

- Il est hors de question que vous nous enleviez notre petit-fils, Claire ! Le seul lien qui nous relie à notre Pierre… Vous n'y pensez pas sérieusement ?

Dad est resté stoïque, silencieux dans un premier temps. Tous deux assis dans le canapé, l'un à côté de l'autre, ma belle-mère s'est tournée vers son mari, en vociférant :

- Mais, enfin, réagis ! Dis-lui, toi, qu'elle ne peut pas partir avec notre petit-fils, que nous nous y opposerons !

- Nous ne pouvons pas, ma chère. C'est son fils, c'est elle qui décide. Si c'est pour le bien du petit, je préfère qu'ils partent plutôt que le voir dans cet état, lui a-t-il répondu, le plus calmement possible.

- Pierre s'y serait opposé, s'il avait été là ! Il aurait interdit à Claire de partir avec son fils ! Je veux continuer à voir Arthur chez nous.

Elle ne décolérait pas, elle qui était si calme d'habitude. C'est à peine si elle avait écouté mes explications et les raisons pour lesquelles j'avais pris cette décision. Le bien-être d'Arthur semblait passer derrière le sien ! Quel égoïsme de sa part de vouloir garder son petit-fils, et de ne pas penser à lui d'abord ! Je suis réellement tombée des nues, cela ne lui ressemblait pas du tout. Où était la grand-mère toujours aux petits soins pour ses petits-enfants ? Je mettais cette réaction violente sur le compte de sa souffrance, sur la perte de son fils qu'elle n'avait pas l'air de réaliser pleinement. Intérieurement, elle se voilait la face pour ne pas voir la réalité du décès de Pierre.

Le visage fermé, elle se leva brusquement, quitta le salon et monta dans sa chambre. Je ne pouvais dès lors que compter sur mon beau-père et sa lucidité pour la convaincre de nous laisser partir, sereinement. Car c'était essentiel pour moi de ne pas partir fâchée avec les parents de mon mari. Et, moi-même, je les aimais tellement. De plus, il était primordial qu'Arthur sente et voit ses grands-parents contents pour lui.

Durant le dîner, en tête-à-tête avec mon beau-père, j'ai évoqué l'état psychique de Mum qui affectait beaucoup le papa de Pierre. En effet, il s'inquiétait pour elle, appréhendant le jour où elle prendra pleinement conscience de l'accident. Mais ce jour sera libérateur pour tous les deux, pas que pour elle. D'ailleurs, il m'a confié que du fait d'être face à un mur, il lui manquait l'épaule consolatrice dont il avait également besoin. Il se trouvait ainsi bien seul face à sa propre souffrance. Comme beaucoup de finistériens du nord, c'est un homme très pudique, très peu démonstratif ; il ne dévoile jamais ses sentiments. Mais, petit à petit, j'ai appris à les déceler. Dans son regard, tout d'abord, comme son fils... Que de messages pouvais-je lire dans les yeux de Pierre ! Dans ses petits gestes qui auraient pu passer comme anodins, surtout à l'égard de ses petits-enfants. Lorsqu'il leur proposait une activité, il fallait le traduire par « Je vous aime ». Ces mots, je ne les ai jamais entendus dans sa bouche. Pierre m'a confié rapidement que son père ne les lui avait jamais dits. J'en avais été toute retournée ! Alors que Dad me confiait sa découverte de la solitude face au deuil, il m'émouvait terriblement. Mais, ce qui m'a le plus peiné, c'est lorsqu'il s'est soudain mis à pleurer. Accoudé sur la grande table en bois, il a caché son visage de vieux breton creusé par le sel, et désormais par la douleur, dans ses grandes mains toutes ridées. Comme un petit garçon... Secoué par les sanglots, il tentait de les réfréner, tellement honteux de pleurer face à sa belle-fille. Je me suis alors levée et l'ai pris dans mes bras. Ce fut un instant extrêmement fort émotionnellement. Pour lui comme pour moi. Préférant garder le silence, je lui ai juste souri lorsqu'il a osé me regarder. Pour avoir malheureusement trop connu ces moments où les gens se forcent à dire une parole, je connais la valeur du silence. Certes, cela part d'un bon sentiment en général, mais ne dit-on pas qu'un silence vaut tous les grands discours ? Bien que silencieux, nous échangions tellement plus que ce que nous aurions pu nous dire. Mes bras qui le serraient lui parlaient, lui envoyaient des messages qu'il attendait tant depuis le décès de son fils. Peut-être était-ce même la première fois qu'il s'autorisait à pleurer, vraiment, qu'il évacuait ce trop-plein de chagrin... Et je réalisais que, pour la première fois depuis la mort de Pierre, je me trouvais de l'autre côté de la barrière, passant de consolée à consolante.

Nous sommes montés nous coucher en espérant tous les deux que Mum reviendrait sur sa position. Je comptais sur mon beau-père pour la convaincre de nous autoriser à partir, sans me culpabiliser. Car quelle que soit sa position, nous partirons.

Ma nuit fut agitée. J'ai forcément repensé à Dad, pour qui c'était tellement compliqué, à ma belle-mère que je ne reconnaissais plus.

Le matin, je l'ai trouvé avec son petit-fils. Je fus heureuse de les voir tous les deux, l'un en face de l'autre. L'un buvant son chocolat chaud et l'autre son grand bol de café. De grandes tartines de baguette fraiche, des croissants, et les confitures maison trônaient au milieu de la table. Un vrai petit-déjeuner de fête... Conscient de vivre ces derniers moments avant de longs mois, il savourait cet instant, profitant pleinement de notre présence.

- Merci pour les croissants ! je m'exclame en croquant dans la viennoiserie pur beurre. C'est adorable !

- J'étais réveillé très tôt ce matin. La boulangerie n'était même pas ouverte ! Les baguettes et les croissants, encore tout chauds, sortaient du fournil. Comme lorsque nous allions pêcher avec ton papa, ajoute-t-il en regardant Arthur. Tu t'en souviens ?

- Oui, même que je l'ai fait une fois avec vous ? Tu t'en souviens ?

- Mais oui, tu t'étais levé avant nous, et déjà dans ta tenue de pêcheur, tellement heureux et impatient de nous accompagner ce jour-là !

Et c'est parti, chacun y allant de son souvenir, renchérissant sur ce que disait l'autre. Ce fut un vrai plaisir de les entendre se remémorer cette sortie. Je me suis versé du café encore bien chaud. Puis, je me suis assise à côté de mon fils. Une fois son chocolat terminé, ce dernier est monté au grenier retrouver l'impressionnante collection de BD de Pierre. A nouveau, un moment m'est offert avec Dad :

- Comment allez-vous ce matin ?

- Merci pour hier soir, pour cette discussion. J'ai réalisé qu'elle m'a libéré d'un gros poids. Comme si quelque chose était resté en moi depuis l'enterrement et que je n'avais pas libéré... Ces larmes, j'aurais dû les verser depuis des mois. Mais, avec ma femme, pas avec vous. Vous avez eu votre dose de chagrin pour vous occuper en plus de votre beau-père !

- Ne dites pas cela, justement je sais à quel point les larmes peuvent être libératrices. Et Mum, qu'en est-il ce matin ? Elle ne descend pas ? je demande, encore pleine d'espoir à ce moment-là.

D'un signe de la tête, il m'a fait comprendre que sa femme s'opposait malheureusement encore à notre départ. Je savais que les Bretons étaient têtus et fiers, mais je fus attristée qu'elle n'ait pas changé sa position et surtout d'attitude. Toute la journée, nous l'avons attendue. Mon fils se demandant bien où était sa chère Mum... Quoiqu'en désaccord, nous aurions pu en parler et passer cette dernière journée ensemble pour en profiter jusqu'au bout. Elle se privait des derniers beaux moments... Nous avons ensuite discuté de tout ce qui m'attendait dans les semaines à venir : déménagement, valises, départ de Bordeaux pour l'aéroport de Roissy, puis Tahiti.

- Ne t'inquiète pas. Accompagné ou pas, je viendrai à Bordeaux pour t'aider lors du déménagement ! Je m'occuperai d'Arthur...

Je savais que ce n'était pas la peine de refuser son aide. Non seulement je risquais de le vexer, mais surtout, je l'aurais chagriné. Je l'ai donc chaleureusement remercié.

Ce fut donc avec Dad seul que nous avons passé nos dernières heures en Bretagne : l'après-midi, une superbe balade sur une des belles plages de sable blanc de L'AberWrac'h, puis en guise de goûter, une crêpe dans notre crêperie préférée, celle de la Baie des Anges. Quel joli nom... Désormais, je saurai de quels anges, il s'agit...

Tous les trois, nous n'avons cessé de penser à elle. Au début, je la plaignais, mais le soir, je suis montée me coucher en colère, car Arthur a été chagriné toute la journée de ne pas voir sa grand-mère. J'ai prétexté, je ne sais plus quelle raison, de la fièvre, je crois, sans vouloir non plus trop l'inquiéter. Non seulement elle s'est privée de son dernier petit-fils, et tant pis pour elle, mais elle l'a surtout empêché de vivre de beaux moments, qu'il aurait pu garder en souvenir avant de partir. « Elle descendra nous dire au revoir, j'espère ! Sinon quelle ingrate elle ferait ! »

Sur le pas de la porte, au moment du départ, le grand-père d'Arthur était là, seul, pour m'assurer à nouveau de son soutien. Je l'ai pris longuement dans mes bras. J'étais consciente du sacrifice que ce départ représentait pour lui. Il avait perdu son fils et il me laissait partir avec son unique petit-fils, au bout du monde et pour une période inconnue. Mais, ce fut en rogne et terriblement déçue par ma belle-mère que je quittais cette terre bretonne. Je n'osais imaginer la tristesse de Pierre de sa fenêtre du Ciel. Mon fils passait évidemment avant elle… Peut-être comprendra-t-elle un jour ? Je me suis retournée une dernière fois vers la fenêtre de sa chambre, je n'ai vu que des rideaux désespérément immobiles. J'en avais les larmes aux yeux. Quant à Arthur, il avait le sourire aux lèvres. Il ne réalisait heureusement pas que nous ne reviendrions pas avant de longs mois. Il a été calme sur le chemin du retour…

Chapitre 4

Avec de l'ukulélé comme musique de fond, je récupère, rassurée, nos trois valises sur le tapis roulant. Rien à voir avec Roissy et ses tonnes de bagages qui transitent par l'aéroport parisien. Ici, à peine descendu de l'avion, le voyageur retrouve ses affaires confiées vingt-quatre heures auparavant à Air Tahiti Nui. Cela me rappelle une drôle de mésaventure que nous avions vécue lors d'un voyage au Maroc. À Ouarzazate, nous avons découvert que nos bagages ne nous avaient pas suivis au départ d'Orly. Ils étaient partis se promener, je ne sais où, mais pas au Maroc ! Heureusement, chaussures au pied et vêtus de nos tenues de rando au décollage à Paris, coup de chance, nous avions pu commencer notre trek et avions récupéré nos affaires dès le surlendemain. Leur petite fugue n'avait par bonheur pas contrarié notre voyage. Quant aux enfants, ils l'avaient même trouvée très drôle, mettant du piment dans notre aventure marocaine ! Désormais, lorsque je prends l'avion, c'est un vrai soulagement de récupérer le bon nombre de valises. Surtout aujourd'hui… Je n'aurais pas du tout apprécié que mes valises se fassent la belle, nous laissant désœuvrés à l'aéroport de Papeete. En fait, à eux seuls, les tapis roulants sont un véritable spectacle dans un aéroport. Et un vrai jeu… Ils me font toujours penser à un jeu auquel nous jouions avec les enfants. Il s'agissait de repérer le plus vite possible un objet parmi des centaines concentrés sur un plateau de jeu. Ici, le but est de retrouver sa valise le plus vite possible ! Il faut observer les propriétaires, prêts dans leur starting-block à bousculer les autres et à sauter sur le tapis pour récupérer leur bien le plus précieux à cet instant précis : leur valise ! Tellement comique parfois… On entend des « Oh zut, encore raté ! » Et, voilà le bagage qui repart pour un tour de manège ! Et quel enfant n'a pas rêvé un jour de se prendre pour une valise et de monter sur le tapis ? Et comme sur un podium lors des fashion weeks, un vrai défilé de mode : de la plus petite à la plus volumineuse, de la plus originale à la plus discrète, de la plus moderne à la plus ancienne, de la plus colorée à la plus terne… Ainsi, cela m'étonne toujours de voir toutes ces valises noires totalement identiques. En effet, comment distinguer une valise noire d'une autre valise noire ? Je n'ose imaginer les confusions et, de ce fait, les quiproquos plus ou moins comiques que ces erreurs occasionnent... Aucun risque que ce problème nous arrive : les nôtres sont rouge, verte et bleue ! À peine apparaissent-elles sur le tapis que nous les repérons et donc aucune chance qu'on nous les prenne... Paul avait tellement honte de récupérer nos valises flashy devant tous les voyageurs !

En plus de réaliser une analyse sociologique des voyageurs et de leurs bagages, et grâce à l'ambiance enjouée du hall, le temps de l'attente de nos affaires n'a pas été trop long. Une vraie scène musicale, ce hall ! Ça danse, ça chante ! Seuls les chariots surchargés de sacs et les panneaux d'affichage nous permettent de réaliser que nous sommes bien dans un aéroport, et en l'occurrence celui de Faaa. Quel exotisme dans ce premier nom offert aux touristes qui débarquent à Tahiti ! Entre la troupe officielle de l'aéroport et la présence d'un petit orchestre local venu accompagner des jeunes en partance pour la Métropole, l'ambiance est incroyable. Sans parler des autres voyageurs qui se mêlent naturellement aux chants et aux danses, leurs colliers de fleurs se balançant autour du cou... Nous sommes très loin de l'ambiance glaciale de Roissy ! Un vrai choc culturel !

C'est avec regret et chargés de nos bagages que nous quittons ce hall si joyeux. Au lieu de prendre un taxi, réflexe très occidental, nous nous dirigeons vers les bus, ou plutôt les trucks, comme ils les appellent ici. « Meilleure façon de s'imprégner de l'ambiance et de la vie locale », d'après le Guide du Routard. Bicolores et en bois, les trucks n'ont rien de commun avec nos bus municipaux de Métropole. Ils ressemblent plutôt à des petits camions.

Au milieu d'une dizaine de trucks, garés à la tahitienne je suppose, nous partons en quête du nôtre, celui qui nous acheminera au port de Papeete. Au bout d'un quart d'heure, je suis lasse de tirer mes grosses valises dans cet imbroglio de trucks, regrettant de ne pas avoir la carrure d'une haltérophile du niveau du championnat du monde. Et Arthur, imperturbable, qui me suit avec sa valise partout où je vais... Combiné à la chaleur tropicale, je me décompose à vue d'œil, avec en tête l'image de l'éponge qu'on essore. Contrairement à moi, Arthur est toujours aussi calme. Comment fait-il ? C'est étonnant comme il a bien supporté le voyage et désormais cet air moite et lourd. Il ne m'a pas fait une seule crise depuis Paris ! Mais, il faut dire que je ne l'ai pas lâché d'une seconde, ni à Roissy, ni durant notre arrêt de Los Angeles. Je croise les doigts pour que cela continue à bien se passer jusqu'à Huahine. Après maintes suppositions, je rends les armes, n'ayant pas perçu la subtilité de l'organisation du transport en commun tahitien. Je me résous finalement à trouver un usager local pour me renseigner. Je n'en ai même pas le temps. J'entends mon fils me déclarer d'un ton le plus sérieux possible :

- Il faut regarder les couleurs. Elles indiquent quel truck il faut prendre.

J'en suis bouche-bée, et un peu énervée :

- Mais, pourquoi tu ne me le dis que maintenant ? Tu le sais depuis quand ?

- Depuis le début, mais tu ne me l'as pas demandé ! me rétorque judicieusement Arthur.

Typique de mon fils. Il intervient quand il veut, quand il le sent opportun… Et là, c'est au bout d'une vingtaine de minutes qu'il choisit de me parler. Et la solution, tellement simple, trop simple en fait pour la métropolitaine, plus habituée à la complexité du métro bordelais ou parisien. Être passée à côté d'un système aussi rudimentaire m'exaspère. Vexée, je décide de mettre ça sur le compte de la fatigue… Si Pierre nous regarde de son balcon du ciel, il doit bien se moquer de moi. « J'ai, disait-il, la méchante habitude de vouloir tout trouver toute seule, n'ayant besoin de l'aide de quiconque ! » Je souris. J'embrasse mon fiston. J'ai si chaud !

Comme pour un jeu de piste, nous cherchons les couleurs indiquées par mon fils. Je ne sais toujours pas comment il a résolu l'énigme, mais c'est le cadet de mes soucis dès lors que nous trouvons notre bus ! Enfin le voici… Nous montons à bord par l'arrière grâce à un marchepied et une poignée tant la marche est haute.

Tant bien que mal, nous poussons nos grosses valises vers l'avant. Puis, épuisés par nos va-et-vient parmi les trucks stationnés, nous nous installons sur un banc également en bois, posé dans le sens de la longueur contre la paroi du véhicule. Bien sûr, pas de ceinture ! C'est ainsi que nous nous retrouvons face à deux Tahitiennes. Fort différentes des danseuses de l'aéroport, celles-ci sont bien en chair, chacune vêtue néanmoins d'un paréo ravissant qui leur sied naturellement avec un tiaré à l'oreille. Fort souriantes, et, ma foi, fort élégantes malgré leur embonpoint, elles nous saluent d'un « *maeva* » chaleureux, qui sonne finalement plus vrai que celui répété à la va-vite à tous les voyageurs. Mais, leur magnifique sourire laisse apparaître une dentition irrégulière ; ce qui n'enlève en rien à la grâce qui s'exprime sur leur visage. Finalement, serait-ce cela la beauté légendaire des Tahitiennes ? Non pas la beauté physique proprement dite, mais cette grâce naturelle si expressive qui se dégage de ces deux femmes ?

Dignes des enceintes que l'on voit dans les rave-parties, celles du truck crachent une musique reggae très éloignée de l'ukulélé local. Autiste, ne supportant pas le bruit, mon fils sort, à peine assis, ses bouchons anti-bruit qu'il emmène partout où il va. Atténuant le niveau sonore, mais ne les supprimant pas totalement, ils permettent à Arthur de profiter malgré tout de l'ambiance locale. Ainsi, Arthur me fait remarquer à juste titre que c'est le même type de musique que le film *Rasta Rocket*. Un de ces films qui nous faisaient beaucoup rire lors de nos soirées-ciné du samedi soir. Un moment familial que nous tentions de partager le plus possible. Ce qui devenait de plus en plus compliqué avec

Paul, à mon grand dam, qui sortait de plus en plus et avec nos diners entre copains qui devenaient de plus en plus fréquents, nos enfants grandissant. Quand Paul n'était pas là pour s'occuper de ses frère et sœur, nous prenions alors une baby-sitter, ne voulant pas laisser Arthur et Marie seuls à la maison. Un vrai budget ces baby-sitters, mais nous refusions de faire porter sur Arthur la responsabilité de sa petite sœur, ce dont il aurait été incapable. Et surtout, une crise en notre absence n'était pas impossible… Je regarde mon fils. Le sourire aux lèvres, il tape dans ses mains, pas toujours de manière très synchronisée et suivant plus ou moins bien le rythme lent et si typique du Reggae. Nous pourrions vraiment nous croire en Jamaïque !

« Il ne manque plus que Bob Marley ! » je hurle à Arthur, pour me faire entendre, malgré ses bouchons.

J'ai à peine fini ma phrase qu'un jeune Tahitien monte dans le truck. Coiffé de dreadlocks et d'un gros béret tricoté en laine, aux couleurs jamaïcaines, vert, jaune et rouge, c'est le sosie de la légende du reggae ! Surréaliste… Tahiti, aurait-elle été annexée par la Jamaïque ? Je vais finir par le croire ! Mais surtout, comment supporte-t-il ce béret en laine par cette chaleur ? En l'apercevant, Arthur est pris d'un fou-rire. Bien que gênée de l'entendre rire à son arrivée, voir mon fils aussi joyeux me donne tellement de bonheur que je m'autorise à l'accompagner ! Totalement indifférent et penché sur son portable, notre voisin de banc ne s'occupe absolument pas de nous. Ouf !

Et, heureux hasard, c'est à cet instant que le truck démarre. L'air est de plus en plus chaud. Vais-je survivre à ce climat tropical ? J'en doute, mais aurais-je le choix ? Je me rassure en voyant que je ne suis pas la seule. Également en nage, mes deux voisines agitent frénétiquement leur éventail, tout en rigolant et en discutant. Je sais d'ores et déjà quel sera mon premier achat. Le Guide du Routard devrait le qualifier d'objet de survie dans les infos pratiques ! À peine le truck démarre-t-il qu'elles le rangent. Et je comprends rapidement pourquoi : la climatisation écologique du fait de l'absence de vitres ! Ainsi, les grandes ouvertures laissent enfin entrer l'air agréable de ce tout début de matinée. Que du bonheur, je revis !

Durant le trajet, Arthur et moi n'avons pas assez de nos quatre yeux réunis pour observer tout ce qui nous entoure. Malgré la verdure des montagnes toutes proches et le lagon que nous entrapercevons entre deux bâtiments, c'est un paysage qui ne ressemble pas à ce que nous vendent les catalogues touristiques que j'ai pu feuilleter. En effet, même si les jardins sont avantageusement entourés de haies d'hibiscus roses, rouges, jaunes ou de bougainvilliers, ils ne font pas oublier les maisons en tôles ou en parpaing qui bordent la route. Les fleurs incroyablement foisonnantes compensent l'environnement peu exotique. De temps à autre, de toutes petites épiceries faites de bric et de broc jalonnent la route. Et, comme en Métropole, de grands panneaux publicitaires défigurent encore plus les bords de route et l'environnement urbain. D'ailleurs, la publicité pour la bière Hinano fonctionne parfaitement puisque j'en ai déjà retenu le nom ! Comment ont-ils pu laisser s'installer une telle pollution visuelle dans un aussi beau cadre ? Nous bifurquons et quittons la banlieue de Faaa, le quartier de l'aéroport. Le truck s'engage sur une belle quatre-voies ombragée par les palmiers et les cocotiers de part et d'autre de la route. Bordée également par la végétation environnante aux mille et une couleurs, c'est un vrai jardin botanique à ciel ouvert ! Enfin Tahiti telle que je l'imaginais… Je désespérais de ne pas voir les atouts de cette île que tout le monde rêve de découvrir un jour dans sa vie ! À genoux sur le banc, Arthur est tout aussi subjugué et ses sens de petit Métropolitain sont revigorées.

Le truck s'arrête soudainement. Ébahie, je regarde le bouchon qui s'étire devant nous. La rocade bordelaise à l'heure de pointe ! Finies les efflorescences… Ce sont désormais les odeurs habituelles des pots d'échappement que nous respirons à plein nez. Et malheureusement, nous ne pouvons remonter les vitres puisqu'il n'y en a pas. Et donc finie la clim ! Les éventails sont de retour en face de nous. C'est pare-choc contre pare-choc que nous approchons de Papeete. Les enceintes, quant à elles, ne se sont malheureusement pas tues. Et toujours du reggae… Néanmoins, elles ne nous empêchent pas de ne pas entendre les bolides qui circulent sur la voie d'en face. Sidéré, mon fils les a remarqués lui aussi : des voitures dignes des films américains, des énormes pick-up - Arthur vient de m'en indiquer le nom - transportent femme et enfants, assis à l'arrière à l'air libre. Je les envierais presque de les voir ainsi bénéficier de l'air frais du matin. Des 4×4 rutilants.

L'industrie automobile américaine se porte merveilleusement bien à Tahiti... Où sont donc les voitures françaises ? Incollable sur le sujet, Arthur me cite tous les modèles qui défilent sous ses yeux. Il les connait par cœur. Avec son frère, c'était à celui qui donnerait le premier la marque quand il voyait une voiture anglaise ou américaine. Le pauvre Paul avait systématiquement un temps de retard sur son petit frère... Dépassée, mauvais jeu de mot, je laisse Arthur à ses voitures.

Quant à moi, ce ralentissement me laisse le temps d'observer à nouveau la palette de couleurs que la végétation m'offre durant notre transport. Malgré la vétusté de ces trucks, je n'ai aucun regret de ne pas avoir pris un taxi, même climatisé. Nous sommes ainsi directement propulsés dans la vie polynésienne. Pour cela, le Guide du routard ne s'était pas trompé. La montagne verdoyante, les nuages accrochés à son sommet, la présence de ces deux Tahitiennes, plus vraies que nature, sans parler du tahitien-jamaïcain... Alors que je suis plongée dans mes réflexions, une Vespa nous dépasse avec quatre personnes à bord : les parents assis l'un derrière l'autre sur l'unique siège et les deux enfants debout entre les jambes du papa. Et pas de casque, évidemment ! Arthur est médusé. Nous n'arrêtions pas de les embêter avec ce fameux casque, en le leur imposant fermement. Une vraie guerre de position : nous ne cédions jamais, eux jouant avec nos nerfs et nous, négociant la sortie contre le casque. Même si j'étais consciente qu'à peine le premier virage franchi, ils l'enlevaient. Mais le casque faisait partie des points sur lesquels nous ne cédions pas, une sorte d'honneur parental... En les voyant sur le scooter, Arthur doit très certainement penser à Paul qui, systématiquement, nous désobéissait et nous provoquait en refusant de le mettre. C'était la honte d'en mettre un devant les copains et, surtout, les copines ! Je me fais la réflexion qu'élever des ados ici doit être plus facile qu'en Métropole. Enfin, au moins sur ce point...

Quant aux deux femmes au tiaré, elles n'ont pas arrêté une seconde de discuter dans leur dialecte. De véritables pipelettes ! Comme moi avec Nath ! Le tahitien est une langue très musicale avec beaucoup de sonorités de voyelles, d'après ce que je saisis malgré les enceintes. La preuve avec le nom de Faaa. Voyant que je les observe, l'une d'elles, sûrement plus curieuse que l'autre, m'interpelle :

- Ia orana ! me salue-t-elle avec un large sourire édenté.

Je remarque également qu'elles font beaucoup rouler les [r].

- Ia orana ! je réponds, connaissant au moins le sens de cette expression, ayant un peu potassé le vocabulaire local.

- Vous venez visiter les îles ? me questionne son amie.

- Non, mon fils et moi, nous nous installons ici pour plusieurs mois.

- À Tahiti ? continue cette dernière, étonnée par ma réponse.

Peut-être s'attendait-elle à ce que nous soyons les énièmes touristes de l'année qu'elles rencontraient.

- Non, à Huahine.

Alors, là, je les ai scotchées ! À leur tête, je comprends qu'elles soient surprises, l'une comme l'autre. Finalement, tout aussi curieuse que son amie, cette dernière s'interroge sur la raison qui nous envoie à Huahine. Ensuite, je la renseigne, ravie d'ailleurs de discuter avec mes premières polynésiennes :

- Je vais travailler à la bibliothèque de Fare et mon fils ira au collège.

- Ah ! Mais, mon cousin y habite ! Il est pêcheur. Il pêche du très bon poisson, me répond-elle, enthousiaste. Et, en plus, il a un fils au collège.

Me serais-je fait des copines ?

- Et, moi, c'est ma nièce qui est partie pour travailler dans un hôtel, reprend la première, un peu jalouse que son amie monopolise autant la parole. De luxe ! Mais, c'est petit là-bas, tu sais ? C'est pas Tahiti ! Ton fils va s'ennuyer. Tu as d'autres enfants ?

Cette question… Il va falloir que je m'y habitue. Mais, une maman qui a perdu ses enfants est-elle capable un jour de faire fi de sa peine et d'y répondre tout naturellement ? Comme n'importe quelle maman ? L'avenir me le dira, mais j'en doute. Il y aura toujours ce petit pincement au cœur, forcément. À ces mots, visiblement un peu inquiet, Arthur se tourne vers moi. « Comment vais-je réagir ? » se demande-t-il. Pour le moment, je vais esquiver sa question. Je le rassure en souriant.

- Pourquoi s'ennuyer ? je réagis. Dans un pays aussi merveilleux !

- Mais, non ! réagit l'autre, en faisant les gros yeux à sa voisine et en lui adressant un mot en tahitien.

- Mais, non, mon cousin t'emmènera pêcher ! ajoute la réprimandée, en s'adressant à mon fils.

Je lui fais un immense sourire pour la remercier. Puis, elles reprennent vivement leur conversation, gardant très certainement comme sujet de conversation notre future vie à Huahine...

Le truck redémarre. Nous parvenons enfin aux abords de Papeete. Les premières maisons de la capitale tahitienne sont recouvertes de tags, comme en France. Un vrai fléau, même ici. J'espérais plus d'architecture locale, de jolies maisons blanches ou colorées, témoignages de l'histoire coloniale de l'île. Or, c'est une ville presque ordinaire, avec son centre commercial et son immense supermarché, que j'aperçois sur ma droite.

Mais, rapidement et à ma plus grande satisfaction, nous arrivons sur le port, par une grande avenue plantée de chaque côté de magnifiques flamboyants, avec la mer comme voisine immédiate. Juste magnifique ! Voilà le Papeete que j'espérais ! Nous sommes passés d'une banlieue sans intérêt à un front-de-mer époustouflant. Une grande église colorée, blanche au toit rouge, offre sa jolie façade à la mer. Arthur m'interpelle :

- Regarde le paquebot ! Tu as vu la taille ? C'est ce bateau que l'on va prendre ?

- Malheureusement, non ! Mais, celui-là ne va peut-être pas à Huahine.

Arthur, déçu, regarde à nouveau ce géant des mers, trop imposant à mon goût, et qui cache malheureusement Moorea que l'on venait tout juste d'apercevoir.

De très belles boutiques bordent le boulevard. C'est le quartier des bijouteries et des fameuses perles noires de Tahiti. Vu la tenue chic des touristes que je vois déambuler sur ce front de mer, puis s'arrêter devant les vitrines, ces boutiques ne me sont pas destinées.

Un peu plus loin, le spectacle devant la jolie halle aux poissons m'intéresse beaucoup plus : de nombreuses Tahitiennes s'y pressent de peur de rater les premiers arrivages du matin et donc les meilleurs poissons, comme en Bretagne lorsque les chalutiers débarquent leurs caisses, plus ou moins remplies de poissons, selon les jours. Ici, les bateaux de pêche sont plutôt de petite taille. Alignés le long du front de mer, ils ajoutent de la couleur au bleu de la mer. Un vrai tableau ! Une autre belle toile également que cette scène avec ces *mamas* aux *pareos* colorés et aux robes fleuries. Certaines se pressent sur les étals encore bien fournis, d'autres discutent entre elles, leurs sacs déjà bien remplis de victuailles. D'ailleurs, mes deux *mamas* descendent du truck, non sans nous avoir fait un petit signe de la main.

- *Nana !* nous crie l'une d'elles du trottoir.

Leur panier tressé sous le bras, je les vois s'éloigner, avec une pointe d'émotion. Ce sont les deux premières personnes que j'aurai rencontrées dans notre nouvelle vie...

En nous dirigeant vers le port maritime, nous quittons le vieux Papeete pour le secteur industriel avec ses bâtiments de la démesure que l'on trouve habituellement : les gigantesques silos, les immenses cargos et leurs gros conteneurs qui attendent d'être débarqués ou, au contraire, qui s'apprêtent à repartir vers d'autres continents, les fameux mastodontes qui font voyager des milliers de croisiéristes. Ils sont réellement impressionnants. Passant tout près de l'un d'eux, j'ai alors l'impression de me transformer en une petite fourmi au pied d'une grande fourmilière ! D'ailleurs, sortant de leur fourmilière, j'aperçois une nuée de ces petits insectes. À l'allure très américaine, les touristes investissent des dizaines de cars qui les emmèneront aux quatre coins de l'île. Façon de parler... Je préfère nettement mon petit truck haut en couleurs à ce monstre des mers. Mais, j'en connais un à côté de moi qui n'en perd pas une miette, le nez rivé sur ce spectacle que nous offre le port. Ce monde-là intéresse beaucoup plus Arthur que le marché aux poissons de tout à l'heure. A chacun son spectacle !

En observant ce nouveau tableau qui n'a plus rien d'exotique, j'éprouve un sentiment mitigé sur notre arrivée. Hormis l'accueil incroyable qui est réservé au voyageur à l'aéroport de Faaa et le front de mer de Papeete, celui qui débarque à Tahiti ne peut être que déçu dans un premier temps. Imprégné des superbes images véhiculées par les catalogues de voyages et par la télévision, qui ne font la part belle qu'aux plages de sable blanc et à l'eau turquoise, le touriste attend forcément autre chose que des tags, des maisons en béton et en tôle. En effet, la réalité est tout autre, et c'est normal ! Nous ne sommes plus à l'ère de la Reine Pomaré IV dont j'ai lu la biographie. L'occidentalisation de l'île est bel et bien présente ; c'est le revers de la médaille du tourisme de masse. C'est néanmoins bien regrettable, surtout pour les locaux. Ainsi, même si je ne m'attendais pas à revoir les paysages du film Les Révoltés du Bounty, une pointe de déception accompagne notre transfert à notre bateau. Du fait de son éloignement, j'espère que Huahine a gardé plus d'authenticité. Hâte de la découvrir !

Notre bateau, l'Aremiti 4, que nous apercevons au loin, nous attend sur l'un des quais. C'est une belle et grosse vedette blanche, aux lignes raffinées. Nous approchons de notre but. Le truck s'arrête. Le chauffeur nous indique que c'est le terminus. Il ne reste plus que nous deux et Bob Marley. Ayant un peu de marge, mais du fait de nos grosses valises, nous nous installons tout près, sur un banc face à la mer, ou plus exactement face aux sites industriels et pétroliers qui ferment la baie de Papeete. Les jolies vues, ce sera pour plus tard, à

Huahine. Nous en profitons pour manger nos sandwichs au thon que je viens d'acheter à l'un des nombreux food-trucks présents le long du front de mer. Mais à peine assis, la tête sur mes genoux, Arthur s'endort, éreinté par toutes ces émotions, ces premières découvertes et, surtout, par ce voyage si long qui nous a amenés au bout de la Terre. Une fois installés à bord du bateau, je ne tiendrai sûrement pas très longtemps, moi non plus.

J'observe l'agitation du port, le va-et-vient des bateaux de pêche. Un ferry qui fait la navette entre Tahiti et Moorea déverse sur un des quais ses nombreux passagers. Des touristes assurément et peut-être des îliens qui travaillent sur Tahiti. L'air est désormais agréable, les alizés soufflent légèrement dans les hautes palmes des cocotiers, mais suffisamment pour qu'elles dansent. À la vue de leurs mouvements majestueux qui ondulent au rythme de l'air océanique, l'image du maharadja sous une grande palme tenue à bout de bras par un serviteur me vient aussitôt à l'esprit. En fermant les yeux, je me prends à rêver et à m'imaginer en princesse polynésienne. En effet, le bruit des palmes en haut des cocotiers, le vent chaud sur mon visage et le léger clapotement des vagues réussissent à me projeter sous le règne de Pomare IV. Mais, ce voyage dans le temps est de courte durée : les klaxons des voitures sur le front de mer me ramènent rapidement sur mon banc... Outre le bruissement dans les arbres, le vent m'offre un joli chassé-croisé ombre et lumière qui n'est pas pour me déplaire. L'ombre accompagnée de légers rayons de soleil est parfaite pour nous deux, les « visages pâles » débarqués seulement ce matin. Surtout Arthur le blondinet. Quant à moi qui ai le teint mat, je dois me montrer malgré tout méfiante ! Débarqués ce matin… Et pourtant, j'ai l'impression d'y être depuis beaucoup plus longtemps tellement ces derniers moments ont été intenses.

Je savoure cette pause qui m'est offerte pour la première fois depuis plusieurs semaines. En effet, à peine avais-je décidé de partir pour Tahiti qu'un tourbillon m'a littéralement emportée ; je n'ai pas touché terre pendant plusieurs jours. Nos billets d'avion réservés, les démarches sans fin occasionnées par ce voyage m'ont mise sous l'eau. Il y a eu aussi les vaccins et autres visites médicales ! Puis, la gestion du déménagement, les dernières démarches à faire, suite au décès de Pierre… Celles-ci ont été particulièrement difficiles à gérer tellement la liste est longue. Sans parler de la douleur qui se rallie à la complexité ! Soulagée d'avoir pu tout finaliser avant de quitter Bordeaux. J'en ai même fait des cauchemars, toujours les mêmes : je m'envolais dans un tourbillon avec un Arthur désespéré qui, de la maison, me voyait partir. Horrible ! Je me réveillais en sursaut. Ces rêves m'éreintaient… D'ailleurs, la tête dans le guidon, toutes ces heures ont failli avoir raison de ma décision. J'ai été à deux doigts de tout laisser tomber. Heureusement, Nath était là pour m'encourager lorsque je flanchais. Elle m'a tant soutenue que j'ai fini par rebondir, alors qu'elle aurait pu profiter de la situation pour m'inciter à rester avec elle. C'est grâce à elle que nous sommes là ! Mais je reconnais là mon amie, toujours à penser aux autres avant elle.

En pensant à elle, je sors immédiatement mon portable et prends un selfie de nous deux, avec la mer en arrière-plan. En évitant bien sûr le décor peu exotique du port. Photo envoyée ! Je la lui avais promise. Certes, avec ma mine épouvantable et Arthur qui dort, il pouvait y avoir mieux comme première photo ! Mais, il y en aura d'autres de bien plus jolies...

Un autre moteur dans cette tornade : les angoisses d'Arthur, bien sûr. Je ne pouvais pas abandonner mon objectif, ne serait-ce que pour mon petit bonhomme...

Enfin tranquille, je profite de cette pause pour faire un premier bilan de mes derniers moments à Bordeaux. Je regarde Arthur, toujours endormi sur mes genoux. Que lui réserve notre nouvelle vie ? Le peu de temps passé en dehors de chez nous me laisse penser que je suis sur la bonne voie : ses crises se sont miraculeusement atténuées, ses mouvements de balancier lors de ses moments de stress sont moins fréquents et plus calmes. Je croise les doigts et compte également sur un petit coup de pouce de nos trois anges gardiens pour que ce grand voyage ne soit pas vain...

Même si je sens Arthur plus serein depuis notre départ de Bordeaux, les derniers jours ont été très durs pour lui ! Surtout quand il a réalisé concrètement ce que signifiait pour lui quitter notre cocon familial. Mais, le contraire aurait été étonnant, moi-même ayant vécu cet évènement comme un arrachement à ce seul lien qui nous rattachait encore à Pierre, Paul et Marie. Je m'y étais pourtant préparée, mais le plus émouvant pour moi a été lorsque tous nos biens sont partis en garde-meubles, en vue de la location. Nathalie était venue m'aider ce jour-là, pour me soutenir moralement. Vider notre nid d'amour a été un véritable choc ; je l'ai très mal vécu ; j'ai eu réellement l'impression de les abandonner, de faire une croix sur nos années de mariage, sur notre vie d'avant. Et le moment le plus déchirant a été celui où ils ont mis en carton les affaires des enfants. J'ai tout voulu garder ; je verrai plus tard pour le tri. J'espère qu'un jour, à notre retour de Huahine, le temps du deuil aura fait son chemin, et qu'alors, sereine, je pourrai ouvrir ces cartons. Des cartons remplis de livres, de jeux, de vêtements. Toute leur vie finalement ! Une fois la maison vidée, je n'ai pas voulu retourner dans leur chambre. Nath a eu raison de m'en dissuader avant de partir. Cela aurait été inutile de m'infliger une telle douleur. Voir la maison vide, c'était comme déchirer des pages entières du beau livre que nous avions écrits à dix mains. J'étais bouleversée. J'avais beau me raisonner, je me sentais terriblement coupable d'avoir défait ce que nous avions réussi à bâtir avec Pierre. Assise sur les marches du perron, perdue, j'ai beaucoup pleuré, ne sachant plus si j'avais pris la bonne décision. Des pensées telles que « Je peux encore faire machine arrière », « Tout ceci est inutile, cela ne changera rien » me traversaient l'esprit. Nath, assise à côté de moi, me soufflait que c'était ma décision, que je devais me faire confiance, que nous ne pouvions continuer ainsi. Même si elle me rassurait par des paroles simples, mais justes, c'était à moi de choisir. Je me sentais si seule. Partir. Une décision, j'en étais consciente, tellement lourde de conséquences ! Je laissais toute ma vie derrière moi... J'ai tranché.

Peu de temps avant le déménagement, j'ai assisté à un de ces moments inoubliables dans la vie d'une « maman orpheline ». Une drôle d'expression, si antinomique, mais comment le dire autrement ? La société n'a pas daigné en offrir une aux mamans qui ont perdu un enfant. Comment se fait-il que, depuis l'existence de la langue française qui remonte à la nuit des temps, pas un seul mot n'ait été inventé pour toutes ces mamans orphelines de leur enfant ? Et Dieu seul sait, s'il y en a eu ! Je ne suis pas la première, malheureusement... Sur mon État Civil, je suis veuve désormais, certes, mais qu'en est-il de la perte de Paul et Marie ? Ce n'est que maintenant que je réalise cette injustice pour toutes ces mères à qui l'on ne reconnait pas un statut particulier. Une reconnaissance, c'est tout. Chaque année, des mots nouveaux rentrent bien dans le Larousse. Ces mères orphelines, seraient-elles les oubliées du dictionnaire ?

Ainsi, un matin, juste avant le déménagement, j'ai aperçu Arthur fouiller dans la chambre de son frère et de sa sœur. Il y a passé un temps fou. Ne le voyant pas sortir des chambres, j'ai fini par lui poser la question, s'il cherchait quelque chose. Il m'a répondu, très simplement :

- Je choisis les objets qui me rappellent le plus Paul et Marie, pour les emmener avec moi sur mon île. Il ne faut pas que je me trompe ! Comme ça, je ne risquerai pas de les oublier !

- Quelle bonne idée, mon chéri ! Tu me montreras ceux que tu auras choisis ?

- Sûrement pas, c'est une affaire entre eux et moi !

J'ai bien entendu respecté son jardin secret. Mais, le plus important dans cet échange, c'est que j'avais peut-être compris ce qui participait au déclenchement de ses crises d'angoisse. La crainte de les oublier. Comment expliquer à un enfant de dix ans que l'on n'oublie pas un être cher comme on oublie le texte d'une poésie ? Cependant, moi-même, ce dont j'ai le plus peur, c'est d'oublier leur voix. Leur visage, leur sourire, leurs mimiques, je pourrai toujours les regarder sur les photos. Mais, le son de leur voix ? Dans la maison, après l'accident, il n'y a pas eu un jour sans que je les imagine arriver, soudainement, dans la cuisine, en les entendant crier : « Maman ! » pour les Paul et Marie, « Chérie ! » pour Pierre. Combien je donnerais pour les entendre indéfiniment me dire ces petits mots ! Et tant d'autres...

Quelques jours plus tard, je me suis également secrètement glissée dans leur chambre, et, comme Arthur, j'ai cherché attentivement le jouet, la peluche, le livre qui représentaient le plus pour moi Paul et Marie. Je m'étais alors souvenue de notre jeu, le portrait chinois, que nous faisions en voiture, pour rendre les trajets moins longs. « Et si tu étais une fleur, laquelle serais-tu ? Et si tu étais un animal... » Certaines réponses nous faisaient tellement rire ! Un jour, peut-être, plus tard, nous nous montrerons, Arthur et moi, ces beaux trésors, volés secrètement au temps qui passe pour lutter contre l'oubli ! « Et si Paul était un livre... ? », « et si Marie était un jouet... ? »

Quitter ma chère amie a été mon autre crève-cœur. Mais je suis convaincue qu'elle viendra rapidement nous voir sur notre île paradisiaque. Et, je ne désespère pas de revenir travailler avec elle, lorsque chacun de nous sera prêt à reprendre le cours normal de la vie. Pas celle d'avant, mais une autre que nous tâcherons de recréer...

Pendant tout le temps du déménagement, mon beau-père qui était descendu de Bretagne s'est occupé d'Arthur. Refusant toujours de me voir, Mum n'a pas souhaité l'accompagner. Lui souhaitait en profiter jusqu'au bout... et peut-être par là-même provoquer un choc chez son épouse. En vain. Un temps fort nous a encore plus soudés, lorsque nous nous sommes rendus tous les trois sur la tombe de son fils et ses petits-enfants. Dommage qu'elle ne soit pas venue ; revoir la tombe de son fils lui aurait fait du bien. Quant à moi, je savais que je ne reviendrais pas avant longtemps leur faire mes petites visites. Quotidiennes les toutes premières semaines du deuil, elles s'étaient espacées petit à petit, n'y allant que tous les deux jours jusqu'à devenir hebdomadaires ces derniers temps, par manque de temps. Je tenais à ce qu'Arthur réalise vraiment que notre voyage n'était pas une histoire de quelques jours, de quelques semaines. Les jolies fleurs que nous avions choisies ensemble seront bien fanées quand nous reviendrons. Dans un joli pot, nous y avons donc planté un petit arbuste que nous avons posé à côté de la tombe, en espérant le retrouver bien vivant et bien grand à notre retour. Mon amie Nathalie m'a promis de venir régulièrement au cimetière afin de nettoyer la tombe, d'arroser notre petite plantation et d'y déposer un petit bouquet.

Ayant tenu absolument à nous accompagner ensuite à Roissy, Dad a été bien présent dans ces moments difficiles. Je savais, et je sais, que je pourrai toujours compter sur lui. « Merci Pierre de m'avoir offert tes parents ! » C'est la réflexion que je me suis faite, en l'embrassant une dernière fois. Très inquiète par la réaction d'Arthur, leur séparation s'est étonnamment bien passée, son grand-père ayant beaucoup pris sur lui pour ne pas montrer son désarroi et sa tristesse de nous voir partir si loin.

Depuis le décollage à Paris, j'ai retrouvé un enfant de dix ans, curieux par tout ce qui l'entoure, vivant une aventure et impatient de découvrir l'île de Robinson Crusoé. C'est ainsi qu'il l'appelle, lorsqu'il oublie son vrai nom ! Je ne regrette plus mon choix, certes déchirant, mais vital pour nous deux.

Plongée dans mes pensées, je n'ai pas vu l'heure passer. « Oh, mon Dieu ! » Je réveille Arthur, et lui dis de prendre rapidement ses affaires. Le pauvre, il dort debout ! Je cours avec les valises qui pèsent chacune une tonne ! Et c'est en nage que nous nous dirigeons précipitamment vers la passerelle, que nous présentons nos tickets et que nous nous asseyons à nos places numérotées, essoufflés, mais soulagés de ne pas avoir raté le bateau. D'ailleurs, à peine installés, les portes se ferment ! Après avoir fait des milliers de kilomètres depuis la France, nous avons failli regarder notre bateau partir sans nous, alors qu'il était amarré à trois cents mètres seulement de notre banc. Notre embarcation ressemble aux vedettes que nous prenions pour passer la journée à Ouessant. Très confortable. J'espère juste ne pas être malade, moi qui suis sujette au mal de mer ! Je tente de me rassurer, tout va bien, je peux respirer, me poser et dormir ! Encore seulement trois heures de navigation et nous serons enfin arrivés à Fare, la capitale de l'île, où nous attend l'équipe municipale et le maire. Rien que ça ! Désormais bien réveillé, Arthur observe par le hublot notre sortie du port. L'Océan Pacifique est réputé pour être déchaîné et imprévisible. Un océan qui porte donc très mal son nom ! Tellement sombre, comparé aux lagons bleu-clair qui tentent par leurs récifs coralliens de se protéger des vagues violentes et de la houle, tel un château-fort face à l'envahisseur, me dirait Arthur ! À peine sorti de la passe, notre vedette accélère et nous donne l'impression de voler sur les vagues. Nous dépassons déjà Moorea que nous admirons à nouveau, mais cette fois de la mer. Son sommet, d'un vert incroyablement intense, se détache sur le ciel parfaitement bleu. Fantastique !

- Vous avez de la chance de l'apercevoir. Le plus souvent, des nuages s'accrochent au sommet, et il devient alors invisible !

Je me tourne vers mon voisin dont j'avais à peine senti la présence et que je n'avais pas encore eu le temps d'observer. Un Français, j'imagine, pas d'accent étranger, la quarantaine, un bel homme ma foi, aux cheveux très bruns, les yeux d'un bleu qui attire forcément le regard. Avec son style de surfeur, un t-shirt, un short et des simples tongs comme chaussures, il doit appartenir à cette communauté d'illuminés qui vivent d'air pur et d'eau fraîche, faisant le tour du monde des meilleurs vagues à surfer. Afin de rester polie, je lui réponds que nous avons donc de la chance. Je regarde à nouveau par le hublot. Seuls la mer et le ciel remplissent désormais l'espace. Tout bleu, il est parfois ponctué de blanc avec l'écume et les rares nuages. Il est temps pour moi de faire un somme. Arthur est déjà avachi dans son fauteuil, prêt à se rendormir.

Je sens mes paupières lourdes qui ne demandent qu'à se fermer. Les bras de Morphée m'accueillent doucement...

Je regarde ma montre. Déçue, je n'ai dormi qu'une heure seulement, moi qui suis exténuée. Tout juste une courte sieste, maudit décalage horaire !

- Tu es réveillée ? intervient, à nouveau, mon voisin.

C'est à se demander si ce n'est pas lui qui m'a réveillée ! J'ai bien envie de lui répondre : « Non, je dors », espérant ainsi être tranquille. Et, de quel droit me tutoie-t-il ? Je lui réponds donc assez sèchement :

- Oui, mais je n'ai pas assez dormi pour autant !

- Oui, ce fut court, en effet, insiste-t-il, néanmoins. Vingt-cinq heures de vol, plus le bateau, c'est usant ! Moi, pour venir de Métropole, j'ai mis trente-cinq heures d'avion ! Dites-vous que vous avez de la chance ! L'avion des profs, comme on l'appelle, passe par l'Est et dépose tous les professeurs des lycées français, en passant par Bahreïn, Singapour, Nouméa ! Tu imagines ?

- Je ne préfère pas !

- Tu vas où en vacances avec ton fils ? Huahine, Bora-Bora ? continue-t-il, en me montrant Arthur.

- Nous nous arrêtons à Huahine, mais nous ne serons pas en vacances. Je vais y travailler, je rétorque, vexée d'avoir encore été prise pour une touriste.

- Ah, bon ? Génial ! Je rentre également pour la rentrée de novembre. Je suis le prof d'EPS du collège. Je me présente, Vianney Duval. Je peux te tutoyer, j'espère ? Car, sur l'île, oublie tout de suite les habitudes métropolitaines, dont le vouvoiement, et enregistre plutôt les usages locaux. Le tutoiement est de rigueur en Polynésie.

Je me disais qu'il était, en effet, très cool ! Un peu déstabilisant, pour la bordelaise que je suis, même si je me refuse de me qualifier de bourgeoise. Un des futurs profs d'Arthur, quel hasard ! Heureux, je ne sais pas encore... Et moi qui le prenais pour un de ces surfeurs nonchalants. Heureusement que je n'ai pas fait de gaffe, pour une fois, moi la gaffeuse en titre de la famille Keradec ! Autant ne pas se le mettre à dos... Mon expérience m'a toujours prouvé que c'était utile d'avoir une bonne relation avec les profs de son enfant. Une attitude, je conviens un peu hypocrite, mais efficace ! Je décide alors de me présenter :

- Claire Keradec, la future bibliothécaire de l'île.

- Enchanté ! Mais, il y a de fortes chances que je le vois plus souvent que sa maman, me répond-il, en regardant Arthur. Car, les bibliothèques et les livres ne m'ont jamais aimé ! Je n'ai donc pas insisté, plaisante-t-il.

Je souris à sa remarque. Et il a de l'humour, en plus d'être beau. J'avoue qu'il a un charme fou ! Il doit faire craquer toutes ses élèves. D'ailleurs, tenterait-il de me séduire ? Je réalise que c'est la première fois qu'un homme m'aborde depuis le décès de Pierre. Mon visage a dû se refermer à cette pensée, car mon voisin me déclare, gêné :

- Quelque chose ne va pas ? J'ai dit une bêtise ?

Je dois vite trouver un prétexte :

- Non, non ! Quand vous avez parlé de livres, j'ai juste pensé à un détail pour mon travail !

Ouf, j'ai été réactive, j'ai trouvé une raison crédible. Finalement, l'envie de discuter avec lui me titille bien. Connaître les us et coutumes de Huahine pourrait m'être bien utile... Ne serait-ce pas plutôt pour mieux le connaitre ? Je poursuis donc la conversation :

- Même si nous nous installons sur une île paradisiaque, il ne faudra pas que j'oublie que c'est le travail qui nous amène là-bas. Il ne s'agira pas de me tromper de sac, celui avec mon ordi, pas celui avec la serviette et le maillot !

- L'un n'empêche pas l'autre, vous verrez, on s'y habitue très rapidement ! Tous les matins, avant de retrouver mes insupportables ados, après mon petit-déjeuner, je vais piquer une tête. Et, j'arrive à l'heure pour mes cours. Et, de bonne humeur grâce à mon bain matinal ! Comme tous les *popa'a*, c'est cela que je suis venu trouver ! Autant en profiter...

- Les *popa'a ?*

- Ah, oui, pardon. Il va falloir que tu apprennes quelques mots du lexique tahitien ! *Popa'a* signifie français, européens.

Je le rajoute sur mon petit carnet, déjà bien entamé. Cela le fait sourire.

- Une vraie bibliothécaire, je vois.

- Et, à l'ancienne. Je suis très papier-crayon, je complète en souriant.

Concernant la qualité de vie, il n'a pas tort. C'est également pour cela que nous sommes venus sur cette petite île du bout du monde, même si les raisons sont au départ bien différentes.

- D'ailleurs, en parlant d'ados, votre gros dormeur sera en quelle classe ?

- En sixième. Sa rentrée dans ce collège va être pour lui un sacré bouleversement. J'espère qu'il va vite se faire des copains.

Ce n'est ni le lieu ni le moment de s'étendre sur la raison de notre venue en Polynésie. Et ce n'est pas maintenant, sur ce bateau, que l'on va faire une rencontre parent-professeur ! Je lui sais gré d'ailleurs de ne pas poser de questions sur l'absence du papa...

J'observe Arthur avec tendresse. J'appréhende tellement pour lui cette rentrée, ce nouvel environnement. Va-t-il enfin accepter de retourner à l'école, de me quitter, ne serait-ce que quelques heures ? Ses crises de panique vont-elles finir par disparaître ? Les jours à venir vont être, je le sens, déterminantes pour la suite. Même s'il va falloir y aller en douceur, je compte sur la nouveauté, les surprises que nous réservent cette île et cette nouvelle vie pour qu'il se reconnaisse dans ce petit garçon curieux qu'il a toujours été, intéressé par tout ce qui l'entoure. Je m'appuierai sur son avidité de connaissances pour le stimuler, pour se souvenir de tout ce dont il était capable et, donc, pour qu'il se reconnecte avec lui-même. Son côté Asperger nous y aidera, j'en suis convaincue. Pourquoi serais-je partie à l'autre bout du monde si je n'y croyais pas ? Beaucoup de convictions... mais tant d'interrogations sur lesquelles j'aimerais déjà mettre des réponses ! Alors que je suis plongée dans mes pensées, Arthur se réveille doucement, puis regarde aussitôt cette immensité bleue... Il y a pire comme réveil. Mer variable, ciel disparate. Depuis notre départ de

Papeete, le ciel est assez capricieux, passant du bleu au gris anthracite, du soleil à l'averse furtive. Typique du climat local, d'après Vianney. Tout comme la mer, plus ou moins houleuse selon les moments. Je m'attendais à pire, mais la vitesse de notre vedette nous évite de ressentir les lames du Pacifique.

- Coucou, mon chéri ! Bien dormi ?

- Hum.

Je prends le hum pour un oui.

- Il reste combien de temps avant d'arriver ?

- Une demi-heure. Ton timing est parfait ! Tu as dû avoir le pressentiment qu'on arrivait ! Nous ne devrions pas tarder à apercevoir ton île, Robinson !

Voyant Arthur bien réveillé, Vianney le salue :

- Bonjour Arthur ! Moi, c'est Vianney, ou plutôt, monsieur Duval, car je serai ton professeur d'EPS.

Comme avec toute personne qu'il ne connait pas, son regard est fuyant, comme désintéressé par la rencontre. Or, je le sais, ce n'est pas le cas… Arthur regarde partout sauf son prof ! Pour un premier contact élève-professeur, ç'aurait pu être mieux, mais ç'aurait pu être pire ! Ne serait-ce qu'au mot « professeur », mon fils aurait pu plus mal réagir… Je l'observe. Non, pas de signe avant-coureur de la moindre crise.

- Arthur, tu as en face de toi ton prof de sport. Incroyable, non ? j'insiste, en l'aidant à orienter son regard vers Vianney.

Il arrête ainsi de bouger sa tête, mais cette rencontre ne semble pas du tout l'enchanter. Il devrait être estomaqué d'avoir un de ses futurs profs en face de lui. Mais, il tourne la tête et retourne à son hublot. Cela n'augure rien de bon pour la rentrée ! Un peu gênée, je regarde son prof qui me fait signe de ne pas insister. Il me souffle en souriant :

- Un ado de plus ! me fait-il en faisant un clin d'œil.

Vianney aurait-il compris ?

Soudain, Arthur s'exclame :

- Regarde, maman, on arrive ! Waouh, c'est grand quand même !

Le genre de retournement de situation qui me surprendra toujours chez Arthur : d'un enfant absent, il redevient un garçon plein de vie. Je me penche. Et c'est vrai que l'île posée sur la mer vue du bateau est très étendue. Comme à Moorea, les montagnes d'un vert foncé se détachent sur le ciel bleu clair, avec les nuages éternellement accrochés aux sommets. Nous n'apercevons pas encore le lagon qui encercle Huahine. Perdue au milieu de nulle part, l'île est recluse, la barrière de corail l'empêchant de voguer vers d'autres horizons. Cela me fait penser au roman de Marguerite Duras, *Un barrage contre le Pacifique*. Quel beau livre ! Il faudrait que je le relise...

Vianney interrompt mes pensées. Pour casser la glace qui vient de s'installer, merci Arthur, Vianney nous propose un jeu :

- Puisque vous apercevez Huahine, devinez la forme que l'île dessine sur le ciel. Un indice : regardez bien les montagnes, surtout !

Perplexe, j'attends la réaction d'Arthur. Je le vois observer attentivement le relief... Le prof va-t-il réussir à rentrer en contact avec son futur élève ? Il serait très fort, ce Vianney.

- Alors, à quoi vous font penser ces montagnes ?

Comme hypnotisé, Arthur se laisse prendre au jeu, oubliant, très certainement, que c'est son futur prof de sport qui lui pose la question :

- Un dromadaire à trois bosses ? propose Arthur, sceptique sur sa propre réponse.

- Perdu !

- Le dessin du chapeau dans le Petit Prince, alors qu'il avait dessiné un boa qui avale sa proie ! Et, même que les adultes pensaient que c'était un chapeau, suggère mon fils, cette fois, sûr de lui et riant tout seul, rien qu'à l'évocation du Petit Prince.

-Tu es un intellectuel, toi ! C'est la première fois que l'on me sort cette réponse ! Mais, encore perdu !

Pensant avoir trouvé, je fais un clin d'œil à Vianney. Je souffle la réponse à Arthur qui rougit instantanément ! Intimidé, celui-ci refuse de répéter ce que je lui ai soufflé ! Je tente de le convaincre :

- Allez, dis-lui ! Je suis certaine que c'est la bonne réponse !

Et tout bas, pour ne pas être entendu, il ose déclarer, sans regarder son professeur :

- Une femme enceinte allongée ?

- Oui ! Gagné ! Regarde ! Les trois collines forment parfaitement la silhouette d'une femme qui est enceinte et allongée. C'est beau, non ?

Arthur est rouge cramoisi, Vianney ayant parlé suffisamment fort pour que tout le bateau entende ! Je ris toute seule, persuadée qu'il l'a fait volontairement. Je vois qu'il connait bien les ados. Désormais, mon futur collégien sait à quel personnage il aura à faire en sport. Mais, au moins, le contact s'est finalement bien passé, voire très bien passé puisque Arthur a répondu positivement au souhait de Vianney de communiquer avec lui. Sacrément doué ! D'autres l'auraient braqué d'emblée ! Je regarde à nouveau l'île, en m'intéressant plus spécifiquement à son relief : la forme de la tête, la chevelure qui plonge dans l'eau, son nez, sa bouche, ses seins, son ventre... c'est bluffant comme elle ressemble à une femme enceinte !

Vianney nous raconte une anecdote étonnante. Ce sont les femmes qui ont toujours régné sur l'île. Ainsi, c'est à une reine que le Capitaine Cook a eu à faire lors de la découverte de Huahine.

- Et ce sont encore les femmes qui règnent aujourd'hui ! nous avertit-il, en riant.

- Attention, Arthur, tu es prévenu ! je lui déclare en fronçant les sourcils.

Ce dernier se tourne vers son futur prof pour vérifier si ce qu'il dit à propos des femmes est vrai, et celui-ci le lui confirme, en hochant la tête, d'un air désespéré. Je me mets moi aussi à rire, en voyant chacune leur tête.

Ma foi, drôle de coïncidence entre la forme que nous offrent le relief de l'île et l'histoire de ces reines…

Le pilote du bateau nous indique au haut-parleur que nous entrons par la large passe d'Avamoa, dans la baie de Fare, le plus gros port de l'île. La baie est si belle qu'on en oublie les constructions aux alentours. L'eau est incroyablement transparente, et d'un bleu ! Tellement claire que, même à travers le hublot, nous pouvons admirer le fond de sable blanc. Le lagon est bordé au loin par des cocotiers qui semblent toucher le ciel, et par d'autres arbres exotiques dont les noms me sont encore inconnus. Une végétation luxuriante recouvre toute l'île. L'arrivée est tout simplement féérique ! Arthur et moi-même en restons sans voix. Je remercie, en mon for intérieur, mon voisin de rester, cette fois, silencieux en cet instant magique afin de nous laisser savourer, comme il se doit et comme il le mérite, ce paysage que nous offre Huahine. Arthur me montre des enfants plonger joyeusement d'un quai, pour ensuite s'accrocher aux barques et aux annexes. Amarrées aux bouées, elles parsèment la partie du port réservée aux voiliers. Je me remémore ce que j'ai lu sur l'île dans les guides touristiques qui ne vendent que du rêve. Mais, j'avoue que ce que nous voyons relève bien du rêve ! J'y ai lu que Huahine est faite de deux îles, une grande et une petite. Les montagnes, comme nous avons pu l'observer, sont peu élevées. Certains disent que Huahine est la plus jolie des îles Sous-le-Vent, encore plus jolie que Bora-Bora… Cela promet ! Nous n'avons pas choisi n'importe laquelle, et par conséquent, nous ne tarderons pas à jouer les explorateurs de cette petite merveille qui nous tend les bras !

Je prends mon enfant dans les bras. Nous y sommes, Arthur ! Je te souhaite tellement le bonheur que tu mérites, que tu redeviennes heureux et joyeux comme avant. Avec ce décor incroyable, je ne peux être qu'optimiste ! Et, je suis persuadée que, du haut de leur Paradis, ce sont bien mes enfants chéris et mon mari adoré qui nous ont guidés dans celui-ci. Ce sera notre petit paradis terrestre…

Chapitre 5

Par le hublot, j'aperçois le Maire reconnaissable à son écharpe bleu-blanc-rouge. “D'emblée, ça en jette !” dirait Arthur. D'ailleurs, je suis surprise, voire gênée par l'honneur qu'il me fait de la porter. Était-ce vraiment indispensable ? Moi qui n'aime pas être mise sur un piédestal, je suis servie ! Et, j'aurais même préféré être accueillie discrètement au milieu de tous les autres passagers. J'aperçois, un peu en retrait, des danseurs et des musiciens en tenue traditionnelle.

Malheureusement, se tenant près d'un minibus aux couleurs d'un hôtel, ces derniers sont réservés aux clients de l'établissement.

Le minibus et la petite troupe me ramènent aussitôt à la réalité et me rappellent la raison pour laquelle je suis là. Contrairement aux touristes qui viennent pleinement profiter de leurs vacances de rêve, ma nouvelle fonction m'attend incessamment : responsable de la Bibliothèque de Fare. Un titre un peu pompeux. Quoique… D'après l'échange que j'ai eu avec le maire, la tâche qui m'attend est primordiale pour l'avenir de cette bibliothèque moribonde, mais aussi pour la vie de l'île. Il m'a en effet expliqué que la culture du livre, comme je l'appelle, a malheureusement disparu sur ce petit bout de terre. Et si je peux contribuer à son retour, je serai alors la première ravie ! Une mission noble et motivante. Tout ce dont j'ai besoin à l'heure actuelle pour démarrer pleinement ma nouvelle vie… Comme la carotte qui fait avancer la mule ! J'ai ainsi hâte de mettre le pied à l'étrier, de découvrir cette bibliothèque et de faire connaissance avec mon équipe. Contrairement à ce que je pensais, ce travail que je n'envisageais que comme un gagne-pain va pleinement participer à mon épanouissement. D'ailleurs, outre l'état de santé d'Arthur, me sentir utile à l'autre bout du monde m'a déjà aidée à me lancer dans cette aventure, à quitter Bordeaux et ma librairie. C'est donc avec une valise, une de plus, mais celle-ci remplie d'idées, que je m'apprête à commencer mon nouveau travail.

En observant le maire et ses atours officiels, je réalise que c'est la première fois que la République française me fait honneur. Et, certainement la dernière. Alors, autant savourer avec fierté l'unique jour de gloire de ma longue vie. A leur égard, je leur manifesterai ma reconnaissance et ma joie de découvrir enfin cette île, notre Graal à tous les deux ! Passant d'une personne à une autre, comme tout bon politicien, le Maire profite de sa présence sur le port pour serrer des mains, écouter, discuter avec ses concitoyens. Très sociable à l'évidence. Puis, je le vois rejoindre un petit groupe d'hommes et de femmes, chacun d'eux portant également leur écharpe tricolore avec fierté avec à la main deux colliers de fleurs. Un pour moi et un autre pour Arthur, je présume. Probablement, le conseil municipal. Mon regard se porte à nouveau sur le maire. De type polynésien, une cinquantaine d'années, bien enveloppé. Comme la plupart des hommes que j'aperçois, il porte une chemise à fleurs, style hawaïenne, suffisamment ample pour cacher son ventre bedonnant, ainsi qu'un short bleu et de simples tongs ! Une tenue républicaine bien surprenante… L'écharpe bleu-blanc-rouge avec l'accoutrement local détonne tellement ! Est-ce bien réglementaire, monsieur le Maire ? Je me garderai bien évidemment de lui poser la question, au risque de froisser la susceptibilité des autorités locales et d'en arriver à l'incident diplomatique. Les manœuvres d'amarrage enfin terminées, nous sommes autorisés à nous lever !

- Eh bien, quel comité d'accueil ! C'est pour toi, cet aréopage sur le quai ? me demande Vianney, étonné par toutes ces écharpes tricolores.

- Il me semble que oui, je réponds un peu gênée.

- Je suis flatté d'avoir voyagé à côté d'une personnalité ! s'esclaffe Vianney.

- Et, moi, à côté d'un professeur du collège de Huahine !

Tout en me dirigeant vers la sortie, je me mets à rire pareillement.

- Quelqu'un vient vous chercher ? j'ose demander, plus sérieusement.

Une manière détournée d'en connaitre un peu plus sur ce dernier, aux allures quelque peu étranges de jeune surfeur. Certes, les tout débuts de notre rencontre ont été un peu chaotiques, mais finalement l'homme est fort sympathique. Je n'ai même pas entendu sa réponse. Impatients de sortir, les voyageurs derrière nous, nous bousculent, nous poussent vers la passerelle du bateau. Chargée comme une mule avec mes grosses valises, j'ai davantage le sentiment de débarquer à Ellis Island qu'à Huahine ! Hors contexte, évidemment... Je m'assure qu'Arthur me suit bien. Le pauvre, il est tout aussi chargé que moi. J'arrive en bas de la passerelle dans un état tel que je suis au bord de l'apoplexie. À nouveau, le choc de la chaleur après la clim du bateau. Tentant de me remettre de mes émotions, remettant mes cheveux en ordre de bataille, je crains fort que mon vol Paris-

Papeete, puis ma traversée Papeete-Huahine n'aient terni mon allure. Je ressemble plus à une écervelée qu'à une bibliothécaire digne de ce nom ! Un brin de toilette n'aurait pas été de trop avant de rencontrer ce beau monde… J'aurais dû y penser à bord. Je m'en veux. Mais, je me reprends, tentant de convaincre que tout va bien. Et, surtout, je réalise que nous foulons le sol de Huahine… Le capitaine Cook ne devait pas être plus heureux ni plus excité que moi lorsqu'il a découvert l'île au bout de plusieurs mois de traversée ! Malgré tout, je ne vais pas me mettre à genoux pour l'embrasser ; je ne me prends pas pour le Pape quand même ! Manifester ma joie de cette manière, c'est assurément se voir offrir le billet retour directement pour la France. Par conséquent, je souffle un bon coup, j'enlace Arthur et l'embrasse très fort… Intérieurement, je pousse un cri de guerrière avec un poing levé…

Grand bien m'en a pris de le faire virtuellement, car le maire s'avance et passe autour de mon cou un superbe collier de fleurs toutes blanches. Quel parfum ! Suave et sucré, elles embaument certainement toute la baie. Puis, il me salue d'un joyeux *Ia Orana*. Le reste du groupe imite leur responsable local, en proclamant pour leur part un *maeva* chaleureux. Avec ses quatre colliers autour de son petit cou, je n'aperçois quasiment plus son petit visage. Je ris tellement la scène est comique. Accueilli comme un roi sur son île, Arthur est fier et apprécie, à sa juste valeur, ces gestes de chaleur humaine. Ils sont si différents des nôtres en Métropole, distants, froids et souvent superficiels. Simples et sincères, je sens que ceux-ci me font un bien fou. Un peu perdus, ils nous rassurent, nous réchauffent. Je parle de chaleur humaine, évidemment, car du côté température, j'étouffe sous mes colliers. Ravissants, mais aussi chauds qu'une écharpe autour du cou !

Avant de débarquer, j'appréhendais tant ce moment pour Arthur qui ne supporte pas les manifestations trop démonstratives et encore moins la foule. Que de fois, il nous a semés, lâchant notre main pour se précipiter dans un lieu plus calme que nous mettions un temps fou à trouver. Je me souviens d'une fois, tout particulièrement, où petit, il avait échappé à notre surveillance devant les vitrines de Noël à Paris. Quel stress ! Soudain, un monsieur a soulevé notre Arthur en criant : « À qui est ce petit garçon ? » J'en ai encore des frissons... J'ai aussitôt fui cette foule, laissant Pierre et Paul continuer tout seuls. Je m'en étais terriblement voulu de l'avoir emmené dans cette foule, insupportable même pour nous. Je lui serre fort la main au cas où il serait tenté de renouveler ce genre d'expérience. Par conséquent, je suis terriblement consciente de l'effort qu'il fournit actuellement au milieu de tout ce monde. Mais, je sens qu'il est grand temps de le mettre en retrait de ce brouhaha. Je prétexte au maire qu'il y aura ainsi moins de bruit pour discuter... Et, j'en profite pour féliciter mon fils de sa grande patience. Une crise, là, maintenant, je n'ose y penser. Et le perdre, encore moins...

L'espace d'un instant, je cherche d'un coup d'œil mon beau surfeur... Un peu déçue de ne pas l'apercevoir, je suis à nouveau happée par le maire que je remercie sincèrement pour cet accueil hors du commun. Les autres voyageurs ainsi que les habitants de l'île, présents sur le quai, nous observent, curieux de savoir qui leur maire peut bien accueillir ainsi ! Je les vois discuter entre eux, cherchant de quelle célébrité il doit bien s'agir. Une actrice, une chanteuse... ? Une situation cocasse qui m'amuse bien. Je serais curieuse de savoir à quelle personnalité je leur fais penser ? Les habitants de Fare seront fortement déçus quand ils apprendront que ce n'était que leur nouvelle bibliothécaire ! Ainsi, le tapis rouge de Cannes n'est rien à côté de celui que je foule sur le port de Huahine... Où sont mes lunettes noires ?

Alors que je souris béatement, le maire me prend le bras et m'invite à me diriger vers sa voiture. Un gros pickup rouge écarlate, pas du tout discret pour la nouvelle star que je suis et qui veut voyager incognito... Pour la discrétion, c'est raté ! Après être parvenue à me hisser sur le marchepied à l'aide d'une poignée, je m'installe à l'avant, sur l'un des deux sièges réservés aux passagers, puis j'aide ensuite Arthur à grimper. Les roues sont quasiment aussi hautes que lui. De plus en plus excité par tout ce qu'il voit, il se demande sûrement quel sera le prochain épisode. Je vérifie que nos fameuses valises colorées sont bien à l'arrière du véhicule avant qu'il ne démarre ; quelqu'un d'autre s'en était gentiment chargé. Il ne s'agirait pas de les oublier sur le quai. Avec ses trois passagers installés à l'avant, le véhicule quitte le parking du port. Impressionné par la hauteur du pick-up, Arthur regarde la route, les yeux grands ouverts.

Tout en conduisant, le maire nous déclare :

- Je vous amène à votre faré. Je voulais organiser une bringue ce soir pour fêter votre arrivée, mais, Ahutiare, ma femme, m'a grondé en me disant que je sortais trop, et que vous seriez fatigués par votre si long voyage.

- Néanmoins, c'était gentil d'y avoir pensé, je réponds, tout en félicitant en mon for intérieur cette Ahutiare de l'en avoir dissuadé. Que signifie Ahutiare ? je lui demande. Quel joli prénom !

- Il signifie « Robe de fleurs ». Vous verrez, quasiment tous nos prénoms ont un sens, m'indique-t-il.

- Humblement, j'avoue avoir déjà oublié le vôtre, je lui confie toute gênée.

C'est malin, je m'étais promis pourtant de le retenir pour le saluer à notre arrivée au port.

- Mana'arii. Je reconnais qu'ils ne sont pas toujours simples à retenir pour les popaa ! Et, il signifie « Pouvoir royal ». Vous voyez, mes parents avaient de grandes ambitions pour moi, plaisante-t-il.

- Ils n'avaient pas forcément tort puisque vous êtes le chef de l'île.

Il rit à ma remarque, puis il reprend :

- Et si j'ajoute que ma femme pense que j'ai un bon mana, c'est-à-dire, l'esprit magique du chef, là, vous allez vous dire que je suis un chef qui ne connait pas l'humilité. Je vous rassure, mes amis vous diront que je ne mets jamais mon statut de maire en priorité. Mais, par contre, pour mon Fenua, ma Terre, je serais capable de tout. Vous comprendrez, par conséquent, que porter mon écharpe républicaine, cela ne signifie pas pour autant renier mes racines.

L'ayant écouté attentivement, je découvre les deux facettes de l'homme assis à mes côtés : le maire et le polynésien. Les deux étant compatibles d'après lui... Concentré sur sa conduite, il poursuit :

- Vous verrez, les habitants de Huahine sont très ancrés dans leur histoire et très attachés à leurs traditions. Aussi, tout sur l'île les ramène à leurs croyances. La nature est ainsi très présente dans leur vie. Peut-être plus ici qu'ailleurs en Polynésie. Excepté les Marquises en raison de leur éloignement... D'ailleurs, le nom de l'île n'est sûrement pas dû au hasard ! En effet, Huahine signifie « L'indépendante ». Même les touristes apprécient notre île pour son authenticité, comparée à Bora Bora, notre voisine, beaucoup plus touristique. Là-bas, les traditions sont devenues du folklore pour les Japonais quand ils viennent se marier, se désole Mana'Arii. C'est pour cela que j'essaye de conserver Huahine dans la culture polynésienne de nos ancêtres.

Cet échange m'a permis de mieux cerner Mana'Arii et son caractère. C'est une personne entière et passionnée qui se bat pour protéger son île de l'occidentalisation, et tout ce qui en découle malheureusement, comme j'ai pu le constater à Papeete. Une bataille bien complexe ! Je suis admirative de son combat, presque hors du temps.

Songeuse et pensive, je jette un coup d'œil désormais plus attentif au paysage qui se présente à nous. De superbes haies d'hibiscus et tant d'autres fleurs et arbustes longent la route. Un vrai régal pour les yeux… Il n'y a pas que la flore qui est foisonnante sur cette île, il y a aussi les enfants ! Je n'en ai jamais vu autant au mètre carré ! Tout à l'heure, en arrivant au port, nous les avions aperçus très nombreux, amusés à plonger et à s'ébattre joyeusement dans l'eau. Maintenant, ce sont d'autres qui jouent au foot et qui font du vélo sur la route, comme s'ils l'avaient annexée à leur territoire de jeu. Mais, monsieur le maire n'est pas de cet avis et souhaite remettre de l'ordre à cette anarchie ! Il les klaxonne bruyamment, puis les gronde au passage en tahitien. Et, là, ça ne rigole pas. La tête basse, ils nous laissent passer. Encore une preuve que mon chauffeur est un personnage. Je regarde Arthur qui est bien silencieux. Serait-il parti dans son propre monde ? Il est, dans ce cas, complètement indifférent à tout ce qui peut se passer autour de lui.

Mana'Arii nous indique que nous ne tarderons pas à arriver à notre maison. La découvrir sera pour moi le signe concret de notre nouvelle vie.

En effet, la voiture ralentit et s'engage sur un chemin sablonneux. Soudain, un rideau de cocotiers se déchire et révèle un merveilleux décor. Recouvert de pandanus, notre faré est posé sur une superbe pelouse bordant une plage de sable blanc, avec le lagon et la mer à perte de vue… Une vraie carte postale ! Je n'en reviens pas… Est-ce un rêve ? Pas un immeuble, pas une antenne, pas une maison qui bouche la vue. Je m'extasie devant ce tableau empreint de poésie, de calme et de plénitude. Nous descendons du véhicule, ou plutôt, nous sautons, et je vois Arthur se précipiter vers la plage. En voilà un qui est revenu parmi nous ! *Arthur et la mer*, cela ferait un beau titre de roman. Je n'ai jamais compris pourquoi la mer avait un effet aussi attractif chez mon fils. Comme avec un aimant. En effet, depuis tout petit, il est littéralement happé par cet élément qui a le don de l'apaiser, de le recentrer et, de ce fait, qui lui permet d'être plus en lien avec son environnement. Serait-ce du magnétisme ? Aucune idée, mais ce que je sais, c'est qu'il habitera toujours au bord de la mer ! Je l'y rejoins. Il est assis sur le sable. Contre toute attente, il fond en larmes. Je le prends dans mes bras et lui demande pourquoi il pleure. J'ai une petite intuition, mais je préfère entendre sa propre réponse :

- J'aimerais tant qu'ils soient là pour voir notre nouvelle maison ! Ils me manquent tellement, maman…

- Moi aussi, mon chéri. Mais, dis-toi que nous allons en profiter trois fois plus, pour eux, pour les remercier de nous avoir amenés jusqu'ici. Tu veux bien, mon petit Robinson ?

Un oui, accompagné d'un faible sourire, se fait entendre entre deux sanglots.

Je le laisse seul, pour lui laisser le temps d'évacuer toutes ses émotions, si intenses depuis notre atterrissage à Tahiti. En plus de la fatigue, l'absence de son frère, de sa sœur et de son papa dans un tel moment ne fait que rajouter de l'émoi, accentué par son hypersensibilité. Cela fait beaucoup pour un petit garçon de dix ans. Je rejoins le maire, notre maire désormais. Il a posé gentiment les valises devant notre porte.

- Tout va bien ? me demande-t-il, inquiet de voir Arthur dans cet état.

- Comment ne pas être ému par tant de beauté ? je réponds, tout simplement.

Et, je n'ai pas le sentiment de lui mentir en lui disant cela. Comment pourrait-il en être autrement ?

- Ah, je suis content que cet endroit vous plaise. C'est Ahutiare qui s'est occupée de tout, pour que vous soyez confortablement installés. Elle sera soulagée et heureuse que vous trouviez ce lieu très beau. Le truck pour le collège est au bout de votre allée. Votre fils pourra également y aller à vélo, et vous, ce sera direct pour vous rendre à la bibliothèque. Allez, je vous laisse vous installer tranquillement et surtout vous reposer ! Je ne reviendrai que demain midi, pour le tamara'a.

Me voyant perplexe, il ajoute :

- Un pique-nique local. Vous verrez alors ce que signifie accueillir en Polynésie ! Nous tenons à notre réputation, déclare-t-il en me souriant.

- Entre votre accueil sur le port et ce faré de rêve, je ne sais déjà pas comment vous remercier, monsieur le maire.

- Hors de question de m'appeler Monsieur le Maire ! Désormais, ce sera Mana'arii.

- Eh bien, je vous embrasse, Mana'arii !

Sur ce, il nous laisse tous les deux, seuls, sur le seuil de notre nouvelle maison. J'appelle Arthur qui s'est remis de ses émotions. Quoique... Les larmes ne sont malheureusement pas loin. Je lui prends la main, puis nous pénétrons ensemble dans notre faré typiquement polynésien. J'en rêvais ! Mais, quand j'allais sur les sites immobiliers de Huahine, réaliste, jamais je ne nous aurais imaginés dans un faré entouré d'une nature si belle, les pieds dans l'eau... Cela commençait d'ailleurs à inquiéter mon compte en banque... Comment vais-je faire pour payer le loyer qui doit être prohibitif ? Ce n'est pas avec mon petit salaire de bibliothécaire que je vais pouvoir le payer...

- Mais, c'est la cabane de Robinson ! jubile Arthur, immergé aussitôt dans *Vendredi ou la vie sauvage.*

- Je t'en prie, Vendredi, je lui déclare, en lui montrant par un geste qu'il peut rentrer.

Le toit, recouvert de grandes palmes, s'abaisse très près du sol et n'est relevé qu'au niveau des portes et des baies qui donnent sur la mer. Heureusement, car sinon nous ne pourrions pas profiter de la superbe vue ! Les parois sont de fins roseaux et le plancher, fait de bambous, plie sous nos pieds nus. Des meubles en bois exotique complètent harmonieusement la grande pièce, avec les traditionnels fauteuils à bascules et un canapé en gros bambous, recouvert de superbes coussins en tifaifai, des tissus brodés de fleurs très colorées. Nous découvrons ensuite une première chambre avec un grand sommier, ce sera la mienne, puis un lit simple dans la seconde. Chaque lit est, là encore, recouvert du superbe tissu coloré. L'un aux motifs floraux verts et bleus, l'autre pour Arthur, aux couleurs rouge et jaune, avec les poissons du lagon. Ils sont tellement beaux que je les imagine immédiatement dans notre boutique d'Arcachon. Les Bordelais et les Parisiens en raffoleraient ! Il faut absolument que j'en fasse parvenir à Nath. Immédiatement, à peine ai-je pensé à elle qu'un pincement au cœur me fait monter les larmes aux yeux.

« Quelle ingrate, tu es ! Tu n'as même pas pris le temps de prendre ton téléphone pour l'appeler à ton arrivée ! » je pense avec remords. Or, je sais pourquoi je ne l'ai pas encore appelée : j'ai besoin de me déconnecter complètement de Bordeaux, de m'offrir ce petit sas, ne serait-ce que deux jours… Le temps de poser mes bagages, les vrais, mais aussi ceux que j'ai au fond du cœur. Faire une réelle coupure. M'accorder cette faveur qui, je le reconnais, est très égoïste à l'égard de mes amis, de notre famille et surtout de Nath, après tout ce qu'elle a fait pour nous. Mais, je le ressens comme une nécessité : se poser pour mieux rebondir. Car, ensuite, il s'agira de m'occuper de mon fils, dont les sourires qu'il arbore à nouveau sur son visage sont, j'en suis consciente, les arbres qui cachent encore toute une forêt entière. Tiens, dit-on ici « les cocotiers qui cachent la cocoteraie » ? Je souris à cette réflexion. Car, rien n'est réglé, malgré tous ces premiers petits bonheurs, certes ô combien précieux pour nous deux.

« Promis Nath, je t'appelle ce soir ! »

Arthur sort de sa chambre, en me demandant ce que je fais… Faisant l'étonnée, je lui propose de regarder la vue de son lit. Je l'attrape. Nous sautons sur son lit, nous rions, j'adore cet instant. Nous nous allongeons et nous admirons ensemble cette vue fantastique. Je n'ai pas de mot, lui non plus d'ailleurs. Un cocktail d'émotions m'étreint, je me mets à pleurer, des larmes coulent sur mes joues, je ne les essuie pas, je les laisse tracer leur sillon de peur qu'Arthur ne les voie. Je ne veux pas casser cet instant magique. Comment se peut-il que, de Bordeaux, nous soyons désormais dans ce petit paradis ?

Il fait nuit… Arthur dort. Je réalise que nous nous sommes endormis l'un à côté de l'autre ! Rien d'étonnant après un tel voyage… Je n'ose bouger par crainte de le réveiller. Une image me revient : Pierre me tient la main, et nous voici tous les deux à sauter à pied joint sur un planisphère de pays en pays, de continent en continent. Je me vois le suivre, lui me montrant le chemin… J'ai dû faire un rêve, un joli rêve. Je me suis réveillée trop tôt ! J'aurais aimé en connaître l'issue… J'aime à croire que c'est lui qui nous a fait une magnifique surprise en nous réservant ce magnifique faré et que c'est encore lui qui m'a mis cette offre d'emploi sous les yeux. Comment en pourrait-il être autrement ? Depuis ma décision de partir, toutes les planètes sont, comme par miracle, parfaitement alignées. Allongée à côté de mon fils, je prends conscience du grand écart émotionnelle que j'ai effectué entre l'annonce de l'accident et Huahine. Quelle émotion, en effet, n'ai-je pas ressentie entre ce maudit 6 mars et aujourd'hui ? Je pense que je ne suis pas loin de les avoir toutes cochées. Il me reste la toute dernière. La plus importante et la plus dure à atteindre, mais la plus motivante : le bonheur. Que j'ai perdu et que je dois retrouver… Ce sera mon Everest, notre Everest ! Nous partons de bien bas, mais, en cordée avec Arthur, nous y arriverons ! Et, de là-haut, nos trois petits anges seront nos sherpas : ils porteront nos chagrins lorsqu'ils seront trop lourds, nous soutiendront, nous guideront vers le sommet, nous indiqueront les bons passages et les crevasses à éviter. J'en suis convaincue…

Je réussis à me lever, sans faire de bruit. Je le recouvre de sa belle couverture. Puis, je découvre enfin ma chambre : une grande natte recouvre le sol et une belle armoire en bois de palissandre la complète. Toute simple, mais cosy. Je tente d'apercevoir la mer par la fenêtre. Je colle mon visage sur la vitre : pas une seule lumière n'apparaît, pas la moindre habitation, pas même l'ombre d'un phare qui illuminerait la mer. Au moins en Bretagne, ces sentinelles des mers sont une présence précieuse, non seulement pour les marins, mais également pour les habitants du littoral. Et pour la rendre encore plus noire, la Lune est aux abonnés absents ce soir. Je comprends mieux désormais l'expression “il fait nuit noire” qui prend tout son sens ici. Il va falloir s'y habituer… Un peu angoissant, tout de même. J'aurais aimé me raccrocher à une petite lumière, symbole de vie. Un phare en pleine mer…

Bien réveillée, je continue le tour du propriétaire. Étonnante cette visite au beau milieu de la nuit ! La cuisine et la salle de bain étant équipées du strict minimum, elle se finit en fait rapidement. Je verrai, au fil du temps, ce dont nous aurons besoin. Ici, en effet, ce n'est pas comme en France. Ce n'est pas de la cuisine dernier cri dont on a besoin et dont on rêve… Pareil pour la douche. J'apprécierai tout autant de prendre ma douche à l'extérieur. Quoique… J'aime aussi mon petit confort. Mais pour la douche à l'italienne avec tous les jets hydro-massant, j'attendrai mon retour en France. En ouvrant les placards, je reconnais la gentillesse de nos hôtes : ils sont remplis de victuailles, tout comme le réfrigérateur et le congélateur. Certainement une initiative de son épouse, dont j'ai déjà oublié le prénom ! La légende de l'accueil des Polynésiens n'en est décidément plus une. Et le pique-nique de demain, enfin de ce matin, le confirmera, comme me l'a indiqué Mana'Arii. Même si je n'en doute pas une seconde… Mais, pour l'instant, la nuit est déjà bien avancée, et le sommeil me gagne enfin. Il est 2:00 à Huahine et 14:00 en France ! Sacré décalage ! Après un rapide grignotage, je me recouche, cette fois dans mon lit. Chacun dans notre nouvelle chambre avec vue sur le lagon ! Enfin, j'espère… De quoi faire de beaux rêves…

Malgré la fatigue, j'ai du mal à trouver le chemin des bras de Morphée. Et puis, ce noir profond autour de moi m'effraie un peu tout de même, il faut bien le reconnaître. Je sursaute au moindre bruit de la vie nocturne. Dans ces cas-là, je pense forcément petites bêtes, araignées et autres insectes tout aussi sympathiques. Qui dit Tropiques dit forcément gros insectes, non ? Et si un de ces énormes margouillats, ces gros lézards que j'ai vus courir sur le plafond, avait l'idée saugrenue de se jeter en l'air, oubliant qu'un reptile ne vole pas… J'en ai des sueurs froides ! Et les entendre galoper au-dessus de ma tête ne me rassure pas du tout ! Dès que Pierre entendait mon cri bien reconnaissable aux aigus que j'arrivais à sortir dans cette situation, il accourait pour écraser la plus petite araignée que je venais de repérer. Évidemment, son intervention héroïque était suivie d'une gentille moquerie à mon égard ! Pour me rassurer, je pourrais allumer pour vérifier que ma chambre ne s'est pas transformée en « serre tropicale des spécimens les plus horribles ». Or, si je l'éclaire, ce sont mes amis les moustiques qui vont apprécier ! Quel dilemme ! Bref, pour le sommeil, ce n'est pas gagné…

Plongée dans la nuit, mais aussi dans mes pensées cauchemardesques, tout à coup, je sursaute. Mais, cette fois-ci, c'est justifié puisque les hurlements proviennent de la chambre d'Arthur. Je me précipite et je le vois, tremblant et suffocant. Encore une de ses terreurs nocturnes ! Je ne supporte plus de le voir dans cet état ! Je le prends dans mes bras pour le calmer, et lui parle doucement. Je lui rappelle toutes les belles choses que nous avons pu admirer ces dernières heures. Et, ainsi, j'arrive heureusement à le détendre rapidement. Calmé, il me supplie de dormir avec moi dans mon lit. Comment lui refuser cette supplication ? Surtout pour cette première nuit… Je me revois, il y a à peine cinq minutes, terrifiée par le moindre bruit. J'accepte, ce qui finalement n'est pas pour me déplaire… À deux, nous serons plus forts contre les monstres de la nuit ! En me recouchant, je prie pour que ces cauchemars s'estompent rapidement. Je ne tiendrai moi non plus ainsi très longtemps… En plus, ce n'est pas ce cauchemar qui va m'aider à trouver le sommeil !

Bercés par la brise dans les cocotiers, nous finissons tous les deux, enfin, dans les bras de Morphée…

Le lendemain matin, quel bonheur ! Le chant des oiseaux exotiques nous réveille doucement. Le bruit sourd et lointain des vagues qui s'écrasent sur la barrière de corail complète cette mélodie du bonheur. Il me faut un certain temps pour réaliser que nous sommes à Huahine, dans notre faré. Une fois émergés de nos brumes matinales, nous avons la même idée : plonger dans l'eau bleue cristalline du lagon. À la va-vite, nous farfouillons dans nos valises, prenons nos maillots et faisons la course pour savoir qui de nous deux sera le premier dans l'eau. Moment irréel, mais tellement savoureux après son cauchemar de cette nuit. L'image des montagnes russes me vient souvent à l'esprit. Ces émotions qui montent et qui descendent sont vraiment trop éreintantes, pour lui comme pour moi ! Ces montagnes russes des émotions s'aplaniront-elles un jour ? C'est ce que j'espère en venant ici… Arthur me sort de ma réflexion, en me criant, le sourire aux lèvres :

- Allez, maman, cours ! Je vais gagner !

Je le laisse courir devant moi, juste pour le plaisir de le voir rire ! Puis, je m'élance à sa poursuite :

- Je te rattrape !

Nous courons tous les deux, main dans la main, en évitant les noix de coco qui parsèment la pelouse et la plage. Nous plongeons ensemble. Reprenant son souffle, il m'éclabousse, rit, saute et replonge tel un dauphin, nage autour de moi, je tente de l'attraper, sans succès… Et ce jeu dure, dure jusqu'à ce que nous soyons exténués. Nous nous écroulons sur le sable blanc, l'un à côté de l'autre, et nous nous taisons, savourant ce que nous venons de vivre, ce beau moment de complicité entre une maman et son fils. J'attendais tellement cet instant où nous arriverions à recréer le lien. À cet instant, je prends conscience que ce sont les prémices de notre nouvelle famille à deux que nous bâtissons.

- Merci, maman ! me souffle Arthur, en fixant le ciel bleu.

- Je t'aime, mon chéri, je réponds, sans oser le regarder, de peur de casser ce moment de plénitude.

Je suis convaincue qu'Arthur me remercie de l'avoir emmené si loin, de l'avoir éloigné de notre maison de Bordeaux, qui nous empêchait finalement de revivre. Cette maison du bonheur nous rendait malheureux, ou tout du moins, ne nous autorisait pas à être à nouveau heureux ! En le voyant courir, j'ai vu un petit garçon heureux, tout simplement. La suite nous dira jusqu'à quel point…

Après notre baignade, nous prenons notre petit-déjeuner sur la table en bois, toujours face à la mer. Nous sommes comme deux touristes dans un cinq étoiles ! Je n'y serais pas plus comblée ! Les Polynésiens finissent-ils, un jour, par se lasser de cette vue ? J'en doute, cela me semble impossible. Ce serait vraiment triste si c'était le cas...

Je sens qu'Arthur recommence à être nerveux, moins serein que sur la plage... Ses mains s'agitent, son regard fuit le mien, fixé vers je ne sais quoi. Son corps se balance doucement. Une attitude que je ne connais que trop bien et qui ne serait pas grave si cela s'arrêtait à ces simples gestes... Malheureusement, depuis l'accident, ces derniers sont les prémices de crises, plus ou moins violentes. Souvent trop violentes ! Pour les éviter, dès que je sens que mon fils n'est pas bien, je préfère crever l'abcès et tenter de comprendre la raison de son stress soudain :

- Quelque chose te tracasse ?

- Quand commences-tu ton travail ? me demande-t-il, tout de go, le regard lointain.

- Je commencerai dans une semaine, le jour de ta rentrée. Je te l'ai dit, Arthur. Il va falloir que tu retournes à l'école. Je sais que cela te demandera un effort, mais c'est important, pour toi, comme pour moi. Je dois absolument recommencer à travailler. Je dois payer cette maison. Nous ne sommes pas en vacances. Nous en avons déjà parlé, tu te rappelles ?

Arthur m'entend, mais m'écoute-t-il ? Son esprit s'évade, fuyant le sujet abordé. Dès que j'aborde notre future séparation, il est ailleurs, déjà parti dans un autre monde. Lequel ? Celui idéal où il ne serait plus jamais séparé de sa maman ? Ou, au contraire, celui traumatisant où il est séparé de moi, et où il m'imagine morte ? Le psychiatre m'avait expliqué les raisons de l'aggravation de son trouble autistique, depuis l'accident : Arthur craint qu'en son absence, il puisse m'arriver quelque chose de grave. De plus, son papa n'étant plus là, il se sent responsable de moi. Un stress supplémentaire, un poids trop lourd pour ces épaules si frêles… « Le syndrome du rescapé », on l'appelle ainsi.

La séparation sera donc un moment compliqué pour lui, mais inéluctable. D'ici lundi, je dois absolument le rassurer :

- Pendant que je serai à la bibliothèque, toi, tu seras au collège avec tes nouveaux amis, et tu sais, la personne qui va t'aider.

Sachant que nous venions ici, j'ai aussitôt monté un dossier de demande d'AESH. Encore un terme barbare si cher à l'éducation nationale. Pour faire court, une personne aidera Arthur à gérer ses émotions et à travailler en classe. Par miracle, encore un, le maire a réussi à convaincre un ancien professeur, revenu sur son île pour prendre sa retraite. Ce dernier est finalement ravi de compléter celle-ci, peu reluisante après toutes ces années d'enseignement en France…

- Puis, nous déjeunerons ensemble, et nous nous retrouverons à la maison en fin d'après-midi. Tu vois, nous serons très souvent ensemble.

- Je veux rester avec toi, tu m'as bien fait l'école à la maison à Bordeaux, me supplie Arthur, au bord des larmes. On peut très bien faire pareil, ici !

Ses mouvements de balancier s'accentuent de plus en plus. J'aimerais tant le rassurer, lui faire comprendre que je ne crains rien, même en son absence. Malgré mon envie de rester à ses côtés, je dois pourtant rester ferme :

- Non, désormais, ce n'est plus possible. Je dois travailler, et toi, retourner au collège. Tu t'y feras des amis, ils te feront découvrir l'île, là où ils se baignent. Tu me fais confiance, Arthur ?

- Oui, oui ! me répond-il, sans grande conviction.

- Tu avais tellement hâte d'aller au collège, tu t'en souviens ?

- Oui, mais je devais rejoindre Paul ! hurle-t-il, en renversant sa chaise et en se précipitant dans sa chambre.

« Paul va t'aider, mon chou, tu pourras lui raconter tes journées, le soir, dans ta chambre ! » je lui souffle, alors que j'ai envie de lui hurler ces mots. Je n'aperçois même plus le lagon, tant mes yeux se brouillent. Je finis par fondre en larmes. Où est passé notre instant de bonheur partagé au bord de l'eau ? Notre baignade et nos fous-rire n'auraient donc finalement servi à rien ? Je n'ose le croire.

Soudain, je regarde l'heure. Cela a le mérite de me calmer ! Quelqu'un aurait dû me dire que le temps défilait plus vite dans l'hémisphère sud ! Il nous faut vite vider nos valises et nous préparer pour le pique-nique, le tama ...quelque chose, dont j'ai également oublié le nom ! Je sens que cela va être compliqué d'apprendre tout le lexique tahitien, moi qui n'ai jamais été bonne en langue. Organisé en notre honneur, je l'appréhende un peu, ce tamabidule, ne connaissant personne, à part le maire. Tous les invités vont me regarder, m'observer, me juger, me scruter... Pour notre magasin, Nath était toujours là pour gérer les relations publiques ; elle savait comment s'y prendre avec nos invités lors de nos cafés-débats. En effet, à chaque début de saison, le samedi matin, nous organisions des cafés-débats autour de nos coups de cœur. C'était une des rares occasions où mon amie intervenait dans la partie "librairie", délaissant sa brocante le temps de présenter ses romans préférés. Nous adorions organiser ces temps forts, comparer nos lectures, choisir ceux que nous souhaitions mettre en avant, surtout les pépites des petits éditeurs pour les soutenir. Mais, dès qu'il fallait ensuite discuter avec nos clients autour d'un café, à l'issue de la présentation, Nath existait, moi je disparaissais. Le Soleil et la Lune, comme je m'amusais à nous présenter ! Il faut absolument que je l'appelle ce soir.

Quant à Arthur, j'espère qu'il y aura des jeunes au pique-nique, pour qu'il puisse s'intégrer un peu.

Forcément introverti en raison de son handicap, faire son trou n'est pas son fort. Il comptait toujours sur Paul qui lui présentait les petits-frères de ses propres amis. Si nous ne l'avions pas poussé à aller à la rencontre de l'autre, il se serait contenté de ses livres comme compagnons. L'autre, un grand mystère pour lui…

Flûte ! Comment m'habiller ? J'aurais dû poser la question de la tenue à Mana'arii. Dois-je y aller habillée ou en tenue de plage ? Je ne connais pas les us et coutumes de l'île en matière de réceptions ! Vianney le saurait, lui… Moi, pour qui les soirées bordelaises n'avaient plus de secrets, je suis perdue à Huahine… Un comble ! Perplexe, je regarde ma penderie. Je ne veux ni passer pour la fashionvictim ni pour la française qui veut donner une leçon de mode aux locaux, ni y aller trop décontractée ! Loin de moi l'intention de les vexer… Je décide finalement d'appeler mon fils à mon secours, un bon moyen de se réconcilier et de faire retomber la tension qui s'est installée entre nous deux.

- Arthur, tu veux bien m'aider à choisir ma tenue, s'il te plaît ?

- À Bordeaux, tu le demandais toujours à papa ! me répond-il, sèchement, toujours enfermé dans sa chambre.

Interloquée, je reste sans voix. En lui demandant de l'aide, je ne m'attendais pas du tout à ce qu'il me parle de Pierre ! C'est la première fois qu'il cite Pierre, spontanément, dans une conversation, depuis son décès. Comment dois-je réagir ? Arthur est décidément surprenant, tellement déboussolant ! Je reste plantée devant mes robes, complètement déstabilisée. Et, surtout pas plus avancée sur ma tenue... C'est vrai que c'était Pierre qui m'aidait dans mes tenues lorsque nous étions invités. Je faisais toujours semblant d'être perdue dans mon dressing ; c'était devenu un jeu entre nous ! Mais, comment Arthur connaissait-il notre petite habitude ? Je décide de répondre, en tâchant d'être la plus naturelle possible :

- J'aimais bien que papa choisisse pour moi. Cela lui faisait plaisir. J'aimerais bien que tu viennes m'aider. S'il te plait !

Silence... Puis :

- J'arrive !

J'entends son sourire et sa fierté dans sa réponse. Un autre petit temps de complicité... Après avoir examiné ma garde-robe, il fronce les sourcils, hoche la tête, puis, avec le plus grand sérieux, il choisit une robe rouge. À la fois décontractée, mais élégante, sans trop faire guindée. Pierre aurait peut-être choisi la même, qui sait ?

- Très bon choix, merci mon chéri !

- De rien ! Si tu as encore besoin de moi...

Je me retiens de rire, même si j'en crève d'envie ! Et j'ai tellement l'impression d'entendre Pierre...

Chapitre 6

Le pick-up rouge arrive, pile à l'heure. Ponctuel, monsieur le Maire ! Nous le saluons puis, grimpons tous les deux dans le véhicule, qui n'a pas du tout été conçu pour les femmes, surtout en robe ! Par chance, la mienne n'est pas étroite, sinon j'aurais été incapable de monter dans le pick-up et par conséquent, il aurait fallu que j'aille me changer... Ouf, j'ai échappé à une situation bien gênante ! Le gros pick-up s'engage dans notre allée pourtant étroite, bordée d'hibiscus rouges. Aussi féérique qu'une allée de château !

Etonnée de ne pas voir sa femme, je m'assure qu'elle sera bien présente :

- Ahutiare nous rejoint-elle bien au pique-nique ?

- Oh, mais les femmes y sont depuis très tôt ce matin pour préparer le *tamaara'a*. Elles ont même commencé hier ! Il faut beaucoup de temps et de préparation pour qu'il soit bien réussi.

Et, il m'explique en quoi consiste ce repas tahitien, qui semble très éloigné de notre simple 'jambon-beurre-chips' :

- On y mange le *miti hue*, des chevrettes, du poisson cru au lait de coco, du *uru, du poe*, du poulet au petit pois et le cochon rôti sur les pierres chaudes.

En énumérant tous ces plats, notre chauffeur en a l'eau à la bouche. Il en salive tout seul. Parce que nous, à l'écoute de tous ces plats inconnus, nous nous regardons, Arthur et moi, moyennement rassurés par ce que nous venons d'entendre. Je me permets de l'interroger sur le premier plat. Il nous éclaire en apportant des précisions :

- Le *miti hue* est un condiment polynésien, fabriqué à partir de la fermentation d'amande râpée de jeunes noix de coco, encore vertes, d'eau de mer et de têtes de chevrettes écrasées. C'est délicieux ! On l'utilise pour accompagner les poissons.

Certes, nous avons les précisions. Malheureusement, l'effet escompté est loin d'être atteint. Bien au contraire, elles ne nous rassurent pas du tout.

- Des têtes de chevrettes écrasées ? s'exclame spontanément Arthur qui se décompose.

J'avoue que je n'en mène pas large, non plus. Lui qui aime écrire ou lire des histoires d'aventuriers explorant des contrées inconnues, il pourra s'inspirer de ses propres découvertes culinaires ! Il n'a rien à envier à ses héros, Sindbad le marin et Phileas Fogg !

Soudain, Mana'arii éclate de rire en voyant nos mines qui virent au vert et comprend alors notre méprise :

- Mais non, les chevrettes ne sont pas les petits de la chèvre ! Ce sont des crevettes d'eau douce. Elles sont exquises, vous verrez !

Et, à nouveau, il rit aux éclats. Bon, cela nous rassure quelque peu…

- Je suis impatiente de les goûter, d'autant plus que j'adore les crevettes.

Arthur me souffle à l'oreille que lui n'en mangera pas… Je lui fais signe de se taire, en fronçant les sourcils. Cela promet !

- Merci de nous avoir présenté tous vos mets locaux que l'on a hâte de goûter ! je continue en regardant mon fiston droit dans les yeux. Et désolée pour notre ignorance de ..., attendez, ne me dites pas, je vais utiliser mon carnet de *farani* !

- C'est normal, ne vous excusez pas ! Nous sommes toujours fiers de présenter notre tradition culinaire. Et, toutes les occasions sont bonnes pour faire la fête !

Pour les autres plats, je n'ose plus demander. Nous découvrirons, testerons et demanderons après. Cela me semble une bonne stratégie !

En bordure de lagon, limite au raz de l'eau, la route nous permet d'admirer les couleurs de la mer qui varient continuellement du bleu très clair au bleu foncé, en empruntant des nuances de vert. Elles me font penser à la palette d'un peintre. Les nuages apportent juste leur petite touche de blanc et gris sur ce tableau que nous offre la nature. A peine quinze minutes après avoir quitté notre maison, nous pénétrons dans une vaste cocoteraie aux arbres majestueux à perte de vue. J'ai devant moi une armée de soldats, au garde à vous, parfaitement rectilignes, rangés les uns derrière les autres pour une revue militaire. En voyant la hauteur des cocotiers, je me demande comment ils récupèrent les noix de coco, accrochées au sommet de ces arbres gigantesques ! La simple idée de visualiser un homme perché tout là-haut me donne le vertige. Mana'arii m'apprend que nous roulons dans sa cocoteraie que lui a transmise son père, lui-même l'ayant hérité de son propre père. Il est très fier d'être, avec son frère, la troisième génération à l'exploiter.

- Nous arrivons ! s'exclame-t-il, sincèrement heureux de m'accueillir sur ses propres terres, cela se sent dans son intonation. J'ai convié d'autres *popa'a*. Il y a une bonne communauté d'européens qui travaillent sur l'île. Vous ne serez ainsi pas toute seule au milieu des Polynésiens !

En l'écoutant, je suis doublement rassurée, car j'aperçois également sur la plage des enfants et des jeunes qui s'amusent dans l'eau ou d'autres qui jouent au foot, sur la prairie, au bord de la plage. Tout en croisant les doigts, n'étant pas convaincue du succès de ma proposition, je donne un coup de coude à Arthur et les lui montre :

- Tu pourras les rejoindre. On se retrouvera pour le déjeuner !

- Non, répond-il fermement, ce qui me déplaît de plus en plus.

- Tu vas t'ennuyer, je rétorque, déçue et fâchée. Je te signale que tu ne vas pas rester à côté de moi bien longtemps !

Je réalise que je supporte de moins en moins la présence permanente d'Arthur à mes côtés. Je suis de plus en plus lasse de cette situation, même si je suis consciente qu'Arthur n'y est pour rien, le pauvre. Mais, il va bien falloir qu'il arrête d'être aussi anxieux dès que je m'éloigne un peu ! C'est donc exaspérée que je suis mon hôte. En voyant le monde qui nous attend, le stress me gagne à mon tour... Je n'ose imaginer tous les visages que j'aurai à retenir d'ici à ce soir, sans parler des prénoms à mémoriser ! Mana'arii me présente à plusieurs invités, tous aussi souriants et accueillants les uns que les autres. Je désespère en effet de ne pas retenir tous ces noms si compliqués pour une Française ! Alors que je suis en train d'essayer d'en enregistrer au moins deux, une superbe polynésienne s'avance vers nous. Je présume que c'est Ahu'tiare. Celle-ci est coiffée d'une très belle couronne de fleurs, délicatement posée sur ses superbes cheveux longs et foncés. Son visage est très fin, avec des yeux légèrement en amandes. Sa jolie robe longue est dans le plus pur style tahitien, vert et blanc, avec des gros motifs de fleurs. Elle cache un joli corps longiligne. Pieds nus, elle fait partie de ces femmes qui ont une classe naturelle. J'ai d'ailleurs du mal à lui donner un âge.

- la orana, nous salue-t-elle, en roulant les [r], comme son mari. J'espère que vos premières heures sur Huahine se sont bien passées., ajoute-t-elle avec un grand et doux sourire, en regardant Arthur. J'espère que ce long voyage ne t'a pas trop fatiguée

Mon fils reste coi.

- Tu peux répondre, Arthur !

Grand silence. Je prends comme excuse sa timidité… Et je poursuis :

- Bonjour, Ahu'tiare. Un peu fatigués, mais c'est un tel bonheur d'être ici ! La fatigue se fait donc vite oublier… Je ne saurais comment vous remercier, ton mari et toi, pour cet accueil extraordinaire. Et le faré est tellement beau… Et cette vue sur le lagon ! Ce matin,

Arthur et moi n'avons pas résisté à plonger dans le lagon dès notre réveil !

- Je suis contente qu'il te plaise ! Viens, le repas est prêt, et regarde tout ce monde qui s'impatiente que l'on commence à se servir !

Tout en la suivant, j'observe les lieux. Sous les cocotiers, au bord du lagon, des dizaines de tables et de chaises nous attendent. Des grands tissus colorés font office de nappes, avec des grandes feuilles en guise de sets de tables. À proximité, des gigantesques bouquets de fleurs décorent le buffet. Je comprends mieux pourquoi tout ceci a été installé la veille. Les rires que j'entends me rassurent ; l'ambiance me paraît gaie et enjouée. Comment ne le serait-elle pas avec un si beau cadre ? Aussitôt, je suis alpaguée par les habitants de Fare qui me témoignent tous leur sympathie. Un cocktail alcoolisé et la joie ambiante me portent et m'aident à faire fi de mon appréhension à discuter avec tous ces gens, à les découvrir, à les remercier pour leur accueil si typique.

Parmi eux, je rencontre des personnalités, enfin des personnages bien particuliers.

Je fais ainsi la connaissance du propriétaire de la plus grosse supérette de Fare, un Chinois, du nom de Tchang. Aussitôt, je pense à Tintin et son ami du même nom. Il m'apprend que la plupart des épiceries en Polynésie sont tenues par des Chinois. Une sorte de tradition, m'explique-t-il très sérieusement, due, d'après lui, au fait que les asiatiques sont très travailleurs, les

Polynésiens nettement moins. Assez culotté, le chinois, de se présenter ainsi ! Et il ne perd pas son temps. Il me propose, en effet, de me livrer les courses ou de me faire un drive ! J'ai l'impression d'être revenue à Bordeaux, en entendant ce terme ! Bref, il a bien su me vendre sa boutique.

- Ah, voilà la nouvelle française de Huahine ! j'entends derrière moi.

Avec une bière Hinano à la main, arrive un homme, blanc, la cinquantaine, très grand, brun, aux yeux sombres, portant un short et un polo, tous deux bleu marine, bien délavés, tout comme ses chaussures-bateau. Je repère des armoiries à son annulaire gauche ! Plutôt atypique dans ce décor... En l'observant, je l'imagine plus naviguer sur son voilier, en Bretagne, qu'habiter sur une île, en plein milieu du Pacifique. De manière un peu hautaine, il se présente :

- Le médecin de l'île, docteur Yves de Créac'h.

Un Breton pur beurre ! Je ne m'étais pas trompée. Je me présente également :

- Claire Keradec. Ravie de vous rencontrer, docteur. Entre bretons, nous ne pouvons cacher notre origine.

Que fait ici ce nobliau breton ? Un ancêtre malouin se serait-il échoué à Huahine au XVIIIe siècle ? La curiosité me pousse à continuer la conversation. En le tutoyant, j'espère débrider un peu mon interlocuteur que je trouve bien sérieux et tellement moins souriant que les autres invités :

- Tu es sur l'île depuis longtemps ?

- Vous tutoyiez ? Moi, je n'y arrive pas avec les français que je ne connais pas… Je vois que vous, vous appliquez rapidement les traditions d'ici. Je me suis installé pourtant il y a une quinzaine d'années environ.

- Qu'est-ce qui peut amener un médecin breton à exercer à Huahine ? je continue, intriguée.

- Avant, j'étais médecin militaire à Papeete, et à ma retraite de l'armée, je me suis installé sur l'île, m'explique-t-il. Plusieurs possibilités s'offraient alors à moi : rentrer en métropole, continuer dans l'armée, poser ma plaque à Brest ou rester ? Une opportunité s'est présentée au bon moment ! Le choix a été, ma foi, très facile. Il m'était impossible de quitter un tel endroit, et ma femme, tahitienne, aurait refusé de me suivre. Donc, pas le choix, continue-t-il, toujours aussi sérieux.

Pas de corsaire malouin comme ancêtre ! Je suis déçue ! Et toujours aussi coincé ! A son tour de jouer au curieux :

- Et, vous, qu'est-ce qui vous a amenée à quitter notre chère Bretagne ?

- Une envie de changer d'air et pour avoir une eau plus chaude !

Je plaisante pour donner le change, car la suite de mon discours ne sera pas aussi drôle :

- Plus sérieusement, nous arrivons en réalité de Bordeaux, pas de Bretagne. J'ai perdu mon mari il y a six mois.

Une annonce des plus succinctes… Froide, courte, brève. Je ne saurais faire autrement. Aurait-il fallu l'envelopper, y mettre les formes, préparer le terrain pour mon interlocuteur pour ne pas le choquer ? Trop tard… Le docteur de l'île reste silencieux, stoïque, ne sachant comment réagir à une annonce, il faut dire, qui jette un froid ! Je suis la première étonnée à me confier si facilement, surtout à cet inconnu. Mais, peut-être est-ce parce que c'est un inconnu, justement, que j'arrive à dévoiler mon veuvage. Veuvage… C'est le mot que je déteste le plus dans le dictionnaire. Et, dès qu'on tape *veuvage* sur internet, on voit apparaître allocations veuvage, assurance veuvage, pension… Alors que je m'attendais à trouver soutien, association, aides… Rien de tout cela.

Mais, je n'en rajoute pas ; je ne m'étends pas sur la perte, également, de deux de mes trois enfants. Vu sa tête, je l'aurais achevé, mon médecin.

- Désolé ! souffle-t-il du bout des lèvres. Je ne sais que te dire.

Tiens, il me tutoie maintenant ! C'est l'effet veuvage qui rapproche. « Qu'est-ce que tu peux être cynique, parfois » je me dis, tout en hochant la tête pour le remercier pour sa sollicitude.

- Je te présenterai Maeva, ma femme, si j'arrive à la repérer au milieu de tout ce monde ! Je suis sûre que vous vous entendrez bien. À tout à l'heure !

Et, après la formule de politesse, la fuite. Classique, ils font tous pareil ! Surtout les hommes. Mais, je leur pardonne… Comment aurais-je réagi à une telle annonce aussi effroyable à cet âge ? Je n'en sais rien, donc j'accepte leurs condoléances. Condoléances, le deuxième mot que j'exècre après veuvage. En le regardant s'éloigner, j'ai du mal à cerner le personnage. Son aspect vieille noblesse bretonne et sa froideur détonne avec la décontraction des Polynésiens. Je me demande comment ses patients le perçoivent. Sa profession nous amènera très certainement à nous revoir rapidement. En plus petit comité évidemment.

Je repense à ma discussion. Qu'est-ce qui m'a pris d'en parler ? Ce n'est ni le lieu ni le moment pour que l'on s'apitoie sur mon sort. Je détesterais que les invités me regardent et se disent : « Oh, la pauvre ! ». C'est justement pour fuir tout cela que nous sommes venus sur cette île ! Donc, aujourd'hui, je n'ai perdu ni mari ni enfant ! Désolée Paul et Marie, rassurez-vous, votre tour viendra de parler de vous !

A propos, où est Arthur ? Je regarde autour de moi, pensant le trouver, désœuvré, assis sur une chaise, s'ennuyant à mourir. Pas d'Arthur ! Moi qui souhaite le voir voler de ses propres ailes, je suis étonnamment inquiète de ne pas l'apercevoir à mes côtés. Je commence à paniquer, je me dis que ce n'est pas normal, qu'il devrait être suffisamment près pour me voir, comme il me l'a encore déclaré pas plus tard que ce matin. Je me retourne, regardant à droite, à gauche, vers la mer. Mais, oui, bien sûr, il en a eu assez de mes conversations d'adultes et a finalement rejoint la bande de jeunes sur la plage ! Je me dirige vers le lagon, rapidement, mais le plus calmement possible, en essayant de ne pas dévoiler la panique qui commence à monter. Me faire remarquer, tout juste arrivée sur l'île, est bien la dernière chose que je souhaite aujourd'hui. Le souffle me manque tellement j'accélère mon pas. Me rapprochant de la plage, je cherche Arthur, il a un t-shirt rouge, je devrais le voir ! Ils sont tous torse-nus, évidemment, flûte ! Arrivée sur le sable, je scrute tous les enfants. Je devrais le repérer, le seul pâlot de la bande ! Pas d'Arthur. Je fonce au terrain de foot, en courant cette fois-ci, mes chaussures à talon à la main. Indifférente cette fois-ci à ce que l'on dira sur moi, quitte à être prise pour une folle ! Sur le terrain, seulement trois ou quatre joueurs, et toujours pas de t-shirt rouge… Je m'assois, exténuée et folle d'inquiétude. Arthur ne connait personne ! Il doit être en train de paniquer. Et, s'il était parti nager ? En Bretagne ou à Arcachon, il avait la méchante habitude de partir trop loin. Je le grondais tout le temps à son retour, même s'il est un excellent nageur. Mais, ici, il ne connait pas les courants, les poissons dangereux, les requins. Je l'ai lu, il y en a… Des petits, certes, mais des requins quand même. Alors que les Dents de la mer commencent à défiler dans ma tête, Mana'arii arrive, accompagné de quatre hommes. « Ça y est, bravo, tu as réussi à te faire remarquer ! » La panique ne suffisant pas, je suis désormais rouge de honte !

- Que se passe-t-il ? crie-t-il, en courant vers moi.

- Arthur a disparu ! je réponds, tout en essayant de retenir mes larmes.

- Arthur ? s'étonne-t-il. Mais, il est avec Vianney, en train de jouer au foot sur la plage ! Ils jouent avec mon fils depuis une bonne demi-heure maintenant. Arthur semblait connaître Vianney, d'ailleurs. J'étais étonné qu'il connaisse déjà son prof de sport...

Je suis assise par terre, avec quatre hommes debout qui me fixent. Silencieux, puisqu'ils n'ont plus rien à dire à la française. Nouvelle et surtout hystérique... Mana'arii doit se demander s'il n'a pas fait une erreur en me recrutant ! J'ai une autre bonne raison de pleurer : de honte désormais, mais, également, de joie de voir qu'Arthur a osé s'éloigner de moi pour aller jouer, comme n'importe quel garçon de son âge. Si je le leur disais, ils me prendraient cette fois vraiment pour une folle !

- Sincèrement désolée ! J'ai paniqué trop vite, je suis ridicule, je déclare en me relevant, aidée par le maire qui, gentiment, me tend la main.

Soulagée, je vois que les invités sont plus focalisés sur les chevrettes et le poisson cru que sur ma mésaventure. Tout en me dirigeant vers le côté de plage où se trouve Arthur, je décide d'expliquer à Mana'arii, le plus simplement possible, ma situation, la particularité d'Arthur qui rend son retour au collège compliqué. Très compatissant, il me met la main sur mon épaule et me déclare :

- Je savais que vous étiez veuve lorsque j'ai décidé de vous recruter, puisque c'était écrit sur votre fiche d'état civil. Mais, que cela soit aussi récent et que vous ayez perdu deux enfants, je l'ignorais. Je ne sais que dire. Il n'y a pas de mots qui puissent consoler une mère. Et, je comprends bien entendu votre panique de ne plus voir Arthur. Je n'ose imaginer Ahutiare dans votre situation. Quant à votre travail, pas de stress, je vous fais une totale confiance !

- Merci, Mana'arii. J'aurais dû vous en parler avant. Mais, je souhaitais arriver sur cette île comme une femme normale, comme une maman normale, que je ne suis plus. Il faut que je l'intègre...

- Qui vous parle de normalité ? Qui peut se dire normal ? Par rapport à quoi ? Vous savez, rien n'est linéaire, chacun fait ce qu'il peut là où il en est.

- Vos parents avaient raison en vous appelant ainsi, vous parlez comme un sage !

Avant de me diriger vers le buffet, je pars rejoindre Arthur que je vois courir derrière Vianney et un autre garçon. Bien sûr, sur la partie de la plage que je n'avais pas vérifiée. Il rit, court après le ballon, le récupère, fait une passe au fils du maire. Je décide de le laisser jouer, sans me montrer. Arthur me prouve une fois de plus qu'il avance, à petit pas, sur le chemin de la guérison. Un jour, un pas. J'aperçois Ahutiare qui vient à ma rencontre :

- Et si nous allions voir, enfin, toutes les bonnes choses que nous t'avons préparées ? Et que je t'explique ce que tu vas déguster ! Mana'arii m'a confié que tu avais besoin d'être rassurée sur la nourriture polynésienne, notamment sur les chevrettes, me provoque-t-elle gentiment.

- Bonne idée ! je réponds, enthousiaste.

Finalement, Ahutiare a réussi le coup de maître de faire naitre en moi l'envie de goûter ces tout nouveaux plats ! Après cette mésaventure, je suis, cette fois, bien décidée à profiter pleinement de cette journée…

Joliment décoré avec des grandes fleurs de 'bec de perroquet' et de bromélia aux grandes tiges, le banquet nous attend. Même si la curiosité me titille, il va falloir que je m'accroche pour faire honneur à mes hôtes. C'est maintenant ou jamais que je dois réussir le test de la nouvelle *farani* ! Ahutiare me donne des noms que je serai bien incapable de répéter. Puis, elle m'explique que tous les plats cuits l'ont été dans un four traditionnel, creusé dans le sable dans lequel des pierres chauffées ont cuit la viande, le poisson et les légumes, tout cela enveloppé dans des feuilles de bananier et recouvert de sable. Étonnant et tellement exotique ! Je n'ose imaginer le nombre d'heures qu'elles ont passé à préparer ce festin… J'opte pour le thon, du *mahi mahi*, qu'il faut prononcer « maye, maye », si je ne veux pas que l'on se moque de ma prononciation à la française, ce qui bien sûr vient d'arriver ! Je me sers ensuite de patate douce, avec la fameuse sauce aux chevrettes écrasées. Mana'arii sera fier de moi. Et comme dessert, du *poe,* de la purée de bananes. Là, je ne prends pas trop de risques ! Et, comme tout le monde, une bière, la fameuse Hinano, que je vois dans toutes les mains.

- Viens, je vais te présenter les bénévoles de la bibliothèque. Elles sont là-bas, me propose Mahutiare.

Serait-ce le deuxième test à réussir aujourd'hui ? Après les chevrettes, les bénévoles ! Nous nous installons toutes les deux à une table à laquelle sont déjà assises d'autres femmes, avec chacune d'entre elles ou une fleur à l'oreille ou une couronne sur la tête. Elles ne sont pas aussi jolies que mon hôtesse. Je ne vais pas être très sympathique, mais elles sont bien enveloppées ! Elles me rappellent les Marquisiennes de Paul Gauguin qui, je le réalise, sont plus proches de la réalité. Elles n'ont pas changé depuis le séjour du peintre et le mien. Il faut dire qu'avec tous ces plats, ce serait étonnant de ne pas finir comme elles ! « Ma belle, il va falloir que tu fasses attention à ta ligne ! » Toutes me saluent avec leur fameux *maeva* et leur joli sourire. Ahutiare me présente chacune d'elles par leur prénom, en précisant que j'ai en face de moi les actuelles bénévoles de la bibliothèque de Fare. Tous les yeux sont rivés sur moi ; j'ai la pression, comme auraient dit les enfants ! Pour faire bonne figure et afin de montrer ma bonne volonté de travailler avec elles, je déclare :

- Je suis ravie de vous rencontrer ! Nous allons faire du bon travail ensemble. D'ailleurs...

Alors que je m'adresse à elles, je vois certaines qui donnent des coups de coude à l'une de leurs camarades. Celle-ci ne me laisse même pas le temps de terminer et intervient :

- Je m'appelle Atera, je suis la cheffe des bénévoles. Nous avons réalisé beaucoup de choses, en attendant de trouver une responsable qui veuille bien venir. Nous ne voulions pas que la seule bibliothèque de l'île ferme ! J'espère que vous serez d'accord pour poursuivre notre travail.

J'hallucine ! J'ai l'impression désagréable que les rôles sont en train de s'inverser ! Il faut que je m'impose immédiatement, sinon, ce sera compliqué d'arriver lundi en tant que responsable...

- J'ai hâte de commencer à travailler avec vous et de découvrir le travail réalisé ! Je verrai ce qui mérite d'être continué en tant que nouvelle responsable. Mais, qu'en dites-vous si nous voyons tout cela lundi ? J'ai tellement hâte de goûter à tout ce que vous m'avez préparé, d'ailleurs un grand merci ! Mes papilles sont impatientes de découvrir vos talents culinaires !

Des propos sérieux que j'ai tenté d'enjoliver à la fin, afin de me montrer courtoise... Atera paraît avoir une forte personnalité, suffisamment pour prendre l'ascendant sur les autres et pour oser affronter la nouvelle responsable. Reprendre la suite de bénévoles est toujours délicat. Il ne s'agit ni de les contredire ni de les exclure. Car elles sont précieuses, n'ayant aucun salarié. Néanmoins, il va bien falloir que je m'affirme, moi, la petite farani au milieu de ces Polynésiennes, imposantes, non seulement par leur carrure, mais également par leur tempérament ! Ahutiare me fait un petit clin d'œil pour me montrer son soutien.

Avec un peu d'appréhension, je goûte enfin à mon assiette, et c'est un vrai délice ! Toutes me regardent, attendant mon verdict ! Je sors mon plus beau sourire et les félicite. Je pense alors avoir gagné des points auprès de mes collaboratrices ! Le poisson est succulent, la fameuse sauce est exquise, juste épicée, avec un petit arrière-goût de crevettes, mais sans ôter celui du thon. Et, le sucré de la patate douce, hum, j'en reprendrais bien si ce n'était pas un ennemi calorique. Une belle surprise ! Quant à mon dessert, je ne résiste pas ! Je décide de quitter ces charmantes dames, que je salue, afin de me resservir et de chercher Arthur. Je l'aperçois venir vers moi :

- Coucou, maman ! me salue-t-il, en faisant de grands signes.

- Tu t'es bien amusé ? Je t'ai vu avec ton prof de sport !

- Oui, Vianney est venu me chercher, alors que tu discutais tout à l'heure.

- La prochaine fois, préviens-moi quand même ! J'étais morte d'inquiétude, je t'ai cherché partout !

A peine ai-je pris conscience de ce que je disais que je souhaitais rembobiner ce que je venais de dire. Trop tard, quelle sotte ! D'ailleurs, la réaction de mon fils ne s'est pas faite attendre :

- Il faut savoir ce que tu veux ! Vianney est venu me chercher, c'est tout, me rétorque Arthur, furieux contre moi. Et, en plus, Vanuatu, le fils de Mana'arii, m'a raconté que tout le monde me cherchait. Tout le monde me regarde maintenant !

J'essaie désespérément de rattraper ma bourde :

- Tu as entièrement raison, mon chéri ! C'est de ne plus te voir qui m'a fait paniquer. Et ce n'est que son père, accompagné de deux, trois copains à lui qui est venu me rejoindre. Donc, non, je te rassure, personne ne te regarde, je réponds, en tentant, désespérément, de me justifier. Et, c'est génial que tu sois parti jouer ! Vanuatu est sympa ?

Depuis son traumatisme, c'est la première fois qu'il ose me quitter au milieu d'inconnus. Quelle chance d'avoir rencontré ce Vianney sur le bateau et de le retrouver ici. J'avoue que j'apprécierais également de voir enfin une tête connue au milieu de tous ces invités. Et, ma foi, revoir Vianney me ferait plaisir ! Nous nous sommes quittés si vite sur le quai, alpaguée par le maire à notre descente de bateau. Il m'a semblé être d'une compagnie plutôt agréable. Et ses plaisanteries m'avaient fait un bien fou. Finalement, je réalise qu'après une journée sur l'île, en plus de mon fils, ce séjour me permettra pareillement de me reconstruire. Ainsi, sur le bateau, c'était la première fois depuis la disparition de Pierre que j'ai ressenti une telle émotion :

m'autoriser à rire sans culpabiliser. La culpabilité, un sacré piège dans lequel je ne veux surtout pas tomber... Mais, que c'est difficile ! Comment ne pas penser à Pierre dans ces moments-là ? Comment ne pas se dire que c'est trop tôt ? Comment s'autoriser à nouveau à rire ? Comment ne pas se faire ce genre de réflexions « Ne devrais-je pas attendre et me laisser plus de temps ? » ? Je n'ai plus envie d'être raisonnable et de me raisonner avec toutes ces questions dictées et érigées par la société... Ce n'est pas étonnant si c'est avec Vianney, un bel inconnu, que j'ai commencé à lâcher-prise. Ce n'est pas un hasard...

Venir ici, c'est trouver un nouvel environnement, rencontrer de nouvelles têtes. C'est ce que je suis venue chercher pour Arthur. Or, la mère se cachait derrière son fils : le mal-être de celui-ci était une belle raison de partir, mais celui de la femme, n'était-il pas une autre bonne raison de quitter Bordeaux ? La nouvelle femme qu'elle est devenue doit s'autoriser à vivre et à ne pas se justifier en permanence avec l'autisme de son fils et son hypersensibilité. Ils sont bel et bien deux à avoir besoin de douceur et de petits bonheurs pour atteindre le sommet de la montagne, le bonheur, leur Everest. Notre Everest. A tous les deux.

En pleine prise de conscience, face au buffet, j'entends mon fils me demander si j'ai déjeuné :

- Oui, mais je venais me resservir. Et, toi ?

- Non, pas encore, mais on peut déjeuner ensemble, si tu veux bien ! me propose-t-il, en me faisant un clin d'œil. Tu me conseilleras ce qu'il faut éviter comme plats !

- Non, tu verras, c'est finalement délicieux, contrairement à nos méfiances d'occidentaux à la noix.

- De coco ! sort-il, fier de son jeu de mot.

C'est donc dans la bonne humeur et en riant de bon cœur que nous rejoignons la queue qui s'est formée entre temps. Et, en patientant, quelqu'un m'interpelle et me salue :

- Bonjour, Claire. Je me permets de t'appeler par ton prénom et de te tutoyer. Tu dois désormais y être habituée.

Je me retourne et vois Vianney, juste derrière nous. Il m'interroge :

- Je vois que tu reviens avec une assiette. Déjà déjeuné ?

- Oui, c'est exquis ! Moi, qui appréhendais cette nouvelle cuisine, je me sens un peu ridicule avec mes a priori de *farani* !

- Et, en plus, ta maman parle polynésien ! Waouh, quelle adaptation ! se moque-t-il gentiment, en se tournant vers Arthur, et en lui faisant un clin d'œil.

- On déjeune ensemble ? j'ose proposer. Retourner à la table des bénévoles de la bibliothèque, très peu pour moi… je rajoute, fière de mon prétexte pour déjeuner juste tous les trois.

- La réunion syndicale aurait-elle déjà eu lieu ? Je sens une légère tension ! En plus des plats bien épicés, tu as donc goûté au caractère bien trempé des mamas polynésiennes ! me souffle-t-il discrètement, mais en riant. À la maison, comme dans beaucoup de domaines, ce sont elles qui régentent l'île. Te rappelles-tu l'histoire des reines ? Eh bien, cela fait partie des traditions qu'il faut apprendre à gérer et à contourner !

- Avec diplomatie, je rajoute, un peu plus réaliste, sur la mission qui m'attend à la bibliothèque.

L'attente au buffet me permet d'observer plus attentivement Vianney. Vêtu d'un maillot de surf, d'un t-shirt et de tongs, il se confond parfaitement bien dans le paysage polynésien. Par son style et ses cheveux décolorés par la mer, j'imagine parfaitement le prof de sport sur sa planche de surf ! Et, en bon connaisseur de la gastronomie locale, Vianney complète mes connaissances culinaires. Il me reste certains mets à tester. Courageux, mais pas téméraire, Arthur écoute attentivement les conseils de son professeur, et prend exactement les mêmes préparations que lui. S'il est aussi attentif à l'école, je serai ravie ! Quant à moi, je vais tester le poisson cru, sorte de baptême culinaire, d'après notre compagnon de repas. Puis, je reprends du *poe* dont je suis devenue fan et que me déconseilleraient tous les bons nutritionnistes !

La bière et le soleil aidant, l'ambiance est de plus en plus joyeuse ! Des rires tonitruants et des chants locaux se font entendre ici ou là... Ne trouvant pas de table de libre, nous nous asseyons sur un tronc de cocotier qui a été abattu, à l'écart du brouhaha de la fête. Ce qui me convient très bien, ainsi qu'à Arthur qui a désormais besoin de calme. Or, à peine installés, de la musique se fait entendre près du buffet. Quatre musiciens se sont installés sur des chaises, munis chacun de leur instrument, deux guitares, un *ukulele*. Le dernier tient entre ses pieds un tambourin couché à terre avec, dans ses mains, deux baguettes. Deux d'entre eux ont une sorte de chapeau melon en *pandemus,* comme notre toit, et le troisième, une simple fleur de tiare à l'oreille gauche. Pieds nus, tous les trois portent un *pareo* porté juste à la taille, comme une jupe, et sont recouverts entièrement de tatouages. Impressionnant ! J'ai remarqué que beaucoup d'invités, présents au tamaara'a, en portent également. Il faudra que je me renseigne sur leurs significations, certaine qu'ils ont une importance particulière pour eux, contrairement aux affreux tatouages que nous voyons en France. Et, de plus, ils sont remarquablement dessinés.

Alors que je m'apprêtais à interroger Vianney sur ces dessins, les musiciens commencent à jouer. Leur musique, plus ou moins rythmée, est aussitôt accompagnée par la voix des femmes. Debout, toujours à leur table, elles chantent remarquablement bien, avec une voix aussi délicate que tonitruante. Sans comprendre les paroles, j'imagine que les chants parlent de la nature. Je ferme les yeux pour apprécier ces airs, qui sont pour l'instant mélancoliques. Ils me bouleversent. Je ne peux retenir mes larmes. Je les laisse couler, naturellement ; cela me fait un bien fou. Je sens la présence de Pierre, Marie et Paul à mes côtés ; je savoure cet instant magique. Je perçois la sincérité et l'authenticité dont font preuve les chanteuses. Tout à coup, les musiciens changent de registre et de rythme. Les airs deviennent extrêmement rapides et gais. Encore toute émue, j'ouvre mes yeux embués. Vianney détourne rapidement son regard qui, j'en suis sûre, était posé sur moi. Je sèche vite mes larmes. Ouf, Arthur a pensé mettre ses bouchons anti-bruit ! Il est focalisé sur le spectacle qui se déroule devant lui. Cette fois, les femmes s'avancent spontanément et dansent *le tamure.* Je reconnais, parmi elles, mes mamas de la bibliothèque, désormais étonnamment gracieuses grâce à leurs gestes qu'elles font avec leurs mains, et qui semblent mimer la mer, le vent... Leurs pieds bougent si vite. Leur hanche, également, suit le rythme rapide de la musique. Impressionnée, je les regarde. Soudain, sans réaliser ce qui m'arrive, une main attrape la mienne, et m'entraîne au milieu des femmes. C'est Ahutiare ! Je suis invitée à danser avec elles ! Je tente de les imiter, tant bien que mal, et très certainement mal, car je vois certains invités rire, en se moquant gentiment de mon trémoussé ! Je me mets moi-même à rire, en imaginant le ridicule de la scène. Les musiciens s'arrêtent soudainement tout comme les danseuses qui savent parfaitement quand stopper leurs mouvements. L'assemblée applaudit chaudement la prestation des musiciens, assurément pas la mienne ! Mon orgueil qui en a pris un coup m'ordonne de prendre des cours de *tamure* pour les bluffer la prochaine fois.

Arthur est mort de rire quand je les rejoins encore toute rouge. Je ne sais si c'est de honte ou d'essoufflement, peut-être les deux à la fois ! Je sens que, respectueux, Vianney se retient. Il me soutient moralement, en me déclarant :

- Ne vous inquiétez pas, c'est un passage obligé pour tout nouvel habitant de l'île ! C'était le baptême du feu, tout comme le poisson cru qui vous attend…

Cette fois-ci, me voyant me décomposer, il se met, lui aussi, à rire ! Bref, face à mon fils et à son professeur qui semblent s'être ligués contre moi, je n'ai plus qu'à lâcher prise et à les imiter.

Déjà 17h00, et le soleil commence déjà à vouloir se coucher. Les tons bleus du ciel font place à de superbes teintes orangées. Il est temps de rentrer à la maison. Gentiment, Vianney nous propose de nous raccompagner. Soulagée d'avoir trouvé si facilement notre taxi, j'accepte aussitôt, peut-être un peu trop rapidement ! Nous cherchons Mana'arii et Ahutiare, pour les remercier chaleureusement de cette incroyable journée. Je suis exténuée, sans parler du *tamure* qui m'a achevée !

Vianney nous dépose à l'entrée de notre allée. À peine descendu, Arthur lui serre la main, puis remonte l'allée en courant pour se diriger très certainement vers la mer.

- Un grand merci pour t'être occupé de mon fils, tout à l'heure. Tu ne réalises sûrement pas à quel point ce moment a été important pour lui, et donc pour moi, je déclare toujours assise à côté de lui.

- Tu sais, les ados, ça me connait, c'est mon domaine, m'explique-t-il. Un ado en souffrance, je les reconnais aussitôt. Seuls, en marge du groupe, silencieux, tristes. Mon alarme interne de prof se met aussitôt à sonner ! Dès notre rencontre sur le bateau, je me suis douté qu'il faudrait que je m'en occupe de ton enfant. C'est très bien qu'on ait fait plus connaissance tous les deux, avant les cours de sport du collège. Et, c'est un bon joueur de foot ! Les Polynésiens n'ont qu'à bien se tenir !

- En tant que prof d'Arthur, tu auras accès à son dossier, et cela me va très bien ! Dans ta voiture et en cette fin de journée, j'avoue que je n'ai pas le courage de faire une rencontre parent-professeur pour en parler !

- Je te rassure, moi, non plus. Connaissant quasiment tous les habitants de l'île, je distingue les moments où je suis en présence de mes parents d'élèves ou de mes amis. Et là, je suis avec une amie, enfin, j'espère, rajoute Vianney, avec son beau sourire. Quand tu voudras m'en parler, ce sera au collège, sauf si tu veux te confier en tant qu'amie... Parfois, j'avoue, c'est un peu compliqué de faire la part des choses, ajoute-t-il en riant, se perdant lui-même dans ses explications. Et, je ne crains pas de me tromper en disant qu'il n'y a pas qu'Arthur qui a besoin de soutien, n'est-ce pas ?

Je reste muette.

- Pardon, là, je deviens un malotru qui aurait dû se montrer plus délicat. J'espère me rattraper en te félicitant sur ta robe qui t'allait à ravir !

- Merci ! J'en connais un qui va être content, je réponds, en lui confiant que c'est Arthur qui avait choisi ma tenue ce matin.

- Il a bon goût et connait bien sa maman !

Je me trompe ou il me fait du gringue ? Je réalise que je commence à rougir ! Il est grand temps de s'arrêter là pour ce soir. D'ailleurs, la nuit est presque tombée et je dois retrouver Arthur, qui, décidément, prends de plus en plus le large par rapport à moi.

Nous nous saluons. Une fois sa jeep partie, je m'engage à mon tour sur cette merveilleuse allée, tout en humant les bouquets, les arômes de toutes ces fleurs enivrantes. Je cueille un bel hibiscus et me le mets derrière l'oreille, telle la nouvelle polynésienne que je deviens. Quel changement d'univers et de vie en l'espace de deux jours ! J'ai l'impression d'être arrivée depuis plusieurs jours déjà. J'aperçois Arthur dans l'eau. Il me crie :

- Maman, il faudra que tu m'achètes un masque et un tuba ! Aujourd'hui, j'ai vu passer plein de poissons, même entre mes jambes !

- Promis ! je réponds, tout en songeant à la plongée sous-marine, à laquelle je dois impérativement m'atteler.

Je me dirige vers un tronc de cocotier, qui plonge tellement vers le lagon que ses feuilles cherchent à toucher l'onde. Je grimpe et m'assois. Mes pieds effleurent l'eau. J'observe mon fils, avec le coucher de soleil en toile de fond.

- Maman, tu es belle avec ta fleur ! Tu es une vraie tahitienne !

Chapitre 7

Déjà une semaine que nous sommes arrivés à Huahine. Du lever au coucher du soleil, nous n'avons fait que profiter des merveilles que nous offre cette île du paradis.

En posant nos valises, jamais je n'aurais espéré vivre aussi rapidement les premiers bienfaits de notre nouvelle vie, non seulement sur Arthur, mais également sur moi.

Les premiers jours m'ont fait prendre conscience à quel point je m'étais oubliée depuis le drame. Ai-je d'ailleurs existé ces derniers mois ? Nath me l'a si souvent répété : « Pense également à toi ! » Je n'étais qu'un corps qui se mouvait, il lui manquait son âme. Et moi qui, auparavant, tentais en vain tous les régimes d'Instagram, j'ai perdu quinze kilos en l'espace de six mois. D'ailleurs, n'ayant plus rien à me mettre, Nath me forçait à l'accompagner dans les boutiques de Bordeaux pour que je ressemble à quelque chose. Si Nath n'avait pas été là... Ma seule motivation pour me lever tous les matins ? L'existence de mon fils. Il fallait que j'assure et que j'assume en tant que maman, il n'avait plus que moi ! Ce rôle m'a sauvée en réalité. Je devais tenir debout, pour lui, pour l'aider à se relever, juste pour le faire sourire, une fois, puis deux, puis trois fois dans la journée. Il y a eu les bons et les mauvais jours, les jours avec et les jours sans. Je ne pouvais deviner en me levant si Arthur serait en forme, suffisamment du moins pour travailler un peu, pour jouer... Mine de rien, ce travail scolaire nous a bien occupé l'esprit à tous les deux et le temps passait ainsi plus vite... La journée sera-t-elle calme, avec ou sans crise d'hystérie ? Arthur sera-t-il présent, avec moi ou dans son propre monde ? Je n'avais que ces questions en tête en me levant chaque matin, avec comme seule perspective le bien-être de mon fils. Et non le mien... Seul l'amour a été mon carburant pour avancer durant ces derniers mois.

Alors, juste se poser sur une plage, s'allonger sur une serviette, écouter le clapotis de l'eau, le bruissement des feuilles de cocotiers, ne penser à rien, ou plutôt si, penser à soi-même, à son bien-être, se reconnecter... Cela ressemble au bonheur ou plutôt me permet de m'en rapprocher. Je réalise ainsi à quel point mon corps et mon esprit me crient qu'ils sont exténués, mais je ne les entendais pas jusqu'à présent. Mais, avais-je le choix ? Toutes ces épreuves de ces mois derniers n'avaient été que saut d'obstacle après saut d'obstacle, l'un derrière l'autre, à les enchaîner... J'étais un cheval à qui son cavalier avait mis des œillères pour ne pas regarder le monde qui continuait de tourner autour de lui. Surtout qu'il ne pense pas, qu'il avance, qu'il fonce ! S'arrêter, c'était s'effondrer pour ne plus se relever, ne pas avoir le courage de regarder l'obstacle suivant, au risque de faire un refus devant les barres. Cette idée de partir à l'autre bout du monde a été ma bouée de sauvetage qui m'a permis d'atteindre l'autre rive, certes en mauvais état, mais debout. Finalement, je suis une rescapée indirecte de l'accident. Notre survie à tous les deux a ainsi débuté le jour où je suis tombée sur cet article à propos de la plongée sous-marine et ses bienfaits sur les traumatismes psychologiques. Il a été l'élément déclencheur pour fuir ce qui nous retenait à Bordeaux. Malgré nous. Oh, je suis consciente que ces premiers jours sur cette île ne sont pas représentatifs de la vraie vie. Mais qui pourrait dire réellement ce qu'est la vraie vie ? Et puis, l'essentiel n'est-il pas d'aller où se trouve son propre bonheur ? Au fond, chacun connait le chemin pour y accéder. Encore faut-il enfoncer certaines portes, enjamber les obstacles, les contourner parfois pour y parvenir. Quant à notre chemin, nous sommes sur le bon, j'en suis persuadée. Il nous faut juste suivre encore quelques panneaux indicatifs, et nous y parviendrons au sommet de l'Everest !

La semaine à venir s'annonce plus chaotique que la première avec la rentrée d'Arthur. Hors de question de lui mettre la pression. Cependant, mon travail commence dès lundi. Par conséquent, il va bien falloir qu'il aille au collège. Encore deux jours seulement. J'ai commencé doucement à lui en parler, cinq minutes par ci, cinq minutes par là. Et la rencontre avec le fils de Mana'arii lors du pique-nique va peut-être l'aider à se projeter puisqu'ils sont dans la même classe. Sans parler de son professeur d'EPS, Vianney que j'ai été bien contente de retrouver ce jour-là, dès le lendemain de notre traversée en bateau. J'aurais apprécié le revoir cette semaine. Mais, comme il me l'a expliqué, pas évident d'être ami avec les parents de ses élèves. Peut-être a-t-il voulu mettre de la distance entre nous ? Dommage...

Ce dimanche matin, c'est pieds nus et vêtu d'un simple maillot de surf et d'un t-shirt pour Arthur, et moi d'une petite robe de plage orange à fines bretelles, que nous quittons tôt notre *faré* pour partir à l'aventure. Nous allons explorer l'île, côté plage, restons modestes ! Le soleil éclaire l'onde de mille éclats. D'ailleurs, cette semaine, j'ai remarqué que c'est sous le ciel bleu que le lagon dévoile ses plus beaux atours avec des teintes de bleu extraordinaires. Lorsqu'un nuage vient à cacher le soleil, celles-ci deviennent alors plus ternes, comme s'il voulait peindre le lagon avec ses propres couleurs. Une légère brise matinale nous accompagne. Début novembre, c'est le début de la saison des pluies. Accueillante, l'île nous a épargnés cette première semaine, tant mieux ! J'avoue que j'appréhende cette période avec ses terribles pluies, ses tempêtes, voire ses cyclones. Seuls dans notre faré, nous ne serons certainement pas très fiers et pas très en sécurité surtout.

Je pense alors à notre chère Bretagne qui, à cette période de l'année, connait ses premières tempêtes de l'hiver. Vagues et vent l'accompagneront jusqu'au printemps. Un tout autre spectacle que celui que nous avons sous les yeux chaque jour… Pierre appréciait presqu'encore plus sa terre natale lorsque les éléments se déchaînaient. « C'est là que la Bretagne se révèle ! », aimait-il à le rappeler, face au vent et sous la pluie. Aurait-il savouré cette île et son climat ? Pas sûr finalement ! A ses yeux, elle aurait manqué de caractère. Il l'aurait trouvée superbe évidemment, mais également trop fade par rapport à sa région natale. Les Bretons sont extrêmement chauvins, je l'ai découvert très vite avec Pierre et son papa…

Equipé chacun d'un petit sac à dos avec un bon pique-nique, bien français cette fois, nous entamons cette randonnée en espérant découvrir de nouvelles surprises. Comme par exemple, les maisons de nos trois ou quatre voisins avec qui nous partageons la plage. Des locaux, je ne sais pas encore ? J'aurais déjà dû aller me présenter… Je me promets de le faire incessamment pour faire leur connaissance. Désolée, j'ai pu remarquer que, contrairement à la nôtre, les maisons visibles de la route n'avaient rien de typiques : un toit en tôle et leurs murs en parpaings, pour certains peints en blanc. Je peux comprendre les habitants qui choisissent ces matériaux pour leur efficacité anti-cyclonique, mais quel dommage de ne pas avoir su les mixer avec les matériaux naturels pour garder le caractère local des habitations. En passant devant l'une d'elles, je fais réaliser à Arthur la chance que nous avons d'habiter un joli *faré* traditionnel.

- Qui a l'inconvénient de ne pas nous protéger contre les cyclones... ! rétorque un Arthur sceptique.

- Je te l'accorde. « L'esthétisme ou la sécurité, il faut choisir ! » dirait un slogan. Mais, les deux ne sont pas incompatibles, je t'assure !

Lirait-il dans mes pensées ? Quant à notre *faré*, je suis moyennement rassurée, en y réfléchissant...

Leurs jardins sont néanmoins parfaitement entretenus, avec pour chacun d'entre eux, une superbe pelouse verte, tondue à ras. Comment font-ils pour tous obtenir des pelouses aussi magnifiques ? J'en rêvais à Bordeaux ! Et quels beaux massifs de fleurs ! Et ces arbres fruitiers... Des pamplemoussiers et des avocatiers, d'où pendent des fruits impressionnants ! Rien à voir avec les avocats ridicules de nos supermarchés de Métropole.

- Les avocats, ça pousse dans les arbres ? me demande mon fils étonné. Je croyais qu'ils poussaient dans la terre. Mais, par conséquent, c'est un fruit ! Pourquoi alors le manger en entrée ?

- Pas faux ! Mais tu aimerais l'avoir comme dessert ce soir ? Avec du chocolat et de la chantilly ?

A voir sa mine dégoutée, j'ai ma réponse. J'ai le pressentiment que cette balade va se transformer en leçon de choses...

- C'est ça le vrai paradis. Cueillir des fruits directement aux arbres de son jardin ! je déclare le sourire aux lèvres.

- Mais, il n'y a pas de pomme ! s'étonne Arthur.

- Non, pourquoi ?

- Adam et Eve étaient donc européens ! Sinon, ils auraient cueilli un pamplemousse ou un avocat, m'explique-t-il très sérieusement.

Je visualise alors les deux personnages de la Genèse, cueillant le Fruit défendu à Huahine, le nouvel Eden, mais avec un avocat à la place de la pomme ! Tellement comique que j'éclate de rire ! Mon fiston qui ne voit pas ce qu'il y a de drôle me regarde, étonné. Eve mordant dans la fameuse pomme serait-elle finalement une vision très occidentalisée de la Bible ? Je ne m'étais jamais posé la question... Merci mon fils de remettre en question tout mon catéchisme.

Après avoir dépassé notre plage, nous découvrons une superbe maison au style colonial, avec de très beaux hibiscus de chaque côté de l'escalier. Sublime ! Une bordure de frangipaniers en fleurs délimite la propriété. On en prend plein les yeux ! Par contre, quelle aberration : une piscine à débordement, carrément en bordure de lagon. Et pour finir, n'ayant pas de plage, les heureux propriétaires de cette superbe villa ont aménagé leur propre ponton pour leur vedette ! Ce qui nous oblige de ce fait à mettre les pieds dans l'eau... Un peu vexant ! Nous serons d'ailleurs amenés à en faire de même, à plusieurs reprises, pour contourner certains jardins ou cocoteraies. Explorateurs du bord de mer, ce « longe côte », loin d'être désagréable, met ainsi du piment à notre randonnée !

Ce que j'apprécie le plus, outre la vue sur le lagon, c'est le calme absolu, la sérénité qui y règne ! Pas de zodiac, de vedette, de jet-ski, juste ce bruit sourd et permanent des lames du Pacifique s'écrasant inéluctablement sur la barrière de corail. Et, seulement une pirogue de pêcheur qui rompt ce silence quasi monacal...

Comme j'aurais aimé vivre ce moment avec Pierre ! Je nous imagine marcher, là, tous les deux, main dans la main, sur cette plage... Je me retourne, mais je ne vois que deux empreintes de pas laissées dans le sable immaculé. Celles d'Arthur qui court loin devant moi ont déjà disparu. Les milliers de minuscules grains coralliens les ont déjà recouvertes. Petit à petit, la plage reprend ses droits. Deux empreintes au lieu de quatre... Les miennes qui disparaitront également. Aucune trace de cette balade ne subsistera. Depuis notre arrivée, je réalise que le moindre petit bonheur, que je redécouvre et que j'ose enfin m'octroyer, se transforme, trop rapidement et insidieusement, en de la tristesse. Celle-ci, est-elle définitivement enfouie en moi ? Suis-je condamnée à la supporter toute ma vie, à accepter cette invitée malgré moi ? Celle-ci même qui se chargera de me rappeler continuellement à l'oreille que le bonheur n'est pas un dû et que je n'y ai plus pleinement droit ? La même qui pourra émettre des réserves à la première éclaircie après une météo maussade ? En fait, ces phases de tristesse qui suivent instantanément les moments de joie sont, je ne le sais que trop bien, des piqûres de rappel extrêmement douloureuses. C'est ainsi que je les perçois désormais : en effet, elles me sont prescrites pour que je me souvienne que, si je n'avais pas demandé à Pierre de me rendre ce service d'aller me chercher les enfants, ils seraient tous en vie… Or, finalement, j'aurais largement eu le temps d'aller les chercher ! Pourquoi ne lui ai-je pas envoyé un sms pour lui dire de rentrer directement à la maison ? Car, je savais que cela ferait plaisir aux enfants d'être ramenés exceptionnellement par leur papa. Et, j'avoue que pour une fois, je n'aurais pas à courir après la montre. Donc mon petit confort personnel a eu sa part dans ce drame, je le sais. Les remords me rongent. Mais, le pire serait de nier cette culpabilité car ne pas assumer ma responsabilité dans ce drame serait lâche et tellement facile ! Ce serait faire mourir Pierre une deuxième fois dans cet accident. En prenant ma part de responsabilité, j'ai le sentiment de soulager Pierre, de lui souffler : « Tu n'étais pas seul dans la voiture, je te tenais la main lors de l'accident… » Désormais, je le sais, ce service rendu aura un prix : toute joie sera accompagnée de son lot de tristesse.

Je me retourne une dernière fois pour regarder mes seules et uniques empreintes, et je tente de repérer les plus lointaines, celles qui sont maintenant à peine visibles, comme si mes pieds n'avaient fait qu'effleurer le sable. En même temps que cette réflexion, moi-même, je me sens étonnamment légère. Et, j'éprouve également le besoin de respirer, profondément, comme si le souffle m'avait manqué pendant trop longtemps. Je ressens alors une étrange sensation. La tristesse qui me rongeait de l'intérieur à petit feu se délite, se craquelle doucement pour laisser place à un autre sentiment, plus léger, plus doux, moins sournois que j'appellerais la mélancolie. Une mélancolie libératrice. De même, j'ai le sentiment que la colère et l'aigreur s'allègent... Je regarde alors ce ciel si bleu, puis, remplie d'amour et de gratitudes, je remercie Pierre. Je suis convaincue qu'il vient de me libérer de cette douleur insoutenable qui ne me quittait pas, et que, par ce beau geste, il m'autorise à lui dire « Au Revoir », à le laisser partir. Car, pour moi, ce n'est pas un Adieu. En effet, sur cette plage, je le sens désormais vraiment à mes côtés, et je vois Paul et Marie courir avec Arthur... Merci Pierre. Est-ce cela ce que l'on appelle « faire son deuil » ?

Après ces douces minutes, ô combien précieuses, j'aperçois Arthur qui m'a bien devancée. Il marche tranquillement, puis, s'abaisse de temps en temps, sûrement à la recherche de coquillages comme il aimait le faire sur nos plages bretonnes. Soudain, je le vois s'arrêter pour observer un surprenant hangar à quelques mètres du bord. Celui-ci est planté dans l'eau, grâce à quatre gros piliers qui le portent. Ayant rejoint mon fils, je peux constater qu'il abrite un gros bateau effilé, maintenu à un mètre au-dessus du lagon, en état de lévitation. C'est surprenant ! L'embarcation est, en effet, posée sur de grosses cordes, enroulées elles-mêmes autour de grandes roues qui, le subodore mon ingénieur en herbe, permettent de la descendre ou de la remonter au-dessus de l'eau. Une sorte d'ascenseur à bateau de pêche, vu le matériel entreposé sous l'abri à bateau.

- Très astucieux, déclare mon fils en pleine étude du mécanisme.

Cela me fait penser aux garages à bateaux de Venise. Venise, notre voyage de noces… Je prends alors la main d'Arthur, puis nous repartons en courant, en riant, en faisant la course. Jusqu'à ce que, soudain, nous tombions nez à nez sur un panneau nous indiquant « Plage privée, interdiction de pénétrer dans cette zone ! » Il ne manque plus que les barbelés et un autre panneau « Terrain militaire-terrain miné ». Il est surprenant de tomber sur ce genre d'inscriptions au milieu de nulle part. Je vérifie, non, aucune habitation à l'horizon. Un deuxième panneau recouvert de sable nous informe, en réalité, que notre balade nous a amenés à un de ces incroyables hôtels de luxe qui se sont octroyé les plus beaux endroits de l'île. Quelle disparité en l'espace de quelques mètres entre le hangar en tôle rouillée et le complexe cinq étoiles !

Je réagis, les poings sur les hanches :

- Plage privée ! Et puis quoi encore ?

Cela fait sourire mon fils, car peu de choses, en réalité, peuvent m'amener à sortir de mes gonds. Mais, là, typiquement, c'est le genre de situation qui me met en rogne. De quel droit une entreprise s'approprie-t-elle le bord de mer ? Et tout ça pour des touristes au détriment des locaux ! Cette situation me rappelle les chemins des douaniers que Pierre et moi adorions parcourir quand nous randonnions le long de la côte bretonne. Or, parfois, ceux-ci s'arrêtaient net, des barrières nous empêchant de continuer et nous obligeant à faire un détour de plusieurs kilomètres ! Ce que cela pouvait m'exaspérer, alors que mon cher mari, toujours d'un calme olympien, tachait de me calmer.

Encore plongée dans mes souvenirs, je vois Arthur, la tête basse, déçu de ne pouvoir continuer. Il me demande :

- Doit-on rebrousser chemin ?

- Qu'aurait fait Robinson Crusoé s'il avait réalisé qu'on lui avait pris sa plage pour y construire un hôtel ? je l'interroge le plus sérieusement possible et en fronçant les sourcils.

- Il se serait révolté avec Vendredi ! me répond-il, en tapant du pied sur le sable.

- Eh bien, faisons comme lui : bravons l'interdiction ! je crie en levant le poing.

C'est ainsi que, après plusieurs centaines de mètres, nous nous retrouvons au milieu des touristes, déambulant comme eux sur la plage ou sur les chemins, au milieu de superbes farés à l'architecture traditionnelle. Ceux-ci ressemblent trait pour trait au nôtre. Certains sont installés en bordure de la plage, le sable au pied des marches. D'autres, plus extraordinaires encore, sont posés directement sur le lagon, reliés entre eux et à la terre par une cale en bois. Des petits escaliers permettent à leurs occupants de se baigner au pied de leur bungalow, sans se mélanger aux autres touristes ! Avant de venir à Huahine, j'ai feuilleté ces magazines qui vendent du rêve, avec de superbes photographies d'hôtels de luxe, mais, là, j'avoue que c'est bluffant ! J'en deviendrais presque jalouse de n'habiter qu'un petit *faré* au bord du lagon.

- Waouh ! fait Arthur, tout aussi extasié que moi.

- Oui, comme tu dis, waouh !

Des pirogues traditionnelles, avec ou sans voile, sont amarrées à des pilotis.

Mais, n'empêche que ces hôtels ont accaparé les plus beaux endroits de Huahine. Je serais furieuse à la place des habitants ! Et je suis curieuse de savoir ce qu'en pense Mana'arii, lui qui souhaite tant protéger son île !

Nous continuons à jouer les curieux, en observant cette fois, les touristes. Tous les continents sont représentés en un même lieu. Beaucoup d'asiatiques, des américains que l'on reconnait facilement à leur bedaine et à leurs coups de soleil ! Mais peu d'européens. Il faut dire que le billet d'avion refroidit la folle envie de venir dans ce paradis ! Nous nous arrêtons pour observer un couple de japonais, tout de blanc vêtus qui se fait prendre en photos sous toutes les coutures et toutes les positions. Lui en costume, elle en tenue de mariée occidentale. Elle serait tellement plus belle dans une tenue traditionnelle du Japon, je pense avec regrets. Dans un guide, j'ai lu que les asiatiques rêvent pour beaucoup en effet de se marier selon le rite traditionnel polynésien. Jamais je n'aurais imaginé en rencontrer un… Nous restons quelques minutes à regarder le spectacle que nous offrent non seulement ce couple, mais aussi leur photographe. Un vrai show !

Soudain, Arthur s'exclame :

- Regarde les catas ! Et, là-bas, du ski nautique ! Maman, je peux en faire ?

Et, voilà ! Je vais devoir jouer à la maman désagréable… Cela faisait longtemps. C'était évident qu'Arthur me le demanderait ! Moi-même je rêve d'en faire. Surtout avec ce paysage de carte postale.

- Non, Arthur. C'est malheureusement réservé aux clients de l'hôtel.

- Allons voir, sait-on jamais !

J'ai l'impression d'entendre Paul, qui cherchait toujours à nous convaincre quand nous refusions une de ses « suggestions », et elles étaient nombreuses !

- Allons voir, dis-je, tout en connaissant la réponse.

Nous arrivons au *faré* des « Activités nautiques » comme nous l'indique la pancarte. C'est carrément le « Club Med » : tous les sports nautiques sont proposés. Aussi beaux les uns que les autres, les moniteurs sont, pour la plupart, des locaux, recrutés pour répondre à toutes les demandes des clients, même les plus saugrenues j'imagine !

Et là, la surprise du jour ! Qui voyons-nous au bout du ponton ? Vianney qui est en train de porter des bouteilles de plongée et de se diriger vers une superbe vedette amarrée au bout de la cale des activités nautiques. Moi qui l'imaginais sur une planche de surf, je me suis trompée sur toute la ligne ! Il passe une bonne partie de sa vie, non pas sur l'eau, mais sous l'eau !

Arthur se précipite vers la cale. Mais, près du faré, un moniteur l'arrête et lui demande pour quelle activité il s'est inscrit. Et, moi-même, si je ne veux pas être déçue de ne pouvoir aller le saluer, c'est là que je vais devoir utiliser mes talents d'actrices :

- Que se passe-t-il ? je demande à ce dernier ; jouant à la touriste scandalisée.

- Il me faut juste votre nom et l'activité, madame.

- Mais, mon fils s'est inscrit, pas plus tard que ce matin ! Votre machine a dû avoir un bug ! j'insiste, tout en essayant de repérer le planning ski nautique.

- Quel f*aré* avez-vous ?

Oups, là, ça devient compliqué !

- Hibiscus 2 !

Je regarde Arthur, abasourdie par son audace, lui le timoré de la famille ! Et, le pire, c'est que ça marche !

- Ah madame Loisel ! Mais, bien sûr ! Attendez, je regarde s'il me reste un créneau ...

Arthur me fait signe de me taire. Incroyable ! Ce n'est pas mon fils !

- Oui, dans un quart d'heure. Toutes mes excuses ! Tu peux avancer mon garçon... et bon ski nautique !

Il ne manque plus que le tapis rouge. J'ai pitié pour lui et tellement honte de l'avoir escroqué ! Suffisamment éloignés du moniteur, je questionne Arthur sur le nom du *faré*. Il me répond, fier de son coup :

- J'avais repéré les noms des farés tout à l'heure quand on se baladait parmi eux. J'en ai sorti un au hasard !

- Je ne te félicite pas, Arthur ! je lui confie, tout en lui faisant un clin d'œil. C'est la dernière fois !

Tout excité à l'idée de faire du ski nautique, surtout de façon frauduleuse, Arthur me devance et se dirige vers Vianney, toujours aussi affairé autour de sa vedette. Je n'en reviens pas d'être la complice de mon fils et de l'avoir laissé faire. Moi, qui suis toujours réglo... Mais, en le voyant pour une fois aussi téméraire, je n'ai pas osé l'arrêter. Paul lui aurait-il soufflé l'idée ? Arthur n'était jamais l'instigateur, mais le suiveur avec son frère, l'admirant pour son audace. Y aurait-il un nouvel Arthur ? Nous nous disions toujours avec Pierre que notre cadet ne pourrait jamais trouver sa place avec un aîné aussi volubile et omniprésent. En agissant comme il l'a fait à l'instant, Arthur a imité Paul, il a osé ! Finalement, sans ce dernier à ses côtés désormais, peut-être va-t-il enfin s'épanouir… S'il en est ainsi, je ne peux que l'encourager. Sans resquiller par contre, et donc en lui rappelant qu'oser ne veut pas dire frauder !

Le ponton est certainement l'endroit de l'hôtel le plus animé ! Entre les moniteurs qui crient le nom des clients de l'hôtel et ceux qui donnent des conseils aux prétendus champions de voile, il y règne une belle cacophonie ! Sans parler du matériel de planche, de voile, de plongée, de ski nautique, de canoë qui jonche le sol et qu'il faut enjamber. C'est « The place to be », si on ne veut pas faire du « chaise longue-lecture-bronzage », comme l'appelait Pierre.

Surexcité par cette atmosphère plus que joyeuse, le naturel d'Arthur revient au galop : je le vois commencer à battre des mains comme il a coutume de le faire dans ce genre de situation. Je le rattrape, puis lui demande de se calmer :

- Sinon, c'est retour direct à la maison ! je rajoute, en captant son regard. Ce serait dommage, n'est-ce pas ? A toi de choisir…

J'exige en plus qu'il s'assoit et qu'il fasse ses exercices respiratoires pour retrouver un minimum de contrôle. Je le laisse tranquille cinq minutes, Arthur les connaissant parfaitement bien. J'en profite pour jeter un coup d'œil du côté de Vianney qui ne nous a toujours pas aperçus.

- Tu es calme, Arthur ? Tu me le promets ?

- Promis !

A peine relevé, mon fils appelle son futur professeur. Cela non plus, il n'aurait jamais osé le faire à Bordeaux. Mais, le contexte est tellement différent. Je vois Vianney se retourner, estomaqué de rencontrer Arthur sur cette cale ! Il est vêtu comme à son habitude d'un short de surf, d'un t-shirt aux motifs très colorés et d'une casquette beige. Aussitôt, il me cherche des yeux et m'aperçoit, allant à sa rencontre. Il enlève ses lunettes de soleil et s'empresse de nous demander :

- Que faites-vous ici ?

Et voici mon fraudeur de fiston qui se met à raconter, plus ou moins clairement et de façon un peu trop volubile à mon goût, non seulement son joli coup, mais aussi notre décision d'enfreindre l'interdiction de pénétrer le domaine privé de l'hôtel. Et des détails, sortis tout droit de son imaginaire, enjolivent nos infractions ! Là, cette fois, je le reconnais bien, mon Arthur ! Vianney l'écoute attentivement et une fois le récit terminé, il se met à rire spontanément. A-t-il tout saisi ? Pas sûre… Et, malgré l'humour de mon fils, je n'en mène pas large. Nous ne devrions pas nous trouver sur le ponton des sports nautiques du Maeva Beach ! Rien qu'à l'idée que le pot aux roses soit démasqué, je commence à avoir très chaud. Mon côté réglo revient malheureusement au pas de charge :

- Arthur, parle moins fort s'il te plaît Tout le ponton n'est pas obligé d'entendre nos méfaits !

Et, Vianney, de rajouter ironiquement !

- Seriez-vous la maman de ce petit délinquant ?

Puis, pour me rassurer :

- Allez, le mono qui est à l'entrée est un bon copain et celui du ski aussi ! Vous n'avez rien à craindre ! Arthur, tu m'accompagnes ? Tu devrais déjà être dans l'eau avec les skis aux pieds. Il ne manquerait plus que tu aies fait tout ça pour rien ! Allez, oust, le brigand !

- Je ne suis pas sûre que ce soit raisonnable... Il n'en a jamais fait et comment va-t-il réagir sur le bateau ? Au milieu des autres ?

- Je vais prévenir le moniteur et lui présenter Arthur. Il sera attentif, ne t'inquiète pas. Et ils ne vont jamais très loin ...

Je briefe Arthur sur son comportement et je le laisse partir avec Vianney. Qu'il en profite ! Il a bien raison ! J'en aurais fait autant à son âge...

Et, voilà Arthur qui rejoint, tout naturellement, le groupe inscrit pour le ski nautique. Il me fait un signe, me signifiant : « Ne t'inquiète pas maman ! Je gère ! » Tout va bien. Enfin, je tente de me convaincre que tout va bien. Nuances... Qui je vois se diriger vers nous, avec une tête de ceux qui sont furieux de s'être faits floués ? Notre moniteur de tout à l'heure ! J'interroge Vianney qui vient de revenir :

- Vianney, tu es sûr d'être très très copain avec le mono de l'entrée ? Car, le voilà !

- T'inquiète, j'en fais mon affaire ! me rassure-t-il à nouveau, en souriant.

En effet, en arrivant, ils se tchèquent la main, en se tapant le poing, comme le faisait Paul avec ses amis. Puis, le Gentil Organisateur se tourne vers moi. Enfin, j'espère qu'il l'est vraiment, car je n'ai pas envie de prendre mon billet retour pour la France dès aujourd'hui.

- Madame, c'est étonnant car j'ai une autre madame Loisel qui attend à l'entrée du ponton et qui menace de se plaindre pour usurpation d'identité !

« *Mon Arthur, tu n'as pas choisi la bonne famille !* » Cette madame Loisel semble en plus du genre procédurière. Je me sens défaillir et m'assois sur un coffre qui, heureusement, se trouve juste derrière moi. Voyant que la blague d'Arthur tourne au vinaigre, Vianney réagit au quart de tour :

- Eh, Tanetoa, c'est comme cela que tu traites mes amis ?

- Ah, parce que tu la connais ? Je pensais qu'elle allait également t'arnaquer !

- Elle, comme tu dis, s'appelle Claire, rajoute-t-il, très en colère, à son collègue. Claire et son fils t'ont fait une mauvaise blague, d'accord, mais, grâce à eux, j'avoue avoir bien ri !

Je ne voudrais pas qu'ils se fâchent à cause de moi en plus.

- Oui, une bien mauvaise blague, parce que la mère Loisel ne fait pas partie de mes clientes les plus sympas, si tu vois ce que je veux dire..., rétorque le mono, en fronçant les sourcils.

Je me permets alors d'intervenir, encore toute tremblante :

- Peut-être faut-il que j'aille m'excuser ?

Et, tous deux de répondre en chœur :

- Surtout pas !

Soudain, ils se regardent et se mettent à rire. Vianney parvient à déclarer :

- Bon, on lui dit ?

- Moi, à ce moment-là, je ne ris pas du tout :

- Lui dire quoi ?

- Que c'était une blague ! Cette fois, c'est toi qu'il a piégée, avoue Vianney, à la fois complice, mais avec un air tout penaud en me voyant livide. Excuse-moi, Claire, c'était trop tentant !

Sentant son ami un peu gêné, son collègue m'explique alors que ce genre de situation arrive de temps en temps et qu'ils ont comme consigne d'effrayer les fraudeurs pour éviter qu'ils récidivent. Puis, Vianney m'observe sans trop savoir sur quel pied danser. Je décide de le laisser un peu mariner, dévoilant un visage impassible. Puis, je pars à mon tour dans un éclat de rire que je ne pouvais plus retenir :

- C'est ce que l'on appelle l'arroseur arrosé, je parviens à déclarer, les larmes aux yeux.

Tous deux soupirent de soulagement. Tanetoa, dont j'ai retenu étonnamment le prénom, s'excuse platement et nous informe qu'il doit retourner auprès de madame Loisel qui est une femme, par ailleurs, tout à fait charmante :

- Je serais ravi de vous revoir, Claire, me précise-t-il, en faisant un énorme clin d'œil à Vianney.

- De même, je lui réponds, sincèrement.

Puis, je me tourne vers Vianney :

- Sérieusement, j'y ai cru à votre blague, mais sans rancune ! Alors, non seulement tu es prof d'EPS, mais en plus, tu es prof de plongée sous-marine. Quelle ne fut pas ma surprise en t'apercevant avec tes bouteilles de plongée à la main. Tu me l'avais caché !

- En effet, je ne parle pas trop de cette activité alors que c'est ma vraie passion et la raison pour laquelle je suis venue ici. Un jour, j'ai regardé les postes à pourvoir dans un lycée français avec, comme principal critère, un coin du monde où il y a un spot à plonger. Et, voilà, où cela m'a mené. Ensuite, j'ai trouvé ce job quand l'hôtel a ouvert.

Soudain, je vois Arthur passer devant nous, debout sur ses skis. Ce que je suis fière de lui ! Et, ma foi, en le voyant, je ne regrette pas tout le stress que cela m'a occasionné. Mais, c'est bel et bien la dernière fois, je me le promets ! Avec mon bras, j'essaie d'attirer son attention, en lui faisant un signe. Mais, tellement concentré, et fier comme Artaban, il ne me voit pas, il regarde droit devant lui.

- Plutôt pas mal pour un débutant ! me souffle gentiment Vianney. Et, si nous allions prendre un verre au bar de la plage ? J'ai fini de préparer le matos de plongée pour la sortie de cet après-midi.

- Arthur ne saura pas où je suis. Non, je préfère rester là... je réponds, désolée de devoir refuser cette proposition.

Ne serait-ce pas l'occasion de parler plongée avec lui ? Une bien belle coïncidence...

- Allez Claire, je demanderai à mon ami de nous ramener Arthur !

Bien que moyennement rassurée, j'accepte l'invitation.

En quittant le ponton, Vianney précise à Tanetoa qu'Arthur refera un deuxième tour de ski nautique et lui demande de l'envoyer ensuite au bar des Paillotes. Ce dernier lui fait un discret clin d'œil. Je reconnais que ces deux-là m'ont bien eue.

De caractère plutôt réservé, Vianney est ici très à l'aise, tel un seigneur sur son domaine. Tous les clients le connaissent et le saluent. Une main serrée, une tape sur l'épaule, un bonjour de loin... Et, mon ami de leur répondre d'un sympathique signe de la main, accompagné de son charmant sourire. Devant tant de popularité, je ne peux que ressentir de la fierté d'être invitée par la star du complexe. *« Tu me fais penser aux jeunes filles qui tournaient autour de Paul ! Une vraie ado ! Reprends-toi ! »*

Au départ, un peu inquiète d'avoir laissé Arthur aux moniteurs, je m'autorise, enfin, à prendre du plaisir. Il m'invite à m'installer sous une des paillottes installées sur la plage, pas très loin du ponton. J'y jette un rapide coup d'œil. J'aperçois le bateau qui repart...

- Ne t'inquiète pas. Tanetoa joue le baby-sitter ! me rassure-t-il.

Il doit me prendre pour une vraie mère poule, que je ne suis absolument pas pourtant !

- Non, j'essayais juste d'apercevoir Arthur sur ses skis ! je lui réponds maladroitement pour me justifier.

Etonnée de le savoir encore célibataire, une question me taraude depuis le pique-nique... Ce verre sous la paillotte est la bonne occasion pour en savoir un peu plus sur l'homme qui est en face de moi, mais dont je ne sais rien :

- Tu me permets de te poser une question un peu indiscrète ?

- Vas-y, Claire ! Je t'y autorise.

- Vianney, avec toutes ces jolies monitrices et toutes ces touristes qui n'ont d'yeux que pour leurs moniteurs, comment se fait-il qu'un bel homme comme toi soit encore seul ? j'ose lui demander :

- Tu es bien curieuse, Claire ! me rétorque-t-il pour me titiller. Mais, je te l'accorde, cela peut paraître étonnant. Surtout dans cet environnement, n'est-ce pas ? Tu dois avoir en tête le film des Bronzés, non ? rajoute-t-il, en riant.

Il n'a pas tort. Quel raccourci je fais entre ce film burlesque et Vianney ! Entre la honte qui me donne soudain très chaud et les coups de soleil que j'ai pris sur le ponton, je dois être rouge écarlate ! Puis, Vianney continue, sur un ton plus sérieux :

- Mais tu as raison, figure-toi ! Tu n'imagines pas le nombre de couples qui se créent au Maeva Beach. Mais qui se défont également très vite. Il y a un gros turn-over parmi les moniteurs. Ils ne viennent pour la plupart que pour quelques mois, au mieux une saison entière. Sauf les locaux, mais eux préfèrent se trouver une polynésienne. Alors, comment veux-tu que je crée une relation ? Oh, certains s'y retrouvent ! Donc, oui, tu peux être étonnée que je sois encore seul, mais, en ce qui me concerne, ce genre de relations ne m'intéresse pas. Et puis, n'oublie pas que je suis de loin le plus âgé de tous les monos ! Qui voudrait d'un quadra ? Et, en plus, en tant que professeur de collège, je me dois d'être respectable ! finit-il en riant, voulant terminer sur une pointe d'humour.

Je le regarde et lis, malgré ce rire, un voile de tristesse sur son regard. Il se tourne alors face à la mer. Veut-il le dissimuler ? Derrière l'image superficielle qu'il cherche à se donner avec son look de jeune surfer, se cache finalement un homme attaché à des valeurs. Je reste persuadée qu'il ne m'a pas tout dévoilé. Le Vianney de ce matin m'attendrit et m'interpelle de plus en plus.

- Quel homme sérieux dans un lieu aussi frivole ! Ta position mérite le respect.

- Ouf ! J'avais peur, après coup, de m'être embarqué dans un long discours de donneur de leçons ! Ce que tu me dis me laisse penser que nous serions sur la même longueur d'onde, mais je ne suis pas trop étonné... Tu me sembles être une femme et une mère raisonnable et formidable. Je le vois avec Arthur. Sinon, si je me trompe, je peux te présenter tous les monos du club nautique ! Ce sont les plus chauds ! ironise-t-il, en me faisant un clin d'œil.

Cette conversation commence à me troubler, à aller un peu trop loin. Puis, je réalise que c'est moi qui en suis à l'origine et l'instigatrice ! « Mais, pourquoi, Claire, t'es-tu aventurée sur cette piste noire ? Vianney restera un ami, juste un ami... et rien d'autre. Ne lui fais pas croire quoi que ce soit ! Avec la question que tu lui as posée, évidemment qu'il va s'imaginer des choses ! »

Et Vianney, à juste titre, me renvoie l'ascenseur :

- Et, toi, Claire, puis-je te poser la même question ? Tu es un mystère pour moi depuis que je vous ai rencontrés, toi et ton fils sur le bateau. Une jolie femme avec un enfant qui débarque sur une île inconnue, hormis des touristes... Tu peux utiliser le « Joker », et je l'accepterai, et tu resteras ainsi un mystère.

Tout en sirotant ma Pina Colada avec ma paille rose fluo en forme de palmier, je prends le temps de mûrir ma réponse. Pour l'instant, je n'ai raconté que quelques bribes à Mana'Arii et une minime partie au médecin breton. Pourquoi à lui, d'ailleurs, je ne m'en souviens plus… Avec Vianney, je me sens en confiance. Mais suffisamment pour lui confier le plus grand drame de ma vie ? Aussi, je le regarde et lui demande sérieusement :

- Je m'adresse à l'ami ou au prof ?

Comprenant que la suite relèvera plus de la confidence que de la plaisanterie, il a la sagesse de ne pas rire à ma question.

- A l'ami, Claire.

Peut-être est-ce le bon moment, finalement, pour déposer ma valise trop lourde, que je suis si lasse de porter aujourd'hui… La vider de tous les malheurs, les maux, les désastres, les fêlures, les abandons, les détresses, les renoncements, les faiblesses, les accablements, les désespoirs, les démissions, les ravages, les atrocités… Ce n'est plus une valise que je porte seule, c'est une malle qui s'est remplie depuis cette soirée du 3 mars !

Et, c'est ainsi que, sur cette plage paradisiaque, je sors de la malle chacun de ces éléments… Et je me mets à raconter, pour la toute première fois, l'accident puis l'abîme dans lequel je me suis retrouvée avec Arthur. Même au corps médical qui a suivi Arthur, je n'y étais pas parvenue. Le cadenas de la valise était à l'époque encore trop verrouillé. Ce que j'ai ressenti de fort durant notre balade de ce matin n'y est certainement pas pour rien. L'un entraînant l'autre… Le retour vers le faré sera définitivement beaucoup plus facile ! Et me voilà lancée dans le récit de ma vie.

Tout le temps durant lequel je lui raconte mon existence d'avant l'accident et la journée du trois mars, pas une fois Vianney n'intervient. Et, je lui en sais gré car je ne sais pas si j'aurais été capable de répondre à ses questions et, surtout, de reprendre mon récit.

A la fin, tout naturellement, je lui glisse un merci qu'il ne comprend peut-être pas. En effet, tout en lui parlant, je me sentais incroyablement libre et disponible pour tout lui raconter sans m'effondrer. Le cadenas de ma valise a sauté, pour ne plus être définitivement verrouillé. Je ne suis plus enfermée toute seule dans l'histoire de ma tragédie. Elle ne m'appartient plus exclusivement : j'ai ouvert le livre, j'en ai lu un passage, je l'ai partagé, je l'ai offert, je dirais plutôt. A Vianney. Sur mon visage, pas une larme, mais un sourire…

Vianney se tait. Ses yeux bleu-lagon évitent de croiser mon regard. Mais son silence me fait du bien. J'intègre ce qui vient de se passer...

La bulle qui nous avait temporairement isolés de l'agitation joyeuse vient d'éclater. Brutalement. Le brouhaha et l'effervescence qui règne autour de nous me ramènent au bar de la plage et à mon cocktail.

Par contre, j'ai l'impression d'avoir perdu mon ami :

- Vianney ? je lui dis tout bas.

- Je suis sous le choc ! Jamais je n'aurais imaginé l'horreur que vous avez vécue, toi et Arthur. Excuse-moi de t'avoir posé cette maudite question, mais je ne savais pas.

Une puis deux larmes roulent sur sa joue. Discrètement, il en essuie une. Je ne peux m'empêcher d'essuyer la seconde puis, je lui confie :

- Tu ne réalises pas le beau cadeau que tu m'as offert en posant cette question, Vianney. C'est la première fois que je raconte ce que tu viens d'entendre. J'en étais jusqu'à présent incapable. D'où ce « merci ».

Puis, pour mettre un terme à cette ambiance bien morose, j'ajoute :

- L'ami m'a écoutée, le professeur agira.

- Tu peux avoir confiance en moi, Claire. Je m'occuperai bien de ton fils, je te le promets. Et de toi...

Soudain, sur ces mots, nous voyons Tanetoa se précipiter vers nous. Seul. Je comprends aussitôt ce qui se passe. Je le savais ! Je n'attends pas de connaître ce qu'il raconte à Vianney. Je me dirige aussitôt vers le ponton. J'aperçois mon fils là précisément où il nous a quittés avant de partir faire du ski, près de la vedette de son professeur. Ses repères. Recroquevillé sur lui-même, il hurle « maman » en se cognant la tête avec ses mains. Toutes les personnes présentes au club le regardent comme si c'était un fou dangereux ! Non, mon fils n'est pas fou, il est malheureux ! C'est ce que j'ai envie de leur crier. Je prends doucement Arthur dans mes bras et le serre contre moi. Et je le berce et surtout, je m'excuse de l'avoir laissé. Je m'en veux, c'est terrible à quel point je m'en veux ! « Excuse-moi, excuse ta maman ! Elle t'aime tellement ! Arthur, il faut que tu saches que rien n'arrivera à maman et qu'elle sera toujours là pour toi ! »

Vianney arrive et me propose aussitôt son aide. Je lui demande de nous ramener au *faré*. Arthur est en effet incapable dans cet état de faire le chemin du retour à pied. De ces crises, il en sort tellement épuisé. D'ailleurs, il se laisse faire quand Vianney le prend dans ses bras. Puis, nous rejoignons sa jeep, garée heureusement non loin de la plage. Enfin installés, nous quittons l'hôtel. A peine parti, exténué, Arthur s'endort à l'arrière. Alors que nous roulons, Vianney me raconte ce qui s'est passé sur le ponton :

- Tout se passait bien. Après le ski, Tanetoa lui a expliqué qu'il devait l'accompagner jusqu'au bar pour t'y retrouver. Et c'est là que ton fils a commencé à t'appeler, à courir partout. Mon copain s'en veut tellement ! Je lui ai dit que ce n'était bien sûr pas de sa faute. Il n'a pas compris ce qui a provoqué sa crise de panique.

- Non, c'est de la mienne ! Je n'aurais pas dû le laisser seul. Je n'aurais pas dû accepter ton verre, c'est tout ! je rétorque, plus brusquement que je ne le voulais.

- Je commence à comprendre son souci, mais également, le tien, Claire ! Tu as le droit de t'autoriser des moments à toi. Et Arthur était bien quand nous sommes partis. Tu ne pouvais pas deviner que cela se terminerait mal. Alors, moi aussi je suis responsable, car c'est moi qui t'ai poussée à le laisser partir faire du ski. T'occuper de toi, de ton bonheur, ce sera libérer Arthur. Ainsi, il n'aura pas à s'en charger, il n'aura plus à veiller sur toi, à jouer à l'homme ! Tu sais, j'en ai vu d'autres, des Arthur !

L'entendre me sortir ce discours de psy m'exaspère. Je me tais. Il m'exaspère parce que je sais qu'il a raison. Mais, c'est trop tôt... La preuve, encore une crise ! Moi qui me sentais si légère devant mon cocktail... Ai-je eu tort de transporter Arthur dans un environnement qui lui est totalement inconnu ? Je vais à l'encontre de tout ce qu'il faut faire avec un autiste : surtout ne pas changer son cadre de vie ! Cette matinée qui avait si bien commencé est balayée et réduite en miettes...

Je ne rebondis que sur une partie de ce qu'il a dit, omettant volontairement la suivante :

- Si ! J'aurais dû m'en douter ! je lui réponds, furieuse contre moi. Il pensait qu'il me retrouverait sur le ponton. J'aurais dû au moins le prévenir ! Et, je dois penser d'abord à mon fils. C'est ma priorité ! Prendre un verre avec un copain sur une plage n'en est pas une !

A peine je hurle ces derniers mots que je m'en veux terriblement ! Alors que Vianney n'y est pour rien, j'essaye de me dédouaner, de décharger la faute sur lui.

- Pardon, je m'excuse ! Je ne voulais pas dire ça, je voulais dire que…

- Ne t'inquiète surtout pas pour moi, j'ai connu pire ! Je voudrais bien comprendre pourquoi et comment en l'espace de quelques heures passées ensemble, vous êtes rentrés si intensément dans ma vie ! Je ne me l'explique pas… C'est vrai, on se connait à peine, non ? Hormis tes confidences de tout à l'heure évidemment. Mais je sais une chose Claire, c'est que vous êtes devenus très importants pour moi, me déclare-t-il tout en regardant sa route.

C'est beau ce que je viens d'entendre. Un tel cadeau ! Je ne sais quoi répondre… Comment réagir à une confidence aussi poignante ? Je préfère me taire. Très peu de personnes m'ont fait une telle « déclaration d'amitié », c'est comme cela que je la prends. A part, Nath évidemment. Je réussis enfin à lui chuchoter :

- Je ne saurais moi non plus t'expliquer le pourquoi ni le comment, mais je remercie la Providence de t'avoir mis sur notre chemin !

Le silence nous accompagnera jusqu'à notre faré.

Arrivés, je propose à Vianney de diner à la maison, une fois sa sortie en mer terminée. Proposition qu'il accepte aussitôt. Il nous dépose juste devant la maison, puis repart en me faisant un signe de la main. Je capte son regard sans le rétroviseur. Il sourit.

A peine douché, Arthur se couche, éreinté. Je le regarde avec tendresse, un long moment, puis je lui glisse tout bas dans l'oreille que tout ira bien désormais. Que ses anges gardiens s'occupent de lui !

Après avoir grignoté mon pique-nique, finalement dans notre propre jardin, je profite de ce temps calme pour me mettre enfin au travail. Il est temps ! La veille pour le lendemain… Je me suis connue plus sérieuse ! Il va falloir que je fasse abstraction de l'environnement pour redevenir le bourreau de travail que j'étais dans ma librairie ! Je commence par réfléchir à ce que je vais annoncer demain à mes « collaboratrices ». Car c'est le nom que je vais donner aux bénévoles pour leur montrer que je souhaite véritablement les impliquer au sein de la bibliothèque. Je préfère me les mettre dans la poche plutôt que dans celle de la « mama en chef » ! Séparer pour mieux régner ! Sur une feuille, je commence à lister différents types de projets que j'envisage de mettre en place pour la bibliothèque de Huahine. Le challenge qui m'est lancé est d'en faire profiter toute l'île, et pas seulement les habitants de Fare. Un beau défi. Donc, en priorité, installer une bibliothèque itinérante qui, sur une journée, passerait de commune en commune, voire de hameau en hameau. Au moins, une fois par semaine. Evidemment, il faudra d'abord faire le point des ouvrages. Exit les dinosaures pour faire de la place aux nouveautés ! Ensuite, la population est très jeune sur l'île. Vérifier que les ouvrages sont bien adaptés à toutes les tranches d'âge pour inciter les jeunes à lire. Paul adorait les mangas. Au début, je renâclais à lui en offrir. Puis, petit à petit, il a réussi à me démontrer l'intérêt littéraire de ces ouvrages d'origine japonaise. Il a été très fort car, non seulement il a obtenu de moi que je lui en achète, mais en plus, il m'a convaincue d'en vendre dans ma librairie en jeunesse ! Bien m'en a pris de lui avoir fait confiance car ce sont les ouvrages jeunesse que je vendais le plus quand je suis partie ! Bref, vérifier qu'il y en a bien dans la bibliothèque. Sinon, en commander ! Ce serait intéressant d'importer sur les plages publiques de toute l'île les bibliothèques itinérantes que l'on voit en Bretagne et qui passent de plage en plage. Paul et Arthur adoraient, après leur baignade, emprunter une BD et la lire sur les transats installés à cet effet. Donc, je note : mettre en place une bibliothèque « jeunesse » sur les plages avec un coin transat. Objectif : attirer les jeunes, pour espérer les faire venir dans un second temps dans la vraie bibliothèque. Un sacré challenge que j'adorerais réussir en l'honneur de Paul qui m'a soufflé l'idée de son balcon, tout là-haut... Je me prends à mon propre jeu de trouver toute une série de projets. Et pour terminer, aller là où se rencontrent les personnes âgées. Finalement, je reste dans la même idée, sortir les livres de la bibliothèque pour éviter que celle-ci ne devienne un sanctuaire du livre ! Je suis convaincue que tout cela est réalisable. Il faudra par contre des moyens, que les mairies de l'île nous aident... Seule condition pour y parvenir. L'argent, le nerf de la guerre ! On revient toujours au même problème... Le financement ! Pourquoi pas des sponsors ? Je note ! Demain, première mission : il me faudra impérativement convaincre mes mamas. Si ces dernières sont derrière moi, le conseil municipal suivra également !

L'après-midi passe ainsi, doucement, au même rythme que les nuages que j'observe et qui jouent à cache-cache derrière le feuillage des cocotiers. Installée dans un transat, je savoure ce temps calme, cette pause inattendue mais savoureuse. Quelle différence de rythme avec la vie trépidante de Bordeaux ! Je pensais que seules mes boutiques, celle de Bordeaux et d'Arcachon, pourraient me faire oublier, du moins ne serait-ce que quelques heures dans la journée, le vide affreux que je ressentais à Bordeaux. Remplir ce vide, absolument, par le travail, par les livraisons, le bilan de la journée, les demandes des clients, les commandes, les nouveautés, les derniers Prix Goncourt, Fémina, Interalliés... Mais, ce que des mois de travail n'avaient pas réussi, cette semaine, à elle seule, m'a procuré ce que je n'espérais plus : l'envie de vivre, le courage de rebondir. Ne serait-ce que pour cela, je me félicite de nous avoir fait traverser la Terre entière pour arriver sur ce point minuscule ! Il y a une place pour nous deux sur cette île. D'ailleurs, ne nous attendait-elle pas ? Entre la bibliothèque que je vais découvrir demain et la plongée sous-marine, en la personne de Vianney, il y a de quoi se le demander. En outre, maintenant que la culpabilité ne me ronge plus, je me promets de savourer le moindre petit plaisir... Tout va prendre de la valeur à mes yeux. Entre mon Au revoir à Pierre et ma valise enfin vidée, cette matinée m'ouvre de nouvelles et belles perspectives... Je n'oublie pas mon Arthur, mais Vianney a raison : ne plus s'oublier, mais vivre.

Aussi légère que si je sortais d'une méditation, c'est dans un état de zénitude que je prends mon roman, que j'ai délaissé ces derniers jours. Il me faut impérativement me tenir informée de l'actualité littéraire métropolitaine ! En plus de la bibliothèque, il faudra que je supervise à distance les commandes des deux boutiques. C'est le deal que j'ai signé avec Nath. Hors de question de ne pas le remplir ! Pleine de scrupules envers mon amie, je me plonge sérieusement dans mon roman. Mais à peine commencé, je me suis certainement assoupie sur mon livre car, lorsque j'entends la voix d'Arthur, je réalise que je suis toujours à la même page… Ce soir, je dois absolument l'avoir terminé pour commencer, enfin, celui que je considère comme le futur Prix Goncourt.

Je vois que mon fils va bien, il me sourit et m'embrasse. Très vite, il me propose d'aller piquer une tête. Je lui réponds que c'est une excellente idée, mais qu'auparavant, il fallait qu'il mange son pique-nique ! Pendant ce temps, je m'empresse d'aller mettre mon maillot. Tout en me changeant, je repense à ce matin. Je trouve toujours étrange qu'il n'aborde jamais ses crises, comme s'il ne s'en souvenait plus. Et, quand je commence à lui en parler, il refuse toutes discussions. Je n'arrive pas à savoir pourquoi. Est-ce parce que, réellement, il ne s'en souvient plus du tout ou bien est-ce volontaire ? Ces crises restent un mystère pour moi. Le pédopsychiatre m'avait dit de ne pas insister. Je vais quand même essayer d'aborder la dernière crise.

Arthur est assis sur notre fameux cocotier horizontal, balançant ses jambes frêles au-dessus de l'eau et grignotant son sandwich. Je le rejoins. En m'asseyant auprès de lui, je lui glisse :

- Il y a pire comme endroit pour manger !

- Je confirme ! me répond-il, la bouche pleine.

- Dis, tu pourrais me raconter ce qui s'est passé ce matin sur le ponton ? Tout allait bien, tu passais un super moment, je n'étais pas loin, le mono était avec toi, et…

Il me coupe :

- Tu n'étais plus là !

- Oui, je m'en excuse, Arthur, j'aurais dû te prévenir, mais tu étais sur l'eau. Et, encore une fois, j'étais tout près avec Vianney. Tu n'étais pas tout seul, car tu sais que je ne te laisserais jamais tout seul, n'est-ce pas ?

- Je ne te voyais plus ! rétorque-t-il, avec de la colère dans la voix.

Je sais pertinemment qu'il a une bonne raison d'être furieux contre moi : j'avais rompu notre contrat. Toujours prévenir l'autre en cas d'absence ou d'éloignement, pour lui, comme pour moi.

- Tu étais en colère ? Tu avais peur ? je lui demande en tentant de l'amadouer et en lui passant ma main dans ses cheveux qui ont tant blondi.

- Les deux !

Il se lève, pose son sandwich, saute dans la mer puis plonge. Une fois de plus, je reste sur ma faim. Quoiqu'aujourd'hui il a parlé de peur et de colère. Peur que je disparaisse, comme son papa et ses frère et sœur, cela je le savais. C'est classique, comme me l'avait expliqué son psychiatre. Et j'apprends qu'il ressent également de la colère contre moi dans ces moments-là ! Jamais, il ne me l'avait exprimée ni même montrée depuis l'accident. Je tente de comprendre. Qu'il craigne qu'il puisse m'arriver quelque chose, je comprends, mais, de la colère ! Tout est tellement confus, culpabilisant, incompréhensible pour une maman... Dans son regard, lorsqu'il est venu m'embrasser, pas une once de colère ne filtrait ! Seul le fait de reparler de la crise a fait ressortir cette colère, sous-jacente, dormante... Comme un volcan éteint qui se réveillerait.

Toujours perplexe et attristée, je pars nager dans sa direction. Je l'appelle, trouvant qu'il part un peu trop loin :

- Arthur, reviens !

Ouf, soulagée, je le vois faire demi-tour et revenir vers moi. En silence, nous nageons l'un à côté de l'autre vers la plage.

- Tu voudrais qu'on appelle Tante Nath, ce soir ? je lui propose, pour raccrocher les wagons avec mon fils.

- Oui, génial ! Et, on lui enverra les photos de notre maison et celles qu'on a prises ce matin ! Tu m'as pris en train de faire du ski ? Tu sais, je ne t'ai pas raconté, je suis passé sur des raies ! Tu réalises, un peu ?

- C'est fou ! Tu les voyais ?

Encore, un ouf de soulagement ! Les wagons sont à nouveau raccrochés...

La fin d'après-midi s'annonce. Le soleil s'en va tranquille… Déjà ! Je ne m'y habitue pas. Je regarde ma montre. Seulement 17h00. Mais, juste le temps de se doucher et de se changer avant l'arrivée de Vianney.

La nuit est tombée, toujours aussi sombre… Je ne m'y habitue pas non plus. Nous aimerions tant profiter de la vue, même le soir ! Seule la Lune parvient à éclairer le lagon paisible, sur lequel miroitent mille étoiles. Cependant, la lune et la mer forment ici, ma foi, un couple des plus romantiques qui se laisse facilement admirer…

Le couvert est mis, les bougies allumées ainsi que les tortillons anti-moustiques, obligatoires à partir du soleil couchant. Nettement moins romantiques… Et le repas fin prêt. J'ai juste eu le temps d'enfiler un pantalon blanc et un chemisier en lin rose. Le pantalon, vêtement indispensable contre ces moustiques infernaux. J'ai rapidement renoncé à mes jolies robes du soir ! Depuis cinq minutes, Arthur me tanne pour appeler Nathalie maintenant. La pauvre, elle va nous maudire ; il n'est que 6h00 du matin à Bordeaux ! Mais, elle sera tellement contente ! Arthur commence à l'appeler, n'attendant même plus ma réponse… Mon amie apparaît soudain sur l'écran. En pyjama, mais le sourire jusqu'aux oreilles ! Je lui fais un petit coucou, mais je laisse Arthur lui narrer son propre récit du voyage, de notre arrivée, il lui décrit notre faré avec une visite des lieux en direct. Sans oublier de raconter ses exploits en ski nautique, et de préciser que c'est son moment préféré depuis que nous sommes sur l'île ! Tellement déstabilisant , mais cela me rassure : il ne garde que le meilleur…

J'entends soudain la voiture de Vianney qui remonte notre allée. Flûte ! Nath va doublement me maudire ! Pour ne l'avoir appelée que trois fois dans la semaine, et là pour ne pas la prendre. Je manque de m'étouffer en entendant Arthur dire à mon amie :

- Ah ! Le copain de maman qui est mon prof de sport arrive ! On va devoir te laisser ! Je t'embrasse bien bien bien fort ! Maman, je te passe Nath !

- Et, voilà, ce qui devait arriver, arrive :

- Parce que tu me parles encore, ma belle ? s'exclame-t-elle, en me faisant un joli clin d'œil. Et puis, c'est qui ce copain ? Cela ne fait pas une semaine que tu es partie, et tu as déjà rencontré quelqu'un ? Je ne peux pas te laisser toute seule ! ajoute-t-elle en riant.

Nath restera toujours ma Nath, toujours aussi drôle ! Et les moments vécus ensemble à l'hôpital nous ont forcément rapprochées. Un adage dit que l'on reconnaît les vrais amis dans les épreuves. Je confirme. Désormais, je la considère comme ma « sœur de cœur ». Si je pouvais l'adopter, je le ferais ! Dommage d'ailleurs que l'on ne puisse pas adopter un frère ou une sœur… Je lui promets de la rappeler après le dîner, pour elle après son petit-déjeuner :

- Tu peux te recoucher, Nath ! je plaisante.

- Et, tu me diras tout ? Promis ? rajoute-t -elle avant de raccrocher.

Cela n'augure rien de bon sur l'heure du couchage. Ni sur mon livre à finir... Pourtant, demain matin, lever 6h00 pour arriver à 7h00 au collège !

Je me dirige vers la porte d'entrée pour accueillir Vianney, vêtu d'un short beige et d'une chemise bleu clair et de ses inévitables tongs ! Je remarque, néanmoins, l'effort de la chemise qui lui va d'ailleurs très bien. Je ne peux me retenir de le lui faire la remarque :

- Ce soir, place au surfeur chic !

- Non, au plongeur chic ! rétorque-t-il, aussitôt.

- C'est vrai, comme quoi, les préjugés ont la dent dure !

Nous rentrons ensemble dans mon humble faré pour ressortir immédiatement sur notre terrasse. Une Hinano à la main, debout, nous commençons à discuter :

- Le lieu et le faré sont vraiment sympas ! s'exclame-t-il. Et la plage est réputée pour être une des plus belles, veinarde ! Et quasiment inaccessible... Mana'arii s'est bien occupé de vous en vous installant ici.

- En effet, j'en suis consciente et je lui suis extrêmement reconnaissante. J'espère être à la hauteur de ses attentes pour la bibliothèque.

- Je n'ai aucun doute que tu réussiras dans ta mission ! m'encourage mon invité tout sourire.

Ce sourire est juste craquant ! Je me ressaisis et, profitant de l'absence d'Arthur qui, fort heureusement, s'est remis à lire depuis notre arrivée, je poursuis :

- A propos de mission, tu vas en avoir une de la plus haute importance.

- Oh là ! Serions-nous en train de tourner le nouveau « Mission impossible » ?

- J'espère que non, car il s'agit d'Arthur.

Je m'assois pour lui signifier que le sujet est en réalité sérieux. D'ailleurs, il a saisi mon geste car il fait de même. Je sors d'une pochette l'article à propos des bienfaits de la plongée sous-marine sur les traumatismes psychologiques, et le lui montre. Fortement intrigué par le sujet, il prend la feuille, puis se met à la lire, plus sérieusement que je ne l'aurais imaginé. Il ne fait pas que parcourir l'article ; celui-ci l'intrigue vraiment. Reposant la feuille, je m'attendais à ce qu'il me fasse une remarque à l'issue de cette lecture. Or, je n'ai qu'un grand blanc, un grand silence. Son regard est perdu, totalement absent, il me rappelle celui de mon fils quand il part… Ses mains se mettent à trembler. Là, il finit sérieusement par m'inquiéter ! Je l'appelle :

- Vianney ? Tu m'entends ?

Je le vois enfin réagir, se tourner vers moi :

- Tu disais ?

- Tu vas bien ? je lui demande encore soucieuse.

- Oui, oui, réussit-il à me souffler, péniblement.

- Non, je vois bien que non ! je constate, en me levant pour me tenir près de lui, de peur qu'il ne tombe de sa chaise.

Son front ruisselle, ses mains tremblent, il me regarde avec une tristesse et un désespoir au fond des yeux qui me déstabilisent complètement. Je ne sais pas quoi faire… Voir Vianney, ce grand gaillard à la stature d'athlète, devenir subitement aussi fragile me bouleverse.

- Tu veux un verre d'eau ? Tu veux t'allonger ?

- Non, non, ça va, je vais mieux ! Juste un petit étourdissement… me rassure-t-il, gêné par sa faiblesse soudaine.

Les hommes sont tellement imbus de leur image d'homme fort qu'à la moindre faiblesse, leur orgueil en prend un coup ! Je ne sais d'où vient cette règle. Ai-je déjà dit à Pierre ? « Non, chéri, tu n'as pas le droit d'être faible ! » Quoique, pour mon mari, l'image du petit garçon qui n'est pas autorisé à pleurer était bien présente chez mes beaux-parents. Ayant été éduqué à la dure, Pierre le ressentait ainsi : pas de faiblesse. Au début de notre mariage, cela a fini par m'agacer car a contrario, moi je pouvais en avoir. L'homme fort qui prend soin de la femme faible, très peu pour moi ! Je lui ai montré à plusieurs reprises que l'inverse était également possible. Pour le provoquer, je lui rappelais de temps en temps que ce n'était pas par hasard si c'était la femme qui accouchait… Il est prouvé que l'homme ne supporterait pas la douleur ! Bref, il a vite compris. D'ailleurs, il a éduqué ses enfants d'une tout autre manière que celle de ses parents à son égard. Par conséquent, aujourd'hui, l'expression « Le sexe fort et le sexe faible » est largement dépassée. Messieurs, à bon entendeur… Merci Eve au passage ! Pourquoi avoir mordu dans cette maudite pomme ? Il fallait laisser Monsieur la goûter !

Devant Vianney aussi mal, je fais une bien piètre infirmière. Le seul remède auquel je pense n'est pas forcément celui que celle-ci aurait prodigué, mais tant pis !

- Attends, j'ai ce qu'il te faut !

Je me précipite vers la cuisine et prends un plateau, sur lequel je pose deux verres et une bouteille de rhum, puis je reviens aussitôt auprès de Vianney qui reprend des couleurs et revient à lui, surtout à la vue de ce que je lui apporte ! Pour détendre l'atmosphère, je lui déclare :

- Je l'ai trouvé au fond d'un placard en arrivant. Mana'arii me l'aurait-il offert en pensant que je noierais mon chagrin dans l'alcool.

Vianney se met à rire. Ouf, je suis rassurée. Tout en lui servant un verre, je le réprimande gentiment :

- Tu m'as fait une sacrée trouille ! Tu as souvent ce genre de malaise ?

Vianney prend le temps de boire son verre.

- C'est un bon cru !

- Tu n'as pas répondu à ma question… Il faut que tu ailles vraiment voir le médecin de l'île, tu sais l'aristo breton ! je le sermonne, inquiète pour lui.

- Je t'assure que ça va, mais ta sollicitude me touche, vraiment !

Il me prend la main, puis me sourit. J'observe son regard et j'aperçois une once de tristesse qui ne le quitte pas. Néanmoins, sa gaieté est toujours présente. Donnerait-il le change en réalité ?

- Sérieusement, c'est un aristo breton, le toubib de l'île ? Il te l'a dit ? me questionne mon patient.

- Sérieusement, oui. Et, je l'ai vu tout de suite.

- Ah bon ? Parce que, en plus d'être la bibliothécaire de Huahine, tu es journaliste pour Point de Vue Image du Monde ? me provoque-t-il, en s'esclaffant. L'aristocratie bretonne, tu connais ?

Je ne préfère pas répondre. Que dois-je faire de cet héritage spirituel qui n'est pas le mien ? Sans y être opposée, loin de là, je n'ai jamais été très à l'aise avec l'histoire aristocratique de ma belle-famille que je trouvais un peu vieillotte dans leurs manières de penser et de vivre. Mais, pour Pierre, je suis parvenue à me fondre dans sa famille, me sentant, de temps en temps, en décalage avec eux. En rentrant dans leur famille, j'ai découvert à quel point la petite noblesse bretonne était très attachée aux traditions et aux valeurs que ses parents avaient inculquées à leur fils et auxquelles ce dernier tenait beaucoup. Mais, lui était à l'aise en aristocrate de son siècle, contrairement à eux. Et, désormais, je compte bien transmettre à Arthur les valeurs de son papa. J'aurais le sentiment de le trahir si je n'élevais pas Arthur avec son histoire familiale. Plus difficile à gérer à Huahine qu'à Bordeaux !

Souhaitant revenir au sujet important de la plongée, je me penche à nouveau sur l'article. Immédiatement, Vianney se ressaisit et me déclare, sérieux :

- Je commence à comprendre le but de ma mission. Et, elle m'impressionne par le challenge que je vais devoir remplir et que tu me confies.

- Qu'en penses-tu ? Dis-moi sincèrement ce que tu en penses. Est-ce que ce que raconte cet article est transposable sur la situation d'Arthur ?

Je suis suspendue à sa réponse, remplie tout à la fois d'espoir et de crainte qu'il me réponde que c'est impossible. Nous sommes venus jusqu'ici en partie pour que mon fils profite des bénéfices de la plongée. Ce serait une réelle déception... Mais, je me dis que Vianney ne doit pas être le seul mono de plongée sur toute l'île. S'il refuse, j'essaierais avec quelqu'un d'autre. Mais il a su nouer en si peu de temps une telle relation avec Arthur que je serais vraiment déçue. J'observe son visage, je tente d'y lire une supposition, une réponse, un oui. Il prend son temps avant de s'engager dans cette mission. Pourquoi tout ce temps d'ailleurs ? Certes, cette mission serait loin d'être anodine pour lui. Il sera tellement loin de ses sorties touristiques ! Organiser une sortie pour voir des raies Manta et des requins d'une part, et une autre pour sauver la santé mentale d'un enfant, d'autre part sont aux antipodes l'une de l'autre.

De moniteur, il se transformera en thérapeute. Une tout autre mission ! Et je suis également consciente de l'importance que celle-ci prendrait dans son planning s'il acceptait.

Il finit par lever les yeux :

- Ça se tente, déclare-t-il, à peine audible.

Moyennement convaincu, le garçon… Je le fais répéter, pour être certaine d'avoir bien entendu.

- Ça se tente, confirme-t-il plus fort, cette fois en souriant.

Nettement plus convaincu ! Je préfère.

D'un coup, tellement contente, je me lève de ma chaise pour l'embrasser. En toute amitié, évidemment, en tout bien tout honneur, comme on dit dans ces cas-là. Surpris, ne sachant pas trop comment réagir, Vianney ne répond pas à mes remerciements. Stoïque, il me regarde, les larmes aux yeux. Mince, je ne pensais pas le troubler à ce point. Décidément, Vianney est étonnant ce soir ! Est-ce mon simple baiser ou est-ce cette autre chose qui, une fois de plus, a fait réapparaître cette mélancolie dans son regard ?

Pour lui laisser le temps de reprendre ses esprits, et moi-même, un peu gênée, je remplis nos deux verres avec le rhum de Mana'arii, qui ce jour-là, a bien fait d'oublier sa bouteille. Elle nous est bien utile ce soir ! Je lui tends son verre, puis en levant le mien, je déclare :

- A la santé d'Arthur !

- A la santé d'Arthur, répète-t-il en me souriant.

Je le préfère nettement ainsi, surtout qu'il a le plus beau sourire de l'île. Evidemment !

Reprenant enfin un peu de contenance, Vianney annonce d'une voix de professeur :

- Il faudra que je te donne un planning précis car les séances devront se dérouler à intervalles réguliers pour qu'Arthur puisse s'initier à la plongée dans un premier temps, et pour que ses sorties deviennent comme une habitude, une chose acquise. C'est extrêmement important dans ce genre de thérapie par le sport, et également, mais je ne vais pas te l'apprendre, il faut un emploi du temps régulier chez les autistes.

- Bien sûr, tu pourras compter sur moi. C'est une chance extraordinaire pour Arthur de t'avoir rencontré. Mais également pour moi. Je te confie mon fils en toute confiance pour le remettre sur pied… ou pas ! Je préfère la première option, bien entendu. Mais, je ne veux te mettre aucune pression. Je sais que tu feras au mieux. Non seulement en tant que professionnel, mais aussi en tant qu'homme avec son cœur. Et cela compte beaucoup pour moi…

Soudain, Arthur apparaît avec une feuille dans les mains. Ah, c'est donc cela qu'il trafiquait depuis tout à l'heure, il écrivait une histoire. Ecrire une histoire, cela fait tellement longtemps qu'il ne l'avait pas fait… Avant l'accident, il passait des après-midis entières, des week-end entiers, enfermés dans sa chambre, à s'inventer des histoires, avec des héros les plus incroyables les uns que les autres. Il fallait parfois que l'on se fâche pour le faire sortir afin qu'il aille jouer avec ses copains ou avec son frère. Puis, le soir venu, nous avions droit à une lecture théâtrale par Arthur. Depuis ce trois Mars, plus aucun récit, plus aucun héros fantastique. Son imaginaire s'est éteint, littéralement, avec la mort de son papa, Paul et Marie. Je craignais que ce ne soit définitif. Or, voici qu'il reprend ses bonnes habitudes, ses repères indispensables à son bien-être.

- Tiens, j'ai écrit une histoire de pirates qui doivent plonger pour découvrir un trésor, déclare-t-il en la tendant à Vianney.

En fait, j'ai bien cru à son regard que c'était Vianney qui allait à nouveau se décomposer. Mais, face à Arthur, il se reprend, le remercie chaleureusement et l'embrasse. Alors que mon fils commence la lecture de son texte, tel un acteur sur scène, seul face à son public, j'observe le futur prof et le futur moniteur de mon fils. De par ses attitudes d'homme touché, d'une sensibilité hors-norme, je le sens, Vianney doit forcément cacher une blessure. Laquelle ? Je me suis dévoilée, le fera-t-il également ? Les hommes sont nettement plus pudiques, toujours à vouloir compter sur leurs forces plutôt que leurs faiblesses. Une fois sa lecture terminée, sous les applaudissements soutenus de son public, j'annonce qu'il est temps de passer à table.

Il est surtout temps d'annoncer à Arthur la grande nouvelle ! Tout excité, mon fils est néanmoins conscient que ces séances de plongée ont pour lui un caractère thérapeutique. Nous avions déjà abordé le sujet à plusieurs reprises à Bordeaux, puis en arrivant à Huahine. Je viens de le lui rappeler. Malgré tout, il ne cache pas son impatience d'en faire avec Vianney. Durant le repas, ce dernier lui explique qu'ils commenceront d'abord par le snorkeling, un mot bien compliqué ma foi pour parler de la plongée avec tuba ! Mais, cela fait tellement pro. Je me garde bien d'intervenir. Puis, ils passeront ensuite à la plongée avec bouteille, avec le baptême. Enfin, ils plongeront de plus en plus profonds, avec, systématiquement, les fameux exercices de respiration pour l'aspect thérapeutique. Un programme bien alléchant que j'aurais bien apprécié d'essayer. Surtout avec ce moniteur, je l'avoue honnêtement.

Le repas se déroule ensuite calmement, ponctué souvent de rires partagés. Un très bon moment. Arthur rentrant le lendemain au collège, il est allé se coucher juste après le dessert. Aurait-il oublié cette échéance ? Vue sa jovialité, je le crains. Il est prévu que Vianney l'accueillera à son arrivée et qu'il le prendra en charge au collège, en tant que professeur principal. La distinction ami, professeur, moniteur sera très certainement compliqué à gérer pour Arthur. Ainsi que pour Vianney, je pense. Demain, il rencontrera également l'AESH, plus simplement Albert, le retraité qui l'accompagnera plusieurs heures par semaine. J'espère qu'ils s'entendront bien tous les deux car c'est essentiel pour qu'Arthur se laisse guider, sans se sentir surveillé en permanence. Je parle en connaissance de cause ! Acceptera-t-il de rester avec lui toute la journée ? Sans me voir ? C'est l'incertitude la plus totale ! C'est en effet une question à laquelle je ne saurais répondre, là, ce soir. Ou plutôt que je préfère éluder. Il est parfois tellement plus léger de se voiler la face. C'est cette option que j'ai choisi pour la journée de demain !

Une fois seuls, en tête à tête avec notre ami, je me suis soudain sentie extrêmement gênée. Arthur parti, je réalise que ce n'est plus le moniteur que j'ai en face de moi, mais un ami. « Juste un ami, Claire !» Je tente de me convaincre. J'ai beau me le répéter. Mais, il faut bien le reconnaître, mon corps m'indique tout le contraire. Des mains moites, le cœur qui s'emballe, le ventre qui se noue. J'ai l'impression d'avoir à nouveau vingt-deux ans, l'âge auquel j'ai rencontré Pierre ! Je n'ai connu que Pierre comme petit copain. Mon unique amour. Et, je n'ai jamais rencontré d'autres hommes qui auraient pu me déstabiliser, même mariée. Le nombre de mes copines qui m'ont raconté avoir rencontré, lors d'un dîner, un homme qui les a émoustillées... Moi, jamais ! Seize ans de mariage et toujours amoureuse de Pierre ! Je ne regardais pas ailleurs... Et, voilà que ce soir, à mon tour, je me retrouve dans la même situation que mes copines. Je décide fermement d'oublier ces sensations, aussi soudaines que futiles !

Et si nous allions sur la plage ? suggère Vianney, de son sourire charmeur qui déstabiliserait n'importe quelle femme.

- Oui, d'autant que la lumière est superbe ce soir. Presqu'une Pleine Lune !

« Une promenade au clair de Lune ! » N'y a-t-il pas plus romantique comme ballade ?

Nous marchons en silence, savourant le calme autour de nous. Pas un bruit. La fraîcheur se fait ressentir.

La lumière est en effet magique. L'onde est un immense miroir d'eau, sur lequel des milliers de petites bougies flottent, éclairant la nuit d'imperceptibles petites flammes. J'en reste bouche-bée. Un spectacle d'une pure beauté.

- Tiens, si nous allions nous assoir sur ce cocotier ? me propose mon compagnon de soirée.

- Oui, Arthur et moi l'avons rapidement adopté comme notre banc préféré !

C'est ainsi que nous nous retrouvons assis, l'un à côté de l'autre, sur le tronc suspendu au-dessus de l'eau. Une position bien embarrassante pour moi. Je n'arrive pas à me détendre, à me dire que cela n'engage à rien. Que nous nous trouvons sur ce tronc d'arbre juste pour discuter... Mais, qu'en est-il de Vianney ? Souhaite-t-il aller plus loin qu'un simple dîner entre deux bons amis ? Peut-être lui ai-je laissé entendre qu'il ne m'était pas indifférent ? Lui ai-je montré des regards trop séducteurs ? Je me repasse en accéléré le film de la journée d'aujourd'hui !

- Tu vas bien ? Tu es bien silencieuse...

- Oups, pardon, je pense à la journée de demain, je tente de m'excuser, prétextant être inquiète pour la rentrée d'Arthur. Même si je sais que tu le prendras en charge, et je t'en remercie profondément. J'ai l'impression de ne pas arrêter de te remercier ! je rajoute, en riant. Ça en devient gênant !

- Cela en devient en effet gênant, mais pour moi ! Je l'aime ton fils, tu le sais. Je veux vous aider. Point. Il va bien falloir que tu l'acceptes, me répond-il, également en riant. Et accepte d'avoir besoin d'aide, s'il te plaît.

Cette dernière phrase est terriblement touchante. Et, il me l'a dit sur un ton qui me désarme complètement. « *Touchée, coulée, Claire ! Il ne manque plus que les violons, en plus du clair de Lune. Un vrai film romantique ! Or, l'actrice est bien réelle, et c'est bel et bien toi sur ce tronc d'arbre…* »

Il me prend la main gauche qui jouait nerveusement avec le bois râpeux du cocotier. Il a dû s'en rendre compte, vouloir me calmer. Je ne bouge pas, ne réagis pas, regarde droit devant moi. Qu'attend-il de moi ? de nous ? « *Que vous l'embrassiez, Claire !* » me souffle un diablotin, assis sur mon épaule gauche. *« Non, Claire, c'est trop récent, vous ne pouvez pas oublier Pierre si rapidement !* »me gronde un petit ange, debout sur mon épaule droite ! La tentation ou la raison ? Cette dernière remporte la manche…Du moins pour l'instant !

- Il se fait tard. Demain est une grosse journée. Si nous rentrions ?

Vianney dodeline de la tête, certainement déçu par l'issu de la soirée. J'en suis désolée pour lui, il imaginait certainement autre chose.

Vianney parti, me retrouvant seul, je regarde ma montre. Horrifiée, je pense à Nath qui s'impatiente à l'autre bout de la Terre ! Hyper matinale, le p'tit-dèj est bien sûr terminé depuis longtemps. Après m'être enveloppée dans un *tifaïfaï*, je m'allonge sur un transat avec mon tortillon à mes pieds, les moustiques m'ayant déjà prise comme cible sur le cocotier. Bref, une catastrophe sur toute la ligne ce cocotier ! J'appelle Nath :

- Salut ma belle ! Enfin dispo pour m'appeler ? réagit-elle, immédiatement.

Le ton est donné pour notre échange de la nuit ! Tout y passe. Le voyage et notre arrivée bien sûr, mais ce qu'elle attend par-dessus tout, c'est d'en savoir un peu plus sur le « copain de maman ». Je la laisse mariner, ou n'est-ce pas plutôt pour moi une solution pour noyer le poisson ? Ainsi, je lui raconte auparavant notre pique-nique polynésien, les différentes rencontres, mon équipe de choc des mamas de la bibliothèque, notre semaine de vacances avec Arthur. Mais je n'oublie pas, pour autant, les crises d'Arthur toujours présentes, bien qu'il y ait un léger mieux. Quant à Vianney, ne sachant par quel bout commencer, je décide de commencer par le début, tout naturellement. Notre rencontre sur le bateau, mes a priori, mes préjugés, puis, finalement, ma curiosité grandissante. Nos retrouvailles le lendemain, les liens se nouant alors avec Arthur, les bons moments, accompagnés par la musique et les danses. Zéro nouvelle pendant une semaine. Puis, ce matin, notre surprise de le découvrir moniteur de plongée dans un grand hôtel. Notre échange autour d'un cocktail et mes confidences, son soutien, son aide après la crise d'Arthur. Puis enfin, ce soir avec son accord d'aider Arthur par la plongée, le dîner fort sympathique. Pour finir, la séance romantique sur le cocotier…

Et, Nath de réagir en poussant un grand « Et ? » Elle attend forcément une fin, digne des films italiens avec musique en toile de fond ! Je ne sais que lui répondre…Enfin si, puisqu'il n'y en a pas eu, de baiser ! Mais, en me remémorant tous ces bons moments passés avec Vianney, je réalise à quel point je me voile la face. A quel point, il devient important dans ma vie, et pas seulement comme le soutien de mon fils. A quel point, j'aimerais être avec lui, là, tout de suite, maintenant. Quelle sotte ai-je été tout à l'heure ! J'ai fui devant l'amour nouveau. Car, c'est bel et bien une fuite… Mais, j'ai besoin de temps, encore. Hors de question de me précipiter, de trouver quelqu'un, juste pour combler un vide… Hors de question de créer une relation qui me culpabiliserait par rapport à Pierre. Je n'ai pas envie de me mettre cette charge en plus sur mes épaules ! Je veux me sentir autorisée, plus que je ne me l'autorise. Il y a une petite nuance qui n'est pas négligeable. De plus, je ne voudrais pas faire souffrir Vianney. Il ne le mérite pas. Mais, c'est déjà fait avec ce soir ! Mon intuition me dit que lui aussi a eu sa dose de souffrances…

Sortie de ma réflexion, j'entends Nath qui me trouve affligeante ! Elle m'accuse de ne pas reconnaître un homme qui est fou de moi, de m'oublier, encore et encore, en tant que femme, de ne rester qu'une mère.

Et, elle rajoute qu'Arthur sera beaucoup plus heureux avec une maman épanouie. Je la reconnais bien là, franche, directe, mais tellement vraie dans nos discussions. Je lui promets d'y réfléchir ! Je n'ose lui avouer qu'elle a cent fois raison. Je me laisse malgré tout quelques jours de réflexion pour décider comment j'envisage cette relation avec Vianney.

Pour changer de sujet, je demande à Nath :

- Comptes-tu venir nous voir ? Tu sais à quel point nous serions heureux de t'accueillir ! Et, tu as vu les photos ? C'est un endroit de rêve.

- Bien sûr, ma Clairinette ! Puis-je venir pour la semaine du 31 décembre ? Ce serait l'idéal par rapport aux fêtes de Noël. Cela me permettrait de me remettre de cette période de folie que tu connais !

- Génial ! Je l'annoncerai à Arthur dès son réveil ! Bon, c'est pas tout, mais demain matin, ou plutôt ce matin, je corrige en regardant ma montre, je travaille, moi ! Je te fais plein de bisous, ma Nath adorée.

- Prends soin de toi, Claire, finit-elle, en m'envoyant des baisers par la main.

La nuit est bien avancée, lever à 6h00...

Chapitre 8

6 h 30. Arthur et moi marchons tous les deux en direction de l'arrêt du car, ou plutôt du truck scolaire comme ils l'appellent ici. Par chance, le nôtre va directement au collège de Huahine. Placé au sud de la Grande Ile, Huahine Nui, l'établissement est ainsi accessible aux jeunes qui habitent sur la Petite Ile, Huahine Iti. Pour l'instant, n'ayant ni vélo, ni voiture, Arthur prendra donc le truck, comme beaucoup d'autres jeunes. Pour un garçon normal, un bon moyen de se

faire des copains. Pour Arthur, j'en suis consciente, ce sera plus compliqué ! De notre village de Tuarai à Mauerorio, il lui faudra seulement dix minutes, ce qui est très raisonnable. La rentrée est à 7 h 00, mais il termine à 15 h 00. Encore une problématique qu'il va me falloir gérer dans mon travail…

La question que je me posais hier soir, avant de m'endormir, était de l'accompagner ou pas le matin. Sans tenir compte de son trouble autistique, il n'a que onze ans, il se trouve dans un endroit totalement inconnu, avec des nouvelles têtes, une tout autre civilisation que celle de Bordeaux. Après réflexion, je me trouverais bien ingrate de le laisser se débrouiller tout seul. Au moins les premiers matins. Je verrai ensuite… Avec un peu de chance, il me suppliera de ne plus l'accompagner quand il réalisera qu'il est l'unique élève à être accompagné par sa maman. Paul l'aurait fait dès le jour de la rentrée. Mais Arthur n'est pas Paul.

À Bordeaux, il fallait souvent que je me le répète. D'ailleurs ne dit-on pas que *comparaison est poison* ? Ne jamais comparer ses enfants, au risque de désespérer, tellement la cause est perdue d'avance ! Même sans handicap… Alors quand celui-ci vient se faufiler en plus dans les comparaisons, il ne sert à rien de s'éloigner de la réalité. En effet, elle nous rattrape forcément au détour. Ainsi, dans notre association des parents d'autiste, nous répétait-on inlassablement qu'il existe autant de nuances et de teintes que d'individus., même dans une fratrie, avec ou sans handicap ! Accepter la réalité, c'est l'accepter dans sa totalité… Toujours plus facile à dire qu'à faire. Mais, c'est au moins faire un pas vers l'acceptation. Surtout au tout début, quand le handicap est diagnostiqué. Faire le deuil de l'enfant parfait. En outre, je remarque que ce sont les enfants qui sont les plus adaptables et conciliants par rapport aux handicapés. Certes, l'autisme d'Arthur est léger et n'a pas de déficience intellectuelle. Ainsi, avec quelques adaptations et grâce à des maîtresses fantastiques à son égard, *l'école inclusive* a rempli sa mission dans son cas. Encore un de ces termes qu'affectionne l'Education nationale... Mais, c'est loin d'être le cas pour tous les autistes. Certains sont très handicapés, et là, les parents se sentent souvent abandonnés par les institutions, décontenancés face à leur enfant et finissent par culpabiliser. En effet, beaucoup de pères et de mères ont témoigné de leur désarroi dans notre association. Pierre et moi relativisions beaucoup dans ces moments poignants. Surtout, en étant toujours très bien accueilli par ses camarades de classe, notre fils a eu beaucoup de chance. C'était ce qui primait pour moi. La différence n'existait pas dans cet environnement bienveillant. Du moins en primaire. Après, au collège, qu'en sera-t-il ? Les adolescents ne sont pas aussi conciliants... Nous verrons.

Lorsque j'ai inscrit mon fils au collège, j'ai eu longuement au téléphone le directeur du collège. Je l'ai en effet averti de l'autisme d'Arthur, de la situation familiale dans laquelle il se trouve, et de quel évènement tragique Arthur est sorti indemne. Tout du moins physiquement... "Nouvel élève, gros dossier", a-t-il très certainement pensé. Je l'entendais le dire depuis Bordeaux !

Arrivés à l'arrêt du truck, au PK 3, je me demande bien lequel des deux, en définitive, a la plus grosse boule au ventre. Mais, surtout ne pas le lui montrer. Des jeunes discutent joyeusement à côté de nous. Nous jetant discrètement un coup d'œil, ils se demandent qui nous pouvons être et ce que fait là cet adulte au milieu de tous ces adolescents ! J'aimerais tant qu'Arthur sympathise avec eux… Je remarque que leurs sacs à dos sont les mêmes que ceux que l'on voyait à Bordeaux, la même marque que celui de Paul. Comment les modes et le marketing peuvent-ils traverser si facilement plusieurs continents et océans ? Cela me dépasse ! Un drôle de mélange de tahitien et de français arrive à mes oreilles. Cette génération use étonnamment des deux civilisations en inventant un dialecte bien à eux. De notre côté, c'est un silence pesant qui s'est installé entre nous depuis notre petit-déjeuner. Pour rompre ce silence, je me mets à lui parler de mes souvenirs de collège, notamment de ma sixième à Paris. Je tente également de le rassurer en lui rappelant que Vanuatu sera dans sa classe, que son professeur de sport préféré viendra l'accueillir et que l'on se reverra à midi pour déjeuner. En face de moi, j'ai un mur qui ne laisse paraître aucune émotion. Après le dîner si sympathique de la veille, c'est un Arthur fermé qui s'est réveillé ce matin. Le regard dans le vide, la communication est compliquée. Encore maintenant. Je lui parle, mais m'entend-il ? Ne répondant à aucune de mes sollicitations, lasse de cette absence d'interaction, je finis par craquer et lui déclarer sur un ton que je regrette immédiatement :

- Arthur, tu pourrais me parler, quand même ! Tu n'as pas dit un mot au petit-déjeuner. Ça va, ça ne va pas ? Comment veux-tu que je sache si tu ne me dis rien !

Silence. Que regarde-t-il au loin ? Je prends doucement son visage dans mes mains et l'exhorte à me regarder dans les yeux. Le contact est renoué, aussitôt, je lui repose la question. Énervé, il me répond :

- Ça va, maman !

Si sa réponse avait pour objectif de me rassurer, c'est raté. Je suis encore plus mal qu'avant ! Heureusement, le truck vert et rouge écarlate arrive et s'arrête devant nous. Arthur se cramponne à ma main à me faire mal. Nous nous installons entre deux ravissantes jeunes filles, chacune un tiaré à l'oreille. Elles nous sourient gentiment. Cela me fait penser à l'expression « partir la fleur au fusil ». Peut-être pour elles, pas pour nous ! Je suis la seule adulte, Arthur, le seul petit blanc. Bref, nous sommes dans la normalité… Tout va bien ! Le truck s'anime de plus en plus. Outre la musique que crachent les enceintes, le brouhaha des jeunes est insupportable. Ces derniers sont en effet de plus en plus nombreux au fur et à mesure que nous approchons du collège. Inquiète, je vérifie que mon fils a bien mis ses bouchons anti-bruit. Arthur observe les ados s'interpeler, discuter, rire… Focalisés sur leurs copains, plus personne ne nous remarque, nous sommes désormais invisibles à leurs yeux… Il y a désormais quelques *popa,* ce qui me rassure un peu pour Arthur. Il ne sera pas catalogué comme le seul français du collège.

Il aura déjà sa propre étiquette. Pas la peine d'en rajouter une supplémentaire... Le car est bondé ! Heureusement qu'il n'y a pas de fenêtres. L'air encore frais du matin nous permet de respirer. Mon fils fait tellement petit et frêle à côté d'eux. Paul était tout son contraire, grand et baraqué. Mon autre fils aurait trouvé naturellement sa place dans ce truck de collégiens, il aurait déjà entamé une conversation avec ses voisins. Comment aider son petit frère, le soutenir, lui faire prendre son envol ? Tout bas, je m'adresse alors à mon ainé : « *Paul, il va falloir que tu l'aides !* »

Le truck s'arrête devant l'établissement scolaire et se vide de tous ses occupants. Les tongs étant interdites, tous les garçons sont en baskets, habillés d'un simple short et d'un t-shirt, les filles, d'une robe légère ou d'une jupe. Je les trouve plus charmantes et séduisantes que les adolescentes de Bordeaux. Certaines sont même vraiment très jolies !

Quand je pense que les températures en France avoisinent les zéros degrés... Aurais-je le courage d'y retourner un jour ?

Ah, j'aperçois Vanuatu au milieu d'une bande de garçons. Ils ont tous une tête de plus qu'Arthur ! Et tous aussi bruns que mon Arthur est blondinet, on le repère tout de suite ! Dans cette foule, Arthur n'est pas à son aise. Bon, c'est mal engagé, cette affaire. Je décide de rester en retrait, puis pousse Arthur dans leur direction. Il me fusille du regard ! Au moins, il est connecté ! Néanmoins, il n'avance pas pour autant. Heureusement, toujours aussi gentil et jovial, le fils du maire me salue gentiment de la main. Spontanément, il vient chercher mon fils et le présente à ses copains :

- Vous savez, c'est le nouveau de notre classe ! On nous a dit avant les vacances qu'un *farani* allait arriver. Voilà, c'est lui ! Salut, Arthur !

- Salut, Vanuatu !

Mon fils paraît heureux de le revoir. Ouf, c'est toujours ça...

J'entends plus ou moins bien leur conversation :

- D'où tu viens ? lui demande un premier garçon.

- Bordeaux, répond Arthur, peu amène.

- Connais pas !

- Mais, si, lui rétorque Vanuatu, instantanément. Et, les Girondins de Bordeaux, tu ne connais pas peut-être ?

A peine le nom du club a-t-il été prononcé que tous commencent à réagir, à l'entourer et à lui parler des joueurs de Bordeaux ! Heureusement qu'avec Pierre, les deux frères soutenaient les Girondins. C'est fou comme le foot peut fédérer un groupe de jeunes !

J'aperçois Vianney qui s'avance vers les garçons. Il est accompagné de son AESH, la personne qui va aider mon fils en classe. Il le présente à Arthur. Arue est un homme d'une soixantaine d'années, à la carrure assez imposante, les cheveux bouclés, courts et grisonnants. Typé, son visage respire la gentillesse, ce qui me rassure instantanément. Tous saluent leur professeur de sport : « Bonjour monsieur ! » Puis, une discussion active s'enchaîne aussitôt avec lui. Il semble très apprécié de ses élèves. Je n'en doutais pas une seconde. Comme je meurs d'envie d'aller l'embrasser ! Mais ici, c'est le professeur de mon fils. Agissons en conséquence. Je sens même que c'est le moment de les laisser tous les deux, enfin tous les trois désormais avec Arue. Les voir ensemble me touche, me rassure. Il est entre de bonnes mains. J'essaie de faire un petit geste à Arthur, le bisou de maman serait un affront devant tous ses futurs copains de classe ! M'ayant aperçu, il me renvoie le même petit signe, avec une tête qui serait la même si nous nous quittions pour un an ! Il semble désespéré. Malgré tout, je m'éclipse rapidement avant que cela ne dégénère et qu'Arthur ne me coure après. A cet instant, ce doit être très certainement son orgueil qui l'empêche de se jeter dans mes bras, en pleurant devant les centaines de jeunes du collège. Sans me retourner pour ne pas craquer, je me précipite vers le bus qui vient de s'arrêter à l'arrêt du collège, et qui repart, cette fois-ci vide, vers Fare.

Alors que le truck démarre, je tente de me rassurer, en me disant que mon fils est bien entouré. En vain. Quand je sens qu'une situation est désespérée, ce qui est le cas actuellement, il est dans mon habitude, bêtement, je le sais, d'appliquer la méthode Coué. Je me répète, maintes et maintes fois, que tout va bien se passer. Mais même la méthode Coué bat de l'aile aujourd'hui et semble vouée à l'échec… Je me ressaisis. *« Claire, tu n'as absolument pas le choix ! La bibliothèque et ses mamas bénévoles t'attendent »* Chacun sa rentrée !

En pensant à mon équipe de choc, je repense à ce que m'avait dit Vianney sur les femmes de Huahine, juste avant de débarquer sur l'île. Je nous revois encore en train de rire dans le bateau. Il venait de nous déclarer que, même longtemps après les reines, ce sont encore les femmes qui règnent sur l'île. Maintenant que je connais quelques-unes d'entre elles, je comprends mieux ce qu'il voulait me dire… Grosse pensée pour Arthur.

Nous arrivons sur le port. J'observe la ville de Fare, beaucoup plus authentique que Papeete, avec ses maisons en bois au style colonial. C'est absolument charmant ! À notre arrivée, je n'avais pas eu le temps d'apercevoir la ville, prise dans la frénésie de notre arrivée et de l'accueil de Mana'Arii. Le truck s'arrête devant un grand bâtiment blanc. Je découvre que c'est la Poste. D'autres, plus ou moins colorés, bordent la rue principale. La vue sur cette baie est incroyable ! J'en reste scotchée sur mon petit banc en bois. Le chauffeur m'interpelle en riant et en m'adressant un grand sourire. Gênée, je réalise soudain que je me trouve toute seule et que tous les autres passagers sont déjà descendus et ont même eu le temps de se disperser. Embarrassée, je descends les marches à l'arrière du bus, sans oublier de le remercier. Tout à l'heure, m'étant aperçu que chaque jeune a salué le chauffeur en quittant le truck, j'ai senti que c'était un usage local. Une très belle habitude à prendre. Or, quel jeune saluerait le chauffeur de bus à

Bordeaux ? Heureusement que notre individualisme occidental n'a pas encore réussi à supprimer cette convivialité à Huahine. Tout le monde se salue, que l'on se connaisse ou pas. J'ai entendu dire qu'à Tahiti, l'ambiance n'était plus la même, beaucoup plus européanisée. Dommage !

En tâchant de me repérer sur GoogleMap, je me dirige doucement vers la bibliothèque. Cela ne devrait pas être bien compliqué, vue la taille de la ville. Plutôt un gros village, d'ailleurs ! De l'autre côté de la rue, j'aperçois des petites cahuttes qui font office de petites boutiques artisanales à destination des touristes. Un peu plus loin, un marché s'est installé sur le front de mer. D'où l'activité intense de ce début de matinée. Cela m'étonnait de voir autant de monde se diriger vers ce petit port. « *Tiens, pense à y faire un tour avant de retrouver Arthur !* ». Grosse pensée pour mon fiston.

Un peu plus loin, dans une petite rue, je repère rapidement les lieux. On ne risque pas de la rater : une grande pancarte blanche, à la peinture écaillée, affichant « Bibliothèque de Fare » est placardée sur un mur d'un bleu roi qui devait être très vif à l'origine, mais qui est désormais bien défraîchi. J'espère que les livres ne le sont pas autant... Mais d'après les dires de Mana'Arii, je ne suis pas très optimiste. Autre mauvais point : elle est, à mon goût, trop en retrait de la rue principale et de son activité. J'espère que ma liste des mauvais points ne va pas trop s'allonger... Une énième pensée pour Arthur.

Je pousse la porte en bois, également peinte en bleu. À peine ai-je poussé la porte que je me mets à observer la bibliothèque, comme la découvre tout lecteur qui passe le pas de la porte. Quel serait son ressenti ? Je note aussitôt le mien sur mon carnet. À l'intérieur, des étagères métalliques grises, des murs blancs, des néons au plafond dont la moitié ou clignotent ou sont littéralement éteints. Effarant ! Cela manque sérieusement de chaleur. Je ne suis pas dans une bibliothèque, mais dans une salle d'archives administratives ! Malgré la chaleur extérieure, j'en ai la chair de poule ! D'ailleurs, il n'y a personne ! Mauvais signe... Ce que je note également, c'est que, par manque de panneaux et de flèches, le visiteur ne sait où se diriger : où sont les romans adultes, enfants, l'accueil, les BD... Bref, il va falloir réaménager tout cela ! *« Claire, vas-y mollo, sois diplomate !* »

Une femme me hèle du fond de la bibliothèque et me fait signe. Je la reconnais, elle était au pique-nique avec les autres mamas.

- Ia Orana, Claire ! m'accueille-t-elle joyeusement.

- Ia Orana ...

- Hauata, me précise-t-elle, me voyant hésiter sur son prénom.

Je lui renvoie également un grand sourire, puis la suis entre les rayonnages poussiéreux jusqu'à une salle de réunion. L'équipe des six autres femmes m'attend, déjà assise. Aucune ne se lève... Je vois, cela révèle leur état d'esprit. Elles sont habillées, comme au pique-nique, de larges robes colorées et portent chacune une fleur à l'oreille. Ce que je prenais pour l'équivalent d'un bijou porté à une occasion particulière est finalement une touche de féminité habituelle chez les Polynésiennes. Même les jeunes collégiennes avaient chacun la leur derrière l'oreille. Je les regarde. Pour me saluer, juste un petit sourire aux lèvres, le minimum syndical ! Je n'ai pas le droit au même accueil que Hauata qui, à l'abri des regards de ses amies, s'est sentie libre de me saluer comme elle le souhaitait : spontanément et chaleureusement. « Ne nous offusquons pas, Claire ! ». Quant à moi, je les salue d'un beau Ia Orana et d'un grand sourire. Bien décidée à me les mettre dans la poche, cela commence par cette stratégie de déstabilisation : ne pas rentrer dans leur jeu !

Je m'assois sur la seule chaise de libre, sort mon ordinateur, le pose devant moi puis l'ouvre. Seconde étape de ma stratégie : prendre son temps pour s'imposer physiquement. Troisième étape : montrer que je m'intéresse à elle. Ainsi, je leur propose, toujours en souriant, un tour de table afin de mieux les connaitre :

- Hauata, vous commencez ?

Et les voici se dévoilant, indiquant leur prénom, leur famille qu'elles sont toutes fières de présenter. J'ai droit aux prénoms des maris, des enfants, des vrais, des faux, je n'ai pas tout compris, d'ailleurs, où elles habitent, le métier des maris, où sont partis leurs enfants, s'ils sont mariés, avec qui... Elles interviennent entre elles, rectifient certains détails. Bref, je sens que la matinée va vite passer ! Mais, je sens que cela leur fait plaisir de me raconter leur vie. Elles s'attendaient sûrement à une *farani* qui commencerait la réunion, immédiatement, sans s'intéresser à elles. Énorme pensée pour Arthur. Je relis les prénoms en essayant de les mémoriser. Hauata, Mahine, Orihei, Raiana, Tereva, Puaiti, Kahaia. Impossible ! Seule solution que je trouve à ce problème : leur donner à chacune un badge à épingler sur leur jolie robe ! Il faudra que je les fabrique dès ce soir.

Et, là, j'entends l'une d'entre elles, celle que j'avais, bien sûr, tout de suite repérée. La fameuse « syndicaliste », dont j'ai retenu le prénom. Ouf !

- Nous nous sommes toutes présentées. Et vous ?

- Mais, oui, Mahine. J'allais le faire !

Je me suis beaucoup posée la question si je devais leur parler du drame. J'ai ainsi demandé conseil à Mana'Arii lorsque nous nous sommes vus cette semaine. Et il m'a incitée à le faire, très rapidement, pour éviter toutes les rumeurs possibles à mon sujet. Ici, les ragots circulent habituellement très vite d'un bout à l'autre de l'île. Au pique-nique, beaucoup de mamas se sont déjà étonné que le maire ait recruté une femme seule avec un enfant. Pourquoi est-elle seule ? Est-elle divorcée ? Que cache-t-elle en venant à Huahine ? etc, etc.

Je me présente succinctement, mais sans omettre l'accident. Et, là, grand silence ! Évidemment, je m'y attendais. Ce genre d'annonces ne laisse jamais indifférent. Alors, je réagis en les rassurant que tout va bien. Ou presque, mais ça, je me le garde pour moi. Énorme pensée pour Arthur. D'ailleurs, bizarre, aucune nouvelle du collège. Puis, je les vois se lever, toutes, même la « syndicaliste », pour venir m'embrasser. Elles se précipitent pour être les premières à me faire des propositions. Comme celle-ci qui déclare solennellement :

- C'est le dessein de Dieu !

Et les autres de répondre en chœur : *"Amen !"*.

Mais, aussitôt, comme pour effacer cette déclaration peu réconfortante :

- Tu viendras manger à la maison, avec ton fils, m'invite l'une d'elles, à la robe rouge et aux hibiscus jaunes.

- Je fais le meilleur poisson cru de l'île, se vante la seconde, qui roule particulièrement les [r], en s'assurant bien que les autres opinent du chef. Ah, tu vois ! ajoute-t-elle, satisfaite. Il faudra venir le goûter !

- Mon neveu pêche les plus gros thons, insiste une autre. Tu viendras pour un barbecue. Un dimanche, si tu le veux, après la messe.

Et, la dernière me fait la proposition la plus malhonnête :

- J'ai mon cousin, le pauvre, il est encore célibataire ! Il faut que tu le rencontres !

- Et, il est beau comme un dieu ! renchérit sa voisine, avec des étoiles plein les yeux.

À cette annonce matrimoniale, je me suis retenue de rire ! Trop mignonnes. À raconter à Nath afin qu'elle ne se fasse pas de souci pour moi. Elle sera amplement rassurée sur mon sort ! Plus sérieusement, je ne m'attendais pas du tout à autant de chaleur humaine lors d'une réunion de travail.

Suite à toutes ces émotions, je décide de repousser à la deuxième partie de la journée toutes mes annonces de projet. Je regarde ma montre. La matinée est déjà bien avancée ! Pensée pour Arthur. Je suis satisfaite de cet échange avec mon équipe. Redoutant ce premier vrai contact avec mes bénévoles, l'ambiance de la réunion a été finalement sereine et bienveillante, au-delà de mes espérances même. Quant à cette après-midi, nous verrons !

Blablatant toujours entre elles, sur les marches de « la bibliothèque bleue », je finis par les quitter. Direction le petit marché du port. Il me reste un peu de temps pour faire quelques courses avant de récupérer mon fiston. Tellement étonnée que le collège ne m'ait pas encore appelée. J'ai hâte qu'il me raconte ses premiers moments dans sa nouvelle école. Cela fait trois mois qu'il aurait dû faire sa rentrée à Bordeaux, tout comme Paul et Marie. Ma puce se sera arrêtée au pied du primaire, et mon Paulo ne connaîtra jamais le lycée… Mes yeux commencent à se brouiller. « Claire, ce n'est pas le moment de refaire la liste de tout ce qu'ils ne découvriront jamais, déjà faites maintes et maintes fois… »

Arrivée sur le front de mer, je découvre les stands qui foisonnent de produits locaux et colorés, que ce soit les légumes ou les fruits. J'admire l'étal aux poissons, tant certains sont multicolores ! Puis, je m'adresse au marchand :

- Bonjour, comment s'appelle ce superbe poisson ?

- C'est un perroquet, madame.

Quel nom pour un poisson ! Mais il lui va bien : ses écailles sont bleues, vertes, roses. Incroyable ! Mais, un poissonnier breton m'avait appris que les plus beaux n'étaient pas forcément les meilleurs. La preuve, la lotte, monstrueuse, mais si délicieuse !

- Que souhaite m'acheter ma p'tite dame ? me demande le pêcheur, avec son plus joli sourire édenté...

- Je n'y connais rien. Conseille-moi !

- Un morceau de *mahi-mahi* ?

- Ah, si, celui-ci, je connais ! Deux tranches, s'il te plait. Et, pour faire, du poisson cru ?

- Du thon blanc. Tous mes poissons ont été pêchés tôt ce matin !

- Eh bien, tu me rajoutes deux tranches.

Je vais tenter le poisson cru ! Une aventure pour moi qui ne cuisine pas... C'était Pierre, le cuisto de la maison. La cuisine, c'était sa passion. Surtout les poissons, comme tout breton qui se respecte !*

Je quitte mon poissonnier pour me procurer les autres ingrédients pour réaliser le fameux poisson cru. Enfin, fameux, on verra ! Des citrons verts, une noix de coco… « *Mais, non, des noix de coco, tu en as plein ta plage* ! » Arthur sera ravi d'aller en chercher une directement au bord du lagon. Le rêve absolu ! J'observe les autres étals, aux produits locaux les plus étonnants les uns que les autres. Je m'arrête devant l'un d'eux, surprise par la forme de certains légumes. J'interroge le marchand qui s'empresse de me donner leur nom :

- C'est du 'uru, du taro, et là du tarua.

Me voilà, bien renseignée !

- Mais, c'est quoi au juste ?

- Le 'uru, c'est l'arbre à pain. C'est comme une pomme de terre. Et, les autres, ce sont des racines. C'est bon !

Le vendeur rit, sûrement au regard plus que sceptique que je dois jeter à l'observation du produit ! Déjà qu'il y a le poisson cru, je ne vais pas trop m'aventurer d'un coup.

- Euh, je vais plutôt prendre de la patate douce, que je connais. Et, un avocat. Les autres, ce sera pour la prochaine fois, dis-je, en riant à mon tour.

Les avocats sont énormes, comme ceux qui poussent dans le jardin de mon voisin. Il faut absolument que je les invite, fortement intéressée par leurs arbres fruitiers. Maintenant, il est grand temps de reprendre le truck pour récupérer mon collégien.

Arrivée devant le collège, j'aperçois mon fils, Vianney et Arue. Les deux derniers semblent moins ravis que le premier de me voir. Cela n'annonce rien de bon... Ne l'ayant encore jamais rencontré, j'en profite pour me présenter à son aide scolaire :

- Bonjour, je suis la maman d'Arthur. Je suis ravie qu'il vous ait à ses côtés pour l'aider. Il a beaucoup de chance...

- De même. Si je peux l'aider à avancer, je suis content d'être là.

Malheureusement, il m'explique qu'Arthur n'a jamais pu rejoindre sa classe, prostré contre le mur du couloir. Ils ont alors rejoint Vianney au stade. Ils y ont passé toute la matinée.

- Je n'ai pas été d'une grande aide, vous voyez.

Je regarde Arthur, la tête basse.

A cet instant, mes sentiments sont mélangés entre la gêne envers Vianney, ce monsieur, la peine que me fait Arthur et la colère qui monte en moi. Je prie mon fils de s'expliquer. Silence total. Je tente de ne pas m'énerver.

- Arthur, tu pourrais me regarder quand même !

Il finit par me regarder. J'ai en face de moi un chiot au regard suppliant, après avoir fait une bêtise. Je tâche de faire en sorte de ne pas sourire...

- On va en discuter à la maison.

Puis, en m'écartant légèrement :

- Vianney, tu aurais dû m'appeler, je lui confie, tout bas.

- Je n'ai pas voulu te déranger pour ta première réunion, m'objecte-t-il, gentiment. En outre, Arthur est un bon assistant sportif ! Ne t'inquiète pas, c'est l'histoire de quelques jours, le temps qu'il s'habitue. Et il y a la plongée, ne l'oublie pas !

- Oui, d'ailleurs, à quelle heure, je dois de te l'amener ?

- C'est moi qui viendrai directement du collège, j'ai tout le matériel dans ma voiture. Et on plongera de votre plage pour la première séance. Ce sera beaucoup plus calme chez vous. Ce qui est primordial pour Arthur. Et, cet après-midi, je le garde avec moi. De toute façon, ils ont sport cet après-midi ! me déclare-t-il en me faisant un clin d'œil.

Après avoir salué Arue et ayant une fois de plus remercié Vianney, une fois de plus, nous repartons tous les deux pour déjeuner. Un bon *mahi-mahi* avec de la patate douce !

Chapitre 9

De retour chez nous, à 15h00, Arthur et moi n'avions qu'une hâte : retrouver Vianney. Mon fils pour la plongée, moi, juste pour le voir, lui offrir mon sourire, observer son regard, ses beaux yeux, lui raconter ma journée, écouter la sienne, retarder son départ, être avec lui.

Mais là, j'étais avec mon fils qui rentrait du collège :

- Arthur, même si tu joues à l'assistant de sport en ce moment, tu as sûrement des devoirs, non ?

- Oui, oui !

- Ils doivent être faits avant la plongée, sinon...

- Mais, oui, me coupe-t-il, avant d'avoir fini ma phrase.

En plus de jouer mon rôle de maman, je réalise que je fatigue, de plus en plus, de jouer également le rôle de père. Malgré ses horaires, Pierre était très présent dans le travail scolaire des garçons. Je gérais le reste, la maison, Marie, en plus de mon travail. Nous nous étions partagé nos tâches de cette manière. J'étais soulagée que Pierre s'implique dans la vie de Paul et d'Arthur. En discutant avec mes amies, j'avais maintes fois réalisé la chance que j'avais d'avoir un mari comme lui, à mes côtés, pour m'épauler. La plupart d'entre elles avait dû arrêter de travailler, ne réussissant pas à tout gérer, et leur travail et la maison. Et les voici mères au foyer, un non-choix pour elles... Quel gâchis !

A rêvasser, le dîner de ce soir et la présentation des projets au maire ne vont pas se faire tout seuls. Je regarde rapidement les restes de ce midi. Le mahi mahi, ayant remporté un franc succès, je n'en étais pas peu fière d'ailleurs, il ne reste plus grand-chose dans le réfrigérateur. Or, quand il rentrera de sa plongée, mon fiston sera affamé ! Je profiterai donc de leur séance pour aller au seul supermarché du coin, celui du chinois, monsieur Tchang, rencontré lors du pique-nique. Je décide de me mettre à la préparation du poisson cru, puisqu'il faut qu'il macère dans le lait de coco. « *Ah oui ! la noix de coco !* » dis-je tout haut.

- Arthur, j'ai besoin de lait de coco pour mon poisson. Tu pourrais aller me chercher une belle noix, s'il te plaît ?

- Tout en haut de l'arbre ? plaisante Arthur.

- Mais, bien sûr, mon chéri ! Sois prudent ! je rajoute en riant

Cinq minutes après, il revient avec la fameuse noix de coco, puis repart à ses devoirs, sans se demander du tout ce que je vais en faire. Soudain, je me retrouve toute bête avec mon fruit... *« Mais, comment vas-tu l'ouvrir, cette foutue noix de coco ? »* Et, là, j'entends une voix qui me fait sursauter :

- Avec une machette, évidemment !

Je me retourne, et je vois Vianney, tout sourire, sur notre terrasse. Cela m'apprendra à parler tout haut ! Je le vois, habillé d'un shorty.

- Très classe, la tenue ! N'est-ce pas étonnant de porter une combinaison par cette température ?

En matière d'accueil, j'aurais pu mieux faire ! Lui parler de sa tenue de plongée, ce n'était pas la meilleure entrée en matière pour l'accueillir et discuter...

- Non, quand on passe sa vie dans l'eau ! On finit par avoir froid, figure-toi, surtout à plusieurs mètres de profondeur, ne se démonte-t-il pas pour autant.

Je me reprends et lui propose de s'asseoir quelques instants. Installés sur la terrasse, je souhaite lui faire part de mes sentiments du moment :

- Je suis vraiment contente te revoir, autrement que dans la relation parent-professeur de ce midi. Comme tu disais l'autre soir, c'est loin d'être évident de faire la part des choses ! Même pour moi, sa maman. A chaque fois que l'on se croise, je dois me demander quel personnage tu es au moment où l'on se parle. Et je préfère de beaucoup quand tu revêts l'habit du copain ! Quoique…

Je regarde alors sa combi… Nous rions à ma remarque. Mais, je continue :

- Quant à celui du prof, il me ramène, systématiquement, aux problèmes d'Arthur. Quand on me dira que l'habit ne fait pas le moine, je ne serai plus d'accord, désormais ! je rajoute, en riant.

Il me confirme mon point de vue :

- Comme tu l'as très bien dit, tu n'imagines pas à quel point je préfère endosser le rôle de l'ami. Et, …

Ai-je eu peur qu'il aille à nouveau plus loin ? Je le coupe et lui déclare, un peu trop rapidement :

- Je suis ainsi ravie que vous commenciez vos séances dès aujourd'hui, et je ne parle pas d'Arthur ! Imagine dans quel état d'excitation il est !

- Il m'en a parlé toute l'après-midi ! Me posant toutes sortes de questions, d'ailleurs, très pertinentes sur le fonctionnement des bouteilles. On sent que ça mouline là-haut.

- A qui le dis-tu ? Ça peut même être fatiguant parfois ! Et on me fait souvent la remarque. Mais, avec Pierre, nous avions décidé de ne pas le faire tester. Puis, la veille de l'accident, finalement, nous avions changé d'avis. Ensuite, j'ai eu d'autres chats à fouetter...

- Allez, donne-moi ta noix de coco, je vais la couper avant de partir plonger avec lui.

En l'observant, la machette à la main, je mourrais d'envie de dire à mon Indiana Jones à quel point notre moment sur le cocotier m'avait finalement bien plu. Si une Claire souhaitait plus que tout le rejoindre là où il souhaitait que j'aille, une Claire trop sage, une Claire culpabilisante, une Claire craintive l'en empêchait ! Une Claire encore trop liée à Pierre. Alors que la première voudrait se lancer, oser, aller voir ce qui se passerait de l'autre côté du Rubicon pour ressentir de nouveaux sentiments avec un autre homme. Sans pour autant oublier Pierre. Ce serait forcément différent. « *Les sentiments que tu ressens pour Pierre n'existeront que pour Pierre, à jamais ! Ils sont éternellement ancrés en toi !* » Et cette Claire-là, que je découvre et que j'aimerais mieux connaitre, réalise, en ce moment, que d'autres sentiments sont possibles avec Vianney. « *Quelle Claire veux-tu être ?* » Puis, je sors instinctivement : « *Celle qui souhaite mon bonheur !* » Soudain, je sens que la seule solution pour y parvenir est d'ouvrir mes pensées à Vianney. Afin qu'il comprenne les deux Claires qui se cachent en moi et qui se confrontent actuellement. Je suis décidée à être franche avec lui. Mais, ce n'est pas le moment de me dévoiler, là, maintenant. Ce moment est celui d'Arthur, pas le mien ! J'appelle mon fils.

Déjà en tenue, il arrive en courant, tellement impatient de commencer. Je le comprends ! Je les vois partir vers la plage, le matériel à la main. Je ne les accompagne pas. Je laisse mon Arthur savourer et profiter pleinement de son cours. Sans oublier l'objectif de ses séances !

La luminosité tend à diminuer, doucement. Néanmoins, les lumières sont encore exceptionnelles, virant un peu vers le rose. Les couleurs du coucher de soleil promettent d'être superbes ce soir. Un beau moment en perspective m'attend, assise sur mon tronc. Un soir de cette semaine, j'ai assisté à un superbe coucher de soleil. Suspendu dans l'air, juste au-dessus de l'eau, le soleil s'enfonçait dans l'eau-miroir, perturbant l'immobilité du lagon. L'onde qu'il formait en plongeant se faisait de plus en plus grande. Se dessinaient sur l'eau des ronds, plus ou moins grands, comme tracés impeccablement au compas. Puis, au fur et à mesure qu'il disparaissait, les premières ondulations laissaient, à nouveau, la place à un lagon tout lisse. Un instant magique…

Enfin revenue de mon plein de courses, je dépose mes gros sacs. Comment vais-je faire pour tout entreposer dans ma micro-cuisine ? Prise de la fièvre acheteuse, dont est atteinte toute bonne ménagère occidentale, je n'ai absolument pas pensé à cela ! Malin !

Eh bien, mes valises vides sous mon lit vont servir de réserves ! Bien que ce supermarché n'ait pas le charme des étals du front de mer de Fare, il a le mérite d'exister pour tous les produits que l'on ne peut ni cueillir ni pêcher sur cette île ! Ceux-ci, je me suis promise de les acheter aux maraîchers et pêcheurs locaux du petit marché de ce matin. Tellement plus convivial ! Mes valises à nouveau pleines à ras bord, je retourne m'afférer en cuisine et finir enfin mon poisson cru. Mais, pour le dîner de ce soir, Arthur sera ravi de manger une bonne pizza bien occidentale ! Les plats typiques, à petite dose, me conviennent également car ils nécessitent un minimum de temps en cuisine ! A propose de dîner, je repense à notre déjeuner que j'appréhendais suite à la discussion à la sortie du collège. Mais, la perspective de la plongée et la promesse d'avoir une attitude impeccable durant la séance de sport de l'après-midi nous a permis, finalement, de passer un moment serein et calme. Néanmoins, Arthur a eu droit à une sévère remontrance, mais grâce à son engagement pour les cours de l'après-midi, nous avons ensuite parlé de tout autre chose que ses cours au collège. Une sorte de compromis...

17h00. Arthur et Vianney plongent déjà depuis un bon moment. Je les aperçois de temps en temps dans le lagon. De loin, ce sont deux dauphins qui reviennent à la surface pour reprendre leur respiration et qui replongent aussitôt après... Juste équipés d'un masque, d'un tuba et de palmes, Arthur doit d'abord passer par la plongée en apnée avant de passer à la plongée avec bouteilles. En effet, vus les fonds peu attirants du

Finistère, Arthur n'a jamais été intéressé par ce qui se passait sous l'eau à l'Aber Wrach. D'abord déçu de ne pas apercevoir les bouteilles dans le coffre de la Jeep, il a été immédiatement rassuré quand Vianney lui a promis de voir des poissons fantastiques et de très beaux coraux, même en apnée.

Mon téléphone sonne. La professeure principale de mon fiston ! Elle souhaite aborder le dossier « Arthur », inquiète de l'état psychologique plus que fragile de son nouvel élève. Après cette première journée intense, j'avais envisagé avec délectation un bon moment de lecture-transat-baignade… Ce sera pour plus tard ! Sentant la menace de l'exclusion poindre son nez, il faut absolument que je la convainque de garder Arthur. Ainsi, je lui parle des cours de plongée avec Vianney. Rassurée qu'il soit pris en charge par son professeur d'EPS, en qui elle a toute confiance, elle nous donne jusqu'à Noël pour voir son évolution au collège. Je pousse un gros ouf de soulagement ! Nous avons le temps de faire évoluer favorablement les choses, mais Vianney appréciera-t-il cette pression supplémentaire sur ses épaules ? Quant à moi, mon transat m'attend…

Allongée, à l'ombre d'un cocotier, je repense à mon après-midi avec les mamas de la bibliothèque. Je suis revenue satisfaite de ma seconde partie de journée car elle s'est également plutôt bien passée. Lorsque je leur ai présenté mes différents projets, elles ont été emballées, mais sceptiques quant à leur faisabilité. Emballées par le projet d'aller de hameau en hameau avec une bibliothèque ambulante, réservées pour les mangas qu'elles ne connaissent pas en réalité, et sur la bibliothèque de plage. Sentant alors une possibilité de reprendre la main, Mahine la « syndicaliste » a tout de suite émis une opposition totale à cette dernière idée. A nouveau, elle a tenté de rallier les autres à son camp par des arguments peu convaincants, et en apportant désespérément du grain à son moulin au fur et à mesure qu'elle sentait la partie perdue. Ne voulant pas pour autant me fâcher avec elle, je lui ai accordé des compromis afin qu'elle ne perde pas la face. Ce projet est mis de côté pour l'instant. De toutes les manières, tout ne pourra pas être fait en une seule fois. Et surtout, je souhaite privilégier une bonne entente plutôt qu'une ambiance délétère au sein de mon équipe ! L'exposition des projets terminée, je leur ai demandé de se mettre par deux, par affinités, et selon la préférence des projets. Plus elles seront motivées, mieux elles travailleront ! Et qui ai-je vu dans le projet Bibliothèque à la plage ? Mahine ! « Non, mais je rêve ! Si c'est pour torpiller mon activité, c'est mort ! » comme dirait mon fils. Je suis allée la voir, l'ai prise à l'écart et, sans lui cacher mon étonnement, lui ai déclaré :

- Mahine, je ne comprends pas… Pourquoi faire le choix de ce projet alors que tu le critiquais ouvertement, il y a à peine cinq minutes ?

- Je suis tellement désolée, je n'aurais pas dû te mettre des bâtons dans les roues ! regrette-t-elle d'une voix sincère. Quand tu es arrivée et qu'on t'a rencontrée au pique-nique de Mana'Arii, j'ai eu tellement peur de perdre mes amies. J'ai cru que tu allais te les accaparer, que tu nous chasserais ou que je perdrais toute responsabilité dans la bibliothèque. Or, ici, c'est ma vie, tu comprends ? Mes enfants sont partis. Je vis seule. J'ai honte car dès ce matin, j'aurais dû voir que tu voulais nous garder. En venant ce matin, nous avions toute la boule au ventre. Je n'étais pas la seule à avoir peur. Et, puis, on s'est dit : c'est qui cette *popa* qui vient nous remplacer ? J'ai réalisé que les autres te font confiance quand je me suis opposée au dernier projet. Me le pardonneras-tu ?

S'étant arrêtée quelques secondes, elle a repris, avec un sourire sur son beau visage ridé et très maquillé :

- Tous tes projets sont fabuleux ! Tu vas faire revivre la bibliothèque de notre île ! *Mauruuru,* Claire !

En la laissant parler et en l'écoutant, j'ai entendu de l'émotion, de la sincérité dans sa voix. Elle m'a touchée en témoignant de ses craintes. Je l'ai prise dans mes bras, moi-même soulagée de ne plus avoir une revendicatrice dans mon équipe ! Et je sais que je pourrai m'appuyer sur elle en cas de problème. C'est ce qu'on appelle un beau renversement de situation !

Les équipes étant faites, je leur ai annoncé que j'avais convié monsieur le Maire et l'adjoint à la culture dès le lendemain pour leur présenter nos projets. Le « nos » était primordial à cet instant-là. Enthousiastes, mes bénévoles ont toutes applaudi ! Il n'y a plus qu'à espérer qu'ils nous suivent… Elles seraient tellement déçues, moi la première !

- Mauruuru, leur ai-je crié, par-dessus les applaudissements.

Mon dossier « projets bibliothèque » bien ficelé pour la réunion de ce soir avec le maire, je m'accorde cette pause-transat bien méritée. Et, à peine allongée, je vois deux hommes-grenouilles sortir de l'eau, tout souriant ! Il est temps car comme le chante, si poétiquement, Charles Trenet, le Soleil a rendez-vous avec la Lune. Et, je commence à chantonner le refrain… « Le Soleil a rendez-vous avec la Lune, mais la Lune n'est pas là, et le Soleil l'attend. Ici-bas souvent chacun pour sa chacune, chacun doit en faire autant. La Lune est là, la Lune est là, la Lune est là, mais le Soleil ne la voit pas. » Je me lève et pars à leur rencontre, pressée d'entendre Arthur raconter sa plongée. N'est-ce que mon fils que j'ai hâte de voir ? Je me voile une fois de plus la face !

Arthur se précipite sur moi et me fais une liste de tout ce qu'il a aperçu au fond de l'eau avec des détails dignes de Vingt Mille Lieues sous les Mers de Jules Vernes ! Dans son récit, le monstre marin était une affreuse et impressionnante murène, aux horribles dents pointues et au long corps, qui, de son trou, sortait sa tête allongée par à-coups pour effrayer les deux plongeurs.

- Mais, courageusement, nous sommes restés l'observer ! me rassure-t-il, sérieusement.

- Evidemment, je n'en doutais pas ! je lui réponds, accompagné d'un clin d'œil.

Puis, vient le tour d'autres poissons : les petits triangulaires jaunes et noirs, les poissons-papillons, des plus gros, ultracolorés, vert vif, bleus, jaunes, violets, roses, les poissons-perroquets.

- Et, le must du must ! Le poisson-clown ! Tu sais, Nemo, dans le dessin -animé ! me rappelle-t-il.

- Incroyable !

- Et, attends ! On commençait à revenir quand Vianney m'a fait signe. Une énorme tortue !

- Je n'en reviens pas ! je rajoute, les yeux ébahis.

- Tu te moques de moi, maman ! finit-il par deviner, un peu vexé.

En guise de réponse, je le sers aussitôt contre moi, tellement heureuse de le voir si joyeux. Je lui demande ensuite de prendre sa douche, me laissant seul avec son moniteur. Vianney m'explique alors plus sérieusement ce qu'ils ont fait durant cette séance : ils ont commencé par des exercices de respiration, de relaxation, et, enfin, sont partis à l'aventure, comme disait Arthur.

- Tu as cinq minutes ? J'aimerais te parler, non pas de mon fils, pour une fois, mais de moi

- Bien sûr !

Je lui propose alors de nous asseoir sur la plage.

- Nous nous connaissons depuis peu. Quelques jours seulement ! Mais, tu remplis tellement notre vie, Vianney. En tant que prof et, maintenant, en tant que moniteur pour Arthur. Et, c'est là que je veux en venir. Tu remplis également la mienne. Mais, je suis un peu perdue…

Vianney ne m'interrompt pas. Heureusement, ce silence me permet de reprendre, en fixant l'horizon :

- En dehors de Pierre, je n'ai pas connu d'autres hommes. Et, à peine débarquée à Huahine, je te cherchais sur le quai. Au pique-nique, je t'ai retrouvé, soulagée de t'y retrouver. Sans parler de l'hôtel. Bref, tout ça pour dire que je suis heureuse quand tu es auprès de moi.

- Moi aussi ! Mais, vas-y, je te laisse parler. Je sens un « mais » pointer le bout de son nez… Pardon, je te laisse parler.

- Je suis en effet perdue dans mes sentiments. Suis-je heureuse de remplir un vide ? Le vide laissé par Pierre ? Suis-je simplement heureuse d'avoir une présence, un ami sur l'île, ne connaissant personne ? Ou suis-je en train de me mentir ?

Je le regarde et le vois froncer les sourcils, ne comprenant pas trop où je veux en venir.

- La question que je me pose est : suis-je amoureuse de toi ? j'ose lui déclarer. Je n'arrive pas à faire la part des choses entre tous ces sentiments. En fait, j'ai terriblement peur. J'ai peur de me lancer dans un amour qui pourrait me briser à nouveau, alors que je suis en train de remonter la pente depuis la mort de Pierre. Peur de me mentir et de passer à côté d'une belle histoire. Peur de te faire du mal en te mentant, en me trompant de sentiment.

« Arrête avec toutes ces peurs ! Sinon, tu peux être sûre de l'effrayer pour de bon ! » Je conserve le regard rivé sur l'horizon, n'osant pas me tourner vers lui. Que va-t-il me répondre ? N'importe quel homme normalement constitué prendrait ses jambes à son cou et fuirait une femme aussi compliquée ! Je réalise que, non seulement, je risque de perdre un amant, mais également un ami tout court. Un ami si précieux. Un ange gardien, envoyé par mes trois autres anges du Ciel, à qui ils ont confié une mission bien compliquée !

Ayant pris le temps de la réflexion, Vianney finit par briser le silence de ce début de soirée :

- C'est bien compliqué tout cela !

Au moins, il est cash ! Mais, il continue :

- J'ai juste envie de te dire merci. Merci d'avoir été sincère avec moi. Tu as donc deviné mes sentiments envers toi. Hier soir, je t'ai sentie confuse, hésitante. Ce que j'ai trouvé normal, voire rassurant, notre rencontre étant en effet tellement récente. Je n'ai pas pensé à tous ces doutes qui te bouleversent, mais qui sont extrêmement légitimes. Ton histoire, je la respecte. Tu connais mes sentiments, je dirais même mon coup de cœur pour toi. Je t'ai aimé dès notre rencontre sur le bateau. Je ne peux l'expliquer. Ton histoire, je ne la connaissais pas encore. Mais elle fait partie de toi. Je t'aime avec elle, avec tes peurs, tes craintes, tes doutes. Je te laisse réfléchir à tout ce que je viens de te dire. Je ne t'en voudrai jamais, quelle que soit ta décision, quelle que soit la peine qu'elle me fera. Je te respecte trop, Claire, pour te reprocher quoi que ce soit. Sois libre, surtout ! Je ne te demande qu'une chose, sois honnête envers toi-même.

Et il rajoute :

- Et aussi un peu envers moi !

Je souris, je ne me suis pas trompée sur la personne de Vianney. Finalement, j'avais tort de craindre sa réaction. Et, là, je suis tout simplement heureuse. Heureuse d'être à ses côtés. Je n'ai plus envie de douter, de me mentir. Je prends sa main qui jouait machinalement avec les grains de sable. Il me serre la mienne. Nous ne parlons pas, souhaitant tous les deux savourer cet instant tout aussi magique que mon coucher de soleil. Je regarde devant moi, soulagée d'avoir pris la décision de me faire confiance. Pour la suite, nous verrons…

Chapitre 10

Le mois de décembre est déjà bien entamé, je n'ai pas vu passer les dernières semaines. Mes journées sont partagées entre Arthur, son travail scolaire, ses activités, mais aussi les miennes : la bibliothèque, bien sûr, sans oublier la lecture, le transat, la plage et les sorties avec Vianney. Je ne peux pas dire pour autant que je sois vraiment débordée. Rien à voir avec ma vie trépidante de Bordeaux ! Loin de là ! Mais, celle-ci ne me manque plus. Sans doute mes priorités ont-elles changé depuis l'accident. Si, un jour, on m'avait dit que mon activité de libraire et que mes boutiques ne seraient plus primordiales, je ne l'aurais pas cru du tout. Je crois que j'en aurais même ri ! Quand je dis que mes priorités ont changé, ce n'est pas tout à fait vrai, en réalité, car mes enfants sont toujours passés en premier, avant même mon travail. Donc, non, je ne culpabilise pas. Si c'était à refaire, je ne changerais rien, car la vie idéale dont je rêvais, je l'avais : un travail passionnant, des enfants formidables et épanouis et un mari dont j'étais amoureuse après toutes ces années. Et, l'accident ne remet nullement en cause le style de vie que j'ai choisi avec Pierre. Je n'étais pas mère au foyer, mais malgré ce drame, je n'ai aucun regret sur ma vie précédente. Notre vie était équilibrée, mes enfants l'étaient parce que je l'étais. C'est ça qui m'importait.

Ma vie rêvée a été balayée par un camion. Aujourd'hui, ma vie est différente et je dois m'adapter. Mais, au fond de moi, la recherche du bonheur est toujours intacte. Seul l'objectif a changé : place, non plus au grand bonheur, mais à une succession de petits bonheurs. Je prends la vie comme elle vient : chaque matin, je me lève en ouvrant une nouvelle porte. Va-t-elle s'ouvrir sur de belles surprises, sur des déconvenues ? Je savoure au maximum les premières et délaisse dans la mesure du possible les secondes, sans devenir pour autant une illuminée ! Je reste réaliste sur notre vécu, sur la vie idéale que j'ai rayée définitivement d'une croix. Néanmoins, quand je regarde derrière moi, je suis fière du chemin parcouru, car, contrairement à ce que je pensais les premiers mois, la porte n'était pas restée fermée à clé sur la pièce du malheur ; il nous restait à trouver la clé pour accéder à la pièce du bonheur. Cette clé, nous l'avons trouvée, ici, sur cette île. Aujourd'hui, la vie que je mène me rend heureuse. Qu'en sera-t-il demain ? Je n'en sais rien, par conséquent, savourer l'instant présent, c'est ce que j'ai retenu de mon drame. Carpe diem ! Telle est ma nouvelle devise !

Depuis quelques semaines, la saison des pluies est bien installée. Je découvre ainsi ce que signifie vivre dans l'hémisphère sud entre novembre et mars. Et, par là-même, les joies d'être trempée en cinq secondes top chrono, de sortir toute belle et d'arriver à un rendez-vous, bonne à être essorée, de retirer mes chaussures et d'enfiler des méduses en plastique, dignes de celles que je portais à la plage durant mon enfance. Mais le choix est vite fait : porter ces innommables chaussures en plastiques ou dire adieu, définitivement, à mes chaussures en cuir préférées, d'une marque hors de prix, achetées dans la plus chic boutique de Bordeaux, située dans la plus belle artère, Cour de l'Intendance ! Bref, même si je les ai achetées en solde, je me suis prise d'une soudaine passion pour les méduses. J'en ai de toutes les couleurs ! Si Nath me voit un jour avec ces sandales, je lui dirai de réfléchir avant de dire quoi que ce soit, sauf à regretter d'avoir fait vingt-cinq heures d'avion ! Autre solution, plus radicale, marcher pieds nus dans la rue… les méduses étant restées au faré !

Autre particularité de cette période : être obsédée plusieurs fois par jour par l'idée de prendre une douche, tellement l'atmosphère est chaude et moite ! Le moindre effort occasionne, en effet, une sudation à très haute dose, au point d'être littéralement trempée. La ménopause n'est pourtant pas d'actualité ! Donc vive la clim que je n'ai malheureusement ni chez moi, ni dans ma voiture de fonction ! Oui, attention, grande promotion : j'ai obtenu une voiture de fonction, mais sans aucune option. Je ne savais d'ailleurs pas qu'une voiture pouvait être à ce point sous-équipée au XXIe siècle ! Je vous épargne les réflexions dénigrantes d'Arthur. Son explication se limiterait au fait qu'étant une femme, je n'aurais pas besoin de toutes les options, ne sachant pas m'en servir. Il a encore en tête la voiture dernier cri de Pierre ! Il faut sérieusement que j'aborde le sujet de la misogynie avec mon fils.

Et pour finir, la saison des pluies ne serait pas une vraie saison des pluies sans les moustiques ! Ceux-ci se sont sérieusement réveillés au point de provoquer sur l'île une épidémie de dengue. « La dengue, ce n'est pas dingue. » Ce pourrait être le slogan de la sécurité sociale locale pour la campagne anti-moustiques. C'est une grippe puissance dix ! Par conséquent, le moustique est devenu notre ennemi numéro un à la maison. Toute l'artillerie est de sortie : les éternels tortillons, les crèmes anti-moustique, les bougies à la citronnelle, les moustiquaires, les pièges made in home… Je me demande si les industriels de toute cette batterie anti-aérienne n'auraient pas signé un pacte avec l'ennemi, tellement ce dernier est présent ces derniers temps !

Enfin, je ne peux terminer de parler de cette saison sans évoquer la bataille engagée que se sont lancé le Soleil et la pluie. Devenus les ennemis les plus irréductibles, ils se disputent plusieurs fois par jour leur temps de passage, en jouant également avec nos nerfs ! Heureusement, le premier tend à gagner des points ces jours-ci. D'ailleurs, je suis sa principale supportrice...

De ce fait, une période à éviter dès lors que l'on vient en touriste ! Où est donc passée l'île paradisiaque que j'ai eu la chance de découvrir sous un soleil radieux ? J'en deviens nostalgique lorsque je regarde, de mon salon, les rideaux de pluie dégoulinant de notre toit, au point de me cacher le lagon. Ce dernier faisant alors grise mine de voir son principal allié, le soleil, se faire damer le point par sa rivale, la pluie....

Bon, j'exagère un peu ! Tous ces désagréments ne nous empêchent pas de profiter de Huahine. Il y en a un qui en profite bien, c'est Arthur ! Les séances de plongée avec Vianney font non seulement des miracles sur mon fiston, mais elles lui permettent également de vivre des moments de rêve ! En effet, Arthur est très fier désormais de plonger avec des bouteilles dans les plus beaux spots de l'île. Nous avons fêté son baptême il y a un mois déjà !

J'étais assez dubitative au départ, en les voyant partir tous les deux masque, palmes et tuba à la main, les progrès se faisant attendre. Son attitude au collège tardait en effet à évoluer, le plus souvent accroché aux baskets de son professeur d'EPS. Je finissais même par croire qu'Arthur jouait la comédie et qu'il préférait nettement rester avec Vianney au lieu d'aller en classe, même si celui-ci était convaincu de la sincérité de son élève. Arue se désespérait également, se sentant inutile. Quant à moi, j'avais en tête le compte à rebours du collège de fin décembre. Puis, fin novembre, Vianney sentit un changement dans son comportement : Arthur se montrait beaucoup plus détendu, moins nerveux, plus indépendant au collège. Il décida alors de lui faire signer un contrat, comme cela arrive souvent avec un élève difficile, afin de le faire sortir de sa zone de confort, m'avait-il expliqué. Ainsi, Vianney exigea d'Arthur une heure en classe pour une heure de plongée, puis deux, puis trois, allant jusqu'à lui promettre un week-end entier ! Même avec moi, mon fils prenait de plus en plus ses distances, allant jusqu'à prendre son vélo pour aller au collège ou pour aller chez son copain, Vanuatu. Une véritable victoire ! Je n'osais le croire quand je le voyais chevaucher son vélo les premières fois et partir seul… J'en ai même pleuré d'émotion.

Le voir évoluer de cette manière, réussir à se détacher de moi a été un véritable bonheur. Cette réflexion, sortie du contexte, bien des personnes ne la comprendraient pas. Pourtant, toute mère devrait être ravie de voir son enfant voler de ses propres ailes, un jour ou l'autre. Et, cela ne se fait pas en un jour, mais en une série de petits départs dans sa vie d'enfant, d'ado, puis enfin, de jeune adulte. Arthur évolue, avance, certes à son allure, mais dans la bonne voie désormais. Néanmoins, tout n'est pas encore rose. Je le vois, par exemple, lorsque je m'absente pour la journée entière, pour visiter mes bibliothèques tournantes. Je sens alors mon fils extrêmement nerveux, absents, signes annonciateurs des crises qui se font heureusement de plus en plus rares.

Cette belle évolution, je l'avoue égoïstement, favorise également mon bien-être, ma propre vie, personnelle et affective. Lorsque Arthur s'est montré plus enclin à être seul et indépendant, ce fut le bon timing ! En effet, je désespérais de retrouver une vie normale. Je n'en pouvais plus, j'étouffais, je ressentais, même, de plus en plus de colère envers Arthur de ne pouvoir, comme lui, tenter de me reconstruire comme je le souhaitais. Certes, ma priorité a été, et sera, toujours mon fils, mais ma vie avait alors, aussi, un grand besoin de nouveautés, de nouveaux petits bonheurs, de nouveaux horizons. Vianney en faisait partie, mais je me sentais terriblement frustrée de ne pouvoir profiter à fond de ces moments d'intimité, seule avec lui. Arthur était toujours présent avec nous, participant à nos dîners, nos promenades... Vianney a été formidable, d'une patience à toute épreuve. Mais, je me demandais jusqu'à quand et à quel point il tiendrait. Je craignais le moment où il m'expliquerait que, comme moi, lui aussi commençait à se lasser. Jamais, il ne me l'a dit. Quelle patience ! Quelle preuve d'amour ! Contrairement à lui, à la fin, j'enrageais, je m'énervais trop rapidement contre Arthur, j'étais de plus en plus au bord de la crise de nerf ! Puis, fin novembre, de jour en jour, concomitamment aux progrès du collège, j'ai vu également les réelles avancées de mon fils à la maison.

Le bénéfice tant attendu des séances de plongée confirmait l'article sur les bienfaits de ce sport sur les traumatismes. Je n'oubliais pas que cette lecture était à l'origine de notre venue à Huahine. Malgré mes premiers doutes, je suis fière d'avoir été au bout de mon projet, surtout en voyant, enfin, le résultat plus que positif sur Arthur ! Je ne regrette donc pas mon pari ! Avec le recul, je n'ose imaginer ma déception si le résultat n'avait pas été à la mesure de notre changement de vie... Aussi, je compte bien contacter le journaliste à l'origine de l'article, et surtout à l'origine de notre présence sur cette île ! Jamais je ne pourrai le remercier à la hauteur de ce qu'il nous a apporté. Maintenant, je peux laisser mon fils seul, de plus en plus longtemps, me permettant ainsi de souffler, de sortir, sans craindre le déclenchement d'une nouvelle crise. Surtout, je le sens heureux. Il arrive même à me parler de Pierre, Paul et Marie, calmement, avec le sourire, voire de rire quand il se remémore de bons et drôles souvenirs passés avec eux. Ainsi, il m'autorise à mon tour à revivre, à me reconstruire, à présent qu'il voit enfin le bout du tunnel. Un passage de témoin dans un relais durant lequel il fallait être patiente...

Ce soir, Arthur est invité chez Vanuatu pour son anniversaire. Il y retrouvera toute sa classe. À l'annonce de cette soirée de liberté, Vianney s'est empressé aussitôt de m'inviter au restaurant. Notre première sortie en tête-à-tête ! Quel bonheur !

D'ici là, je dois d'abord me rendre à l'autre bout de l'île pour vérifier que tout fonctionne dans notre fameuse bibliothèque ambulante, qui fait la joie, désormais, de toute la population. C'est un véritable succès ! La Dépêche de Tahiti, le journal local, est venue au tout début de notre activité nous interviewer et faire un article sur la toute première bibliothèque ambulante polynésienne. Ce jour-là, j'étais tellement heureuse de voir mes bénévoles poser fièrement, les mines réjouies, devant notre camionnette. Ensuite, ce fut le tour de RFO, la chaîne des Territoires d'Outre-Mer, de venir les filmer en pleine tournée de la bibliothèque. De vraies stars dorénavant sur l'île ! À la suite du reportage, tous les habitants de l'île applaudissaient, à chacun de ses passages, le véhicule bien reconnaissable grâce à ses couleurs volontairement criardes. Désormais, elle fait partie du paysage local. Et, je n'en suis pas peu fière d'en être à l'origine. J'ai le sentiment d'avoir rempli ma mission qui m'était impartie en venant à Huahine. En outre, participer à la vie de l'île, par le biais de cette bibliothèque, me permet de la remercier de nous avoir si bien accueillis, mon fils et moi. Que de chemin parcouru depuis le jour où j'ai répondu à l'offre d'emploi de bibliothécaire, depuis mon canapé à Bordeaux !

Lors de la toute première soirée de présentation face au maire et au conseil municipal, mon équipe et moi-même avons dû être convaincantes car à l'issue de la réunion, Mana'Arii a été emballé par toutes nos propositions. Mais, celle qui a retenu le plus leur attention est celle visant à créer une bibliothèque ambulante qui ferait tout le tour de Huahine sur une semaine, hameau par hameau. Ils ont immédiatement souhaité nous encourager, en se montrant extrêmement généreux envers l'équipe des bibliothécaires. Ils nous ont ainsi offert une vieille camionnette… de la Poste ! Quelle générosité, monsieur le maire ! Mana'arii, le pauvre, faisait avec les moyens de sa petite mairie. En effet, l'administration postale venait de leur donner un véhicule qui ne leur servait plus. Nous aurions dû nous méfier en les voyant soulagés de nous la confier ! Un cadeau empoisonné, en quelque sorte !

Je n'en croyais pas mes yeux quand je l'ai aperçue. Une vieille guimbarde. Comme tous les véhicules de la Poste, elle était de couleur jaune, mais le sigle avait disparu avec les années ! En plus d'être toute cabossée et toute rouillée, l'intérieur était tout aussi inquiétant, au point de vérifier si on ne voyait pas la route sous les pédales ! Quant au moteur, il démarrait avec un couinement accompagné d'une toux inquiétante, comme le signalerait tout bon médecin. Bref, on n'en menait pas large. Fortement déçues sur le moment, ce fut notre premier challenge : transformer une antiquité en une bibliothèque roulante. J'étais prête à retourner voir Mana'Arii pour lui dire qu'ils exagéraient en nous donnant un tas de ferraille, bon pour la casse de l'île. Mais, Vianney m'a suggéré, auparavant, de contacter un de ses copains, professeur de mécanique au Centre de formation pour Adulte de Fare, qui, paraît-il, faisait des miracles. Sceptique, je l'ai malgré tout contacté. Ce fut une idée géniale ! En plus d'être notre challenge, il devenait par là même celui des jeunes du CFA, pour la plupart, perdus, désœuvrés. Formés en mécanique, mais aussi en menuiserie et en carrosserie, ils avaient trouvé, grâce à notre vieille camionnette, enfin leur projet.

Notre camionnette de la Poste, La Vieille Guimbarde, comme nous l'avons baptisée ensuite, est ressortie comme neuve de leurs ateliers ! Un vrai miracle, en effet ! Dorénavant, sur les routes de Huahine, nous ne voyons plus qu'elle. Tout le monde la reconnaît ! D'un jaune poussin, elle est désormais toute rouge avec des dessins genre tags représentant des livres, réalisés cette fois par des lycéens et leur professeur d'Arts visuels. Bref, une belle œuvre collective ! Agencée comme une vraie bibliothèque, avec de belles étagères en bois, l'intérieur est rempli d'ouvrages. Grâce à un auvent qui s'ouvre comme dans une camionnette de marchand ambulant, les futurs emprunteurs se protègent du soleil ou de la pluie. Je rêvais de cette configuration et les jeunes l'ont parfaitement réussie. Bref, je suis fan de notre Vieille Guimbarde !

Pour remercier tous ceux qui ont participé à sa résurrection, je les ai tous invités à venir un soir à la maison, en priant le dieu Soleil d'être de la partie. Ce fut une superbe soirée mêlant plusieurs générations. N'en revenant pas d'être remerciés et invités à une telle soirée, les jeunes du CFA ont proposé d'animer la fête avec leur platine. Une musique que je n'aurais pas forcément choisie. Mais, l'essentiel était là ! Ils étaient récompensés de leur beau travail et mis en valeur pour une fois. C'était avant tout leur soirée ! Suite à ce projet, certains envisageaient même de créer une entreprise de transformation de véhicules. Quant à Arthur, il était ravi d'avoir pu inviter des copains. Tout ce petit monde avait dansé sur la terrasse, jusqu'à tard dans la nuit, au rythme des percussions jamaïcaines et des platines.

Accompagnées de leur mari, toutes coiffées d'une superbe couronne et vêtues de leur plus belle robe, mes acolytes avaient été fières de présenter leur Guimbarde, leur « bibliothèque tournante », comme elles l'appellent ! Il fallait les entendre en parler, toutes debout devant la camionnette rouge, telles les gardiennes du temple. Je me souviens avoir savouré ce moment, les observant et les écoutant discrètement :

- Eh ! Ia Ora na, mon fils, tu as fait du bon travail, tu sais. Elle est belle, notre camionnette pour le bizness ! *Mauruuru roa* ! Merci ! s'est exclamée Tereva à l'un des jeunes de l'atelier, le rasta du groupe.

- Tu en doutais, Ruahine ? a réagi ce dernier, un peu trop impétueux. Ah oui, alors ! Elle est belle ! s'est-il repris, aussitôt, voyant la bénévole faire les gros yeux, n'ayant pas du tout apprécié se faire appeler « vieille femme ».

- Eh ! Cousin, a crié Mahine, en interpellant un autre jeune aux tatouages impressionnants. Tu as vu le nouveau truck de l'île ? a-t-elle ajouté en riant, très fière de sa blague.

- Tu nous le prêteras pour transporter notre groupe de musiciens Huhaine Upa ?

- Aita ! Non ! Tu rêves, mon cousin, a-t-elle répondu d'une voix ferme. C'est une bibliothèque, pas un truck !

Derrière mon cocotier, je riais toute seule en entendant leur répartie. Chargée de bières Hinano,

Puaiti a alors rejoint la troupe, toujours au pied de notre guimbarde :

- Ouf, je suis fiu, je suis exténuée ! Y avait la queue au bar ! a-t-elle soufflé.

- 'A ia ia Puaiti e ! Toujours en train de râler, Puaiti ! l'a grondée Orihei. Mais, merci pour les bières !

L'entendant encore souffler, Orihei lui a dit :

- 'E ia ! Qu'est-ce que tu veux encore ?

- Elles sont chaudes, maintenant !

- Ah…mamu ! Tais-toi donc ! ont repris les six autres en chœur.

Et toutes les sept de boire leur canette de bière devant notre camionnette ! J'étais morte de rire… J'espère que la gendarmerie locale sera indulgente avec ma fine équipe. Ce soir-là, toutes avaient hâte de prendre le volant et de partir à l'aventure, sur les routes et les chemins de Huahine. Vais-je devoir procéder à un tirage au sort pour désigner la première ?

Ainsi, le surlendemain, ce sont Mahine et Kahiaa que je m'apprête à retrouver au sud de l'île. C'est ma deuxième virée dans ce coin de Huahine. L'ayant découvert à cette occasion, je l'avais beaucoup apprécié pour son aspect sauvage, calme, loin de l'agitation touristique du nord-ouest de l'île. De fait, j'aime cet aspect de mon activité car il me permet de mieux découvrir l'île, mais aussi d'aller à la rencontre de la population. Les habitants des villages et hameaux de

Huahine Iti sont toujours ravis de nous voir, surtout les femmes, beaucoup plus lectrices que les hommes, comme partout d'ailleurs ! Elles nous disent que la bibliothèque ambulante amène de la vie, qu'elles se sentent moins abandonnées. Il faut dire qu'il y a une sacrée différence entre le nord et le sud de Huahine qui est excentré de la capitale et de l'aéroport. Et hormis deux pensions de famille qui s'y sont installées, il y a beaucoup moins d'activités et d'hôtels dans ce coin reculé. Notre bibliothèque y est donc d'autant plus importante.

Conséquence de son éloignement, les routes sont de moins en fiables au fur et à mesure que l'on s'écarte de Fare. Par endroits, certains nids de poules sont si nombreux que je suis même obligée de zigzaguer entre eux. Les plus impressionnants se sont sûrement aggravés, ces derniers temps, avec les pluies diluviennes. C'est un 4×4 que Mana'arii aurait dû me fournir ! Et ça en aurait bouché un coin à mon fiston misogyne ! Heureusement, ce matin, le soleil est de la partie. Pour notre dîner en tête-à-tête avec Vianney, on verra... la météo a le temps de changer cent fois d'ici là ! Finalement, c'est comme en Bretagne. Là-bas, ils disent que le temps change à chaque marée ! Tiens, cela fait longtemps que je n'y étais pas retournée... Mon esprit s'évade de moins en moins dans ma région d'adoption... Je ne l'oublie pas, mais ma tête est ici dorénavant. Oups, un nid de poule ! Sévère, celui-ci. « Allez, concentre-toi, sinon tu peux dire au revoir à ton dîner aux chandelles ! » me dis-je tout haut. Les quatre fenêtres ouvertes m'apportent l'air indispensable pour ne pas mourir de chaud. Même s'il fait beau, l'humidité est encore bien présente dans la végétation environnante, une vraie jungle aux arbres impressionnants par leur hauteur et leur feuillage démesurément grand. Le paysage est fantastique ! D'un côté, la forêt tropicale et luxuriante, et de l'autre, le lagon et ses motus, des ilots ravissants. À ma gauche, un vert intense, à ma droite, un bleu turquoise. Ces deux couleurs m'accompagnent tout au long du chemin. Très certainement, une des plus jolies routes au monde ! Et j'ai presque honte d'être payée pour la faire ! Subjuguée, j'aperçois enfin le fameux pont qui relie les deux îles. Un soir, Vianney m'a raconté la légende qui est à l'origine de leur séparation. Un dieu, du nom de Hiro, aurait percuté si violemment le fond de cette baie avec sa pirogue qu'il aurait fendu Huahine en deux. J'aime ces légendes locales qui expliquent de façon fantastique les particularités de l'île. Finalement, les légendes bretonnes qu'affectionnaient tant Pierre et sa maman sont très proches des légendes polynésiennes. Cela me donne une idée : choisir comme thème du mois prochain les légendes de mes deux régions d'adoption. Je profite de ma légère avance pour me garer, juste avant le pont. Je sors de ma voiture et marche sur ce pont, digne du Pont de la Rivière Kwaï quand j'observe la nature environnante. Quelle vue imprenable sur la baie de Maroe ! Le relief vert foncé tranche avec l'eau turquoise du lagon, plus claire d'un côté du pont, mais plus foncée de l'autre, puisqu'il s'agit du fond de la baie. Etonnantes ces deux îles, si proches l'une de l'autre que l'on a pu y construire un pont, pour réparer la bêtise du dieu Hiro ! Il y règne un calme olympien. Hormis les oiseaux qui manifestent leur présence, je suis seule au monde. Un moment apaisant pour moi, loin d'être anxiogène comme cela l'était encore il y a quelques mois. Un autre aspect que je me suis découvert. J'aime être seule. Aujourd'hui, je suis beaucoup plus à l'écoute de mon corps, de mon âme... Je n'ai plus peur de mes émotions.

Je regarde ma montre. Oups, mon avance va se transformer en retard si je ne reprends pas ma route ! Après le pont, quelques minutes plus tard, j'arrive devant une charmante église en bois, rouge et blanche, posée sur une prairie en bordure du lagon. Je me gare sur le petit parking jouxtant le bâtiment. J'imagine immédiatement les sorties de mariage dans cet endroit idyllique. La famille, les amis accueillant les mariés sur le perron de l'église, face à cette beauté que leur offre la nature en guise de cadeau de mariage !

Cette image me fait aussitôt revenir là où nous nous sommes mariés, à la chapelle Sainte Marguerite, qui n'a rien à envier à cette église de Huahine Iti. La chapelle de L'Aber Wrac'h domine en effet la baie des Anges, cela ne s'invente pas ! Un sourire instinctivement se dessine sur mes lèvres. Entourée d'un petit muret en pierre, bordé d'hortensias, d'un bleu et d'un rose fuchsia que l'on ne peut voir que dans le Finistère, elle est charmante et tellement typique. Nous n'avions même pas cherché d'autres endroits pour nous marier. C'était là et pas ailleurs que nous souhaitions que notre union soit bénie. Pierre avait grandi dans ce village. C'était le fief familial depuis au moins deux cents ans, d'après mon beau-père, un pro de la généalogie ! Et quand il m'avait montré cette chapelle la première fois, j'en étais moi-même tombée sous le charme. Il aurait été difficile d'en être autrement. Elle surplombe une plage de sable fin, d'un blanc presque neigeux, ainsi qu'une mer cristalline, digne des lagons polynésiens… Hormis la température de l'eau, bien sûr ! Dix degrés de plus, et ce sont cinq Club Med qui s'installent. Finalement, les locaux sont ravis d'avoir une eau aussi glaciale ! En observant cette église, je ne peux m'empêcher de me voir dans notre petite chapelle bretonne. Le seul bémol le jour J, c'était le grand nombre de personnes qui avaient été obligées de rester dehors ; nous en avions été conscients en la choisissant, mais égoïstement, c'était notre mariage, et nous avions d'abord pensé à nous ! Mes beaux-parents avaient tenté de nous dissuader et avaient conseillé l'église du village, beaucoup plus grande. Mais Sainte Marguerite avait été notre seul petit caprice de la journée ! Et nous ne l'avons jamais regretté. Le soleil avait heureusement été de notre côté, grâce aux œufs déposés aux Clarisses d'après ma belle-mère. Les traditions bretonnes ont encore la dent dure ! Ainsi, à chacune de nos vacances, nous faisions systématiquement une balade qui nous conduisait à notre ravissante chapelle. Un minipèlerinage. À chaque visite, notre émotion restait authentique, toujours aussi intense lorsque nous franchissions la porte. Particulièrement pour moi. Car malheureusement, elle me ramenait à l'absence de mes parents le plus beau jour de ma vie. J'étais inconsolable malgré le déplacement de ma famille, venue nombreuse pour m'entourer et pour tenter de palier ce vide abyssal. Un vide que j'ai comblé avec ma propre famille, mais qui s'est rouvert, encore plus profond...

Revenant cette fois à l'église de Haapu, j'ai découvert son nom, je décide d'aller voir l'intérieur. Déçue, je découvre que la porte est verrouillée... Quel dommage ! Je me console en me dirigeant vers notre Guimbarde ambulante, garée non loin de là. Un attroupement me fait présager que notre bibliothèque remporte un franc succès. Je fais un signe à Mahine, que j'ai désignée tout dernièrement comme responsables des bénévoles. Cela n'a fait aucune histoire d'ailleurs ; j'en ai été soulagée ; cela aurait été regrettable de casser cette très bonne ambiance qui règne dans notre groupe. Je grimpe dans la camionnette, puis salue les deux comparses qui ont à peine le temps de me parler, tellement il y a de monde. Je pose mes affaires et m'attelle à ranger les livres rendus pendant qu'elles écoutent les souhaits des lecteurs, ou plutôt des lectrices. Car, en réalité, il n'y a que des femmes ! L'une d'elles s'avance toute souriante :

- Ia Orana , Cousine ! la salue Kahiaa, la seconde bibliotécaire. Comment vas-tu ?

À les entendre, j'ai l'impression que toutes les femmes sont cousines sur l'île. Il faudrait que je leur demande combien de cousines elles ont !

- 'Aue ! Les enfants ne sont là que pour te faire pleurer ! soupire « la cousine ».

- Qu'est-ce qui t'arrive, Cousine ?

- Maeva-Roimata, ma fille chérie, elle est enceinte !

- Celle de dix-sept ans ? C'est tôt, dis donc ! renchérit Kahiaa.

- Ah, tu vois ! Que du malheur, dans ma vie ! se lamente « la cousine », éplorée.

- Avec un mahoi ou un popaa ? Un local ou un Français ? Tu connais le père, au moins ?

J'ai envie d'intervenir pour dire à ma bénévole qu'il serait temps de lui faire choisir un livre au lieu de papoter ! Mais, en observant les femmes qui font la queue, aucune ne témoigne son impatience ! Elles discutent tranquillement. Certaines ont même apporté leur siège pliant, d'autres leur broderie. Je réalise que notre bibliothèque sert le lien social, et pas seulement la culture. J'espère tout de même que, parmi elles, se trouvent de réelles lectrices et que le livre ne restera pas fermé jusqu'à notre prochain passage… Le livre servirait-il ici de prétexte pour venir nous voir ? Je n'ose le croire !

Pendant ma réflexion, Radio-cocotier continuait :

- Crois-tu ? Même pas ! répliqua « la cousine », ulcérée. Ahue ! Ah ma fille, elle va me faire mourir de tristesse ! Je n'aurais jamais dû l'appeler Maeva-Roimata, ma fille ! Bienvenue et Larme, ça ne pouvait que porter malheur ! Elle qui devait faire des études de Droit à Papeete…

- Mais, oui, c'est vrai ! Quel dommage ! Et que vas-tu faire alors ? demanda ma bénévole, accoudée sur le rebord de la bibliothèque, de plus en plus intéressée par la discussion.

- E ho'i ! Elle va le faire adopter, tout simplement. On n'a pas assez d'argent pour l'élever, ce bébé ! On a demandé à notre pasteur de nous trouver une gentille famille de *popaa,* de Papeete, qui cherche à adopter, explique « la cousine », fière d'annoncer la décision de l'adoption.

Heureuse d'avoir discuté avec « sa cousine », elle finit finalement par prendre un roman, puis, laisse sa place à une autre qui discute, tout aussi librement, avec ma précieuse bibliothécaire. Je suis étonnée par la tournure qu'a prise la discussion. En venir si rapidement à l'adoption, en parler comme d'une chose banale, l'annoncer comme une bonne nouvelle m'a choquée. Certes, la situation de cette jeune fille est délicate, et l'adoption est peut-être la solution pour elle et le bébé, mais, c'est plus la façon d'en parler qui m'a troublée... Il faut que j'en touche un mot à Kahia, sur le temps du déjeuner, car ici, c'est de la folie.

Enfin la pause méridienne, comme j'aime l'appeler. Malgré le monde, nous avons pu nous libérer pour pique-niquer ! J'ai cru que nous n'y arriverions jamais... Installées sur un banc, face à la mer, nous profitons pleinement de ce temps de repos. Je repense à l'un de leurs échanges, qui portait sur l'adoption du bébé. J'entame la conversation :

- Claire, ce n'était pas ma cousine, réagit celle-ci, étonnée.

- Mais tu l'as appelée « Cousine » !

- Ah oui, mais, en vrai, ce n'est pas ma cousine.

- Ah bon ? je réagis, ne comprenant plus trop qui était cette personne.

- C'est juste que je la connais et qu'elle fait partie de ma famille, mais très éloignée. C'est plus simple de l'appeler cousine, non ? Et, tout le monde est plus ou moins cousin ici ! En plus, j'avais oublié comment elle s'appelait ! ajoute-t-elle, en riant.

- Ah ! Vu comme ça, c'est pratique, en effet !

Je me mets moi aussi à en rire et en pensant également aux nombreux cousins à la mode de Bretagne que Pierre me présentait. Mais un autre sujet m'intéressait beaucoup plus. Je reprends donc :

- Et, concernant l'adoption du bébé, dis-je, vous en pensez quoi, toutes les deux ? La cousine était finalement plus heureuse d'annoncer l'adoption que la naissance du bébé ! Elle en est bien la grand-mère, non ?

Entre deux bouchées, Mahine me répond :

- Venant de métropole, je comprends que tu sois choquée. Tu as le sentiment qu'elle donne son bébé, c'est ça ?

- Oui, un peu, je fais, en hochant la tête.

- En Polynésie, il y a une tradition. Les enfants *fa'a'amu.* Les familles se confient assez naturellement un bébé si les parents rencontrent un souci, quitte à le récupérer plus tard. Ils peuvent même le donner, avant même qu'il soit né. Avant, les *fa'a'mu* servait ainsi à sceller une amitié ou une alliance entre deux familles, à se procurer un héritier, à protéger ou éduquer un enfant. Cela était vu comme un geste d'entraide, tu comprends ?

- Donc, ce que tu me dis, c'est que la tradition s'est un peu officialisée et s'est transformée en une adoption ?

- Oui, si tu veux. Mais, la mentalité de confier facilement son enfant reste toujours bien présente chez la population polynésienne.

- Et, les popa'a l'ont bien compris, car beaucoup viennent adopter chez nous ! renchérit Kahaiaa, sur un ton amer.

Tout en grignotant mon sandwich, je muris ce que je viens d'entendre. La tradition communautaire et familiale semble avoir un peu dévié au profit de l'adoption tout court. Je ne savais pas que les adoptions étaient plus faciles ici. Pourquoi aller alors à l'étranger, au Vietnam, en Amérique du Sud, en Afrique, tandis que, sur un territoire français, c'est plus simple ? Cela m'étonne. Je comprends ainsi mieux que l'adoption soit plus tolérée et admise ici qu'en Métropole. En France, peut-être aurait-on aidé cette jeune fille pour qu'elle garde son enfant… Quoique ? Et puis il y a l'IVG. Ces situations sont souvent dramatiques et compliquées à gérer. Certes, le mieux est que la maman garde son enfant, mais lorsque c'est absolument impossible ? Dans ces cas-là, l'adoption reste en effet la solution à privilégier, voire à regarder comme une action positive de la part de la maman en dernier recours. Pour le bien de son enfant qui sera confié à des parents qui ne peuvent en avoir et qui pourront bien l'élever et le choyer. Grâce à cette adoption en mode polynésienne, y a-t-il pour autant moins d'IVG en Polynésie ? Un autre débat que je n'ose pas aborder avec mes amies de pique-nique...

Visiblement en colère, Kahaiaa veut semble-t-il poursuivre notre débat, ma foi, fort intéressant :

- Tu vois, le problème, c'est que, parfois, les *popaa* ne sont pas toujours corrects. J'ai une autre cousine, dit-elle en souriant, en réalisant le mot qu'elle vient d'utiliser, cette fois, une vraie cousine de ma mère ! Promis ! Elle avait déjà cinq enfants quand elle est tombée enceinte. Et pas d'argent. Un mari, mais plus buveur que pêcheur ! Bref, la cata. Un jour, une Française l'a abordée à la messe en l'amadouant, la félicitant pour ses beaux enfants etc... C'est vrai qu'ils étaient beaux, ses enfants ! Puis, le dimanche d'après, cette dernière lui a expliqué qu'elle ne pouvait avoir d'enfant et lui a fait direct une proposition. Elle souhaitait adopter son bébé contre de l'argent et des cadeaux pour toute la famille. Évidemment, ma cousine a craqué et a accepté sa proposition trop tentante ! Avait-elle le choix ?

- Oui, là, ce n'est pas correct ! je réagis. Cela me fait penser aux mères porteuses ! C'est vraiment limite ! J'espère que ce n'était pas un trafic d'enfants...

- Eh, attends la suite ! Cette femme lui a promis qu'elle pourrait voir son bébé quand elle voudra et patati et patata. Tu imagines. Ma cousine avait déjà acheté une machine à laver le linge avec l'argent versé en avance. Elle en rêvait ! Avant même que le bébé naisse, elle avait déjà signé les papiers. Et, après la naissance, la française est repartie de la maternité avec la petite fille. Ma cousine était un peu triste de devoir laisser son bébé partir ainsi, mais elle savait qu'elle pourrait la voir quand elle voudrait. Donc, quelques jours après la naissance, elle s'est précipitée chez la française. Et, bien, il n'y avait plus personne à l'adresse indiquée. Elle était déjà repartie avec l'enfant de ma cousine, qui s'en est voulu toute sa vie. Elle avait considéré l'autre comme une amie, presque de la famille, tu vois, comme une cousine, me raconte-t-elle, en souriant. Elle s'est sentie trahie !

Mais cette fois-ci, le sourire était triste.

- Mais c'est toujours possible, ça ? je reprends, scandalisée, par cette histoire.

- Avant, oui, maintenant, non. Les règles ont changé pour éviter les abus. C'est devenu plus difficile, plus réglementé depuis plusieurs années, m'explique Mahine pour me rassurer. Quant à l'esprit *fa'a'amu,* il reste quand même, surtout dans nos îles...

Durant tout cet échange, j'ai songé à mon amie Nath qui n'a pas d'enfant, à son grand désespoir. Serait-ce une folie de l'imaginer adoptant un petit Polynésien ? Ce serait extrêmement délicat de ma part de lui en parler… Elle risque de s'emballer et si ça ne marche pas ? Aborder le sujet avec elle, c'est une chose, mais qui gèrera le dossier ? Elle est à des milliers de kilomètres ! Ce sera sa Clarinette évidemment ! *« Dans quoi vas-tu encore te lancer ? »* me demande mon petit angelot, toujours prudent. Et mon diablotin, répondant toujours présent lorsqu'il s'agit de me pousser dans les situations abracadabrantesques : *« Tu ferais le plus beau des cadeaux à ta meilleure amie ! »* Plus j'y pense, plus je me dis que c'est une chance qui ne se renouvellera pas ! En Métropole, l'adoption est un vrai parcours du combattant. Quand elle y a songé et s'est renseignée, limite si l'administration des affaires sociales ne lui a pas ri au nez : célibataire, divorcée, la trentaine bien mûre… Pourtant, bien que désespérée et seule, elle s'est lancée dans la bataille de l'agrément, avec la quasi-certitude qu'au bout de cinq ans, on le lui refuserait. Contre toute attente, elle l'a obtenu ! Mais agrément ne veut pas dire bébé. Elle attend toujours ce coup de téléphone qui lui annoncera la bonne nouvelle. Je ne peux pas ne pas lui en parler ! Je le regretterais toute ma vie ! Cette opportunité ne se représentera pas tous les jours…

- Et si je te dis que je connais en Métropole une super fille qui rêve d'adopter un enfant ?

Kaihaiaa me regarde, stupéfaite par ma question. Elle réagit aussitôt :

- Ben, t'es pour ou t'es contre ? Je ne te comprends plus !

- Si les choses se font dans les règles de l'administration polynésienne et de façon honnête avec la maman, oui. Et tu m'as convaincue avec votre belle tradition qui est désormais bien encadrée.

- Hum, si c'était pour toi, parce que je te connais, je sais que je pourrais te faire confiance. Mais, je connais pas ta copine !

Mahine nous observe, silencieuse. Puis, elle intervient dans la discussion :

- C'est qui, par rapport à toi ? Juste une copine ?

- Non, c'est comme une sœur ! C'est elle qui était là quand l'hôpital m'a contactée et qui m'a soutenue durant cette traversée du désert. Arthur l'appelle même Tante Nath.

Je suis déjà son avocate en train de défendre son dossier ! Dans quoi je m'embarque ? Toutes deux se regardent, discutent entre elles, en tahitien évidemment ! Suspendue à leur verdict, j'observe leurs visages, tentant d'y lire un semblant de réponse... Si Nath savait ce qui se passe dans son dos ! Je vis une scène surréaliste ! Si on m'avait dit, ce matin, que je parlerais adoption pour mon amie, je ne l'aurais évidemment pas cru.

Toutes les deux s'arrêtent de parlementer, puis Kaihaiaa m'annonce ce qu'elles ont décidé :

- Voilà, je vais en parler à ma cousine, enfin, tu vois de qui je parle ! Et, toi, pareil avec ta sœur, enfin ta copine ! Oh là, là, tu réussis à m'embrouiller, ajoute-t-elle en riant.

- C'est très bien comme ça, et je t'appelle demain ! Merci Kaihaiaa, tu peux me faire confiance, tu sais ça ?

Après cette histoire d'adoption, les filles me quittent avec regrets pour retourner à la Guimbarde et continuer leur tournée dans un autre hameau. En venant les rejoindre, j'ai découvert à quel point elles font des heureuses avec la bibliothèque ambulante, et que grâce à elles, le lien social est maintenu sur cette partie de l'île. Je suis fière de contribuer à redonner un peu de vie sur ce petit bout de terre, rattaché à sa grande sœur par un petit pont ! En rejoignant ma voiture, je me mets à chanter gaiment « Le Petit Pont de bois » d'Yves Duteil, que nous écoutions beaucoup à la maison. *Un petit pont de bois qui ne tenait plus guère que par un grand mystère…*

C'est avec tout un tas de réflexions que je démarre ma voiture. Et, voilà, c'est comme cela que je me retrouve embarquée dans une affaire d'adoption. Rien que ça ? Comme si je n'avais pas eu suffisamment de stress cette dernière année ! *Un bébé pour Nathalie*, cela ferait un joli titre de film ! « *Sauf que là, tu n'es pas dans la fiction, ma belle, tu es complètement folle ! »* je me dis tout haut, avec néanmoins le sourire aux lèvres, en l'imaginant avec un nourrisson dans les bras. « *Un nourrisson couleur caramel au beurre salé ! »*

En quittant la petite église, je me promets d'y revenir très vite afin d'explorer plus en profondeur le sud de l'île si riche et plus préservée. Et qui sait ? Avec Nath ! Sur le chemin du retour, je passe devant une grande et superbe maison traditionnelle, recouverte de *pandémus*, indiquée comme étant *la Maison du Pareo*. *« Tiens, allons y jeter un coup d'œil ! »*

En réalité, ce sont plusieurs petites maisons, des petits farés organisés en différents ateliers de peinture. Très accueillants, ils sont tous aussi mignons les uns que les autres. Des paréos tendus sur des tables attendent les derniers coups de pinceaux, d'autres finissent de sécher, se balançant au gré des alizés. Je repère enfin ceux exposés à la vente. Que de dessins et de couleurs magnifiques ! Je déambule, admirant, ici, un paréo bleu, avec de grandes fleurs rouges, là, un autre, vert avec des pirogues bleues. Tout ceci se mêle superbement avec la nature environnante. Jamais très loin, le lagon joue à cache-cache avec nous, se dérobant à notre regard derrière les cocotiers et maintenant derrière les paréos. Une Tahitienne d'un certain âge, un hibiscus jaune à l'oreille, me sort de mes pensées :

- Ia ora na, ma belle ! me salue-t-elle, avec une voix chantante, en roulant les 'r' comme le font les mamas d'un certain âge.

- Ia ora na !

- Tu veux un pareo pour toi ?

M'étant arrêtée plus par curiosité que pour acheter, je décide finalement de profiter de la belle occasion pour remercier mes précieuses bibliothécaires. Toutes bénévoles qu'elles sont, elles font un superbe travail. Je l'ai encore vu aujourd'hui. Et tout bon travail mérite une récompense ! Elles seront tellement contentes ! Je lui demande huit paréos différents, dont un pour Nathalie que je ne peux oublier, si présente dans mes pensées. Mon hôtesse me propose d'en réaliser un spécialement pour moi et devant moi. Quelle chance ! Je craque et accepte. Comme une petite fille dans une boutique remplie de merveilles, je la suis dans son atelier. J'en choisis un dont le fond est déjà peint en bleu. Puis, les fleurs, chacune d'une variété différente, juste dessinées, attendent le coup de pinceau de l'artiste pour être peintes dans les couleurs de mon choix. Le fond blanc devient rouge pour l'hibiscus, jaune pour l'orchidée, puis vert pour la dernière dont je n'ai pas compris le nom ! Son accent est tel que je la comprends à peine. C'est finalement celui-ci qui sera pour Nath, spécialement réalisé pour elle ! Il devra sécher avant de m'être envoyé à mon adresse. Je pense soudain à la boutique d'Arcachon. Ces paréos s'arracheront là-bas ! Je prends l'initiative d'en commander une vingtaine, quitte à renouveler la commande s'ils partent vite… Je suis persuadée qu'ils vont se vendre comme des petits pains ! Mon artiste est évidemment ravie de cette nouvelle manne qui lui tombe soudain du ciel ! Je pense également aux *tifaïfaïs,* ces jolies couvertures qui mettent de la couleur dans notre faré. Je demanderai à Ahutiare où les trouver. J'en commanderai pour notre magasin ! Je me réjouis de pouvoir de nouveau m'investir dans mes chères boutiques, en faisant le lien entre elles et l'artisanat de Huahine… Un joli symbole. J'ai hâte d'en parler avec Nath ! C'est donc chargée de superbes paréos que je repars, direction la maison où m'attend Arthur, sûrement impatient de me retrouver. Cette dernière halte dans ce superbe endroit aura été une des nombreuses et belles surprises de cette après-midi. Comme je les apprécie !

« Une si merveilleuse journée ne peut se terminer que par une très belle soirée... »

Chapitre 11

La soirée a commencé au faré par le choix de ma tenue auquel Arthur a grandement participé. Grand moment ! Toute ma garde-robe y est passée ; ma chambre n'était plus ma chambre. Elle était devenue une cabine d'essayage un premier jour des soldes en fin de journée ! Un amoncellement de vêtements recouvrait mon lit, certains parsemaient le beau tapis de paille ! Si l'un de mes enfants avaient osé mettre autant de désordre dans leur chambre, tout serait passé par la fenêtre. Tout en me faisant cette réflexion, un vague souvenir de vêtements qui passent par-dessus bord me revient en mémoire… Comment ai-je pu passer de la menace à l'exécution ? Paul pouvait me rendre folle parfois ! Mais, j'ai honte, rien que d'y penser… M'avait-il pardonné ce moment d'exaspération ? Comment ai-je pu être aussi sévère avec eux ? Ils n'étaient pour autant pas traumatisés… Je me rassure comme je peux.

Enfin, à l'issue de l'essayage, le choix d'Arthur s'est porté sur une combinaison fluide à manches courtes, aux motifs floraux très colorés. Je l'ai validée, la préférant à la robe pour me protéger de mes ennemis les moustiques, petits, mais voraces ! Mais également pour surprendre Vianney, qui ne me connait pas dans ce style sophistiqué. En guise de serre-tête, un petit foulard aux teintes orangées dans mes cheveux bruns pour la jouer vintage ce soir. La couleur orange se marie très bien à mon teint mat d'après mes amies de Bordeaux. J'espère qu'il appréciera également…

D'autant plus que Vianney ne s'est pas moqué de moi en m'invitant dans ce restaurant hors du commun. Mais, si je réfléchissais, ne serait-ce qu'un court instant, que n'ai-je pas vécu d'extraordinaire depuis mon arrivée ? Sur cette île, tout n'est qu'étonnement, ravissement et, désormais, bonheur. Pas un seul jour ne passe sans qu'une jolie surprise me surprenne ! Et cette soirée va très certainement compter parmi les plus belles…

En attendant que mon prince aille garer son carrosse, je savoure ce moment. Perchée dans les arbres, au milieu d'un jardin verdoyant digne de celui d'Adam et Eve, ce ne sont que feuilles, palmes et lianes qui entourent cette immense cabane. Tous à leur manière, plus ou moins gros, aux différentes teintes de vert, les arbres participent à la magie de cette forêt. Mis en valeur par des éclairages ingénieusement bien dissimulés, ils n'apparaissent que plus beaux encore. Pour une fois, ce n'est pas le lagon qui fait le spectacle, mais la forêt, ou plutôt la jungle. Soudain, je fais voyager Jean de la Fontaine dans le temps et l'imagine, assis sur mon cocotier, en train d'écrire une jolie fable, Le Lagon et la Jungle. Dans ses beaux vêtements de l'époque, évidemment ! Totalement surréaliste ! Serait-ce Le chêne et le Roseau, que m'a récité Arthur juste avant de partir, qui m'y fait étonnamment penser ? Dans cette fable, seraient-ils ennemis ou amis ? Chacun se vanterait ardemment de sa splendeur respective. Le Lagon, arguant son eau bleue et cristalline, les habitants de ses fonds-marins, les coquillages, les perles noires, uniques au monde, les coraux, les poissons multicolores et enfin, son calme olympien qui « ne fait pas de vagues ». La Jungle, listant la multitude des êtres vivants qu'elle loge : les arbres, d'une hauteur telle qu'ils caressent le ciel de leurs feuilles et leurs multiples teintes de vert, la canopée et sa faune, les bruits mystérieux qui la rendent si vivante, ses bois exotiques qui en font sa richesse, mais aussi sa fragilité, trop souvent…

Alors que je m'amusais à compter les points de ces deux merveilles, mon prince est arrivé sournoisement. Un baiser dans mon cou me fait sursauter, me fait pousser un petit cri. Suffisamment discret pour que les clients ne me remarquent pas… Il me prend la main. Un superbe escalier en bois nous permet de grimper facilement dans les arbres, ce qui m'arrange, vu mes chaussures à talons absolument inadaptées à l'escalade ! En suivant Vianney, je réalise à quel point il est chic ce soir : métamorphosé, Vianney porte un pantalon beige, une chemise blanche en lin et il a échangé ses éternelles tongs pour des tennis blanches. C'est à se demander s'il s'agit du même Vianney ! Mais, intérieurement, je le remercie pour cet effort vestimentaire ; celui-ci me touche car il sait que j'apprécie l'élégance chez les hommes. Pierre était un homme qui aimait les beaux vêtements… Pierre. « Pierre, il faut que je t'oublie, ne serait-ce que le temps de cette soirée. Pardon, mon chéri ! » Un serveur s'avance vers nous et demande notre nom. Tout le personnel porte un tiaré et une chemise couleur locale, dans le même style que les paréos de cet après-midi. Puis, il nous amène à notre table, m'installe à ma place en tirant ma chaise. Nous avons la chance d'être sur une terrasse à l'écart de la salle principale, où dînent tout un charter de touristes bruyants. Certainement les passagers de l'immense paquebot qui a jeté l'ancre au large de Huahine, cet après-midi. Toutes les tables ont été taillées dans un joli bois exotique. Joliment décorée d'une bougie et d'un bel hibiscus orange, la nôtre est ravissante. J'aime cette fleur qui se pare de jaune, de rouge, d'orange selon les endroits. De toutes les fleurs de l'île, c'est ma fleur préférée.

Tout en observant mon compagnon, silencieuse, je savoure ce moment magique de me trouver seule, en tête à tête avec Vianney. Il me sourit et me demande :

- A quoi penses-tu ?

- Au bonheur de vivre enfin cet instant avec toi, je lui réponds, immédiatement.

Il me prend la main, devinant que je n'oserai pas. Il devance mes souhaits que je m'interdis encore. Lâcher la main de Pierre pour prendre celle de Vianney... Pierre est encore tellement présent entre nous. Malgré moi, inconsciemment. Batailler contre l'idée de la trahison. Encore combien de temps me faudra-t-il pour m'autoriser tous ces petits gestes tendres et naturels ? Je suis bloquée dans un carcan dont je n'ai pas encore la clé... Pierre me la lancerait s'il le pouvait, n'espérant que mon bonheur, je le sais ! C'est moi qui ne l'attrape pas. Quel combat intérieur !

Carpe diem !

- Comment as-tu réalisé cet exploit de nous réunir tous les deux dans cet endroit de rêve ? Tu sais que tu m'impressionnes pour ta ténacité ? je l'interroge en souriant.

- Nous sommes deux, Claire, à l'avoir réalisé, cet exploit comme tu l'appelles, en déjouant les obstacles sur notre chemin.

- Et Dieu sait s'ils étaient nombreux ! je rajoute, consciente qu'il reste encore des petits cailloux dans ma chaussure.

- Ce moment est d'autant plus savoureux, n'est-ce pas ?

- Être assise ici, avec toi, relevait du rêve, il y a encore quelques jours ! je déclare, joyeuse.

Ce soir, hors de question que la nostalgie prenne le pas sur la joie du moment présent. Ainsi, joviale, je continue :

- Je ne cesse d'admirer cette nature ! Elle m'impressionne par son gigantisme qui finit par me rendre toute petite ! Venant de toi, je m'attendais à ce que tu m'invites dans un restaurant en bordure de lagon… J'avoue que je suis bluffée par le lieu et la surprise. Pas trop dur d'ailleurs d'avoir laissé ton cher lagon pour la forêt tropicale ?

- Non, dès lors que je suis dans la nature, je suis bien. Certes, l'eau est et sera toujours mon élément. Mais, j'ai voulu te faire découvrir une face trop cachée de Huahine. L'intérieur de l'île révèle souvent autant de merveilles que le lagon, à condition de se donner la peine de s'y enfoncer… Je vous emmènerai faire de la rando au pied d'impressionnantes cascades et Arthur adorera plonger dans des piscines naturelles !

- Moi aussi ! Quand partons-nous, Tarzan ? je plaisante. À sa manière, la forêt est plus secrète que la mer… Elle nous demande plus d'efforts pour se dévoiler pleinement à notre regard.

- Elle me fait penser à quelqu'un ! me souffle-t-il, sur un ton un peu espiègle.

Nous rions de bon cœur. J'ai tellement envie de m'amuser ! Depuis combien de temps n'ai-je pas eu une soirée, juste pour moi, et en prime, avec un homme ? Tous les ingrédients d'une soirée réussie...

- C'est une Claire en forme que j'ai en face de moi. Cela fait plaisir à voir ! s'exclame mon ami, tout sourire.

Et la cerise sur le gâteau serait que Vianney se dévoile, tout comme je l'ai fait avec lui, un jour sur la plage de son hôtel... Sans vouloir connaître tous ses petits secrets. Et je sens que Vianney en garde un, bien caché en lui, profondément. Ce sont les plus destructeurs, de ceux qui rendent vulnérables, fragiles, qui secouent, qui déstabilisent. Moi aussi, je voudrais tant l'aider à se libérer d'un poids qui semble lourd à porter, malgré sa carrure bien large. Ce serait pour moi un juste retour des choses. En effet, grâce à sa précieuse empathie, j'ai réussi à me délester de mes valises remplies à ras bord de souffrances et de chagrin ! J'espère ne plus avoir à les ouvrir...

Ainsi, je décide de le pousser un peu dans ses retranchements :

- Tu m'as dit que l'eau a toujours été ton élément. Cela remonte à ton enfance ?

- Oui. Mon père était commando marine et plongeur de combat.

Immédiatement, j'ai aperçu des étoiles briller dans ses yeux. Vianney poursuit :

- Son métier nous a ainsi amenés, ma mère, mon frère et moi, à le suivre comme de bons petits soldats, partout dans le monde où la France l'envoyait en mission. Partout, sauf sur ses terrains d'opération, mais cela nous a permis de faire des séjours sur tous les continents et, surtout, dans tous les océans. Principalement, en Afrique.

- Sûrement compliqué à vivre pour ta maman ! Déménager tout le temps… je déclare, perplexe.

- Sans parler du fait qu'elle ne savait jamais où il partait, pour combien de temps et, surtout, s'il reviendrait ! D'ailleurs, maman lui en a tellement voulu de mener cette vie qu'elle a fini par partir, nous embarquant avec elle. Et là, c'est moi qui lui en ai voulu !

Les étoiles avaient disparu…

- Tu avais quel âge ?

- Quatorze ans. Nous avons alors quitté Dakar pour Paris, en plein mois de décembre ! Tu imagines un peu l'enfer ? Je n'avais connu, jusqu'à présent, que la chaleur, la plage, la liberté, les pieds nus. Et essentiellement, la plongée ! Avec mon père, quand il était là. Et un peu l'école, tout de même, au milieu de tout cela !

- Mon pauvre ! Et tu voudrais que je te plaigne ?

C'est à ce moment-là qu'un serveur s'avance vers notre table pour nous proposer un apéritif et prendre notre commande. Il serait temps de jeter un œil à la carte…

- Je prendrai un martini blanc, bien noyé. Et toi, Claire ?

- Une pina-colada. Merci ! dis-je au serveur, tout en l'observant discrètement.

Vianney le remarque :

- Tu trouves les serveurs un peu efféminés ?

- Pas qu'un peu ! Ils sont si maniérés, avec leur fleur à l'oreille. Pire que des filles ! Par contre, hyper souriants et très pro.

- En Polynésie, on les appelle les *rae rae !* Prononce-le réré. Ce sont des sortes de travestis, les trans d'aujourd'hui, mais avant l'heure ! On dit même que c'est un troisième sexe en Polynésie, pour te dire à quel point ils sont reconnus ici, depuis bien plus longtemps qu'en France !

Tout en écoutant Vianney me parler de ces hommes, ou femmes, je ne sais plus, je les observe à nouveau. Vianney poursuit :

- Même le capitaine Cook en a parlé dans ses récits ! Il s'en est étonné, voire offusqué ! Il explique ainsi que c'était une catégorie à part, que dès leur enfance, ils étaient éduqués différemment, vivant plutôt dans les maisons, avec les femmes, pour la cuisine, le ménage etc. À l'écart des autres hommes, des guerriers vindicatifs.

- Et aujourd'hui, ils semblent bien intégrés.

- Eh bien, ils travaillent beaucoup dans les restaurants, mais aussi les hôtels. Ils sont très convoités dans ce secteur, car ils sont très doués, comme tu as pu le voir par toi-même.

Mon ami m'impressionne par sa culture polynésienne. Il ne s'est pas simplement installé en tant que prof et moniteur, il s'est intégré dans la population en s'intéressant à leur style de vie et leur histoire. C'est ce que j'aime chez lui : il sait écouter les autres.

- Garçon, pourrait-on avoir des petites choses à grignoter avec nos verres ?

En disant le mot « garçon », soudain, j'ai vu Vianney me regarder en réalisant ce qu'il venait de dire. Après notre conversation, le mot en devenait bizarre...

Le garçon, disons plutôt le serveur pour faire simple, arrive avec nos boissons et quelques amuse-bouche en guise d'apéritifs. Puis, il note ce que nous choisissons rapidement : deux poissons crus, dont je suis devenue la première fan, un poulet Fafa pour Vianney et un autre poisson au curry. L'exotisme et la cuisine asiatique fonctionnent parfaitement.

Je lève mon verre, et aussi je demande, toute joyeuse :

- À quoi allons-nous trinquer ?

- À nous deux, à ton fils, à notre amour, à l'heureux hasard de notre rencontre, au temps présent tout simplement, à notre bonheur d'être ensemble ce soir ?

Cela fait beaucoup ! Je te laisse choisir ! répond-il, en levant également son verre de Martini.

- La dernière suggestion me plait bien. À ce bon moment passé ensemble ! Et à Vanuatu qui a invité Arthur et qui a ainsi rendu cette soirée possible ! je rajoute en souriant.

Après avoir trinqué verre contre verre, les yeux dans les yeux, je déguste quelques gorgées de pina-colada. Exquise, avec la bonne dose de rhum !

- Et si tu continuais ta palpitante jeunesse ? J'ai hâte d'en connaitre la suite ! je lui demande, impatiente.

- Palpitante, peut-être, mais pas des plus reluisantes, tu vas voir. A peine arrivés, mon frère et moi avons intégré le lycée militaire de Saint-Cyr, près de Versailles. Autant mon petit frère, de deux ans mon cadet, adorait tout ce qui était mili, autant moi, je ne supportais absolument pas la discipline du lycée. Sans parler de l'uniforme... Le niveau des cours était tellement élevé que nous étions largués. Nous avions accumulé un tel retard durant toutes ces années. En partie, je le reconnais maintenant, à l'école buissonnière que j'affectionnais tout particulièrement. Je préférais de très loin le club de plongée au collège ! J'arrive désormais à en rire, mais j'ai vraiment été malheureux dans ce lycée. J'en ai réellement voulu à ma mère de nous avoir mis dans cette institution. Elles ne nous voyaient qu'un week-end sur deux alors qu'elle habitait Paris ! Mais nous étions loin d'être ses priorités à cette époque et c'était un bon moyen pour se débarrasser de nous !

- Hum, ça sent la relation conflictuelle entre la mère et le fils ! C'est de l'histoire ancienne, ton désamour avec ta maman ou c'est toujours le cas ?

- Depuis notre retour en France, c'est resté compliqué. Je me suis senti trahi. Suite à ces années, j'ai réalisé que nous n'avons jamais été proches, contrairement à mon père. Mon frère et moi avons toujours été élevés par des nounous locales pendant que ma mère était toujours à courir le club des expatriés, les réceptions mondaines, nombreuses outre-mer. À chaque affectation, une nouvelle nounou ! N'importe quel psy y verrait une psychose de l'abandon ! Je te rassure, je ne suis pas un psychopathe qui a un problème d'enfance à régler avec sa mère ! me précise-t-il, en riant.

Je sens que Vianney a besoin de souffler. Il profite de son Martini pour digérer ce qu'il vient de me raconter. Une histoire familiale bien chaotique. De ce fait, je ressens de la souffrance dans son récit. Quoiqu'idyllique au premier abord, son enfance par monts et par vaux ne lui a pas laissé que des bons souvenirs, mais également des souvenirs au goût salé, avec une belle pointe d'amertume.

Posant son verre, il reprend :

- Et ensuite, elle a réussi, écoute bien, à se remarier avec un autre militaire, un copain de mon père qui lui a fait vivre exactement la même vie. Donc le prétexte que la vie de femme d'officier n'était pas fait pour elle ne tenait plus la route. Enfin, même si cela ne me regardait pas, elle m'a blessé !

Je réalise que Vianney n'a pas eu une jeunesse normale ni remplie d'amour comme a pu être la mienne. Entre leur retour en France, le lycée militaire et le divorce de ses parents, cela n'a pas dû être simple ! Derrière son côté baroudeur, mon ami cachait bel et bien des fêlures. Celles-ci mêmes qui laissaient transparaître ces voiles de tristesse que je devinais de temps en temps dans son regard.

- Et tu es resté longtemps au lycée militaire ?

- Non, heureusement ! me déclare-t-il, enfin tout sourire. Voir mon père seulement durant nos vacances d'été ne me suffisait évidemment pas ! Et la plongée me manquait terriblement. Je l'ai quitté au bout de deux ans, après maintes et maintes bêtises que je te raconterai peut-être un jour, mais pas ce soir, mon honneur serait mis à mal. Après avoir été puni et privé de sorties lors de nombreux week-ends, j'ai réussi enfin à me faire virer du lycée ! Il m'a fallu deux ans quand même ; ils étaient coriaces ! Mais j'ai réussi à les avoir à la longue ! continue Vianney en riant. Quand je leur ai rendu mon uniforme, ce fut une sacrée victoire.

- Ta vie est digne d'un roman du XIXe, je m'exclame en pensant à mes lectures de jeunesse, telles que *Notre prison est un royaume*, de Gilbert Cesbron ou *L'Enfant* de Jules Vallès. Pourquoi me cachais-tu tout ça ?

- Parce que je préfère t'écouter ! me répond-il en toute humilité. D'ailleurs, je parle trop ce soir... À ton tour !

- Tu ne peux pas t'arrêter, là ! Qu'es-tu devenu ? Je veux connaître la suite de l'histoire, dis-je, en le suppliant.

Je songeais à ma fille Marie qui, petite, pleurnichait systématiquement lorsque je lui annonçais qu'il était tard et qu'elle connaitrait la suite seulement le lendemain soir ! C'était devenu un jeu entre nous deux. À cette pensée, je souris. Vianney qui me regarde se méprend et me dit en riant :

- Ton sourire de petite fille est tellement craquant que je vais me résoudre à continuer !

Ainsi, tout en dégustant mon poisson, que le *rae rae* vient de m'apporter, tout ouïe, j'écoute Vianney me narrer la suite de sa vie que je trouve si romanesque. Je suis littéralement captivée !

- De peur que je vienne perturber sa nouvelle vie, ma mère m'a renvoyé chez mon père qui, entre temps, avait pris sa retraite de militaire et avait créé sa boite de plongée à la Réunion. Le pur bonheur pour moi qui partais le rejoindre !

- J'imagine ! Tout s'est bien terminé finalement ! je soupire, soulagée, me renvoyant à nouveau avec Marie, à la fin d'un conte qui se finissait bien.

- Oui ! Néanmoins, pour assurer ses arrières, mon père m'a fait signer un contrat. Comme pour ton fils.

C'est là que j'ai compris l'intérêt judicieux de cet outil ! Ou je travaillais et passais mon Bac ou je retournais au lycée militaire ! Bref, le choix était vite vu ! Ensuite, j'ai fait mes études de prof de sport, toujours à la Réunion, après avoir passé mon monitorat de plongée. Tu sais tout désormais sur moi, plus que je n'en sais sur ta vie finalement. Tu m'as parlé de l'accident, de ta vie d'avant, comme tu l'appelles, mais ton enfance, ta jeunesse ?

Et, ce fut mon tour de les lui raconter, beaucoup moins passionnantes et par conséquent plus rapides que les siennes !

Une brise se lève soudain. Un vrai bonheur ! Mon éventail, dont je ne me sépare jamais en ce moment, me soulageait de la chaleur de la nuit jusqu'à ce que les alizées nous rafraîchissent enfin ! Autre avantage de mon éventail, et pas des moindres, il me permet de me donner une contenance, dans les situations parfois cocasses. Et là, justement, je ne saurais dire si ce sont mes hormones, cette saison des pluies ou l'alcool qui me donnent l'impression que la température grimpe soudainement !

Notre dîner se déroule tranquillement au rythme de nos coups de fourchettes, de nos silences, de nos regards, du bruit des verres qui s'entrechoquent lorsque nous trinquons. En outre, les anecdotes de Vianney sur ses clients de l'hôtel, ses élèves et les parents apportent du piment à notre soirée… Je retiens tout particulièrement celle du chinois qui a sauté dans l'eau en oubliant ses bouteilles, et celle du japonais qui a confondu un dauphin avec un requin et qui a battu le record-de-vitesse-de-la-nage-avec-bouteilles, toujours poursuivi par le gentil mammifère, qui n'avait qu'une envie, s'amuser avec le touriste asiatique ! Et tant d'autres encore... Je me suis promise de les raconter à Arthur dès demain matin pour ne pas les oublier. Très impliqué dans le bénévolat local, sa vie sur l'île est par conséquent très riche en rencontres et en histoires parfois cocasses. Il me dit également apprécier la vie sur les îles. Il m'explique que les îliens sont des êtres extrêmement accueillants, à condition de leur montrer ta bonne volonté pour t'intégrer. Il ne faut pas attendre un geste de leur part, c'est à toi d'aller vers eux. Étonnée par cette remarque, je lui rétorque que, pour ma part, je les ai trouvés naturellement chaleureux dès notre arrivée. Mais c'est vrai que je suis là pour leur bibliothèque, donc forcément, j'ai fait immédiatement partie de la vie de Huahine. Par ailleurs, je repense aux deux Tahitiennes rencontrées dans le truck à Papeete. Elles avaient rapidement discuté avec moi et avaient été si gentilles avec Arthur. Quant à la tradition des colliers de fleurs, elle ne serait là que pour l'économie locale et les photos ? Je peine à le croire ! Je trouve Vianney un peu sévère, mais cette discussion est intéressante. Dès lors que le sujet porte sur la vie locale, je suis tout ouïe. Cette civilisation polynésienne ou *maho'i*, comme je l'ai appris récemment, m'intéresse plus que je ne l'aurais imaginé avant de m'installer. A Huahine, ils ont su conserver leurs coutumes, se préservant des autres civilisations qui auraient pu s'imposer, comme celle des *popaa* qui ne sont heureusement pas si nombreux ici.

Cela me donne une idée : faire un cocktail à la maison pour présenter à Nath toutes les personnes qui nous ont aidés depuis notre arrivée et pour les remercier. Tellement hâte de la voir… et de lui présenter Vianney. Je l'appellerai en rentrant !

Notre dessert arrive. Déjà ! Je n'ai pas vu le diner passer… Je repense à tout ce que m'a confié mon ami et une question me turlupine. Pourquoi avoir quitté La Réunion pour venir à Huahine ? Je la lui pose naturellement sans penser une seule seconde ce que Vianney allait me confier :

- Claire, en fait, je ne t'ai pas tout raconté, pensant avoir déjà trop monopolisé la parole ce soir, et surtout ne souhaitant pas te faire revivre une autre tragédie. Mais, puisque tu me poses la question, il n'est pas question de te laisser sans réponse. Et, j'aurais l'impression de manquer de sincérité avec toi. C'est la première fois que j'en parle depuis mon installation sur l'île, il y a deux ans. Personne ne sait ce qui m'a poussé à quitter La Réunion.

Je préfère alors ne pas intervenir. Ainsi, comprenant que mon silence est un encouragement à parler, Vianney commence :

- J'étais bien installé sur l'Ile de la Réunion. J'étais moniteur de plongée dans un club à temps plein. J'avais pris un congé particulier auprès de l'Éducation Nationale pour me consacrer exclusivement à ma passion. Avec mon père, nous avions créé une structure qui organisait des sorties privées à la journée, voire pour le week-end.

Notre affaire fonctionnait très bien et notre club était reconnu pour son sérieux, gage de succès pour un club de plongée. Bref, je m'éclatais ! Lorsqu'il s'agissait d'accompagner une famille entière, nous leur présentions un programme tout clé en main, avec des plongées plus ou moins profondes selon leur niveau. C'était vraiment chouette. Un jour, une famille de plongeurs, le couple et leurs trois enfants, un garçon de dix ans et deux filles, treize et quinze ans, arrivent à La Réunion pour un séjour de trois semaines. « Le voyage de leur vie », comme ils l'appelaient. Avant que leurs enfants soient blasés et qu'ils partent vivre leur vie. Ils se sont inscrits pour quatre jours de plongée. Ils avaient tous les cinq un bon niveau. C'était l'idéal pour moi pour leur organiser de belles sorties en mer ! Un bon niveau et homogène. Je les emmène le premier jour à Saint Paul, une plongée tranquille, de beaux poissons, une très jolie baie.

Au ton de sa voix et à son regard perdu, je sens la tragédie toute proche. Une de plus. Je bois ses paroles. J'attends ainsi la suite avec appréhension. Le stress me gagne, inéluctablement.

- Le lendemain, je les emmène sur une épave très bien conservée où se cachent une multitude de poissons, langoustes ... Ils en redemandent, tellement c'est beau ! Je décide alors le soir-même, de les emmener sur une barge peu profonde, posée sur un banc de sable. La nuit, ce peut être un vrai spectacle avec les dauphins qui s'y rendent très souvent. Ils me rejoignent au club, après s'être bien reposés. C'était la condition sine qua non pour replonger. La sortie commence comme prévu. Je les guide. Je les vois entrer dans la barge, nager au-dessus des raies qui se confondent avec le banc de sable volcanique. Puis, soudain, je vois Charles, le petit garçon, faire du surplace. Je le rejoins le pensant en pleine observation d'un poisson... Et là, je lui fais un signe de la main, avec notre langage de plongeur. Rien, aucune réponse. Pas de bulle. Je lui touche l'épaule. Aucune réaction ! J'ai alors compris. Très vite, je l'ai remonté ! La famille m'a vu et a suivi, évidemment. Remontés sur le bateau, je fais les premiers gestes, dont le massage cardiaque pendant que le père appelle les pompiers. Nous sommes rentrés aussi vite que possible. Le SAMU a pris le relais à notre arrivée au club. Il ne s'est jamais réveillé.

Vianney se tait. Je lui prends la main.

- Les parents m'ont fait un procès pour mise en danger de la vie d'autrui et homicide involontaire. « La sortie de nuit était celle de trop », prétextait leur avocat. Ce fut ma dernière plongée avant un bon moment. De toute façon, j'en étais interdit.

- Qu'a dit le jugement ? je lui demande, impatiente de connaitre le verdict.

- Après une autopsie, les experts médicaux ont déclaré que le petit garçon souffrait d'une malformation cardiaque qui n'avait pas été décelée auparavant. J'ai été mis hors de cause. Certes, je n'étais pas coupable. Mais, le regard inerte de Charles, sous l'eau, ne me quittera jamais. Quel que soit le verdict, j'ai brisé la vie de cette famille en les emmenant sur cette barge, cette nuit-là.

- On te l'a reproché ?

- Non, car elle n'était pas profonde, mais peu importe…

Je le comprends. La culpabilité est une maladie qui vous ronge de l'intérieur, petit à petit. Je lui prends les deux mains et les embrasse. Il me regarde, tente un sourire.

- Je ne te ferai pas l'affront de te répéter, ce que tant d'autres ont dû te dire, que tu n'étais pas coupable. Et tu le dis toi-même. Mais, je comprends. Je n'en peux plus des « Et si… » ! Et si j'étais allée chercher les enfants comme tous les soirs, et si j'avais déplacé mon rendez-vous de la banque, et si j'avais pris ma voiture et téléphoné à Pierre, mes enfants seraient toujours là… Je les connais, Vianney, tous ces si ! Il faut apprendre à vivre avec, sinon c'est la culpabilité qui te rongera toute ta vie.

Comment puis-je lui tenir ce discours moi qui n'ai que des regrets sur cette fameuse journée de l'accident… Mais, je le laisse murir ce que je viens de lui dire. Finalement, durant ce petit temps silencieux, je réalise que mes paroles me font du bien, à moi aussi. Qui ai-je consolé, raisonné ? Vianney ? Moi ? Les deux finalement.

Il me sourit, m'embrasse, pleure. C'est beau un homme qui pleure devant une femme…

Calmé, il reprend :

- Après le procès, j'ai voulu changer d'air.

- J'en connais une autre qui l'a fait.

- Comme je te l'ai appris, j'ai cherché une affectation, et voilà ! En reprenant mon activité de prof, cela m'a fait un bien fou. Mais, je n'ai pas replongé tout de suite. Il fallait que ça passe, la peur, le manque de confiance etc.

Mon Dieu ! Soudain, je réalise la situation dans laquelle je l'ai mis lorsque je lui ai parlé de l'article sur la plongée et les traumatismes, et surtout quand je l'ai supplié de plonger avec Arthur ! Un petit garçon du même âge ! En y repensant, je m'en veux de l'avoir mis dans cette situation qui l'a renvoyé à ce drame. Au point de se sentir très mal… Un AVC ? Non, c'était une vraie crise de panique ! Et je comprends mieux pourquoi l'homme assis en face de moi est si attentionné à notre égard, et surtout envers Arthur. Mon fils lui rappelle le petit plongeur. Dès notre rencontre sur le bateau, il a été attentif à Arthur, puis le lendemain lors du pique-nique. J'en avais été contente bien sûr, mais je me souviens de ma réflexion que je m'étais faite : « Pourquoi préfère-t-il la présence des enfants à celle des adultes ? » Par ce biais, cherche-t-il à réparer la mort de ce garçon dont il se sent encore responsable ? Inconsciemment peut-être…

Je lui fais part de ma réflexion et surtout de mon embarras :

- Je comprends désormais tellement ton hésitation. Ce petit garçon avait le même âge qu'Arthur. Tu aurais dû me raconter ton histoire et j'aurais compris évidemment... Tu avais peur de revivre la scène, qu'elle se reproduise ?

- Oui. Replonger avec un enfant, je ne l'avais jamais refait. Je ne voulais plus me mettre dans la même situation. J'avais beau me raisonner que Charles était malade lors de sa plongée, que c'était un cas rarissime, rien n'y faisait. J'en étais incapable. Bien qu'irraisonnée, la peur de revivre la même scène, le même traumatisme était plus forte que mon envie de plonger, ma passion. J'ai dû passer moi aussi par maintes et maintes thérapies pour gérer mon stress. Donc, quand tu me parlais de ton parcours du combattant pour trouver la bonne thérapie pour ton fils, je ne pouvais que comprendre. Mais, je n'osais pas encore te parler de moi. Et puis, mon père qui m'a beaucoup soutenu durant cette épreuve me disait que moins j'en parlerais, mieux ça vaudrait.

- Là, je t'arrête ! Après avoir subi un tel traumatisme, parler est la meilleure des thérapies. Et j'en parle en connaissance de cause. La preuve, je vais de mieux en mieux. En parler avec vous tous, Mana'arii, Mahine et les bénévoles, toi, surtout au bar des paillotes m'a libérée. Une vraie thérapie ! Ton père est une très belle personne, je n'en doute pas une seconde. Mais pas comme thérapeute ! L'écrivain espagnol Garcia Lorca disait que *« se taire et brûler de l'intérieur est la pire des punitions qu'on puisse s'infliger ».*

- Il a raison, ton écrivain, j'aurais dû me confier plus tôt… Mais encore faut-il avoir la bonne personne en face de soi ! me rétorque-t-il à juste titre. Sans mon père, je ne sais pas ce que je serais devenu. Durant tout le procès, il m'a fait une totale confiance et m'a beaucoup aidé moralement. Il a réussi, ensuite, à me remettre le pied à l'étrier, en replongeant avec lui, juste tous les deux dans un premier temps. De vrais moments de complicité qui me rappelaient nos sorties lorsque j'étais enfant et qu'il me transmettait sa passion.

- Ce n'est qu'ici que tu as pu replonger seul ?

- Oui. En arrivant ici, je ne connaissais personne. Il a bien fallu que je m'occupe ! ironise-t-il, avec un demi-sourire. Plus sérieusement, petit à petit, l'envie a regagné du terrain, et découvrir les spots de Huahine me démangeait terriblement ! Un autre point m'a beaucoup aidé en arrivant, c'était d'être un total inconnu sur l'île. Cela m'a permis de respirer, de revivre. D'ailleurs, c'est aussi pour cette raison que j'ai quitté La Réunion. Toute la population me connaissait avec le procès ; j'étais grillé en tant que moniteur, malgré le verdict. Je ne supportais plus d'entendre au téléphone que les clients ne voulaient pas de moi. Quitter le club, et surtout mon père, a été un vrai déchirement. Mais, il me fallait absolument quitter mon rocher, pour un autre, avec un immense océan entre les deux !

En l'écoutant, je réalisais le courage qu'il lui avait fallu pour quitter son île d'adoption, toutes ses attaches, ses amis, son père surtout. Et, également, je réalisais, à quel point, une passion peut vous maintenir en vie, même si un évènement de la vie vous amène à envisager le pire ! Pour Vianney, cette passion a été, bien sûr, la plongée. Pour moi, ce fut Arthur qui a été mon moteur, ma passion, et qui le sera toujours. *Mon fils, ma bataille*, une bien belle chanson qui me vient à l'esprit...

- Et ensuite, c'est l'hôtel qui t'a contacté, comme tu me l'avais expliqué ?

- Oui, mais assez récemment. J'ai longuement hésité à reprendre les cours. Heureusement, la confiance est revenue petit à petit, et, surtout, mon plaisir de transmettre, de partager ce sport unique l'a finalement emporté sur ma peur. Quand ils m'ont appelé, c'était le bon timing ; j'envisageais de reprendre mon activité de moniteur. Par contre, je leur ai imposé que je ne voulais que des adultes comme élèves. Cette condition les avait un peu embêtés. Mais, n'ayant personne d'autre, ils m'ont recruté.

- Mais, pourquoi ne pas m'avoir raconté ton histoire plus tôt ? Cela m'aurait permis de comprendre pas mal de choses de toi, de ta personnalité. J'avais bien senti de la tristesse en toi, même si tu la dissimulais bien. Mais, la vraie tristesse, on ne peut la cacher indéfiniment, elle ressort toujours d'une manière ou d'une autre !

- Je n'avais pas le courage de te partager mon propre traumatisme. Encore moins lorsque tu m'as raconté ce qui était arrivé à ta famille ! Et puis, comparé au tien, il me semblait tellement dérisoire.

Il s'arrête et se reprend :

- Non dérisoire n'est pas le bon terme. La mort d'un enfant n'est jamais dérisoire ! Il n'y a pas de mot, d'ailleurs. Bref, beaucoup moins grave… Je ne me voyais pas t'en parler sans culpabiliser. Alors, tu imagines, quand tu m'as demandé de m'occuper d'Arthur, de plonger avec lui en guise de thérapie, ce fut une véritable claque pour moi, un réel cas de conscience. Que devais-je faire ? Tout te raconter et refuser ? J'étais malheureux d'envisager de vous abandonner ! Tout te raconter et accepter ta demande ? M'aurais-tu fait confiance, après mon récit de tout à l'heure ? Surtout après avoir perdu deux enfants ? Pas sûre, et je t'aurais comprise ! Dernière option : me taire et accepter, pour Arthur. J'ai enfoui ma crainte tout au fond de l'eau et je me suis lancé. Ce soir-là, comment ne pas entendre ta supplication, surtout après avoir vu la crise d'Arthur ? Je ne pouvais refuser… Je comprendrais que tu m'en veuilles de ne pas t'avoir mise au courant avant de plonger avec ton fils. Mais, sache qu'avec le recul, je réalise que cette demande a été le plus beau cadeau que tu pouvais me faire. Replonger avec un enfant, revivre ses extases, son émerveillement, et surtout, le sortir lui aussi de son traumatisme. Finalement, j'ai également vécu ma propre thérapie. En secret !

Comme réponse, pour lui témoigner que je ne lui en veux absolument pas, je me lève, m'installe sur ses genoux et l'embrasse. Tant pis pour les regards qui se sont aussitôt rivés sur nous ! Des regards sûrement jaloux et envieux…

Le *rae rae* arrive à cet instant avec notre dessert et nous déclare de sa voix fluette :

- Vous êtes beaux tous les deux. Vous avez bien de la chance !

Sur ce compliment, tellement inattendu, après toutes ces confidences si émouvantes, nous nous mettons à rire franchement !

- Et si nous partions ? me propose-t-il.

- Chez qui ?

- Chez moi ?

- Allons-y ! je m'empresse de répondre à son invitation, de peur de la refuser si j'attends quelques secondes de plus.

Un quart d'heure plus tard, c'est donc chez Vianney que nous arrivons. Une jolie petite maison, de plain-pied, typique de l'île, mais d'un style tout autre que mon faré. Les phares de la jeep éclairent une façade toute blanche qui me fait aussitôt penser aux habitations de Louisiane, celles que l'on voit dans les films. Une jolie galerie couverte, légèrement surélevée par rapport au jardin, entoure toute la maison construite en bois. Une frise décore harmonieusement la toiture. Ébahie, je m'exclame :

- Tu m'avais caché également que tu habitais une aussi jolie maison !

- Moi, te cacher quelque chose ? Jamais ! plaisante-t-il. C'est vrai qu'elle est charmante. C'est une maison coloniale de 1894 d'un administrateur de l'île. C'est écrit sur le fronton. Elle venait de se libérer quand je cherchais une location. Coup de bol ! Mais, je n'ai pas la plage comme toi, au bout de mon jardin, ajoute-t-il avec regrets.

Vianney m'invite à rentrer. La déco est tout aussi coloniale. Charmante ! Un vrai coup de cœur !

Mais, je sens que mon hôte n'a qu'une hâte : me faire visiter sa chambre ! Il me prend la main et m'invite à le suivre. Ne vais-je pas trop vite ? Cela ne fait pas un an que Pierre m'a quittée. Et je me jetterais dans les bras d'un autre homme ? L'alcool euphorisant mais s'atténuant, je réalise ce que je m'apprête à faire… Vianney sent que ma main ne le suit pas, résiste. Il me regarde, percevant mon doute. Il ne dit rien, n'insiste pas, toujours dans la délicatesse. Je ne veux pas me réveiller demain matin et me reprocher d'avoir oublié si vite Pierre, voire de l'avoir trompé. Mon cœur me crie d'attendre encore un peu, mon corps me hurle d'y aller. Pourquoi ce déchirement toujours et encore ? Serai-je capable d'oublier les caresses de Pierre quand les mains de Vianney découvriront chacune des parcelles de mon corps ? Toutes ces sensations, il ne les a pas encore oubliées. Elles sont enfouies en moi ! Doucement, je retire ma main de la sienne. Je ressens de la honte à cet instant. Pourquoi d'ailleurs ? Honteuse de ne pas me sentir prête ? Alors que je devrais être fière d'avoir écouté mon ressenti. Je suis lasse de ces déchirements continuels. Quand m'autoriserai-je le droit d'être à nouveau une femme et non plus une veuve ? Que je déteste ce mot !

Embarrassé, Vianney me regarde, ne sachant comment réagir. Je lui explique que je ne me refuse pas à lui mais que mon cœur n'est pas encore assez disponible… Comprend-il la nuance ? Il semble que oui puisqu'il me sourit. Je l'embrasse, puis gênée, lui déclare que je préfère rentrer. Je suis triste en le lui disant. Finalement nous sommes deux esseulés malheureux en cette fin de soirée. *« Bravo, Claire ! Quel gâchis ! »* Où est passée l'euphorie du dîner ? Il prend ses clés et me raccompagne. Sur le chemin du retour, il me rassure, m'expliquant qu'il comprend et qu'il patientera… En l'écoutant, je réalise que ces mots ne m'étonnent pas. Vianney est si attentionné que je ne pouvais pas en attendre moins de sa part. Et au fond de moi, je suis soulagée de les entendre.

Soudain, en ouvrant la porte du faré, je pense à la future maman que, égoïstement, j'ai oublié d'appeler. Tant pis, Nath attendra douze heures de plus avant de connaitre la bonne nouvelle !

Chapitre 12

Il fait encore nuit. Il est encore tôt. Quelle heure peut-il être ? Je regarde mon portable. 5h30 ! Un samedi matin ! A tous les coups, c'est ce satané coq des voisins qui m'a réveillée. Je le maudis, je vais finir par lui tordre le cou et m'en faire un coq au vin ! Ici, les coqs chantent à n'importe quelle heure, de jour comme de nuit. Ils n'ont rien compris ! Les locaux disent qu'ils ont du mal avec le décalage horaire ! Je décide finalement de me lever, constatant que je suis pleinement réveillée. Maudit coq !

Mes pensées vont aussitôt vers Nathalie que j'ai appelée hier matin en visio, après ma nuit en solitaire. Il a fallu que j'atterrisse pour lui parler sérieusement de ce projet de bébé. Car, entre le restaurant et toutes les fortes émotions de la soirée, j'ai volé d'un petit nuage à un autre !

A l'annonce que je lui avais peut-être trouvé un bébé à adopter - et j'ai bien insisté sur « le peut-être » - Nath en est restée bouche-bée. Je n'avais plus personne au téléphone, hormis un grand silence. Il faut dire que c'était une sacrée surprise ! Et, en raison des circonstances que je lui ai bien expliquées, de l'incertitude de la suite de cette nouvelle, elle ne savait comment réagir : exploser de joie, rester prudente, y croire un peu… Ce qui était prévisible ! Puis, après ces quelques minutes de silence qui me parurent extrêmement longues, elle s'est finalement mise à pleurer. A des milliers de kilomètres l'une de l'autre, quelle frustration de ne pouvoir la prendre dans mes bras ! Nous partagions une joie si intense… Rarement je n'ai ressenti un tel bonheur en dehors de ma famille. Rien que d'y penser, j'en ai encore les larmes aux yeux. Se remettant difficilement de ses émotions, je lui ai alors dit d'aller boire un verre ! Je la connais, ma Nath ! Rien de tel qu'un verre de whisky. Enfin remise de ses émotions, j'ai pu lui expliquer le contexte, la tradition locale, les conditions, et, surtout, la nécessaire confirmation de la grand-mère… Bref, j'essayais, tant bien que mal, de la prévenir que celle-ci pouvait refuser ! Donc pas d'emballement ! Moi-même, je n'osais imaginer cette dernière éventualité, tellement je voyais mon amie heureuse, et ce mot est un euphémisme au regard de sa joie et de son émotion encore palpable. Comment pourrais-je lui annoncer que finalement ce bébé ne sera pas pour elle ? Non, impossible ! Quelle pression sur mes frêles épaules... Je l'ai quittée en lui promettant du nouveau. Rapidement...

Arthur dort. Comme un nouveau-né. Il a cette chance, lui ! Et, comme tous les week-ends désormais, il se lèvera juste avant le déjeuner. A Bordeaux, cela m'insupportait de voir Paul se lever à pas d'heures ! D'ailleurs, c'était une source de conflit entre nous. Avec Arthur, les priorités sont tellement différentes... Ici, la vie elle-même est différente ! Elle est *fiu !* comme ils disent à Huahine Qu'il en profite donc. Il n'en sera pas toujours ainsi... S'il nous voit, Paul doit être vert de jalousie envers son petit frère. J'espère que là-haut, il peut se rattraper, qu'il peut faire toutes les « grasses mats » qu'il souhaite. Mais, surtout, qu'il me pardonne cette injustice à son égard ! J'aime à les imaginer, là-haut. Là-haut, façon de parler... Où sont-ils en vrai ? Où sont parties leurs âmes ? C'est tellement dur de *croire*, mais si reposant et un tel soulagement dans ces moments si compliqués de la vie. C'est un beau cadeau que m'ont offert mes parents en me transmettant leur foi. Mais, ensuite, c'est bien joli... « *Où est le mode d'emploi ?* » *C*'est vrai, comment savoir gérer l'après quand ils partent ? Pour aller où, quand, comment ? Tellement complexe, cette histoire !

En pleine réflexion métaphysique, j'aperçois de la baie vitrée du salon, au loin, un bout de ciel rose. J'aime à rêver, égoïstement, que le soleil s'est décidé rien que pour moi à pointer le bout de son nez. Ou bien serait-ce un petit clin d'œil de Paul ? Quoi qu'il en soit, je décide de vite m'habiller en vue d'une petite balade matinale. Je retourne dans ma chambre, sans faire de bruit bien sûr. La petite robe posée sur ma chaise ira très bien. Pas de chichi à cette heure-là, je ne risque pas de croiser grand monde ! Une tasse de café vite avalée, puis je me dirige vers la plage. Celle-ci est bien sûr déserte à l'heure qu'il est. Mes tongs à la main, les pieds dans l'eau, je savoure ce calme. Pas un seul murmure, pas un seul bruissement dans les palmes, à peine si j'entends les vagues de l'océan se casser sur la barrière, ce dernier étant particulièrement *Pacifique* ce matin. Les oiseaux eux-mêmes se taisent. Tous les éléments de la nature se sont concertés pour m'offrir ce temps calme. Serait-ce le calme avant la tempête ? En me faisant cette réflexion, je me rappelle ce que Vianney m'a appris au sujet des animaux. Ils sont capables de prédire un cyclone et qu'alors, ils se taisent tous. Ce doit être terrifiant ! Mais, pour l'instant, savourons ce plaisir !

Je regarde à droite, à gauche, ne sachant quelle direction prendre. J'hésite. J'aperçois la plage de la petite baie voisine qui se dessine entre les troncs des cocotiers. Curieuse de la découvrir, j'opte pour cette marche que j'estime d'une petite heure aller-retour. J'ai donc largement le temps et Arthur est parti pour dormir encore et encore…

Quel bonheur que je savoure égoïstement, rien que pour moi ! Personne. Ah si ! Sur l'autre plage, je rencontre un très jeune pêcheur, âgé à peine de vingt ans, qui met sa pirogue à l'eau. Tandis qu'il finit de préparer son matériel, j'observe un objet Posé au milieu des filets qui recouvrent une partie du fond de l'embarcation, en *pandanus* et en forme de cône, il m'intrigue. Curieuse par nature, je lui demande à quoi il sert. Très gentiment, passionné par son activité, il m'explique en quoi consiste sa pêche, encore atypique sur l'île. Il y a deux ans, il a construit de ses propres mains un parc à poissons, comme il l'appelle. C'est son grand-père qui l'a initié à cette pratique. Et, chaque matin, Vaiarii, c'est son nom, a ainsi rendez-vous avec « *son trésor du jour* ». Il me précise qu'il y va cette fois-ci pour remplacer une nasse que les petits requins abîment régulièrement en tentant de manger les poissons, prisonniers du parc, et de ce fait, leur garde-manger, plaisante-t-il pour finir.

J'apprécie cette conversation au pied levé. En utilisant cette expression, je m'amuse en pensant qu'à cette heure matinale, c'est vraiment le cas ! Après l'avoir remercié, je laisse ce jeune pêcheur partir sur sa pirogue. Vendant son poisson frais, tous les jours, sur le marché quotidien de Fare, je lui ai promis de l'y retrouver très bientôt. Cela me fait plaisir de voir un jeune s'impliquer dans une profession qui lui plait et qui perpétue la tradition polynésienne. Ce serait tellement dommage que ces traditions disparaissent au bénéfice d'une pêche industrielle !

Tout en revenant, je l'observe de loin, ramant de façon régulière, comme seuls les polynésiens savent le faire sur leur embarcation longiligne. Puis, je l'ai vu jeter l'ancre et plonger…

Après cette jolie rencontre, sur le chemin du retour, je pourrais marcher dans les traces que j'ai laissées tout à l'heure sur le sable. Il est encore tôt, 7h00. A part moi, personne d'autre n'a foulé la plage de notre petite baie. Ces traces qui parsèment la plage sont les miennes, pour peu de temps. Je m'amuse donc à y mettre mes pieds nus et à inverser leur sens. Ici, les marées n'existent pas ou très peu. Ce n'est pas comme en Bretagne où les beaux châteaux de sable sont éphémères, la mer détruisant les belles constructions pour lesquelles des enfants auront consacré une après-midi entière. J'apprécie alors à juste titre leur patience, leur imagination, leur savoir-faire de petit architecte en herbes. Dans ces moments-là, la mer est bien ingrate… En mettant mes pas, non pas dans ceux des autres mais dans les miens, j'y vois une belle image… J'ai reconstruit ma vie en suivant mon propre instinct qui me dictait quel chemin prendre pour ma guérison et celle d'Arthur. En venant sur cette île, j'ai laissé derrière moi tous les avis, tous les conseils, toutes les conversations, les lettres, les mails, les sms qui me culpabilisaient, qui m'incitaient à ne pas faire cette folie de partir. Quelle folie ? Je me mets soudain à enfoncer encore plus mes pieds dans mes anciennes traces pour affirmer que la décision de venir ici était la meilleure.

Arrivée au niveau du faré, je guette un mouvement. Pas d'Arthur. Il dort. Je m'accorde une petite folie, en ayant pris soin de bien vérifier qu'il n'y avait personne d'autres dans les environs ! J'enlève ma petite robe à bretelles ainsi que mon slip. Je les jette sur mon cocotier, puis je cours pour m'enfoncer le plus rapidement possible dans l'eau. Un vrai bonheur, que je trouve absolument jouissif ! Pierre aurait adoré ce petit moment par son côté inattendu, irréfléchi, déraisonné. Déraisonnable ? Comment se serait-il terminé ? Je me l'imagine le plus osé possible ! Je ris toute seule, mais, quel bonheur d'être en totale communion avec Pierre. Je prends mon temps, savoure cet instant volé. Je le vis pour nous deux ! Je prends de plus en plus conscience que mes trois êtres les plus chers continuent à vivre à mes côtés. Il m'a fallu du temps. Ce n'est pas dans les premiers mois que c'est possible et même envisageable. Les souvenirs, ce sont eux qui leur permettent d'*exister*. A moi de les faire vivre, d'en parler, de leur parler, de transformer le plus petit détail en une priorité à conserver précieusement. Car, ce sont les détails qui remplissent une vie, comme ces grains de sable qui à terme font une plage.

Vianney m'en voudrait-il de penser à Pierre comme je viens de le faire ? Il sait que mon mari est encore et sera toujours présent dans ma vie. Mais, est-ce la peine de lui parler de ces moments si intimes ? Est-ce la peine de lui faire mal ? En aucun cas, je ne lui en parlerai. Ce n'est pas le tromper, c'est le préserver de mes petits secrets…

Je me fais une raison et finis par sortir de l'eau, me promettant de revivre ces instants magiques. C'est toute salée, mais vêtue de ma robe que je rentre dans le faré. Avant de prendre une douche, je me dirige vers la chambre d'Arthur, ouvre la porte le plus doucement possible, puis jette un œil.

Personne !

J'ouvre la porte en grand cette fois-ci, soulève le drap, hurle son prénom, fouille le faré, en ressors, cours comme une folle, criant à nouveau « Arthur », à m'égosiller tellement je crie, hystérique ! Je fonce sur la plage, regarde partout, scrutant le moindre petit mouvement. Sur le sable, dans l'eau. Je crie à nouveau. Mais, rien, personne ! Le bord de la plage est tout aussi calme que tout à l'heure. Je souhaiterais tellement y voir de la vie, désormais !

Je saisis mon téléphone du fond de ma poche, puis m'apprête à appeler… Et, là, je réalise que je ne sais même pas à qui téléphoner. Vianney est en mer ! Mana'Arii, c'est l'autre nom qui me vient en tête ! La tonalité… ouf, son téléphone n'est pas éteint ! Il décroche ; je lui annonce aussitôt la disparition d'Arthur. Il tente de me calmer, il m'assure de s'en occuper, en contactant d'abord les gendarmes de Fare. Enfin, il me dit de raccrocher et qu'il arrive.

« *Vianney, pourquoi n'es-tu pas là aujourd'hui ? C'est toi que je voudrais à mes côtés…* » Je lui envoie un sms, *Appelle-moi, stp* ! Vianney est parti très tôt ce matin pour une journée entière de plongée avec des américains. Il ne verra donc mon message que très tard ce soir.

D'ici là, que se sera-t-il passé ?

Je m'écroule sur la première chaise de jardin qui se trouve près de moi, mes jambes ne me soutenant plus. Je regarde la mer, hagarde, puis je m'effondre. Je pleure. Alors que les larmes coulent, la culpabilité me gagne. *« Comment as-tu pu laisser ton fils seul ? Comment as-tu pu le quitter, ne serait-ce qu'un instant, lui qui panique dès que tu disparais sans l'avoir prévenu ? Alors que c'est la règle n° 1 ! Quelle égoïste es-tu ! »* Je l'imagine sortir de son lit et m'appeler, partout, paniqué ! Où est-il passé ? Et s'il était parti vers la mer ? Quand une crise le submerge, Arthur ne réfléchit pas, n'a aucune conscience du danger, de son environnement, il peut partir droit devant lui, sans but précis, sans savoir où il va ! Ici, il ne connait que quelques endroits : la plage, le jardin, quelques maisons de copains et le collège ! C'est tout !

Soudain, j'entends des véhicules s'engager sur l'allée. Je vois Mana'arii qui en sort le premier, suivi par des gendarmes. A la vue de ces militaires, je m'effondre à nouveau, me passant en revue tous les scénarii, et bien entendu, les plus sombres. La culpabilisation laisse la place à la panique… Le maire s'assied à côté de moi et me demande s'il y a du nouveau. Je fais non de la tête. Il m'explique que l'officier de gendarmerie qui est en charge de l'île est au courant de ma situation, de notre arrivée récente et surtout du handicap d'Arthur. Il m'annonce également qu'il me posera des questions et qu'il me faudra être la plus précise possible pour aider ses hommes à retrouver mon fils.

- Je comprends, j'arrive à lui répondre entre deux sanglots.

- Je resterai à tes côtés, nous le retrouverons, il ne peut être bien loin, ton petit bonhomme, ne t'inquiète pas ! Et Ahutiare nous rejoint...

Je le remercie pour sa présence. Et sa voix calme et posée m'apaise. Mes sanglots d'eux-mêmes s'espacent. Il pose sa main sur mon épaule.

L'officier s'avance vers nous, prend une chaise, puis se présente. Il commence par vérifier ce qu'il sait de notre arrivée et des circonstances. Je lui suis reconnaissant de ne pas transformer mon histoire en tragédie grecque. Il s'en tient au factuel. Puis, il aborde les premières questions, en me demandant comment s'est déroulée la découverte de la disparition d'Arthur. Je lui raconte mon réveil matinal, mon envie de me balader sur la plage. Puis, remplie de regrets, de ma décision d'aller jusqu'à la petite baie voisine. Je lui précise les derniers réveils tardifs de mon fils, comme pour me disculper et me déculpabiliser. Mais cela ne fonctionne pas. Au contraire, cela a pour effet de me faire à nouveau craquer. Réussissant à me calmer, il poursuit :

- A quelle heure avez-vous réalisé que votre fils n'était plus là ?

- Vers 7h00, je pense.

- La veille, la journée s'était bien passée ?

- Oui, une journée classique, que l'on peut passer ici.

- Donc rien de particulier ne pousserait Arthur à fuguer ?

Je lui glisse que le terme *fuguer* pour un enfant de dix ans, perturbé et autiste, n'est pas le mot le plus approprié.

- Perturbé et autiste ? m'interrompt-il, soudain.

Mana'Arii m'indique qu'il n'a pas eu le temps de tout raconter, tout en s'excusant… Et me voilà à devoir, une fois de plus, tout raconter des problèmes d'Arthur à cet officier de gendarmerie. Je me surprends à ressentir de la colère au milieu de la culpabilité et l'inquiétude.

- Evidemment, cela change bien des choses, réplique le gendarme, pensif et inquiet.

- Mon fils va mieux, je rajoute aussitôt, refusant qu'il stigmatise Arthur.

- Quel vêtement portait-il en dernier ?

- S'il est parti en pyjama, c'est avec un t-shirt bleu marine et un short bleu clair, à rayures, avec j'espère, ses tennis blanches. Je vais voir !

- Je vous accompagne, et je vous demanderai une photo de lui, la plus récente.

Après avoir vérifié que c'était bien dans cette tenue qu'il était parti, le gendarme a récupéré une photo d'Arthur. Prise par Nath, peu de temps avant de quitter Bordeaux. Si j'avais imaginé à quoi elle servirait !

Revenue dans le jardin avec Mana'Arii, je vois les gendarmes écouter leur officier, puis s'organiser en plusieurs groupes. J'ai l'impression d'avoir vu ce genre de scènes tellement de fois à la télé... Je vis un vrai cauchemar ! Ils se dispersent, certains partant vers la route, d'autres vers la mer, vers cette petite baie, que je préfèrerais ne jamais avoir vue, ou vers l'autre côté qu'Arthur et moi connaissons bien car il nous amène à l'hôtel de Vianney. C'est cette option que l'officier a privilégiée... Pourvu qu'il ait raison ! En plus de ce dernier, seuls deux ou trois gendarmes restent près de leur véhicule ; ils lisent une carte d'Etat-Major, dépliée sur le capot.

« *Où es-tu, Arthur ?* ». Je me remets à pleurer. « *Pierre, aide-moi !* » Mana'Arii se tait, m'offrant juste sa présence. Qu'elle est loin ma balade de ce matin ! Mais, je sais, ô combien, à quel point une journée idéale peut virer au cauchemar...

Mon compagnon de soutien me propose d'aller m'allonger. J'en suis bien incapable. Aller m'allonger, c'est abandonner Arthur, c'est abandonner tout court. Je dois rester en alerte, réfléchir. Oui, réfléchir. Arthur ne fait jamais rien par hasard. Même si cette brusque idée de fuir lui est déjà arrivée parfois. La dernière fois qu'il a disparu ainsi, sans nous prévenir, c'était lors de notre dernier été en Bretagne. Passionné d'astronomie, Arthur avait eu la bonne idée de sortir une nuit pour observer la fameuse Nuit des étoiles. C'est Paul qui nous a menés sur la bonne piste, nous expliquant avoir vu avec Arthur, en cachette, passons sur ce détail, le dernier épisode de Star Wars. Seul son grand frère pouvait en discuter avec Arthur, ayant cette passion en commun, la science-fiction et l'Univers. Et il avait vu juste, car nous avons retrouvé Arthur dans son sac de couchage, tout seul avec son télescope, au milieu du champ qui jouxte la propriété de mes beaux-parents. En plein milieu des vaches qui broutaient l'herbe autour de lui ! Bref, un bon dénouement et un beau fou-rire familial ! Mais là, toute seule, je dois rechercher le moindre indice.

« *Réfléchis, nom d'une pipe ! De quoi avez-vous parlé hier, avant-hier, ces derniers jours ?*» Je tente de me remémorer ce que nous avons fait, vu, entendu. N'ayant pas de télé, il s'agit forcément d'une de ses lectures, d'un de ses podcasts, que nous écoutons parfois ensemble. La nature, c'est sa nouvelle passion. Il découvre chaque jour un nouvel oiseau, un nouvel insecte, un nouvel arbre... Sa préférence va pour le podcast « Naturez-vous » sur la faune et la flore des îles tropicales. Grâce à sa mémoire supérieure à la moyenne, mon fils est une vraie éponge. Il enregistre tout. Au point qu'Arthur en sait parfois plus que l'animateur : mon petit scientifique n'hésite pas à compléter ses informations par un petit détail, voire à le contester en le corrigeant. Arthur est tellement étonnant, si déstabilisant ! Il ne parle pas beaucoup, mais il enregistre tout... Malheureusement, comme beaucoup de ces jeunes autistes Asperger, il est souvent pris pour un enfant imbu de sa personne, voulant étaler sa science. Tout le contraire d'Arthur, c'est spontané chez lui ! Serait-ce cette émission que nous avons écoutée hier soir sur les arbres primaires ? Et plus particulièrement le ... Flûte ! Quel est son nom déjà ? Le tia... que l'on ne trouve, justement, que sur une plage de Huahine. Il a même cité le nom de ce lieu incroyable dans le podcast. Et Arthur a aussitôt regardé où il se trouvait ! C'est une plage. Je lui ai promis que nous irions pour qu'il puisse étudier cette variété. Serait-ce là qu'il se trouve ? Je ne sais même pas où elle est, cette foutue plage ! Je n'ai écouté que d'une oreille... Si j'avais su ! Mais, s'il fallait écouter toutes ses émissions, je serais une encyclopédie ! Mais, suis-je bête... Il suffit de la réécouter cette émission ! Je prends mon portable, fais défiler les podcasts, puis arrive sur le bon. Je fais avancer l'émission jusqu'à arriver au bon endroit, c'était à la moitié de l'émission. Je l'écoute plus attentivement que la dernière fois. ! Mana'arii m'observe, tout étonné de me voir écouter une émission sur la flore de son île, alors que mon fils a disparu. Je le rassure en lui soufflant que je pense où Arthur s'est rendu. Ça y est, j'ai le nom de la plage : la plage d'Avea !

Je me lève. Inquiet, Mana'Arii me demande si ça va. Je lui demande de venir avec moi. Nous nous dirigeons vers les gendarmes qui échangent avec leurs collègues par talkie-walkie. Je fais un signe à leur officier qui arrête sa conversation et qui me rejoint aussitôt.

- C'est loin la plage d'Avea ?

Mana'Arii et le militaire se regardent. Je devine leur interrogation : « Pourquoi nous sort-elle un nom de plage, alors que la moitié de l'île est à la recherche de son fils ? » Pas trop le moment, en effet, d'envisager une partie de bain de soleil ! Je comprends rapidement leur incompréhension, et leur explique le contexte, le pourquoi du nom d'Avea, le podcast, le mode opératoire d'Arthur, tout ce qui pourrait prouver le sérieux de ma supposition.

Encore sceptique, le gendarme me toise, puis me déclare :

- Ce n'est pas tout près ! Une bonne vingtaine de kilomètres. Beaucoup pour un enfant de dix ans, et surtout ne connaissant pas l'île !

- Mon fils marche bien, nous faisions des rando en famille à la montagne. Quant à l'endroit, Arthur avait regardé sur une carte où la plage se situe. Et, ce n'est pas un cerveau que mon fils a, c'est un GPS !

Impatiente, j'ajoute plus sèchement que je ne l'aurais souhaité en réalité :

- Et, l'intuition dans vos enquêtes, vous ne vous en servez jamais ?

Je vois Mana'arii plonger du nez vers ses chaussures de marche, l'officier n'ayant certainement pas l'habitude de se voir donner des leçons, en particulier par une femme ! Mais, cela a fini par payer puisqu'il appelle une patrouille positionnée dans le sud de l'île, en leur ordonnant de se diriger vers la plage d'Avea, puis de la quitter pour remonter par la route vers le Fare.

- Allons-y, pesta le commandant, montons dans ma voiture.

Mana'arii me fait un clin d'œil en souriant. Quant à moi, je retrouverai le sourire quand je serrerai mon fils dans mes bras. Au bout de dix minutes, nous croisons la patrouille contactée par notre chauffeur. Je vois immédiatement que mon fils n'est pas dans leur jeep.

Je réfléchis rapidement...

- Y a-t-il un autre chemin pour y accéder, autre que la route ? je demande à Mana'arii.

- Oui, un GR, bien dissimulé dans la nature et que ton fils ne connait pas, réagit celui-ci, peu convaincu. Mais, je sais, ton fils a un GPS intégré ! Alors, pourquoi pas ? continue-t-il, avec son sourire toujours aussi rassurant.

Afin de ne pas braquer définitivement le militaire, il préfère cette fois en discuter lui-même avec celui-ci. Mana'arii sort de la voiture et part expliquer ma nouvelle théorie au gradé. Je les observe, les vois sortir une carte et la lire.

Ils discutent, parlementent. Que de temps à palabrer ! Je ronge mon frein et reste patiemment dans la voiture. Je devine que Mana'Arii tente de convaincre son interlocuteur qui semble écouter les arguments du maire avec plus de sérieux que les miens ! La vexation, ce sera pour plus tard, l'essentiel étant qu'il soit entendu...

Je les vois revenir tous les deux.

- J'ai ordonné à ma patrouille de partir vers le début du GR qui est à quelques kilomètres au-dessus de nous. Nous sommes passés devant. Cela expliquerait, *éventuellement*, continua-t-il en insistant sur ce dernier mot, que nous ne l'ayons pas vu.

- Et, nous ? Nous n'y allons pas ? je riposte.

- Non, *madame* ! me répond-il, en insistant tout autant sur ce dernier mot. Nous attendrons les nouvelles chez vous !

Puis, je l'entends grommeler à son volant. Et, en plus, il est misogyne ! Devinant mon exaspération, Mana'arii prend ma main, me signifiant par ce geste qu'il vaut mieux que je n'insiste pas.

Ce que j'accepte... Après être rentrés chez nous, je propose à eux deux une bière en guise de calumet de la paix.

Je pars ensuite seule rejoindre ma plage, l'unique endroit qui peut m'apaiser en ces moments plus que stressants. Comment ai-je encore cette force de ne pas m'écrouler ? Où est-ce que je la trouve ? Mon corps doit puiser dans les nouvelles réserves que je lui ai accordées ces derniers mois. Aurais-je nommé cette île un peu trop vite « l'île du bonheur » ? Amener mon fils ici était-elle finalement la plus grosse erreur que je pouvais faire ? Toutes mes convictions sont soudain totalement remises en question. « *Peut-être aurais tu dû écouter tes amis qui te conseillaient, qui essayaient de te persuader que c'était une folie ? Un pays inconnu, pour ton fils ? Alors qu'il est complètement déboussolé ? Mais, non, comme d'habitude, tu n'en as fait qu'à ta tête ! N'écoutant que ton envie de changer d'air* !» Contrairement à ce matin, je n'admire pas le lagon et ses superbes couleurs habituelles car à cet instant précis, j'y retrouve les mêmes couleurs que la mer d'Iroise quand la tempête fait rage, grise comme un ciel triste, et blanche par ses vagues furieuses. Je prends alors la ferme décision que nous rentrerons en France dès que j'aurais récupéré mon fils. Il y retrouvera ses repères. Si les gendarmes le retrouvent...

Je me suis endormie. Un *tifaïfaï* recouvre mon corps. J'ouvre les yeux. Ahutiare est assise à côté de moi. Elle me sourit. Je lui demande aussitôt combien d'heures j'ai dormi :

- Trois longues heures, me répond-elle, calmement.

- Aussi longtemps ? je dis en me redressant, paniquée. Comment ai-je fait pour dormir ? Alors que cela fait six heures interminables qu'Arthur a disparu. Qu'il est seul, lui qui ne supporte plus la solitude, elle qui l'effraie plus que tout ! Je m'en veux tellement...

- Finalement, n'est-ce pas mieux ainsi ? Les émotions épuisent, mais tu le sais tellement mieux que moi. Et le temps est passé plus vite pour toi ! Ne t'inquiète pas, les gendarmes et les amis de Mana'Arii font tout ce qu'ils peuvent. Ils vont le retrouver, ton petit homme, ton *nino*.

- Les amis de ton mari ? Il ne m'a rien dit ! je réagis, surprise par cette annonce.

- Ce sont ceux que tu as rencontrés au *tamara'a.* Dès que Mana'arii les a prévenus, ils se sont aussitôt mis à la recherche de ton fils. Tu sais, ton histoire a ému beaucoup l'île. Et ici, les enfants sont sacrés !

- Toute l'île sait pour moi ? je demande, gênée que ma situation se soit si vite ébruitée.

- Tu sais, nous sommes sur une petite île, tout se sait ! Et les mamas polynésiennes sont tellement bavardes qu'elles sont appelées *Radio cocotiers*, plaisante-t-elle.

Je lui suis reconnaissante de tenter de me distraire.

- Il faut que tu manges quelque chose, Claire, me conseille Ahutiare de sa voix chantante. Tu ne tiendras pas longtemps, tu dois garder des forces en toi.

Soudain, nous entendons toutes les deux une voix derrière nous. Nous nous retournons. C'est Mana'arii qui, de la maison, fait de grands gestes. Que veut-il nous dire ? Que signifient ces gesticulations ? Sont-elles signe de bonne ou mauvaise nouvelle ? Je n'arrive pas à voir de la plage. Nous nous levons précipitamment pour le rejoindre. Je me mets à courir, Ahutiare à mes côtés. Je peux enfin voir son mari me sourire et me crier :

- Ton fils a été retrouvé ! Il va bien, fatigué, mais ça va ! nous apprend-il, joyeux.

Je me jette dans ses bras, tellement soulagée. Ahutiare avait raison en disant que ces émotions m'avaient exténuée, mais la dernière me réveille soudain de ma léthargie.

- Ton instinct maternel était le bon ! Mes amis l'ont retrouvé non loin de la plage que tu nous as indiquée, sur un *marae*. L'officier de gendarmerie vient de partir sur place, un peu vexé, je ne te le cache pas, que ce ne soit pas un de ses hommes qui l'ait trouvé ! ajoute le maire.

- Un marais ? je répète, sans saisir la situation, et inquiète de l'imaginer dans l'eau.

- Non, pas un marais, mais un *marae* ! Viens, nous allons t'expliquer ! me déclare Ahutiare, cette fois en s'autorisant à rire de bon cœur.

Tout en nous dirigeant vers le gros 4X4 de Mana'arii, Ahutiare m'explique ce qu'est un *marae* en Polynésie :

- Un marae, c'est un temple à ciel ouvert. On y pratiquait des cultes pour nos dieux et nos ancêtres. Ce sont des lieux encore sacrés pour le peuple polynésien. On les respecte plus que tout. Des cérémonies y sont d'ailleurs encore pratiquées. On dit parfois que les esprits de nos ancêtres nous parlent encore sur les *marae*. Ton fils est étonnant. Pourquoi être allé sur ce marae et pas sur la plage ?

- Nous lui demanderons, je réponds.

Je n'ai pas d'avis sur la question et surtout, cela m'est complètement égale qu'il soit allé sur le *marae* au lieu d'aller voir les arbres primaires !

- Pour moi, ce n'est pas un hasard, déclare Mana'arii, pensif. Pour se trouver sur ce *marae*, il lui fallait faire un sacré détour qui le sortait du GR. Et, surtout, ce lieu n'est indiqué nulle part pour éviter une affluence touristique trop importante. Aucun panneau, ni fléchage... précise-t-il, encore plus songeur. Connaissiez-vous cet endroit, Arthur et toi ?

- Non, pas du tout. Le podcast qu'on écoute ne parle que de flore et de faune, pas du tout des monuments.

Mana'arii restera silencieux durant tout le trajet qui nous amène sur ce lieu mystique, semble -t-il. Je commence à me poser moi-même des questions, à me demander ce qu'il allait bien faire là-bas. Autant il se passionne pour la nature, autant il se désintéresse totalement des vieilles pierres. Etonnamment, c'était le premier à râler quand nous allions visiter des châteaux-forts, de vieilles églises durant les vacances. Seules les randonnées en pleine nature le motivaient, suffisamment d'ailleurs pour le sortir de ses livres !

Le 4x4 nous permet, heureusement, de nous rendre directement sur place par un chemin impraticable, sauf pour notre chauffeur. Caché derrière une végétation dense et fouillie, il faut en effet connaitre l'endroit pour s'y rendre... Comment a-t-il trouvé le chemin ? Après avoir laissé le véhicule, nous devons encore marcher quelques minutes, ou plutôt crapahuter tellement le terrain est escarpé ! Encore une fois, pourquoi ce lieu, tout au bout de l'île, caché de tous les regards... Enfin, nous y arrivons. Tout en me précipitant vers un groupe de plusieurs personnes que j'aperçois au loin, j'observe les lieux. Posé au bord du lagon, quel endroit magique ! Jamais je n'ai vu un tel monument... On devine un grand rectangle avec un dallage de pierres noires volcaniques, entouré d'un petit muret en ruine. A l'extérieur de ces vestiges, un peu en retrait, de grandes dalles fines et verticales cette fois-ci, jouxtent le marae. Quoiqu'un peu moins massives, elles me rappellent nos menhirs, ces fameuses pierres en granit qui parsèment ici ou là la terre bretonne. Tout aussi mystérieuses... Une ambiance particulière plane sur le *marae*, une ambiance identique à ce que l'on peut ressentir dans une cathédrale. Une église à ciel ouvert ! Ce lieu m'impressionne, me déstabilise alors que ce ne sont que de vieilles pierres volcaniques qui datent de milliers d'années !

Me remettant de mes émotions, je me rapproche d'un groupe de gendarmes. Et j'aperçois alors Arthur, assis sur l'herbe et recouvert d'une couverture de survie. A côté de lui, le médecin de l'île, le breton !

Je prends Arthur dans mes bras, le serrant à lui faire mal, comme pour réaliser que c'est bien lui que j'ai dans mes bras, et surtout qu'il est bel et bien vivant. « *Merci mon Dieu !* » dis-je tout haut, libérée. Je n'y aurais pas survécu si...! Je l'embrasse, puis le regarde, vérifiant qu'il va bien. Je jette un coup d'œil au médecin, pour qu'il me le confirme :

- Ton fils va bien ! Juste un peu fatigué et déshydraté.

En présence de l'officier de gendarmerie qui vient de nous rejoindre, de Mana'Arii et d'Ahutiare, je demande enfin à Arthur pourquoi il est parti de la maison ce matin.

Il me répond, calmement :

- Tu n'étais pas là, il fallait que je te cherche, que je te retrouve ! J'ai crié, tu n'as pas répondu.

Que cela fait mal de l'entendre !

- Et puis, ensuite, je me suis retrouvé sur le GR, tu sais, celui tout près de la maison. Et je me suis rappelé qu'il menait à la plage des arbres de la forêt primaire et je me suis dit que cela ferait une belle expédition.

Mais Arthur ne semble pas m'en vouloir. Son attitude est étonnamment sereine, si calme alors qu'il devrait être dans tous ses états, perdu au milieu de nulle part, sur une île inconnue, ne connaissant personne. N'importe qui à sa place aurait paniqué ! Et, lui, mon petit autiste, il est là, au milieu des militaires et de tous ces inconnus. Jamais il n'a réagi ainsi ! Ne me voyant pas, n'ayant pas été prévenu de mon absence, j'aurais dû le trouver hurlant, prostré au faré, mais pas ici à plus de 20 km de chez nous ! Et là, il me déstabilise par son calme extraordinaire, totalement différent de son hystérie habituelle. Ses crises liées à son traumatisme seraient-elles définitivement finies ? Et son expédition ne serait alors due qu'à son autisme, comme il nous l'a déjà fait… Ce qui serait une excellente nouvelle !

- Dans quel état était-il quand il a été trouvé ? je demande, perplexe.

- Très calme, marchant sur le *marae*, me certifie le gendarme, comme si c'était lui qui l'avait découvert, le coquin.

Je regarde à nouveau Arthur et soulagée, je lui annonce que nous allons enfin rentrer à la maison.

- Je pourrai revenir ici ? me supplie mon fils, triste de quitter cet endroit.

- Bien évidemment, mon chéri, je réponds, un peu surprise par cette demande. Tu aimes cet endroit ?

- Oui, c'est calme, et on m'a dit que nous serons bien ici.

- Où ça ? A Huahine ?

- Oui.

Et Mana'Arii se permet d'intervenir, en interrogeant Arthur :

- Qui t'a dit que vous seriez bien ? Tu as vu du monde sur le *marae* ?

- Non, c'est ce que j'ai entendu. Peut-être papa ? Tu sais, tu m'as dit un jour qu'on pourrait les entendre, si on écoutait bien.

J'en ai les larmes aux yeux en entendant ces paroles. Serait-ce possible ? Gênée par le chemin que prend la discussion, je préfère y couper court :

- Allez, on rentre !

Après avoir remercié chaleureusement toute l'équipe, les gendarmes, sans oublier bien sûr, les amis du maire, je prends sa main et c'est pensive que je quitte l'étrange *marae* avec mon fils. Mana'Arii et Ahutiare me suivent, tout aussi perplexes par ce qu'ils viennent d'entendre. Je les entends discuter entre eux, à voix basse, de ce qui vient de se passer.

Le retour se fait en silence. Allongé à l'arrière et sa tête posée sur mes genoux, Arthur est sur le point de s'endormir. Je le sens apaisé comme il ne l'a pas été depuis longtemps. Comme si la voix qu'il avait entendue l'avait rassuré sur notre avenir… En interrogeant Arthur, Mana'arii semblait vouloir en savoir un peu plus sur cette fameuse voix. Je suis tellement terre à terre que je suis très perplexe envers toutes ces histoires de cultes des ancêtres, de divinités et encore plus de voix qui viendraient de je ne sais où. Parler à Pierre, je le fais régulièrement ! Cela me fait du bien de continuer à partager avec lui notre nouvelle vie, et surtout cela me fait du bien de croire qu'il m'entend. Cela relève de la foi. Mais de là à ce que moi, je l'entende, il y a une marge ! Et, là je bloque. Croire, c'est une chose, mais être mystique, non… Mon fils, a-t-il créé de lui-même cette voix pour se rassurer ? Ce que je peux comprendre ! J'en tremble moi-même, rien qu'à l'imaginer tout seul sur ce *marae*… Il y a de quoi flipper, surtout depuis que j'ai vu sur internet qu'il est fort possible que des sacrifices humains aient pu y avoir lieu… Sort-elle tout droit de son imagination de petit écrivain ? Et de l'imagination, il en a ! D'ailleurs, peut-être a-t-il lu un roman dernièrement avec des histoires de fantômes ? Il faudra que je vérifie… Et, autre explication envisageable : il arrive souvent que les enfants racontent des histoires pour se rendre intéressants. Mais, les autistes en sont incapables : ils ne mentent pas, du moins volontairement. C'est cela qui m'étonne le plus dans cette aventure.

De retour au faré, mes amis me quittent, soulagés que la journée se termine bien, mais encore sous le choc de cette histoire de voix ! Quant à nous, une bonne douche, un bon goûter-dîner, comme on aimait en faire à Bordeaux, et au lit ! Après une bonne discussion avec Arthur auparavant… Je voudrais vérifier, quand même, que le soleil n'avait pas tapé trop fort sur sa tête ou que l'idée saugrenue de raconter des histoires ne serait pas sortie de cette même tête. Il me soutient mordicus que cette voix, il l'a vraiment entendue ! Il me reproche désormais de ne pas le croire… Il est temps de clore le sujet !

Quant à notre retour en France, comme je l'avais envisagé aujourd'hui, finalement, je suis d'accord avec la *Voix* : nous serons bien ici !

Chapitre 13

Mon portable vibre. Le nom de Vianney s'affiche sur l'écran. Je regarde l'heure. Seulement 19h00, moi qui pensais qu'il était beaucoup plus tard. Il est vrai qu'après avoir profité de bons moments de tendresse, Arthur et moi avons ensuite englouti un goûter pantagruélique, n'ayant ni l'un ni l'autre déjeuné ! Puis, éreintés, nous nous sommes écroulés.

- Allo Vianney ? Tu es rentré ?

- Oui, je viens de débarquer mes américains sur le ponton. Et je découvre à l'instant ton message ! Que se passe-t-il ? Tu ne m'as rien expliqué dans ton SMS !

- Tu veux venir à la maison ?

- J'avoue être un peu claqué après ma sortie en mer... Mais, raconte d'abord ! me supplie mon ami, inquiet. Je verrai après...

Je sens de l'impatience dans sa voix, ce qui est bien compréhensible puisque je n'ai strictement rien dit, hormis « *rappelle-moi* ». Ce qui en inquiéterait plus d'un, moi la première ! Je m'installe confortablement dans mon lit, sachant que ce n'est pas en cinq minutes que je vais lui relater ma fameuse journée, qui a commencé aux aurores ce matin. Bien que rassuré sur l'issue de notre mésaventure, à peine ai-je fini mon récit que je sens un Vianney plus que perplexe :

- Vianney ?

- Oui, oui, je suis là ! J'arrive dans un quart d'heure !

Et il raccroche ! Outre sa sollicitude légendaire, qu'est-ce qui a bien pu l'interpeller autant dans mon récit pour me raccrocher au nez et venir aussi vite ? J'espère que ce n'est pas à nouveau cette fameuse voix mystérieuse ! Pour avoir questionné Arthur entre deux gorgées de chocolat chaud, je n'ai pas été plus avancée. Sur le moment, il était incapable de m'en dire davantage. Puis, en le couchant, il m'a glissé de façon anodine que la *Voix* l'avait appelé deux fois par son prénom ! Là, j'avoue avoir été estomaquée. En effet, personne ou presque ne connait mon fils ici ! Et pas suffisamment pour l'avoir suivi et lui avoir fait une mauvaise blague... Ce nouvel élément a réussi à me faire douter, au point d'être aussi crédule que Mana'Arii ! Ce qui m'a mise en colère : je me refusais de rentrer dans ce mysticisme ridicule et ces croyances maories. Cela a fini en larmes, suite à un échange que je regrette terriblement :

- Allez, arrête de te rendre intéressant. Oublie cette histoire de voix et de *marae*, et dors ! Tu es fatigué.

- Mais, je te le jure, sur la tête de Paul, que c'est vrai ! Elle m'a appelé Arthur ! a-t-il crié, voyant que je doutais de lui.

Contrarié, ses mouvements d'avant en arrière se sont accélérés. Malgré tout, j'ai continué :

- Tu ne dois pas jurer, et encore moins sur la tête de ton frère qui n'a rien à voir avec cette histoire ! je l'ai grondé, choquée d'entendre le prénom de Paul, à ce moment-là de la discussion.

Il a fini en pleurs, désespéré que même sa maman ne le croit pas. Et, moi, j'étais anéantie d'avoir douté de l'honnêteté de mon fils. En effet, outre son autisme, j'étais persuadée qu'il ne raconterait pas d'histoires « sur la tête de son frère », comme il disait. Je l'ai alors cru ! Je l'ai tenu longuement dans mes bras, puis je me suis excusée d'avoir mis sa parole en doute.

Dis, tu me dirais ce que tu as choisi dans la chambre de Paul et Marie, pour ne pas les oublier ? Tu sais, juste avant le déménagement ? je l'interroge, surprise moi-même par ma question.

Même si cette question me taraudait depuis longtemps, celle-ci est arrivée à l'improviste, venant de très très loin, au confins de mes pensées les plus profondes… Pourquoi à cet instant précis ? Était-ce le moment opportun ? *« Tu ne penses pas qu'il y a eu assez d'émotions aujourd'hui ? »* Tandis que je me la reprochais, mon fiston s'est levé de son lit, s'est précipité vers son armoire et en a sorti une boite en carton dans laquelle il a entreposé ses Playmobil.

- Je ne voulais pas te les montrer car j'avais trop peur que cela te fasse de la peine. Mais, puisque c'est toi qui me les demandes… Pour Paul, j'avais pris son porte-clés en forme de ballon de rugby. Tu sais, il l'avait tout le temps sur lui, c'est pour cette raison que je l'ai choisi !

En le voyant, je ne devais pas craquer. J'ai donc aussitôt rebondi :

- Et pour Marie ?

- Je me souviens que c'était plus compliqué. Mais, j'ai fini par trouver : la boule qui fait de la neige et qu'elle avait choisie comme souvenir de Londres. C'était tellement bien…

Je suis contente de partager ce moment avec Arthur. J'étais si curieuse de savoir…

- Et, toi ? m'a-t-il demandé.

Je reste sans voix !

- Mais, comment sais-tu que j'ai fait comme toi ?

- Je t'ai vue le faire après moi et fouiller dans leur chambre. Mais, je t'ai laissée car c'était ton secret ! Alors ? a-t-il insisté en se frottant les mains pour exprimer son impatience de connaître enfin ce que j'avais emporté d'eux sur cette île.

- Attends, je vais les chercher !

Ce moment qui aurait pu se terminer en larmes s'est transformé en un temps de connivence incroyable, tous les deux assis sur son lit, les objets posés entre nous. Et je suis revenue tout aussi excitée que mon fils avec mes deux objets secrets.

- Pour Paul, sa voiture de collection, qui a d'abord appartenu à papa, tu te rappelles ? Donc, deux souvenirs en un, j'ai même réussi à déclarer en souriant. Puis, pour Marie, son doudou. Je n'allais pas l'enfermer dans un carton quand même !

Nous avons décidé qu'il ne fallait plus les enfermer. Arthur a choisi un endroit de sa chambre où les poser. Ce sera sur l'étagère au-dessus de son lit… Quelques minutes plus tard, c'est un petit garçon exténué par sa journée, mais le sourire aux lèvres qui s'est endormi. Je l'ai recouvert de son *tifaifai* rouge et bleu.

Encore perturbée par cette journée, j'ai hâte d'avoir Vianney à mes côtés. Pour son soutien, d'abord, mais aussi pour son avis. Que va-t-il en penser ? Tout comme Mana'arii, il semblait abasourdi par ce que je lui avais raconté au téléphone. Tandis qu'il pleut des trombes d'eau, typiques de cette période des pluies, je m'installe confortablement dans un des fauteuils du salon avec ma tisane brulante entre les mains, enveloppée dans un tifaïfaï, en guise de plaid. Je n'ai pas abandonné ces habitudes de Bordeaux. Dès que j'en ressens le besoin, je reproduis ces mêmes gestes pour me réconforter, pour me rassurer, malgré les températures élevées ! J'entends la voiture de mon ami. Je suis soulagée qu'Arthur se soit endormi avant son arrivée. Seuls, nous allons en effet pouvoir en discuter sereinement, sans le risque qu'il nous entende. Certes jolies, les parois en bambous ont le gros défaut de ne pas favoriser les discussions intimes !

Vianney se précipite à l'intérieur. Et, moi vers lui ! Nous nous enlaçons comme deux jeunes amoureux que nous sommes encore. Que j'aime cette période, durant laquelle l'amour rend aveugle, aucun défaut chez l'être aimé, durant laquelle l'innocence de l'amour rend les amants légers, durant laquelle la vie n'apparaît que plus belle.

Mais parfois, il faut savoir descendre de son petit nuage, au risque de s'écraser un jour ou l'autre ! Et, ce soir, nous avons bel et bien les deux pieds sur terre.

Je lui propose d'avaler quelque chose, le pauvre n'ayant pas encore dîné. Tout en lui préparant une purée de patates douces avec un filet de poisson, il me demande des nouvelles d'Arthur. Je le rassure en lui annonçant qu'il va bien, mais que je m'inquiète néanmoins sur ce qu'il a vécu seul durant toute cette journée, et tout particulièrement sur cet épisode étrange du *marae*. Avant d'en parler, je le questionne sur la sienne, qui, je le présume, s'est certainement mieux passée que la mienne :

- Une bonne journée en effet ! m'avoue mon ami, tout gêné.

- Géniale, raconte ! j'insiste pour le mettre à l'aise.

Et surtout, cela me changera de la mienne...

- Je les ai emmenés au large de Raïatea, dans la passe de Teavapiti, réputée pour les requins à pointe noire. Ils n'ont pas été déçus. Il y en avait à profusion ! Moi-même, je n'en avais jamais vus autant ! Et, des napoléons incroyables, dont un qui nous a suivis durant toute la plongée. Les Américains ont adoré ! J'aurais été étonné du contraire. Des carangues, des barracudas... Enfin bref, une sortie exceptionnelle par sa faune !

- Je vais finir par en devenir jalouse ! Tu as emmené Arthur, tes clients américains, chinois, japonais... Et moi, quand vas-tu me faire découvrir ton univers, Le Monde du Silence, comme l'appelait Cousteau ? je rajoute avec mes yeux de cocker.

- Eh bien, tu lis dans mes pensées ! Je voulais t'emmener demain, puisque j'ai pu prendre enfin un jour de congé. Tes livres pourront-ils se passer de toi ?

Vianney aime me provoquer à propos des livres que je dévore...

- Mes livres oui ! Mais je verrai comment va Arthur après cette folle journée, je lui réponds en lui tendant une assiette fumante et appétissante.

Installés tous les deux dans le salon, il me demande de revenir sur ce que mon fils m'a raconté sur le *marae*. Après lui avoir donné le plus de détails possibles, je le trouve bien silencieux... Il m'intrigue. Je le vois mûrement réfléchir et enfin, il finit par déclarer :

- Je vais te raconter une légende liée à ce *marae* précisément. Et tu comprendras pourquoi Mana'arii a réagi, interloqué par ce qu'Arthur a vécu sur ce lieu sacré qui l'est toujours pour les Polynésiens, même si le culte des dieux a quasiment disparu.

Et, sérieux, il commence :

- Nahiti e rua , l'oiseau emblématique de Huahine, un côté noir, symbole de la mort, un côté blanc, symbole de la vie, est né d'une règle édictée par le prêtre du *marae*, Atitiifairo : « *Quiconque perturbera l'office sur le marae sera puni de mort, écartelé et offert au dieu Oro*. » Malheureusement, c'est Matairua, l'enfant unique de ce même prêtre et de Ruataimanu qui en sera la première victime. Et c'est avec douleur et un immense chagrin que ce dernier le sacrifiera à son dieu, de ses propres mains. Après un long deuil, les parents du garçon décidèrent de partir à Raïatea, l'île sœur de Huahine et surtout l'île sacrée. Au moment du départ, une voix se fit entendre. Deux fois. Seule Ruataimanu la perçut : c'était la voix de son fils Matairua qui les suppliait de le prendre avec eux. C'était bien sa voix, même s'il s'était réincarné en un bel oiseau. Ils débarquèrent donc sur l'île sacrée et y séjournèrent heureux. C'est ce que raconte la légende. Depuis, les habitants de Huahine sont persuadés que Nahiti e rua, l'oiseau noir et blanc, est revenu sur le *marae* car certaines personnes affirment l'avoir entendu, et à chaque fois deux fois !

Je reste bouche-bée. Je prends le temps de digérer cette légende particulièrement horrible. Mais, ce n'est pas ce que je retiens. Ce qui m'interpelle, c'est le fait que mon fils a bien précisé que la voix l'avait appelé deux fois par son prénom, sans parler du message énonçant que nous serons très bien sur l'île. Je ne sais plus que penser. Ce dont je suis sûre, c'est qu'Arthur n'a jamais entendu cette légende ! De la réalité, nous passons dans l'irréel. Et, je n'aime pas du tout la tournure que prend cette journée.

- C'est un pur hasard ! je déclare, exaspérée.

Vianney préfère se taire pour me laisser le temps de me calmer. Il commence à bien me connaître ! Mais cette fois-ci, cela ne fait qu'exacerber ma mauvaise humeur :

- Tu me racontes une jolie légende. Et alors ? Dois-je croire que mon fils s'est rendu sur le *marae*, attiré par, je ne sais quelle force magique, digne du film E.T ? Qu'il communiquerait avec des esprits polynésiens ?

- Non, Claire, se défend-il le plus calmement possible. Avoue que c'est troublant, ces coïncidences. En te racontant cette légende, je ne voulais pas faire de ton fils un demi-dieu, mi-homme, mi-dieu ! Ne t'inquiète pas, je ne suis pas devenu fou ! Je souhaitais juste t'éclaircir pour que tu comprennes mieux la réaction de Mana'arii. Je te rappelle qu'il est imprégné à 100 % de sa culture polynésienne. Forcément, il a fait instantanément le lien avec l'histoire de Nati e rua. Quant à moi, je fais forcément le lien avec ton histoire... C'est un drôle de hasard que ce soit précisément cet animal que ton fils aurait entendu. Ce n'est pas n'importe quel animal ; c'est l'oiseau blanc et noir qui symbolise la mort et la vie, finit-il, avec une voix qui ne peut que m'attendrir.

Sa dernière réflexion m'émeut tellement que je fonds en larmes. Le cocktail d'émotions, dont je me serais bien passée d'ailleurs et que j'ai réussi à contenir tout au long de cette journée finit par lâcher. Vianney me prend dans ses bras. Je suis exténuée, je ferme les yeux, je m'abandonne dans ces bras qui me bercent, comme les miens l'ont fait tant de fois pour Arthur. Cette similitude me fait du bien, m'apaise. Mes paupières sont tellement lourdes, je ne résiste pas, je me sens partir, non pas dans les bras de Morphée, mais dans les bras de Vianney...

Je me réveille. Les rayons du soleil pénètrent franchement dans la chambre au point de me réveiller. Quel bonheur que ce soleil qui chauffe mon corps nu, même sur mon lit ! Je garde les yeux fermés, savourant cet instant de plénitude. Je me retourne et découvre, ébahie, mon second bonheur de ce matin : un homme à mes côtés. Sur son visage serein, un petit sourire se dessine. La petite fille d'hier soir observe désormais le visage doux et le corps athlétique d'un homme nu, allongé à côté d'elle. Quel plaisir pour la femme redevenue de se réveiller ainsi ! Un cadeau que je préfère regarder patiemment, avant de défaire le nœud, d'enlever le joli papier et de l'ouvrir. Je scrute le moindre détail de son visage. Ici, une petite ride, une blessure d'une vie bien compliquée, là, une cicatrice sur son sourcil droit, un souvenir d'enfance, comme tous les garçons, sa bouche qui sourit encore… Je le laisse dormir, égoïstement, le plus longtemps possible. J'entends Arthur qui se prépare son petit-déjeuner.

Comment va-t-il réagir en voyant Vianney sortir de ma chambre un dimanche matin ? Dois-je me lever pour le préparer à cette vision inattendue ? Depuis Pierre, Vianney serait le premier homme qu'il verrait sortir de ma chambre. Et après la journée d'hier, je laisserais bien mon hypersensible un peu tranquille côté émotions ! Mais je serais curieuse de les voir tous les deux attablés ensemble, l'un buvant son chocolat chaud, l'autre se servant un café… L'élève et le prof ! Serait-ce une bonne surprise pour mon fiston ? Se montrera-t-il furieux ? J'aurais dû aborder la question avec lui avant que ce moment n'arrive tellement prévisible ! Il n'y aurait pas eu la fameuse journée d'hier, j'aurais laissé faire les choses, naturellement. Mais, en raison de sa fragilité émotionnelle, je décide de le rejoindre. Tiraillée entre mon fils et Vianney, je mets finalement un terme à ce moment magique avec mon amour qui dort encore comme un bébé !

Je retrouve mon fils attablé dehors, malgré la table et les chaises mouillées, ce qui ne semble pas l'ennuyer le moins du monde !

- Bonjour, mon chéri ! Bien dormi ? je lui demande en lui faisant le petit bisou du matin.

Sans le prendre dans mes bras, il déteste ça le matin... Je respecte ses manies, c'est rentré dans nos habitudes quotidiennes que nous ne relevons plus depuis des années. Au risque de se voir rabroué, ce qui n'est jamais agréable, surtout pour une maman... Jusqu'à ses trois ans, je me sentais alors rejetée ; cela m'attristait affreusement ! Nous n'avions pas encore saisi sa propre souffrance, compris son mode de fonctionnement. Nous ne savions pas encore pour son autisme ! Nous étions finalement deux à souffrir, car nous ne nous comprenions pas, tout simplement... L'autisme, une histoire de communication.

- Oui, top ! s'exclame mon fiston, ce qui me sort de mes pensées.

Voilà une réponse claire ! L'humeur est joyeuse ce matin. Vais-je casser cette belle ambiance en abordant le sujet « Vianney est resté dormir à la maison » ? Vêtue de mon armure et de mon heaume, je me lance :

- Arthur, j'ai un truc à te dire.

- Oui ? me fait-il, sans me regarder et en trempant son morceau de pain dans son bol.

Je me retiens de lui faire remarquer que son morceau va dégouliner tellement il est imbibé de lait. Mais ce n'est pas le moment… Donc, je poursuis :

- C'est à propos de Vianney.

- Vous n'êtes plus ensemble ? me déclare-t-il, désappointé.

Il lève le nez de son bol. Il me regarde, attendant une réponse de ma part. Le morceau de pain tombe sur la table, c'était évident ! Là encore, je préfère ne rien dire. Je ne m'attendais vraiment pas à cette répartie ! Décidément, quand parviendrai-je à devancer les réponses de mon fils ? Peut-être jamais !

- Non, bien sûr que non, au contraire ! je le rassure.

- Vous allez vous marier ? Déjà ? me demande-t-il cette fois, un peu étonné.

- Arthur, si tu ne me laisses pas parler, tu ne sauras pas !

- C'est vrai, je te l'accorde. Je me tais ! m'approuve-t-il avec son vocabulaire propre à mon fils.

- C'est juste que Vianney a dormi à la maison, car il est rentré tard de sa sortie en mer, et que je voulais lui raconter quand même notre journée d'hier. Et puis, je ne voulais pas tout raconter au téléphone. Et quand il a fallu qu'il parte, il était très tard. Il était si fatigué, le pauvre. Donc, je lui ai proposé de dormir à la maison. Plus simple pour tout le monde. Par conséquent, ne sois pas surpris si tu le vois sortir de ma chambre, je lui explique en alignant deux gros mensonges.

Je me revois m'endormir dans ses bras...

- C'est tout ?

- Ben oui ? C'est déjà pas mal, non ?

- Il fallait bien que ça arrive, non ? Et ce n'est pas la peine de te justifier. Vous êtes grands, vous faites ce que vous voulez !

Puis, il prend son bol et se dirige vers la cuisine. Debout, je reste coi, surprise par sa spontanéité... Rien n'est calculé, tout n'est que sincérité avec les autistes. C'est tout l'un ou tout l'autre... Ce fut tout l'un ! me dis-je en souriant. La vie est simple, finalement.

Je pars donc retrouver mon moment magique qui dort toujours !

Mais, réveillé par ma faute, Vianney m'attrape, soulève le drap, nous en recouvre et s'empresse de m'embrasser. Je le laisse faire, prendre les initiatives... Je retrouve ces gestes tendres, ces petits préliminaires que j'apprécie tant, plus que l'acte en lui-même d'ailleurs. Même avec Pierre, c'était ainsi et il l'acceptait, ne brusquant jamais les choses, me respectant trop pour me faire mal. Cette situation est certainement due à une aventure que j'ai eue trop jeune avec un étudiant en lettres de deuxième année, quand, moi, j'étais en première année. Trop brutal, trop brusque, il m'avait blessé aux deux sens du terme. Un vrai traumatisme ! Il m'avait détruite, au point de ne plus avoir de petits copains pendant un long moment, jusqu'à ce que je rencontre Pierre. Le seul homme que j'ai aimé et qui a su me redonner confiance en l'amour, le vrai, après cette mauvaise expérience. Je n'osais en parler à personne, même pas à mes copines proches, tellement j'avais honte. « Je ne savais pas faire », c'était ce que je pensais à l'époque ! Mais, il a fallu que je rencontre Pierre, le doux, le patient pour réaliser que ce n'était pas moi la fautive, mais l'autre qui m'avait violentée ! Par ses gestes tendres, ses préliminaires comme on les appelle, Pierre a fait preuve d'une incroyable patience envers moi ! Que j'aime ce mot, derrière lequel se cachent la tendresse, les caresses, les baisers langoureux, la sensualité… Tout le contraire de la brutalité, de la souffrance, de la brusquerie, de l'égoïsme, de la force que je reliais à l'amour auparavant.

Je retrouve avec Vianney le plaisir de désirer et d'être désirée, ce qui m'avait manqué ces derniers mois. Après sa disparition, j'ai vite réalisé que Pierre me manquait sexuellement, ce que je n'aurais jamais imaginé. La disparition de Pierre se faisait encore plus oppressante le soir quand je me couchais. La solitude, d'autant plus pesante. Je prenais la mesure à quel point Pierre avait été important dans ma vie. Évidemment, je le savais, mais sa mort en était une bien cruelle réalité. Cela signifiait également qu'à travers cette envie physique de Pierre, notre amour était encore bel et bien vivant, et qu'il me manquait ma moitié pour l'assouvir. Cet « amour invisible » l'est et le sera toujours. Mais, cela ne contrarie en aucun cas mon amour pour Vianney. De cela, j'en ai pris conscience récemment. Il m'offre une toute nouvelle relation, voilà tout. Si la culpabilité s'était immiscée, ce nouvel amour aurait été de ce fait plus compliqué, voire impossible…

Ce matin, nos ébats se terminent par des rires. Vianney m'a soufflé à l'oreille une blague coquine ! Je le gronde faussement. Nous sommes heureux ensemble, et ce bonheur croît chaque seconde, chaque minute, chaque jour…

- Pourquoi es-tu toujours dans ma tête ? je lui demande.

- Parce qu'il fait toujours beau avec moi ! me répond mon ami, en souriant.

Cette réponse que je trouve pleine de poésie est une belle allégorie de ce que je ressens lorsque je suis avec Vianney. Il me fait du bien, tout simplement. Je l'embrasse.

Après une bonne douche à deux, malgré l'étroitesse de notre salle de bain, ce qui provoque irrémédiablement de nouveaux éclats de rire, nous retrouvons Arthur. Vianney, vêtu d'un short bleu et d'un t-shirt blanc, moi d'une jupe en jean et d'un polo blanc. Revenu à la même place, mon fils lit ma tablette qui est aussi devenue tout autant la sienne :

- Coucou Arthur !

- Salut Vianney !

Mon fils le salue comme chaque matin au collège ! Cette rencontre matinale est tellement ordinaire, ma foi ! Mais n'est-ce pas mieux ainsi, finalement ? J'appréhendais une réaction qui n'avait pas lieu d'être dans l'esprit de mon fils. Tant mieux ! Le moment est d'autant plus plaisant…

J'apporte deux tasses de café pour patienter. Les œufs et le bacon de notre brunch suivront. Tout comme il le ferait en classe, Arthur commence un exposé sur les *marae*, bien sûr sans tablette, ayant déjà tout organisé dans sa mémoire interne :

- Tu savais que le premier type de *marae* se trouve à Raïatea, et qu'il est consacré au dieu de la guerre ? C'est un *marae* international car les chefs de nombreux archipels avaient des liens avec celui-ci. Les *marae* de deuxième type sont les *marae* nationaux avec un grand prêtre ; on pouvait y faire des sacrifices humains.

A cette dernière explication, je l'arrête immédiatement :

- Bon, ça suffit Arthur ! Nous prenons notre petit déjeuner, là. Parlons d'autres choses que les *marae* ! J'en ai suffisamment entendu parler hier…

Vianney me fait un clin d'œil pour m'apaiser.

- Mais, attends, je termine avec les *marae* locaux. Avec un chef et un grand prêtre, et pas de sacrifices humains. Tu vois, là, il n'y en pas ! J'ai fini, rajoute mon fils, contrarié d'avoir été stoppé dans ses explications.

Susceptible, il n'apprécie pas quand je lui demande de garder ses explications pour un autre moment, en croisant les doigts que ce soit pour jamais, le plus souvent ! Que de disputes entre Paul et Arthur nous avons eues à gérer ! Le premier n'en pouvant plus des conférences de son frère... J'avoue que son petit frère peut être usant. Il fallait faire avec les deux, le sportif impatient et l'inénarrable intellectuel ! Il nous fallait trouver des compromis qu'il était bien compliqué de réaliser !

- Tu m'expliqueras tout cela tout à l'heure, Arthur, déclare Vianney, avec patience.

- Chouette ! Tu verras, c'est passionnant ! se réjouit mon conférencier en herbe.

Je souris à Vianney en guise de remerciement. Grâce à lui, nous avons désamorcé le début d'un conflit hautement préoccupant : un conflit familial ! Puis, devant notre brunch, j'engage la conversation sur un tout autre sujet :

- Bon, quel est le programme de ce dimanche ?

- Je vous propose une surprise ! Vous pouvez être prêts dans une heure ? nous annonce Vianney.

- Flûte ! s'écria Arthur. Le père de Vanuatu m'a proposé de rejoindre Vianney et les copains de notre classe pour les regarder surfer, de l'autre côté de l'île, là où il y a des vagues. Il y a un championnat. Et Vanuatu m'a dit qu'il me fera essayer sa planche.

- Je vois que tout est organisé ! Tu aurais pu me prévenir, Arthur ! Et les vagues, ici, ne sont pas celles que l'on avait en Bretagne... Elles sont dangereuses !

- Alors quand je fais des trucs, tu me retiens, et quand je ne fais rien, tu me dis de bouger ! Il faut que tu te décides !

Je regarde alors Vianney qui s'amuse à compter les points entre la mère et le fils. J'espérais un peu de soutien de sa part, mais il me souffle dans l'oreille :

- Il n'a pas tort ! Le championnat est surveillé, il y a des adultes qui le gèrent. Et les vagues de Huahine ne sont pas celles d'Hawaï ! Il est prudent, ton fils.

Comment accepter juste après la mésaventure du *marae* ? Mes nerfs ne supporteraient pas une autre journée comme celle d'hier ! Mais, si je refusais, ce serait le rendre encore plus différent des copains de la classe. C'est déjà incroyable qu'ils l'aient intégré si rapidement et gentiment ! Une chance que je ne dois pas gâcher…

- Bon, c'est d'accord ! Mais, avec la règle des Trois P !

- Prudence, prudence, prudence ! me récite Arthur, avec un sourire remontant jusqu'aux oreilles.

Puis, il se lève de sa chaise et vient m'embrasser. Il me fera craquer, celui-là !

Au tour de Vianney d'intervenir dans ce débat familial :

- Bon, puisque tout le monde est content, on peut se préparer tous les deux ? La marée n'attend pas !

Huahine ne connaissant pas les marées, je ris en entendant cette expression que nous utilisions chaque jour en Bretagne, et cette fois à juste titre !

Une fois Arthur parti rejoindre Mana'arii à l'arrêt du bus, Vianney et moi embarquons dans sa jeep. Un vrai club de plongée, à l'arrière ! Des bouteilles, des ceintures de plomb, des masques, des tubas, des palmes et même des combinaisons, ce qui m'étonne toujours vu la température de l'eau. À ma remarque, mon ami me répond qu'à vingt mètres de profondeur, la température est beaucoup plus basse, et que rester longtemps dans l'eau provoque un refroidissement rapide du corps. Je ne sais toujours pas où l'on va. Je présume que nous allons plonger puisque je l'ai supplié pas plus tard qu'hier soir. Comme au restaurant, je savoure ce moment où nous ne sommes que tous les deux, roulant vers une autre aventure beaucoup plus enivrante que celle d'hier !

- Où m'emmènes-tu ?

- Surprise ! Je ne dirai rien sous la torture ! plaisante Vianney, heureux de me partager sa passion.

Je lui caresse ses cheveux blonds tout en le regardant, réalisant la chance que j'ai d'avoir rencontré un homme sur cette île perdue au milieu de nulle part ! Est-ce un pur hasard ? Un hasard bien aidé par mes trois anges du Ciel ? J'aime à le croire. Et je le crois vraiment ! Pierre voudrait mon bonheur, comme moi, je voudrais le sien dans les mêmes circonstances. Nous en avions d'ailleurs parlé, comme tous les couples qui abordent toutes sortes de situations tragiques, en croisant les doigts que rien ne leur arrivera. Je n'ai pas dû les croiser suffisamment fort ! Vianney serait-il lui-même un ange, envoyé en mission, genre *Joséphine, ange gardien*, la série que regardaient les enfants ? Cette image de Vianney en ange débarquant sur Terre me déclenche un fou-rire ! Je ris toute seule, au point d'en avoir les larmes aux yeux !

Vianney m'observe, riant de me voir rire, et me dit :

- Tu peux me faire partager la raison pour laquelle tu ris ? Cela a l'air tellement drôle !

- Jamais ! je réussis à répondre, entre deux éclats de rire.

- Eh bien, pas de surprise ! me rétorque-t-il, en fronçant les sourcils.

- Quel comédien ! Je ne te crois pas, je rajoute en reprenant mes esprits.

- Et tu fais bien, car nous arrivons.

Vianney gare sa jeep tout près du lagon. J'aperçois alors deux Polynésiens sur une grosse pirogue à moteur, bleue et rouge. Ils nous font un signe.

- Partons-nous avec eux ?

- Il semble que oui, me répond-il, toujours aussi secret. Allez, prends ce matériel, je m'occupe du reste.

Je prends le sac des masques, palmes et tubas pendant que Vianney porte les deux bouteilles, les ceintures et deux combis. À la vue des bouteilles, je suis surexcitée ! Une enfant à Eurodisney ! Nous déposons le paquetage dans la pirogue, puis, avec l'aide des deux hommes, je grimpe tant bien que mal dans l'embarcation. Vianney me les présente :

- Voici Tanetoa et Metua, deux copains et pêcheurs qui vont nous emmener dans un endroit incroyable. Tu vas voir ! m'apprend-il, tout aussi impatient de me le montrer.

Je salue ses deux amis. Le premier démarre aussitôt le moteur. Assise tout à l'avant, sur une simple planche en bois, je m'accroche comme je peux au rebord. La pirogue glisse sur l'eau à une vitesse impressionnante pour une embarcation aussi fine. Au ras de l'eau, elle donne une sensation de vitesse spectaculaire. L'absence de vagues l'amplifie encore plus ! Je suis un oiseau effleurant l'eau du lagon. Ce sentiment de voler pourrait être total s'il n'y avait pas ce satané moteur. Vianney est juste derrière moi, mais je n'ose me retourner. Les deux pêcheurs semblent savoir où ils vont, zigzaguant entre les gros blocs de coraux. Heureusement, ma crainte n'est qu'a posteriori puisque je ne les voie qu'après que le pilote les a évités. Sinon, j'aurais hurlé durant tout le trajet ! Et, par chance, son copain maitrise sa pirogue ! J'ai l'impression d'être dans une de ces affreuses attractions de fêtes foraines qui donnent la chair de poule !

Ah ! Soulagée, la pirogue ralentit, puis s'arrête. Enfin !

Je me retourne vers Vianney qui, contrairement à moi, semble ravi de cette balade ! Sur mon visage, il y lit l'inverse :

- Ça va ? Tu es un peu pâlotte ! s'inquiète-t-il

- Non, non, donne-moi juste le temps de me remettre de mes émotions de fête foraine !

Les deux Polynésiens préparent leur pêche en prenant une épuisette et un harpon. Je m'étonne de leur matériel... Vianney prépare le sien pour la plongée. Puis, voyant que je reprends vite des couleurs, il m'apprend que je vais passer mon baptême de plongée et que l'on va donc plonger tous les deux. Et, pas n'importe où : autour du parc à poissons de Tanetoa et de Metua, un vrai aquarium, à ciel ouvert ! Comme mon petit pêcheur que j'ai rencontré hier ! Ces derniers ont déjà plongé, nous laissant seuls à bord. Mon moniteur préféré m'apprend alors les rudiments de la plongée : comment respirer, les signes importants à connaître... Il me tend un embout pour que je comprenne comment l'utiliser. Voyant que j'y arrive facilement, il m'habille de la tête au pied, façon de parler ! N'osant plus bouger, je l'attends, impatiente et curieuse, mais également, un peu inquiète de ce qui m'attend sous l'eau. Cependant, commencer la plongée avec Vianney me rassure pleinement. Par conséquent, c'est confiante que je me prépare à me mettre à l'eau. Enfin, pas tout à fait, car quand mon moniteur m'apprend comment je vais devoir plonger de la pirogue, une préparation psychologique s'impose ! Assise sur le rebord, je dois faire une galipette en arrière pour plonger avec tout mon attirail. Je n'ai jamais su faire de roulade arrière lors de mes séances de gymnastique au lycée. Alors, avec mes bouteilles sur le dos, mon masque déjà tout embué, mes palmes qui me transforment en canard, comment pourrais-je la faire cette plongée en arrière ? Et là, soudain, je ne comprends pas... En une seconde, je me retrouve, non pas les quatre fers en l'air, mais la tête la première sous l'eau avec le reste qui a suivi ! Je me suis entendu hurler dans mon embout ! Je maudis Vianney le temps de réaliser qu'il a bien fait de me pousser, car j'y serais encore à me dire *« J'y vais, j'y vais pas » !*

Et, en effet, une fois dans l'eau, un vrai bonheur ! Vianney me demande par un signe si tout va bien. Je lui réponds que tout est okay pour moi. Il me prend alors la main et me guide pour voir comment je me débrouille dans un premier temps. Puis, rassuré, il me lâche et me fait signe de le suivre. Je flotte ou je vole ? Je ne sais. Je ne suis plus un humain, je suis un poisson au milieu de tous mes congénères. Une splendeur ! Des poissons de toutes les formes, de toutes les tailles, de toutes les couleurs... Sans tenir compte de notre présence, ils ondulent, accélèrent, se cachent dans les anémones qui les accueillent les bras ouverts, elles-mêmes se mouvant au gré des courants, de vraies danseuses polynésiennes. D'autres préfèrent rentrer dans les cachettes et cavités que leur offrent les rochers ou les coraux pour échapper à plus gros qu'eux. Comme celui-ci qui m'a aperçue et qui a laissé partir sa proie, se demandant bien qui est cette créature qui vient le perturber et qui fait autant de bulles ! D'un coup de queue, il abandonne la partie et s'éloigne rapidement sans que je puisse le suivre. J'ai l'impression d'être dans *Le Monde de Nemo* et de jouer le rôle du méchant intrus qui vient déranger la vie tranquille des habitants sous-marins ! Vianney me regarde de temps en temps, pour vérifier que tout va bien. Je nage littéralement dans le bonheur en le voyant nager devant moi. Rien que nous deux... Ou presque, quand j'aperçois ces milliers de poissons ! Je voudrais tellement lui faire partager ce que je ressens, là maintenant... Quelle frustration de ne pouvoir lui exprimer ce que je ressens hormis le *okay* avec mon pouce ! Je ne peux même pas sourire avec mon embout dans la bouche ! Soudain, mon compagnon de plongée s'arrête. Il me fait un signe, puis m'indique avec son index un gros serpent aux dents pointues, qui s'avance brusquement et recule aussi vite dans sa grotte, pour ne montrer que sa tête hideuse. Je la reconnais. D'après les descriptions d'Arthur, c'est une murène, aussi impressionnante par sa laideur que par sa longueur ! Efficace pour faire fuir l'ennemi... Évidemment, mon compagnon de plongée se met à la titiller pour la faire sortir de sa grotte ! Je recule, pas très fière... Blasée, elle n'écoute pas ses provocations. Il finit par la laisser tranquille. Un autre spectacle nous attend : deux raies Manta viennent vers nous. Vianney me dit de ne pas bouger. Elles passent juste au-dessus de nous et font demi-tour. Vianney prend ma main, puis, revenant vers nous, la fait glisser sous le corps de l'une d'elles pour la caresser. Elles semblent apprécier mon geste au regard du ballet qu'elles nous offrent, réalisant une jolie chorégraphie à deux au-dessus de notre tête. Splendide ! Enfin, les deux danseuses étoiles décident de continuer leur chemin… Inoubliable ! Vianney me fait signe qu'il est temps de revenir vers le parc à poissons.

Nous rejoignons donc ses amis pêcheurs. Celui qui est déjà retourné à bord de l'embarcation tient une immense épuisette. Le second se trouve encore à l'extérieur de cette énorme nasse grillagée de dix mètres de diamètres environ, planté dans le sable du lagon, peu profond à cet endroit, et dépassant d'un mètre le niveau de l'eau. Nous tournons autour en profitant du spectacle que nous offre cet aquarium sous-marin. Des centaines de poissons vont et viennent, emprisonnés dans cette grosse cage, orientée dans le sens du courant, créant un V dont la pointe aboutit à la fameuse nasse. Ironie du sort, je réalise alors que cette cage a la forme d'un cœur ! Après avoir admiré leurs congénères en totale liberté, je suis choquée de voir ceux-ci enfermés dans ce piège, promis à une mort certaine. Certes, le spectacle est grandiose de voir autant de poissons dans un si petit périmètre. J'admets également qu'il représente le fruit du travail de ces deux hommes. En outre, c'est toujours passionnant de découvrir ces modes de pêche traditionnelle. Vianney me fait un geste. Le plus discrètement possible, le pêcheur muni de son harpon pénètre dans l'enceinte, tel Ben Hur dans l'arène romaine. Deux différences non négligeables, cependant : d'une part, nous sommes les seuls à assister à la scène, contrairement au peuple de Rome qui remplissait les gradins, et d'autre part, Ben Hur est ici en position de force. Les poissons deviennent fous, tournant et tournant encore autour de leur agresseur. En le voyant ainsi, une autre image me vient aussitôt à l'esprit : le torero tentant de planter son épée dans le flanc du taureau ! Le pêcheur lève son harpon. Paniqués, certains remontent vers la surface puis tentent de sauter en vain par-dessus le grillage. Soudain, je vois l'homme lancer son arme et toucher un perroquet à la tête... Du sang gicle. L'estocade lui a été fatale. Après lui, une dizaine d'autres finiront par connaitre le même sort. Un spectacle tout aussi superbe que cruel ! Tout comme la tauromachie...

Vianney me prend la main et me dirige vers la pirogue. Il me libère de mon attirail, le donne à son copain qui ensuite m'aide à remonter. Alors que j'étais si légère dans l'eau, je suis maintenant un vrai éléphant de mer, bien lourd, bien gras qui a du mal à se mouvoir. Et après avoir été une créature du Monde du silence, ne serait-ce qu'une petite heure, me voici à respirer sans oxygène, redevenant un humain parmi les humains ! Drôle de sensations...

- Alors ? me demande Vianney, impatient de connaître mon avis sur sa surprise.

- Juste incroyable, merveilleux ! J'ai adoré !

J'enjambe la planche en bois, puis l'embrasse, manquant de perdre l'équilibre et de redevenir poisson.

Pendant ce temps-là, les deux pêcheurs lèvent à peine le nez de leur glacière dans laquelle ils entreposent leur pêche miraculeuse. Ce fut une belle rencontre avec les poissons, mais aussi avec ces deux hommes, malheureusement peu bavards, mais que nous pourrions inviter au faré pour prendre une Hinano. Je suggère cette idée à Vianney, mais celui-ci m'explique qu'à peine rentrés à terre, ses amis devront préparer les poissons en vue du marché de demain. Tout comme mon jeune pêcheur rencontré très tôt la veille... Une autre fois, j'espère.

Il est temps de rentrer, j'aperçois de gros nuages noirs au-dessus de l'île. Et, j'ai hâte de partager avec Arthur toutes ces images sous-marines que je garde précieusement en tête. Je n'en reviens pas d'avoir vécu une telle féérie. Vianney m'aurait-il transmis le virus de la plongée ?

Chapitre 14

C'est le grand jour ! C'est en effet ce matin que je retrouve Teiva, la cousine de Kahaia, et surtout, que je rencontre la maman du futur bébé, Maeva. J'espère que tout se déroulera comme prévu, qu'il n'y aura pas de mauvaises surprises. Je n'en ai pas dormi de la nuit, les listant les unes après les autres. Il y a mieux pour s'endormir ! Un refus de dernière minute de la part de la jeune fille serait évidemment la pire de toutes ! Je n'ose imaginer alors la déception de mon amie, maintenant que je lui ai fait miroiter cette future adoption.

Au tout début, j'ai eu quelques craintes qu'elle ne se fasse pas. En effet, Teiva tiquait sur le fait que mon amie vive seule, et de surcroît qu'elle soit divorcée... Elle désirait que le bébé soit adopté par une vraie famille, un couple, un homme et une femme qui se seraient mariés à l'église. Teiva a des principes et des exigences pour son petit-enfant. Ce qui est bien normal. Heureusement, sa cousine l'a convaincue de discuter avec la femme de Métropole dont elle lui a parlé en bien, me faisant une totale confiance sur ce que je lui avais confié sur Nathalie. Avant de s'engager définitivement, la cousine de Kahaia a donc souhaité parler avec l'éventuelle future maman, ce que nous avons très bien compris. Je leur ai ainsi organisé une visio, chez moi et sans la présence de Maeva dans un premier temps. Tant que le choix de mon amie comme future maman de son bébé n'était pas confirmé, elle l'avait souhaité ainsi. Quel stress ! Nath est une femme forte, avec un mental d'acier. Mais, en ces instants si particuliers, je ne savais pas comment mon amie allait gérer cet entretien. L'entretien d'une vie ! Il s'agissait en effet de convaincre Teiva, en l'espace de quelques minutes, qu'elle pouvait lui confier son petit-enfant, l'enfant de sa fille. Un moment tellement décisif pour la vie de ce bébé !

Ce soir-là, il s'agissait pour l'une de faire le bon choix et pour l'autre, de convaincre. Nous étions très loin de l'entretien d'embauche, et pourtant, cette visio m'y faisait penser.

Cette rencontre entre les deux femmes, qu'un océan et un continent séparaient, fut extraordinaire. Si éloignées l'une de l'autre, tout les séparait : les milliers de kilomètres, leur civilisation, leur mode de vie, la richesse et la précarité. Jamais elles n'auraient dû se croiser ! Et, pourtant, la vie leur offre l'occasion de se parler, de s'asseoir autour d'un bébé. Si la pauvreté n'était pas la cause de cette rencontre, ce ne serait que du pur bonheur.

En effet, n'ayant pas les moyens d'élever ce bébé, la grand-mère souhaite le confier, selon la tradition *fa'a'amu*, à une personne de confiance. L'autre rêve plus que tout au monde de devenir mère et faire ainsi le bonheur d'un enfant. Un rendez-vous unique pour toutes les deux dans leur vie de femme ! Petit à petit, la première s'est ouverte à la seconde, écoutant sa souffrance de ne pas être mère. Ce qui lui a plu, c'est également le regard de Nathalie sur la tradition *fa'a'amu*. Cette dernière lui a expliqué avoir découvert, grâce à moi, cette forme d'adoption, qu'elle trouve très belle par le don, le geste de confiance qui lie ainsi deux familles. Très loin de l'acte d'adoption français qui entraîne une rupture avec la mère biologique. En effet, Nathalie a insisté sur ce lien qu'elle souhaiterait entretenir. En parlant à l'enfant de sa maman biologique, en lui racontant ses origines, en lui expliquant qu'il était un enfant du don, un *enfant fa'a'amu*. Dans un premier temps, Nathalie a réagi comme moi à l'égard de cette tradition séculaire, puis, après réflexion, elle a été très touchée par l'aspect du don de l'enfant. Par conséquent, mon amie lui a aussi confié qu'elle réalisait combien la mission de Teiva était difficile, mais tellement belle. Et, ainsi, contre toute attente, cette dernière a été emballée par la personnalité de Nathalie, par ses paroles qui l'ont touchée. Après avoir raccroché, elle nous a confié avoir ressenti « *un bon feeling* ». Elle avait finalement mis de côté son statut de divorcée en privilégiant la relation qui s'était créée entre les deux femmes. Elle m'a confié « *ne jamais se tromper sur la vraie nature des gens* ». Elle sentait en Nathalie « *une belle personne* ».

J'avais tant appréhendé cette critique du célibat de Nathalie, et je l'avais d'ailleurs prévenue ! Consciente de ce risque, elle s'y était préparé, tout en me confiant qu'elle serait extrêmement déçue si la grand-mère refusait pour cette seule raison. J'étais donc soulagée de l'issue de cette première rencontre ! Je l'avais aussitôt rappelée, une fois Kahaia et Teiva parties. Nous avons alors passé, la nuit, enfin pour moi, et pour elle la matinée, au téléphone, comme deux adolescentes surexcitées ! De toutes les manières, j'aurais été incapable de dormir. Et elle, de travailler… En prévision, quelle que soit la réponse, positive ou négative, la librairie avait été fermée toute la journée pour *raison exceptionnelle* !

Deux semaines sont passées depuis cette rencontre virtuelle. Il y a quelques jours, Teiva m'a appelée pour me proposer de rencontrer sa fille, avant l'arrivée de Nathalie pour Noël. Après leur visio, Nath a engagé immédiatement les démarches nécessaires, auprès des services sociaux de Papeete. Une information que j'ignorais l'a un peu refroidie… Elle ne sera reconnue définitivement mère de l'enfant qu'au bout de deux ans, n'ayant qu'une délégation parentale durant ces premières années. A cette annonce, j'ai trouvé que c'était inhumain de laisser envisager à une femme que l'enfant qu'elle avait adopté pouvait lui être retiré, car la famille avait changé d'avis ! Une sacrée épée de Damoclès au-dessus de sa tête que ce délai de rétractation … Il ne s'agit pas d'une paire de chaussures ici, mais d'un enfant ! Malgré cette incertitude, mon amie a accepté de poursuivre les formalités laborieuses de cette procédure. Ayant déjà reçu l'agrément à l'époque, elle espérait que cela faciliterait les démarches. On se tenait au courant !

Arthur étant parti au collège, je peux enfin prendre le volant pour rejoindre Parea au sud de l'île, là où habitent Maeva et sa maman Teiva. Je dois prendre au passage la cousine Kahaia qui avait demandé à assister à ce moment important. Ce que j'ai accepté avec grand plaisir ! Durant le trajet, grâce à ma passagère qui est une vraie bavarde, j'en découvre un peu plus sur la vie de cette famille qui a pris une place importante dans celle de Nathalie. Tout en roulant, nous discutons également de la bibliothèque, des projets à finaliser, mais, très vite, la discussion revient, irrémédiablement, sur la vie de sa cousine :

- T'ai-je dit que Teiva tient un petit snack ?

- Oui, tu me l'avais déjà dit, je lui réponds, quelque peu amusé par mon radio-cocotier personnel !

Le snack, un bien grand mot ! Elle tient un genre de buvette qui vend des boissons et des bonbons, comme il y en a beaucoup au bord des routes polynésiennes. Ayant déjà du mal à joindre les deux bouts, je comprends qu'elle ne puisse élever décemment un bébé en plus.

Sa cousine me confie un élément nouveau :

- T'ai-je raconté que son mari l'avait quittée à la naissance de Maeva ? Et qu'elles ne l'ont jamais revu ? Ce qui n'a pas été une grande perte, tellement il buvait, ajoute-t-elle. Le peu qu'il gagnait dans la cocoteraie voisine de chez eux, il le dépensait en alcool !

Ce qui arrive malheureusement souvent en Polynésie, m'avait expliqué Vianney. Un vrai fléau, l'alcoolisme sur les îles !

Elle poursuit, contente de pouvoir me confier ses secrets de famille :

- Et, cela finissait alors souvent mal pour ma cousine. Certes, la vie est compliquée pour elles, mais elle se passe mieux sans un mari et un père à l'alcool méchant.

- N'avait-elle pas dit que son mari était mort ?

- C'est ce qu'elle raconte ! poursuit mon moulin à paroles. Elle n'aime pas dire que son mari était un vaurien !

- Elle a donc élevé Maeva toute seule ?

- Oui, et du mieux qu'elle a pu. Elle est fière qu'elle soit allée jusqu'au lycée. Par conséquent, il était hors de question qu'elle abandonne ses études à cause d'un bébé inattendu.

Je me souviens de leur discussion devant notre guimbarde et de sa déception qui était bien compréhensible. Sa fille enceinte après tant de sacrifices ! Elle qui met tous ses espoirs dans les études de sa fille... Quel choc, cela a dû être pour Teiva ! Et, je comprends mieux pourquoi elle a donné son accord à mon amie malgré son célibat. Elle-même mère célibataire, elle a vu en Nathalie une femme qui arrive toute seule à subvenir largement à sa propre vie, et qui pourra le faire également avec un enfant. Par cet exploit, Nath a dû l'impressionner. Possible en métropole, compliqué en Polynésie... Je lui tire donc mon chapeau d'être parvenue à amener Maeva là où elle est, et qui sait, jusqu'à un diplôme d'études supérieures. Tout le mérite lui revient, elle qui n'a jamais quitté son île ! Voici une femme que je suis fière de connaître...

Nous arrivons au faré de Teiva. Enfin, faré, c'est vite dit ! Plutôt un cabanon construit principalement en tôle et qui se situe tout au fond d'une des nombreuses vallées de Huahine Iti, à l'ombre de deux montagnes. Ces fonds de vallée dissimulent malheureusement très souvent des petits bidonvilles. Loin du lagon, loin des hôtels de luxe, loin de la vue des touristes... Pour y être allée plusieurs fois avec notre guimbarde, le contraste entre le lagon sous le feu des projecteurs et le fond de la vallée sombre et humide m'avait saisie ! Je n'étais plus à

Huahine, l'île paradisiaque… Des maisons en tôle sont alignées les unes à côté des autres, en bordure de petits ruisseaux qui rendent le coin extrêmement humide et donc infesté de moustiques. Néanmoins, la nature réussit à leur offrir ce qu'elle a de plus beau : des hibiscus qui apportent de la couleur à ce vert très sombre de la végétation. Les petits ruisseaux se jettent ensuite dans le lagon, loin, très loin du fond de la vallée…

Kahaia frappe à la porte, et sa cousine, toute pimpante, nous accueille avec un large sourire. Je l'embrasse chaleureusement et la félicite pour sa très jolie robe à fleurs qu'elle m'explique, aussitôt, avoir cousue elle-même. En rentrant dans la pièce de vie, je sens que son intérieur, bien que très simple, est impeccable. Le sol est recouvert de tapis de paille et de très jolis *tifaïfaïs*, très certainement réalisés par la maîtresse des lieux, qui réussissent à cacher la misère des fauteuils plus qu'usagés. Je reconnais par la bonne tenue de son intérieur l'exigence que s'impose Teiva, pour elle-même mais également pour sa fille. Etonnamment, le petit faré est agrémenté d'un téléviseur à écran plat. Il dénote dans cette pièce qui sert à la fois de salon, de cuisine, de salle à manger et de chambre, vu les matelas entreposés. Mais, en effet, j'avais remarqué, en pénétrant dans la vallée, les nombreuses paraboles qui dépassaient des toits en tôle.

Alors que Teiva nous offre gentiment un café et des biscuits faits maison bien sûr, arrive Maeva que je découvre pour la première fois. C'est une superbe jeune fille, typiquement « demi » comme on le dit ici : mitahitienne, mi-chinoise. De ce fait, je connais déjà l'origine de son papa, certainement un chinois ! Il est vrai que les polynésiens qui ont du sang chinois sont plus fins que ceux qui n'ont que du sang tahitien, ces derniers ayant plus tendance à être enrobés. Vianney m'a expliqué que c'était dans leurs gènes. Je sais désormais que les miss tahitiennes sont forcément des « demi ». Et franchement, Maeva pourrait s'inscrire à un concours tellement elle est belle ! J'en reste bouche-bée... Kahaia la bavarde ne m'avait rien dit sur la beauté de sa petite cousine... La cachotière ! Grande et svelte, son visage au joli teint tahitien est tout fin, avec des yeux noirs en amande qui lui offrent un regard perçant, et des lèvres minces et très bien dessinées. Superbes, ses cheveux longs et noirs tombent sur ses hanches. Elle nous sourit, puis s'assoit à nos côtés. Elle sait qu'elle est belle, mais elle n'en rajoute pas, sa beauté est naturelle, elle n'a pas besoin d'artifices...

Teiva nous présente sa fille, fièrement. Elle peut ! Je prends la parole :

- Bonjour Maeva, je suis Claire. C'est mon amie qui s'apprête à être l'heureuse maman de ton bébé. Si tu le veux bien ! Elle est tellement contente, tu n'imagines pas... En lui confiant ton enfant, tu lui fais le plus beau des cadeaux dont elle pouvait rêver. Tiens, elle tenait à t'en offrir un. Elle espère qu'il te plaira.

- Merci, c'est gentil de sa part ! dit-elle, en souriant.

Elle ouvre son paquet et en retire une jolie chaîne dorée avec un cœur.

- Qu'il est beau ! Vous pouvez me l'accrocher ?

Consciente de vivre un moment particulier, je prends mon temps. J'ai devant moi la maman du futur bébé de Nath. Cet instant est à la fois surréaliste et beau.

Nathalie m'a demandé à veiller à son bien-être.

- Comment te sens-tu ? Tu vas bien ?

- Les nausées sont finies, ouf ! Je rentre dans mon sixième mois, je commence à le sentir un peu.

- Nathalie m'a demandé de vous dire à toutes les deux qu'elle tient à prendre en charge tous les soins liés à la grossesse. Donc pas de stress pour les dépenses de santé.

- Merci, je suis touchée, me répond Teiva, soulagée d'avoir un souci en moins. Quand arrive ton amie ?

- Dans quinze jours, le 20 décembre. Je ne sais qui de nous deux a le plus hâte ! Maintenant qu'elle a ce bel évènement dans sa vie, elle m'envoie des messages quotidiennement et compte les jours qui la séparent de son arrivée sur l'île ! On garde la date du vingt-deux pour votre rencontre à trois ?

- Oui, c'est parfait, je serai en vacances, et mes examens seront enfin terminés ! Je n'en peux plus, souffle Maeva.

- Tu sais que tu es ravissante ? Si ton enfant est aussi beau que toi, tu vas la gâter !

Je n'ai pas pu m'empêcher de lui confier le fond de ma pensée. Mais, aussitôt, sa maman intervient :

- Oh, mais, il ne faut pas trop lui dire, à ma fille ! Déjà qu'on lui propose régulièrement des boulots de mannequin. Et il est hors de question qu'elle quitte le lycée ! Sinon, je la mets à la porte !

- Maman, tu sais ce que j'en pense. Je te l'ai dit cent fois ! Je pourrais faire les deux, le lycée et le mannequinat, et je gagnerais de l'argent pour mes études ! argumente la jeune fille, que je trouve convaincante.

Et elle s'exprime clairement ! Une future avocate ?

- Non, ce n'est pas un vrai travail ! réagit Teiva fermement.

- En fait, tu veux m'empêcher d'être avocate ! crie Maeva à sa maman, gênée par la tournure de la discussion.

Puis, celle-ci se lève soudainement, se dirige vers sa chambre et claque la porte derrière elle ! Et elle a du caractère ! Une vraie ado en réalité… Cela me rappelle tellement de souvenirs. Je revois Paul claquer les portes, les unes après les autres, quand nous lui refusions, par exemple, une sortie le soir avec ses copains. Il avait l'art de m'exaspérer en nous faisant des demandes qui ne pouvaient se terminer que par des réponses négatives ! Quant à Pierre, il parvenait à rester de marbre, m'expliquant par a+b que cela ne servait à rien de s'énerver. Et, finalement, c'est son attitude flegmatique qui m'horripilait le plus à la fin ! Bref, en s'y mettant tous les deux, mais chacun de leur côté, ils savaient pertinemment comment me faire sortir de mes gonds et ils y parvenaient

Pour revenir à Maeva, je comprends Teiva quand elle lui refuse ce travail. Elle a des attentes tellement importantes pour sa fille, le lycée restant la priorité. Mais, je pense avoir trouvé la solution en la personne de Nathalie qui depuis le début de cette formidable histoire me demande comment les remercier, sans pour autant avoir l'impression de les acheter, mais en les aidant d'une manière ou d'une autre. Ce qui est très délicat ; nous ne souhaitons surtout pas les choquer par un geste déplacé. Comme dans cette histoire malheureuse que j'ai eu l'occasion de raconter à mon amie : une jeune Tahitienne a fait adopter son bébé par une femme de Métropole. Celle-ci lui avait promis qu'elle pourrait voir son bébé régulièrement durant les semaines qui suivent son accouchement. Or, dès le lendemain de sa sortie de l'hôpital, la jeune maman a réalisé que la femme avait quitté Tahiti avec son bébé, sans l'avertir, mais après lui avoir offert des tonnes de cadeaux ! Ce n'est pas le style de Teiva d'attendre monts et merveilles en faisant adopter son petit-enfant. Ni celui de Nath de donner le sentiment d'acheter le bébé par des monticules de cadeaux. Mais, en participant au financement des études de Maeva, ce serait un joli geste de sa part que la grand-mère apprécierait. Enfin, j'espère…

Pour détendre l'atmosphère, je raconte les nombreuses colères que nous subissions avec notre fils, Paul. Je réalise que je peux en parler de plus en plus facilement, sans la crainte de finir en larmes. Nous finissons toutes les trois même par en rire, chacune surenchérissant avec une anecdote. Je pense à Maeva qui doit nous entendre, sans forcément écouter aux portes, vu la finesse des parois ! Peut-être rit-elle toute seule dans sa chambre à l'écoute des histoires de Paul...

Avant de repartir, je me permets de frapper à sa porte pour lui dire au revoir, ne souhaitant pas la quitter sur cette dispute. Je la trouve assise à son bureau en train de travailler. Sa chambre est si vétuste. Seuls des images d'acteurs, de chanteurs, déchirées dans des magazines viennent égayer les murs de sa chambre.

- Je viens te saluer, Maeva. Et, pour te dire également que mon amie Nathalie te propose de te donner son numéro de téléphone, si tu le souhaites. Tiens le voici. Ta maman est d'accord... Tu peux l'appeler quand tu veux. Enfin, en tenant compte du décalage horaire, dis-je, en souriant.

- Merci beaucoup ! Si cette dame vous ressemble, je suis contente pour le bébé. Je vous apprécie, je sens que vous êtes une belle personne. J'aurais bien aimé que ce soit vous sa maman.

- C'est gentil, Maeva ! je réponds, toute émue, les larmes aux yeux. Tu verras, Nathalie est aussi une très belle personne. Nous sommes un peu différentes toutes les deux, évidemment, chacune ayant ses qualités et ses défauts, comme tout le monde. Mais ce dont je suis sûre, c'est qu'elle fera tout pour rendre ton enfant heureux. Appelle-la et discutez toutes les deux, tu peux lui parler en toute confiance !

Elle se met soudain à pleurer. D'émotion, de tristesse ? Sûrement un peu des deux. Tout n'est pas blanc, tout n'est pas noir, dans ce genre d'histoire. Et, tout n'est pas rose, non plus dans sa vie. Je la prends dans mes bras et lui explique que c'est normal de pleurer, que se rencontrer a été extrêmement émouvant, et ce le sera encore plus quand elle découvrira Nathalie dans quinze jours. Et, que donner son bébé n'est pas du tout anodin, je rajoute sans trop en rajouter de peur qu'elle change d'avis !

Mais, par ces paroles, je voulais lui montrer dans quel état d'esprit, nous étions, Nathalie et moi. Loin de nous l'idée de lui arracher son bébé. Au contraire, l'esprit *Fa'a'amu*, le don, est bien présent dans notre relation.

- Et, puis, si tu pleures souvent, sache que c'est la faute des hormones ! C'est normal, je lui déclare pour la rassurer.

- Puis, je lui fais un clin d'œil. Elle se met alors à sourire...

J'ai abandonné Teiva et sa cousine qui, je l'imagine, vont profiter de l'après-midi pour compléter leurs potins de Radiococotier. A peine installée dans ma voiture, je sors mon portable pour appeler la maman adoptive. En effet, Nath m'avait donné comme consigne de lui téléphoner à n'importe quelle heure, quitte à la réveiller. *« Et, flûte, pas de réseau ! Pas étonnant que ça ne passe pas au fond de cette vallée ! »*

Je démarre. Puis, je m'arrête un peu plus loin, en espérant avoir mes deux petites barres sur mon portable. Ouf, ça sonne…

- Allo ? C'est toi Clarinette ? Alors, raconte ! me répond Nath, survoltée.

La pauvre ! Elle devait être suspendue à mon appel depuis un bon moment à se ronger ses beaux ongles. J'espère qu'il lui en reste…

- Bonjour, quand même ! Enfin, bonsoir, pour toi ! Il est minuit à Bordeaux ? Tu ne dormais pas ?

- À ton avis ? Dussè-je veiller jusqu'au matin, j'attendais désespérément ton coup de fil !

- Bon, assez palabré ! Maeva, la petite maman, est une jeune fille absolument adorable et superbe. La vraie tahitienne. Elle est mignonne comme tout. Et, comme toi, bien sûr, elle a hâte de te rencontrer.

- Donc, ça s'est bien passé ce matin ? me demande Nath qui, je sens, a encore besoin d'être rassurée.

- Oui, ne t'inquiète pas. Teiva et Maeva sont toutes les deux ravies que ce soit toi qui accueilles le bébé. Et, à propos de Maeva, tu cherchais comment les aider sans pour autant donner le sentiment d'acheter l'enfant. Je pense avoir trouvé une solution. Elle souhaite faire des études après son bac. Elle envisage d'être avocate ! Tu vois, elle est ambitieuse !

- Je pense avoir deviné… Je pourrais financer ses études, c'est ça ? propose Nath.

- C'est ce que je me suis dit. Tu verras, elle a beaucoup de mérite. Elle a une toute petite chambre, avec le strict minimum, dans une maison en tôle. Je ne souhaite pas dramatiser les choses et tu te rendras compte par toi-même ! Le problème, c'est que sa maman refuse qu'elle soit mannequin pour gagner de l'argent pour financer ses études.

- Elle est belle à ce point ?

- Oui, je t'assure ! Une vraie miss France ! dis-je, en riant.

- Et elles seront d'accord que je l'aide de cette manière ?

- J'en suis certaine, l'avenir de sa fille est une priorité. Mais pas à n'importe quel prix, tu comprends ? Pas au point de laisser sa fille faire du mannequinat. Ce serait formidable pour elles deux, et surtout pour Maeva ! Et, cela leur apporterait un tel soulagement ! Tu pourras leur en parler quand tu viendras. C'est à toi de le faire, pas à moi. Et j'ai appris des choses par la cousine…

Et je continue avec les nouvelles informations récoltées auprès de la cousine au sujet du papa…

Après l'avoir rassurée sur son adoption, qui se présente sous les meilleurs auspices, nous nous quittons, avec la joie de nous retrouver très vite. Nath, à Huahine ! Qui aurait pu imaginer il y a un an, alors que j'étais au fond du gouffre, que nous nous donnerions rendez-vous sur une île paradisiaque, au milieu du Pacifique ? Elle pourra vérifier par elle-même qu'Arthur est méconnaissable ! Je lui en laisse la surprise ! Car je n'oublie pas que l'objectif principal était sa santé mentale. Avec cette formidable victoire sur l'horreur qui l'a traumatisé, je réalise le chemin parcouru par lui, par moi, et avec le recul, à quel point, je peux être fière de mon bonhomme. « Tu peux également être fière de toi ! Tu n'as pas lâché ! » Pourtant, des petites piques de culpabilité continuent à faire mal de temps en temps, moins qu'avant certes, mais qui réussissent à poindre suffisamment leur nez pour me rendre coupable d'être heureuse sans eux, de vivre cette belle aventure sans eux, de ressentir de belles émotions sans eux, de me lever chaque matin, avec le lagon sous les yeux, sans eux… De vivre une vie amoureuse, sans lui. Néanmoins, c'est la sérénité qui l'emporte : quand je pense à mes trois amours, que j'évoque une anecdote familiale, que je raconte un souvenir, c'est le plus souvent avec le sourire. Alors pourquoi cette culpabilité me pourchasse-t-elle ? Va-t-elle devenir ce genre de copine collante dont on se débarrasserait volontiers ? Est-elle une compagne à vie ? Ou décidera-t-elle, un jour, qu'il est temps de me libérer de ce sentiment toxique ? Mon père avait l'art de sortir des expressions selon les situations. Aujourd'hui, il me dirait une phrase de Coluche : *« La vie te mettra des pierres sur ton chemin. A toi de décider si tu en fais un mur ou un pont. »* S'il avait su quelles pierres je rencontrerais un jour dans ma vie… Mais celle-ci en a voulu ainsi… Le pont en pierre est en bonne voie de reconstruction. Pourquoi ne pas envisager un viaduc finalement. Avec cette belle histoire de bébé pour Nath, la vie me fait un beau cadeau. Jamais sans ce drame, Nath n'aurait eu d'enfant ! Une belle pierre pour finir le pont…

C'est toute enjouée que je reprends le chemin de Fare. Heureusement car je dois y retrouver mes chères bénévoles pour aborder notre second projet : « la bibliothèque à la plage » ! Encore une belle mission en perspective…

Chapitre 15

Papeete 13h40. On time.

Le panneau d'affichage des vols en provenance de Papeete annonce que l'avion de Nath arrivera à l'heure. Ouf ! Nous sommes tellement excités, Arthur et moi, que nous n'aurions pas supporté une minute de plus. D'autant plus que ce n'est plus un garçonnet de dix ans qui est à côté de moi, mais un kangourou qui n'arrête pas de sautiller. Le hall étant désert pour l'instant, j'accepte encore ces gesticulations animales. Mais vu les regards noirs des rares personnes présentes, les remarques désobligeantes sur le drôle de comportement de mon fils ne vont pas tarder ! « *Il est temps que tu arrives, Nath !* »

L'aéroport de Huahine ressemble plus à nos petits aérodromes de province qu'à un aéroport international. Pourtant, des dizaines de milliers d'étrangers y transitent ! Se situant sur une île, le Motu Maeva, la piste d'atterrissage est, paraît-il, tout aussi impressionnante que celle de Tahiti… Cela me rappelle notre arrivée à Papeete avec le stress d'un amerrissage immédiat !

Accueillir ma meilleure amie, ici, à Huahine avec ces colliers de fleurs, jamais je ne l'aurais cru ! Incroyable comme le destin peut nous amener à vivre des moments étonnants et imprévisibles… C'est clair que la vie m'a écrit un scénario que les plus grands auteurs à l'imagination débordante n'auraient même pas imaginé ! J'apprécie tout particulièrement cette séquence, mais j'ai également apprécié celles de l'offre d'emploi qui n'attendait que moi, celle du pique-nique avec son accueil formidable, celle de notre arrivée au faré, un petit trésor posé au bord de la plage, celle de ma rencontre de Vianney, bien sûr, professeur d'Arthur et moniteur de plongée, la cerise sur le gâteau ! Quel beau script ! Je dis tout cela comme si tous ces évènements étaient irréels, tout droit sortis d'un film. Parfois, j'ai le sentiment de jouer mon propre rôle. Ce que je vis en réalité, était-ce déjà écrit ? Était-ce mon destin de vivre tout cela ? Certains y croient au destin. Moi, non, pas du tout. Je suis persuadée que chacun va où sa vie l'amène, en fonction des évènements heureux ou douloureux qu'elle lui réserve, et que chacun gère, comme il peut. Plus ou moins bien, selon sa personnalité, ses capacités émotionnelles, selon les rencontres inopinées, qui tendent ou non la main, que chacun choisit de prendre, ou pas… Mais, je ne crois pas que notre vie soit déjà toute tracée, comme un scénario déjà tout écrit. Nous ne serions alors pas les maîtres de nos actes ! Selon cette hypothèse, Pierre, Paul et Marie étaient donc destinés à mourir dans un accident de voiture, pour objectif que je débarque sur cette île perdue du Pacifique ? Et, comme clap de fin, la scène d'aujourd'hui : l'accueil de ma meilleure amie et un bébé, comme cadeau de bienvenue ? Un peu tirée par les cheveux, comme histoire, non ? Trop burlesque ! Trop fantaisiste pour moi ! Et, enfin, juste envisager que quelqu'un d'autre déciderait à ma place, non merci ! Je n'ai besoin de personne. Il me semble que je ne m'en sors pas si mal… Ma vie est tout, sauf burlesque et fantaisiste, elle est réelle !

En pleines réflexions métaphysiques, Arthur m'annonce soudain qu'il aperçoit l'avion rouge et blanc ! En effet, l'appareil aux couleurs d'Air Tahiti descend tranquillement en direction de la piste d'atterrissage. Rien que d'imaginer Nath survolant la piste posée sur le lagon, mes mains en deviennent moites ! Quant à mon fils, il ne rate pas une miette de l'arrivée de l'ATR-42, dont il vient fièrement de m'apprendre le nom. Et, vu les mouvements de ses mains, il n'est plus avec moi, mais dans le cockpit. Il est dans son monde, il est heureux, c'est l'essentiel. Je ne me lasse pas de regarder mon fils que je redécouvre. Il est redevenu lui-même, tel que je l'ai toujours connu, avec ses bizarreries et ses richesses. « *Je t'aime mon chéri !* » Même si je l'ai tenue au courant de son évolution, Nath n'en reviendra pas.

Nous apercevons les voyageurs descendre l'échelle, puis marcher sur le tarmac. Des touristes pour la plupart, mais également des locaux. Et, je la vois ! Arthur aussi, car, brusquement, il se glisse sous la rambarde et se met à courir vers elle. Alors qu'il est évidemment strictement interdit de dépasser cette limite. Un gendarme qui surveille l'arrivée se retourne et me fait les gros yeux ! Nous nous observons, puis nous nous reconnaissons : l'officier de gendarmerie du *marae !* Je lui fais un joli sourire, un peu gênée par le comportement de mon fils. Alors qu'il s'avance vers moi pour me faire, très certainement, une remarque désobligeante, le flot des touristes me sauve. En effet, ces derniers l'obligent à rejoindre son poste. Soudain, une masse remplit le hall. Auparavant très calme, l'ambiance devient survoltée. Les hôtels accueillent leurs clients avec colliers de fleurs, musique et danseurs, conformément aux coutumes locales, et désormais, pour contenter le touriste.

À peine ai-je le temps de chercher Nathalie parmi tous ces arrivants, que j'entends :

- Claire !

Je la vois, lui tends mes bras et la serre contre moi. Que c'est bon ! Je la regarde avec le collier d'Arthur déjà autour du cou. J'éclate en sanglots en lui posant la couronne de tiarés sur sa tête. J'ai tant attendu ce moment. Mais, c'est un cocktail d'émotions indescriptibles qui jaillit en moi. De plus, en la voyant, tout remonte : Bordeaux, notre vie d'avant, l'accident... Ces émotions de joie, de nostalgie, et tant d'autres me submergent, nous submergent toutes les deux. Nous sommes bien, toutes les deux, à pleurer ainsi, au milieu du hall de l'aéroport ! En nous observant, Arthur intervient :

- Sympa l'arrivée !

En entendant sa réflexion, nous nous mettons à rire, à rire aux larmes ! Mais que nous essuyons rapidement.

- Ah, quand même ! grommelle-t-il.

Ce qui redouble notre rire. Grâce à mon fils, la joie reprend le dessus, et c'est main dans la main que nous quittons le hall, chargés comme des mulets. Devant ma voiture, mes yeux passent de sa grosse valise à mon petit coffre ! Totalement inenvisageable de la ranger, sans rabattre la banquette. C'est ainsi que nous parvenons, non sans mal et en riant à nouveau, à porter son énorme valise à l'intérieur ! Mais, plus de place pour Arthur... Ce dernier s'assoit tout naturellement dessus ! Le problème finalement rapidement résolu, nous quittons l'aéroport.

- Ce n'est pas un peu dangereux ? Et que vont dire les gendarmes s'ils nous arrêtent ? s'inquiète Nath, en regardant mon fils brinquebalé à l'arrière.

- T'inquiète, ils ne disent jamais rien ! Et puis, on les connaît, les gendarmes, hein maman ? s'exclame Arthur.

- Bienvenu à Huahine ! je rajoute.

Sidérée, mon amie l'observe. Je crois qu'elle comprend à quel point Arthur va bien. Je lui souris. J'ai envie de hurler : *« Je suis heureuse ! »*, mais, raisonnable, je me retiens. Mais, quel bonheur d'avoir à mes côtés les deux personnes que j'aime le plus au monde ! Je réalise à quel point Nath m'a manqué.

Après être passés devant la façade nouvellement repeinte de la bibliothèque, nous arrivons au faré.

Bien entendu, l'effet « waouh » marche également pour notre invitée. Elle sort de la voiture et reste sans voix devant ce paysage. Je me revois à travers elle, quand nous sommes arrivés, Arthur et moi. Il n'y a pas une journée où je ne m'émerveille pas, et je me répète, à ce moment-là, qu'il est interdit de s'en lasser ! Le risque est en effet d'être blasé de cette beauté qu'on a la chance d'avoir chaque matin en se levant. Mais, l'effet « waouh » est encore bien présent chez moi aussi !

Nous avons réaménagé le faré : Nath est installée dans ma chambre, moi dans celle d'Arthur, et celui-ci sur un matelas dans le salon. Les vacances étant seulement dans une semaine, il est ravi de camper. Rapidement, nous l'amenons sur la plage. Puis, nous nous asseyons toutes les deux. Arthur est déjà parti se baigner. Nous nous taisons, nous tenons à savourer cet instant à sa juste valeur. Enfin, elle me déclare :

- C'est juste fantastique ! Quand tu m'avais annoncé votre départ en Polynésie, tu te rappelles, j'avoue que je me disais que vous reviendriez vite, que c'était une histoire de trois ou quatre semaines, que c'était une idée complètement folle ! Je m'étais beaucoup inquiétée pour vous deux, vous partiez vers l'inconnu ! En réalité, tu as bien fait de n'écouter que toi et de ne pas suivre l'avis de ton entourage. Ton cœur de maman avait raison, ton idée de partir à l'autre bout du monde était la meilleure. La preuve ! ajoute-t-elle, en regardant Arthur courir dans l'eau. Tu as fait un travail fabuleux ! Pierre doit être fière de toi !

- C'est gentil ce que tu me dis et ce que tu me confies. Je ressentais ton inquiétude, et elle était justifiée. Voir sa meilleure amie tout quitter comme je l'ai fait. Cela aurait été pareil pour moi à ton égard ! Et, comme tu l'as dit, une maman sait ce qui est bon pour son enfant… A propos d'enfant, tu dois être impatiente de rencontrer enfin Maeva ?

- Tu n'imagines pas ! confirme-t-elle, avec un sourire lumineux. Je ne t'en parlais pas, car je souhaitais d'abord vivre pleinement nos retrouvailles ! Mais, puisque tu en parles… Quand irons-nous chez elles ?

- Teiva souhaite venir ici avec Maeva. En fait, je crois qu'elle a honte de son logement et qu'elle serait gênée de te montrer dans quelle condition Maeva vit sa grossesse.

- Comme elle le souhaite ! Je ne veux en aucun cas être une source de gêne. Quant à l'aide financière, j'ai vu avec mon banquier et il m'a proposé une formule sous forme de donation échelonnée. Maeva pourra ainsi étudier sans se soucier du problème d'argent. Je le lui annoncerai, mais pas lors de notre première rencontre. Un peu plus tard, quand nous nous connaitrons mieux. Qu'en penses-tu, toi qui les connais ?

- C'est très bien ! J'ai l'étrange impression que nos rôles se sont inversés, non ? Habituellement, c'est toi qui me rassures, toujours confiante, quelle que soit la situation ! Je suis tellement contente pour toi ! je lui glisse en la prenant dans mes bras.

Et, sur ce, elle me désigne aussitôt comme la future marraine ! Ce que j'accepte très émue et toute fière ! Mais, une question me turlupine : quid du parrain. N'ayant pas de papa, ce bébé aura besoin d'un parrain bien présent ! Je lui demande, bien curieuse de savoir qui elle a choisi :

- Figure-toi que ce sera Louis, ton copain de Bordeaux. On s'entend comme larrons en foire, tous les deux ! D'abord collègues, nous sommes devenus de vrais copains. On a dû se serrer les coudes quand tu es partie et il a fallu cravacher dur, tu sais ? Je ne t'ai pas tout raconté quand tu m'appelais pour me demander comment ça marchait à Bordeaux et à Arcachon. Je voulais te dispenser de nos problèmes de boutiques. Les débuts ont été un peu compliqués, mais la librairie d'Arcachon marche du feu de Dieu. Grâce à Louis ! Il est comme un poisson dans l'eau dans sa nouvelle fonction, et il nous le rend bien. Il fait du super travail !

En me rassurant ainsi sur nos deux magasins, mon amie me retire un sacré poids sur la conscience, les ayant lâchement abandonnés. Une vraie ingrate !

- Je ne te remercierai jamais assez de m'avoir laissé partir, en te laissant les deux boutiques sur les bras ! Mais je savais que tu y arriverais et en prenant Louis, j'étais sûre de parier sur le bon cheval !

- En le nommant gérant, tu as fait un excellent choix. Je ne te cache pas que j'étais super inquiète, voire sceptique, à l'ouverture. Il ne s'agissait pas de louper notre première saison. Mais il s'est très bien débrouillé. Quant aux remerciements, il me semble que je pourrais te dire la même chose, non ? M'offrir un bébé, n'est-ce pas le plus beau cadeau de remerciement que tu pouvais me faire ? Nous sommes quittes !

Je lui demande alors où en sont ses démarches administratives. Mon amie me rassure, en m'indiquant que tout suit son cours et qu'elle se rendra cette semaine à Papeete pour rencontrer les services sociaux. Elle semble si sereine, comme sur un petit nuage… Je serais tellement inquiète à sa place, le plus microscopique grain de sable pouvant tout annuler ! Je n'ose imaginer dans quel état nous serions toutes les deux !

- Et donc, tu reviendras pour la naissance ? je lui demande, comme pour conjurer le mauvais sort.

- Oui, tout est déjà organisé, me répond-elle, le sourire béat, avec ses yeux bleus, couleur lagon.

« J'imagine ! », je me dis, en songeant au bonheur futur de Nath.

Toutes les deux, nous observons mon Arthur qui saute, plonge, court. Infatigable ! Sur ma petite plage de Huahine, je prends conscience de l'importance des jours que nous allons passer ensemble et de la valeur de notre amitié.

- Tu penses que tu reviendras à Bordeaux ? Que tu pourras quitter tout cela ? me demande Nath, perplexe, en me désignant tout ce que nous avons sous les yeux. Et, en plus, pour couronner le tout, il y a un homme, si j'ai bien compris...

Moi-même, je ne savais que lui répondre quant à mon avenir... Que de fois, je me suis posé la question : « *Où est ta vie et celle d'Arthur ?* » Depuis quelque temps, cette question revient en boucle ! Mais, je préfère alors l'ignorer, plutôt favorable à la politique de l'autruche. « *Profiter de l'instant présent* ».

Sentant que sa question m'avait déstabilisée, elle poursuit :

- Ne t'inquiète pas de Bordeaux ! Avec Louis, nous gérons ! Je viens d'arriver, savourons les moments présents !

Serions-nous à ce point si proches l'une de l'autre que nous arriverions désormais à lire dans ses pensées ? Je lui prends la main et la serre. C'est ma réponse à sa question. Pour l'instant, je lui propose d'aller déjeuner. En se dirigeant vers la maison, elle passe son bras sous le mien et me relance sur Vianney :

- Bon, par contre, tu vas tout me dire sur cet homme qui te met des étoiles dans les yeux, dès que je prononce son nom !

Et me voilà, à tout lui raconter sur mon cher ami de Huahine. Cette fois, sur le sujet, je suis intarissable ! Et, quand je lui annonce qu'il vient dîner ce soir, elle me déclare avoir hâte de rencontrer celui qui rend sa meilleure amie si heureuse !

Après le déjeuner, Nath s'est octroyé une bonne sieste dans sa chambre, ne se sentant pas de taille à combattre le décalage horaire, l'ennemi numéro un de tout touriste métropolitain. Pendant ce temps, pas de sieste pour moi, mais du travail en prévision de ma semaine à venir, qui ne respectera sûrement pas les trente-cinq heures… Je compte bien profiter de mon amie malgré la charge de travail que m'occasionne le second projet de la bibliothèque. Pareil pour Arthur qui, étrangement, ne s'est jamais autant avancé dans ses devoirs ! Ensuite, une belle après-midi bain de soleil ! Que du bonheur ! Il faut en profiter, car la météo nous annonce malheureusement ces satanées pluies.

Après la partie serviette-baignade-lecture, nous attendons impatiemment Vianney. Chacune pour une raison différente : pour moi, parce que je ne l'ai pas vu depuis quarante-huit heures, et pour elle, pour ne pas l'avoir vu du tout, et donc le découvrir enfin ! J'observe mon amie, assise en face de moi, profitant qu'elle ait les yeux fermés. Un cocktail dans une main et une cigarette dans l'autre, avec sa robe toute simple en lin blanc, qui fait ressortir son tout premier hâle, Nath est ravissante ce soir, comme d'habitude ! Elle ne vieillit pas, une éternelle jeunette ! Il ne s'agirait pas que mon Vianney tombe sous son charme ! Que mon amie reste seule a toujours été un mystère pour moi. Quoique... Le peu qu'elle m'a raconté sur son ex aurait de quoi en dégoûter plus d'une de vouloir reconstruire une relation amoureuse ! Un viol quasi quotidien, caché sous le soi-disant *devoir conjugal*, qui a bon dos, celui-là... Tout en lui refusant un enfant ! Elle en a bavé, elle aussi. Nous avons eu chacune notre dose de malheurs, mais la vie nous offre à toutes les deux une chance de rebondir...

Je ne sais qui, de nous deux, se lève la première au bruit de la jeep. Ce qui déclenche aussitôt un bel éclat de rire ! De vraies gamines !

C'est ainsi que Vianney nous découvre sur la terrasse.

- Je vois que c'est joyeux ici ! Nathalie, c'est ça ?

Ils s'embrassent tous les deux. Quelle joie pour moi de les faire enfin se rencontrer ! Que n'ai-je pas raconté à Vianney de mon amie Nathalie ? Il sait tout sur elle. Cette soirée est un enchantement : Arthur et Nath avec moi, sous les cocotiers, rafraichis par de doux alizés, avec les vagues de l'Océan Pacifique en bruit de fond... Si ce n'est pas le Paradis, cela doit y ressembler ! Les conversations sur moi vont bon train, Vianney profitant de sa nouvelle voisine de table pour en découvrir encore plus sur sa chère et tendre Claire. Nath ne se laisse évidemment pas prier. Ce qui parfois provoque de bons moments de rire. Sans parler de nos meilleures anecdotes de travail que ma sœur de cœur sait fort bien raconter :

- Tu te souviens de la fois où...

Je ne m'en lasse pas de l'entendre imiter nos clients. Mais, à cet instant, je ne l'écoute plus, je n'entends que leur rire. Je savais qu'ils s'entendraient à merveille ! J'en aurais été d'autant plus malheureuse si cela n'avait pas été le cas. Ainsi, je suis heureuse de ne pas m'être trompée.

À la fin du diner, Nath commence à piquer du nez. Tranquille, sa première journée a été cependant riche en émotions, et les douze fuseaux horaires qui nous séparent de la Métropole ne pardonnent pas ! Direction la chambre pour ma chère invitée...

Quant à Vianney et moi, hors de question de nous coucher ! Nous rejoignions notre cocotier, l'endroit très certainement le plus romantique de l'Ile. Notre arbre tente désespérément de toucher l'eau, mais n'y parvient toujours pas ! Nous grimpons dessus, puis nous nous asseyons, face à la lune, ronde comme un point sur un i. En cette fin de soirée, l'air est lourd en humidité, les alizées nous ayant abandonnés. Heureusement, la mer nous offre malgré tout une petite brise légère qui parvient à rafraichir l'atmosphère.

- Très sympa, ta copine !

- Je ne peux qu'acquiescer ! Je suis contente que vous vous entendiez bien ! Comment aurais-je fait si cela n'avait pas été le cas ? Imagine !

- Les amis de mes amis sont mes amis, non ? Enfin, d'après le dicton. Ce qui m'étonne, c'est qu'elle soit toujours célibataire, ajoute-t-il en passant son bras par-dessus mon épaule. Elle est tellement séduisante !

Pour plaisanter, je fais semblant de le pousser à l'eau, puis lui déclare sur un ton faussement jaloux :

- Dis, tu ne vas pas succomber à son charme ?

- Qui sait ? Avoue que ton amie est particulièrement belle, et qu'elle doit en faire craquer plus d'un ! Pourquoi pas moi ? rétorque-t-il en me regardant, le sourire en coin.

Jouant à la femme faussement jalouse, je fais semblant de le pousser pour le faire tomber à l'eau. Mais voilà que Vianney m'entraine avec lui dans sa chute, me tenant toujours la main ! Et, nous voilà tous les deux dans l'eau, les quatre fers en l'air ! D'abord surpris, nous éclatons de rire dans la seconde qui suit. Mouillée pour mouillée, j'enlève ma robe pour prolonger autrement ce moment de complicité. Il en fait de même. Nous voici nus avec la mer pour nous seuls, tout juste éclairée par la lune. Après les jeux coquins qui nous ont amenés au septième ciel, place au jeu de la femme pourchassée par un homme à la vengeance cruelle ! Essoufflés et exténués par notre course effrénée, nous finissons, quelques minutes plus tard, par nous écrouler sur le sable.

Tout en reprenant mon souffle, je repense à la réflexion de Vianney sur le célibat de Nath. Je n'ai, en effet, jamais abordé avec lui la première partie de sa vie, lorsque je ne la connaissais pas encore. Ces années qu'elle-même préfère oublier… N'y voyant pas l'intérêt, je ne lui ai pas parlé de son ex-mari qui l'a meurtrie dans sa chair, et peut-être pour la vie. Face à une femme qui dégage un charme certain, je comprends la perplexité de certains hommes, surtout ceux qui aimeraient la connaitre plus, dont l'un pourrait probablement lui offrir une vie de couple enfin heureuse. Mais, mon amie les ignore, ne « voyant » ni leur attitude ni leur galanterie qui ne laissent évidemment planer aucun doute sur leurs intentions… Certains sont vexés par son indifférence. Lassés, ils disparaissent. D'autres s'accommodent en lui offrant seulement leur amitié qui dure rarement très longtemps. En effet, quel homme célibataire accepterait d'être juste le bon copain d'une femme aussi charmante ? J'en connais deux qui se sont accrochés à cette amitié, en espérant plus par la suite… Mais, du jour au lendemain, je ne les ai plus revus à ses côtés. Nath est donc une sacrée femme qui en a désespéré plus d'un !

Finalement, à y réfléchir, Nath a peu d'amis autour d'elle, que ce soient filles ou garçons. De ce fait, je me considère chanceuse de faire partie de son cercle d'amis, que l'on ne compte que sur les doigts d'une main. Peu nombreux, mais fiables et précieux. Comme elle. Je suis contente que Louis, notre responsable du magasin d'Arcachon, et Caroline, son épouse, aient intégré ce cercle. A propos d'amis, après le décès de Pierre, j'ai réalisé à quel point c'était délicat pour une femme seule d'avoir des amis en couple. Lorsque j'étais gentiment invitée chez des amis ou plutôt des relations, je fais désormais la distinction entre les deux termes, j'étais le pion solitaire. Ainsi, lorsque arrivait le moment de passer à table, je me faisais alors toute petite. Et, ma solitude me revenait en pleine face... Par réflex, je cherchais Pierre. Pierre qui n'était plus là pour s'asseoir en face de moi. Des plans de table qui auraient été simples devenaient à ce moment-là soudain compliqués ! « Mince, le nombre de nos convives est impair ! Comment je fais, chérie ? » afin de respecter évidemment le chapitre 8 paragraphe 3 de l'ouvrage *« Le Savoir-vivre »* de Nadine de Rothschild, que toute bonne maison de la bonne bourgeoisie bordelaise devait posséder. Bref, fatiguée de me retrouver dans ce genre de situations, j'ai fini, tout comme Nath, par fuir ces rendez-vous mondains qui ne me manquent d'ailleurs plus du tout, surtout à Huahine ! Nous étions l'un des rares couples que Nath avait comme amis. Elle était même plus qu'une copine, puisqu'elle était un membre à part entière de la famille Keradec !

- À quoi réfléchis-tu ? À ta vengeance cruelle et sanguinaire ? plaisante Vianney. Faut-il que je prépare ma contre-offensive ?

- À toi ! je lui mens instinctivement. Surtout ne change pas, Vianney ! Je t'adore !

- Je sais !

Malgré le sable, il m'enroule de ses bras. Une vraie scène d'un mauvais film américain ! Allongée sur son corps ensablé, nous nous embrassons et une envie intense de nous offrir l'un à l'autre nous submerge… À nouveau.

Chapitre 16

Ce matin, dès son réveil, Nathalie est déjà dans tous ses états. A la joie de rencontrer Teiva et Maeva, s'ajoutent la crainte, l'appréhension, l'impatience et l'excitation. Bref, un joli cocktail malgré l'heure matinale ! Elle parvient même à me fatiguer à regarder sa montre de manière incessante, à marcher de long en large, à se lever pour un rien ! Mais, je la trouve extrêmement touchante.

Au petit-déjeuner, elle ne peut rien avaler... Et mon amie me confie qu'elle n'a pas dormi de la nuit. La tempête n'a pas dû arranger son insomnie ! Moi non plus, je n'ai pas beaucoup plus fermé l'œil de la nuit, le vent soufflant de façon impressionnante avec une pluie battante. D'ailleurs, celle-ci n'a pas arrêté de tomber depuis. *« Un vrai temps de Toussaint ! »* je plaisante pour détendre l'atmosphère. Certes, il y a mieux comme réflexion pour mettre de l'ambiance ! Bref, je fais chou blanc ! Ici, c'est une journée classique de la période des pluies. Cela ne nous inquiéterait pas si nous n'attendions pas Teiva et Maeva ! Nathalie est, par conséquent, morte d'inquiétude que les deux femmes m'appellent, en nous apprenant que la météo les empêche de venir ! Je n'en mène pas large, non plus, en buvant mon café ! En effet, je pense aux inondations souvent nombreuses, du côté de chez elles, à Huahine Iti, provoquant alors des dégâts sur les routes. J'espère bien sûr que ce ne sera pas le cas cette fois-ci ! Mais, de tout cela, elle n'est pas au courant, donc je tâche de ne pas montrer mon stress qui ne ferait qu'augmenter le sien. Heureusement pour nous, la météo indique des éclaircies en fin de matinée. La grand-mère et la maman du bébé venant en début d'après-midi, je suis donc plutôt optimiste. Je rassure Nath du mieux que je peux :

- Ne t'inquiète pas pour le temps, c'est comme en Bretagne, il fait beau plusieurs fois par jour !

- Au moins, j'ai réussi à la faire sourire !

Pour lui changer les idées, et malgré le temps affreux, je décide de lui montrer le petit marché de Faré et ses étals si typiques. C'est donc sous une pluie battante que nous prenons la voiture et roulons jusqu'au port. Les nids de poule remplis d'eau ce matin et de plus en plus nombreux en cette période sont compliqués à repérer. J'accrois ma vigilance ; il ne manquerait plus que nous crevions. Je nous imagine sous la pluie battante... Et, Vianney, parti en mer malgré le temps, ne pourrait même pas voler à notre secours !

Bien sûr, nous n'avons pas oublié d'enfiler les chaussures locales « spéciale saison des pluies », les fameuses méduses en plastique. Un accessoire indispensable que j'ai vite intégré, privilégiant la perspicacité à l'esthétisme ! Elles sont bien loin les réactions stupides de la métropolitaine obtus que j'étais. Désormais, j'en ai systématiquement une paire dans mon coffre ! J'ai réussi à convaincre Nath de les porter. En réalité, elle n'avait pas le choix : dire adieu à ses jolies sandales en cuir après être sortie ne serait-ce que cinq minutes sous la pluie ou porter mes chaussures en plastique hyper-résistantes et indémodables... La mort dans l'âme, il lui a fallu faire une croix sur les premières. En la voyant avec celles qu'elle a choisies, j'ai en effet plusieurs couleurs, je n'ai pas pu me retenir de rire. Quand elle s'est vue dans la glace avec les méduses vert-pomme aux pieds, sous le choc, elle m'a maudite, mais très rapidement, elle a ri franchement jusqu'à se prendre en photo !

Comme promis, entre deux averses, le soleil nous permet de déambuler au milieu des présentoirs recouverts de produits locaux, que je présente fièrement à Nath, maintenant que je les connais par cœur. Je hèle le jeune pêcheur, rencontré sur la plage le jour du *marae* . Lui-même me salue de la main en criant mon prénom, avec son large sourire habituel. Nath est sidérée de me voir aussi bien intégrée à la population locale. J'en suis fière, en effet, d'avoir été aussi bien accueillie par les habitants de cette île. Je suis persuadée que c'est la bibliothèque itinérante qui contribue à cet accueil. Grâce à elle, je me suis bien rapprochée de la population de Huahine, que je n'aurais pas autant rencontrée en restant enfermée dans ma bibliothèque. Merci les livres ! Je ne savais pas qu'un jour ils me soutiendraient de cette manière ! Un prêté pour un rendu ? Qui sait ?

A mon petit pêcheur, j'achète de quoi faire le fameux poisson cru que Nath doit absolument goûter, comme moi à mon arrivée, et que j'adore ! Sans oublier les fameuses chevrettes ! Je ris encore en pensant à notre quiproquo avec Mana'arii ! Après avoir complété nos achats de légumes et d'épices, nous rentrons avec une Nath qui a été éblouie par ce petit marché local. Au moins suis-je parvenue à lui faire penser à autre chose, ne serait-ce que quelques minutes, et à détourner son attention... Teiva et Maeva ne nous ont pas appelées... Bon signe !

Le soleil se dévoile. Quant aux nuages, ils restent accrochés comme à leur habitude au sommet de l'île, tel un petit enfant à sa maman. Lorsqu'ils passent au large de toutes ces îles volcaniques du Pacifique, celles-ci les attirent comme aimantés. D'autres poursuivent leur chemin, sans s'arrêter. J'observe le sommet *Pohue* que l'on peut voir de notre jardin et qui est coiffé à ce moment-là de nuages sombres qui amèneront très certainement de la pluie au centre de l'île. Tant mieux s'ils nous laissent tranquilles pour cette après-midi qui promet d'être riche en émotions...

Plus l'heure arrive, plus mon amie se tend, la crainte ayant pris le pas sur la joie. « Et si elles changeaient d'avis ? Et si c'était une erreur de ma part ? Ne suis-je pas trop vieille ? Est-ce bien ce que je fais ? ... » Vivement qu'elles arrivent pour mettre un terme à ce stress qui commence à me gagner !

Enfin les voilà ! Je les aperçois de la terrasse. Nathalie aussi. Je lui prends la main. Elle le sait, à partir d'aujourd'hui, sa vie va changer... Venues en truck, Teiva et Maeva remontent l'allée, tranquillement avec mes chers hibiscus en haie d'honneur. Avec leurs robes colorées traditionnelles, elles me font penser aux Marquisiennes de Paul Gauguin. Je les imagine sortir du tableau et déambuler sur mon chemin de sable... Quoique ! Mes deux vraies polynésiennes sont bien plus belles que les siennes, qui étaient bien plus enveloppées sur ses toiles... ! Un jour, avec Pierre, nous les avions admirées à Pont-Aven lors d'une de nos virées à deux, que nous affectionnions tant. J'aime beaucoup ce coin du Finistère Sud, pour son côté moins sauvage et plus doux que le Finistère Nord. Deux côtes siamoises, si proches mais si différentes. Comment aurais-je pu imaginer ce jour-là que je verrais les mêmes scènes que Paul Gauguin. Tout comme lui, mais un siècle plus tard, je suis charmée par les mêmes scènes, les mêmes ambiances qui n'ont pas changé tant que cela à Huahine, et tout aussi touchée par la gentillesse de ce peuple, comme lui, aux Marquises. Le peintre aurait pu peindre la mère et la fille, j'en suis persuadée, et intituler son œuvre, *L'arrivée des deux femmes*. Teiva et Maeva, superbes toutes les deux avec leur tiare à l'oreille, sont deux fleurs au milieu de cette végétation déjà luxuriante. Je décide de partir à leur rencontre. Mon amie préfère rester seule pour les observer en cachette.

- *Ia Orana*, toutes les deux ! Que vous êtes belles ! je leur crie, avant de les étreindre chaleureusement.

- *Ia Orana*, Claire. *Maururu* ! Merci de nous accueillir à nouveau chez toi. Quelle belle après-midi allons-nous passer ensemble, déclare Teiva, d'une voix empreinte déjà d'émotion.

J'acquiesce, en souriant, plutôt que lui répondre, étant moi aussi à fleur de peau. Cela promet !

Je les fais entrer dans le faré. Mon amie se tient debout au milieu de la pièce. Inutile de faire les présentations... Aussi émue l'une que l'autre et le cœur battant aussi vite, Maeva et Nathalie se regardent. Conscientes toutes les deux de la gravité, mais également de la beauté du moment qu'elles vivent. Ni l'une ni l'autre ne bouge, le temps est suspendu à leur réaction. Dans la pièce, l'émoi est réellement palpable. Je saisis la main de Teiva qui, je le sens, est sur le point de craquer. Voir sa fille enceinte face à la maman adoptive de son petit-enfant, quel moment bouleversant ! Je ne peux pas me mettre à sa place.

Enfin, mon amie s'avance vers la jeune fille et lui tend les bras. Alors, celle-ci se laisse prendre, acceptant volontiers la tendresse et le réconfort de cette femme qui sera la maman de son bébé. Par ce geste, toutes deux scellent leur accord. Quelle scène peut être plus poignante que celle dont je suis témoin ? Puis, se souvenant qu'elles ne sont pas toutes seules, le sourire aux lèvres, elles se tournent vers nous, Maeva vers sa maman, Nath vers moi. Elles viennent nous embrasser, à tour de rôle, comme pour nous remercier de les avoir mises sur le même chemin…

Après ces minutes intenses et poignantes, tant pis, je prends l'initiative de casser ce si beau moment, mais, je pense que toutes les quatre, nous avons besoin désormais de vivre des temps de légèreté et d'amitié pour le reste de notre après-midi. Par conséquent, je les invite à s'installer sur la terrasse et à boire un jus d'ananas frais, accompagné d'un gâteau, en précisant que tout est fait maison pour les circonstances. Nath relève en riant que, outre leur rencontre, c'est un autre fait exceptionnel qu'elles sont en train de vivre ! Très sympathiques, les discussions sont très naturelles, comme s'il s'agissait d'un café entre quatre bonnes amies qui ne s'étaient pas revues depuis longtemps… J'avoue que j'appréhendais les éventuels silences auxquels j'aurais eu à palier. Chacune souhaitant connaître l'autre, toutes les trois osent se questionner, se confier, relater tel ou tel événement, se renseigner… Au fur et à mesure, chacune s'apprivoise. Je les laisse parler, je n'interviens pas, ce temps n'est que pour elles. Je sens que l'émotion très intense de tout à l'heure est moins palpable et a laissé la place à plus de joie, au sourire, voire au rire vu le caractère enjoué de mes trois invitées !

Plus sérieusement, sentant que la fin de la rencontre approche, Nath ne veut pas les laisser partir sans aborder le sujet délicat de l'après-midi. J'ignore totalement comment Teiva va réagir. En effet, ce serait réellement dommage que ces si beaux échanges soient anéantis par un malentendu. Il est vrai que celle-ci a un tempérament bien trempé et très fier. Mais, c'est grâce à ce caractère qu'elle a superbement réussi l'éducation de sa fille ! Teiva est bien méritante pour cela. Va-t-elle ainsi accepter l'offre de Nath de financer les études de sa fille ? Va-t-elle concéder une part de son indépendance ? Il ne faudrait pas que la grand-mère le perçoive comme un achat déguisé du bébé, un acte très critiquable et heureusement de moins en moins fréquent en Polynésie. Cela m'horrifierait ! Bref, je croise les doigts.

Souriante, Nath amène le sujet avec diplomatie :

- Je ne reviendrai pas sur cette tradition du *fa'a'amu*, que je trouve si belle. Mais, je ne voudrais pas vous laisser partir sans vous montrer à quel point vous m'êtes toutes les deux très chères à mon cœur.

Un peu tendue, j'observe Teiva écouter attentivement mon amie Nath. Maeva est également tout ouïe.

- Ce que je vais vous offrir et proposer, il faudra le prendre comme un geste d'amitié de ma part. Hormis ma Claire, que je considère comme ma sœur, vous êtes désormais les deux personnes qui comptent le plus pour moi.

Son discours émeut la maman pour l'instant. Je le vois. Pourvu que cela dure… Mon amie lui annonce :

- Voilà, je te propose de t'aider dans les études de Maeva. Claire m'a fait part d'une source de conflit entre vous qui serait le financement de ses études. Et si cette aide peut te soulager de toute angoisse pour son futur, je serais ravie d'y participer. Totalement, en partie, tu me diras ! Prends cela comme un cadeau.

Vu les yeux de Maeva qui pétillent, celle-ci se voit déjà dans sa robe avocate au barreau de Papeete ! Mais, qu'en est-il de Teiva ? D'ailleurs, très rapidement, le grand sourire qu'elle avait sur les lèvres disparaît, consciente du caractère borné de sa mère.

Certes, je sais que cette dernière est têtue, mais qu'elle est surtout intelligente. Va-t-elle privilégier son indépendance à la carrière prometteuse de sa fille ? Je ne le pense pas. D'ailleurs, nous la voyons sourire, à sa fille tout d'abord, à Nath ensuite, puis elle lui déclare :

- Tu es une belle personne, Nathalie et je sais que le bébé sera bien avec toi. Merci pour ton offre que j'accepte. Un tel cadeau ne se refuse pas, je serais stupide de le refuser.

Je la vois se lever et l'embrasser. Maeva se jette également dans ses bras, pour la remercier de cette superbe annonce, et pour embrasser enfin sa maman, consciente encore une fois de l'effort que celle-ci a dû faire, en faisant une croix sur sa fierté. Une voie lui est désormais toute tracée pour son avenir professionnel. Teiva peut être fière de sa fille !

Toute ma vie, je me souviendrai de ce jour… Il restera gravé dans mon esprit à jamais. Outre l'intense émotion qu'a revêtue cette rencontre entre la maman naturelle et la maman adoptive, celle-ci avait un goût supplémentaire pour moi toute seule : ce beau moment n'aurait pas vu le jour si notre drame familial n'avait pas eu lieu. Certes, c'est terrible à dire, mais il a existé grâce à ce drame et non malgré ce drame, ce qui change beaucoup de choses pour moi… En effet, rien de tout cela ne serait arrivé, si mes trois chéris étaient encore auprès de moi, si l'accident n'avait pas eu lieu, si nous étions encore à Bordeaux tous les cinq. Je suis persuadée que cet heureux évènement n'est pas le fruit du hasard, mais un signe envoyé par mes trois amours. Quel cadeau ils font à Nath en lui confiant ce bébé ! Mais surtout, quel présent fabuleux ils m'offrent également : celui de la consolation. A travers ce bébé, ils m'envoient un message. J'ai l'impression de les entendre : *« Regarde ce qui ressort de notre drame à tous les cinq : un enfant pour notre chère Nath ! De notre malheur indescriptible, un bonheur indicible ! »* Evidemment, cette pensée n'enlèvera en rien mon éternelle blessure au plus profond de mon cœur. Mais, depuis cet après-midi, celle-ci est encore un peu plus cicatrisée. Un beau cadeau de Noël… En y pensant, c'est ainsi que je vois que je guéris, jour après jour : j'ai réussi à outrepasser ma tragédie personnelle, en mettant ma rancœur, ma haine, ma colère, ma tristesse au fond de mes poches pour en faire ressortir une vraie source de bonheur. Il y a quelques mois, rien de tout cela n'aurait pu avoir lieu, encore trop ancrée dans ces émotions toxiques.

Après les émotions justement, place au concret avec les joies de l'administration !

En effet, dès le lendemain, à peine descendue de son petit nuage, Nath a en effet rendez-vous à Papeete avec les services sociaux, un passage obligé qui casse un peu la magie de cette rencontre. Il ne manquerait plus qu'un papier vienne enrayer la procédure qui, pour l'instant, se déroule comme du papier à musique. Je préfère garder en tête la journée d'hier ; j'espère que les fonctionnaires de Tahiti ne viendront pas ternir tous ces beaux instants !

Et, pour ma part, je dois retrouver le chemin de la bibliothèque. Où en est notre projet de « Bibliothèque à la plage » ? Retour à la réalité également pour moi, il faut absolument que je m'y attelle. Mana 'Arii attend impatiemment de voir le projet ficelé sur son bureau ! Plus qu'une semaine... Ensuite les vacances de rêve avec Nath, Arthur et Vianney !

Vianney, le pauvre, je le délaisse un peu avec tous ces évènements ! Me rappelant que c'est sa journée de congé, je l'ai donc invité à me rejoindre à Fare pour un déjeuner en tête à tête sur le port. Il me manque !

Epilogue

- Arthur, dépêche-toi ! Tu vas rater ton bus ! Ce serait malin, le jour de la rentrée ! Finies les vacances de la Toussaint !

- Oui, j'arrive !

Quant à moi, je dois préparer la séance de dédicaces de notre nouvelle star locale, une écrivaine bordelaise, en lice pour le prix Goncourt. Elle nous fait l'honneur de venir cette après-midi dédicacer son nouveau roman, avant la folie parisienne et avant d'être alpaguée par les médias. La comptant parmi ses nombreuses relations professionnelles, Nath m'avait annoncé, avant même que je ne revienne, qu'une surprise m'attendait pour mon retour à Bordeaux. Un cadeau de bienvenue en somme ! J'ai tout imaginé. Je suis tombée des nus quand j'ai reçu le coup de téléphone de la future Goncourt. Rien que ça ! Heureusement que j'étais assise quand j'ai répondu. Elle me proposait, tout simplement, de venir dédicacer son livre dans ma librairie, dans notre librairie ! Sacrée Nath ! Elle réalise mon rêve de libraire.

- Salut, à ce soir ! Bisou !

- Bisou, mon chéri !

La porte d'entrée claque. M'a-t-il entendu ? Pas sûr ! Arthur va bien, aussi bien que possible évidemment. Il continue à se reconstruire, mais son autisme Asperger et ses troubles sont revenus quasiment à son état précédent l'accident. Huahine a été miraculeux pour lui ; je n'ose imaginer où en serait mon fiston si nous étions restés à Bordeaux ! Avec le recul, je ne saurais expliquer ce qui m'a prise un jour de partir. Et surtout, où ai-je trouvé la force ? A ce moment-là, j'étais le fantôme de moi-même, je faisais peur à Nath. Certes, la détresse d'Arthur a été l'élément déclencheur, mais je suis persuadée et resterai éternellement convaincue que je n'étais pas toute seule face à elle...

Dans le salon de notre nouvelle maison, une échoppe typique de Bordeaux, les murs sont parsemés de photos. De notre vie d'avant et de notre « jolie parenthèse polynésienne », comme je l'appelle. Une petite parenthèse, mais Ô combien bénéfique pour tous les deux…

Quatre mois déjà que nous sommes rentrés en Métropole, avec un long crochet par l'Aber Wrac'h chez mes beaux-parents. J'ai été étonnée de voir à quel point ils m'avaient manqué durant toute cette année à Huahine. En réalité, c'était un peu de Pierre que j'avais laissé sur le perron en granit et que j'ai retrouvé en les apercevant en haut des marches, comme d'habitude lorsqu'ils nous accueillent chez eux. Encore émue, je revois Arthur se précipitant dans leurs bras grand ouverts. A-t-il ressenti la même chose que moi ? Je le pense. A notre arrivée, son papa ne devait pas être très loin. Et, quand il a dévalé la prairie qui descend vers la mer, je voyais son frère et sa sœur, Paul et Marie, le poursuivre en criant : *« Attends-nous ! »* J'ai souri à cette vision. C'est donc sereine et heureuse que je suis revenue sur les terres des Keradec ! Et depuis que ma belle-mère m'a envoyé, à l'occasion des vœux de bonne année, une longue lettre pour s'excuser des souffrances qu'elle avait causées par son attitude, nous n'avons cessé de nous contacter toutes les deux, par courrier, la bonne vieille école. Durant tout mon séjour à Huhaine, j'ai toujours écrit régulièrement à Dad pour lui donner des nouvelles d'Arthur en particulier. Et lui m'en envoyait de sa femme qui avait été hospitalisée finalement pour une grosse dépression, ce qui expliquait son déni. Ou plutôt l'inverse, je ne sais… Tous les deux ont beaucoup souffert, chacun de leur côté. Désormais, ils peuvent compter l'un sur l'autre, comme ils l'ont toujours fait. Ils étaient un modèle pour notre couple ; je les ai retrouvés.

Puis, pour le baptême de Thaïs, Nath nous a rejoints. Comme elle avait grandi ! Cinq mois déjà ! Une belle petite poupée, au teint caramel, comme sa maman, avec des billes à la place des yeux, aussi noirs que ses cheveux qui avaient bien poussé. De retour chez nous juste avant l'accouchement, mon amie Nathalie était restée encore un mois chez nous. Par conséquent, nous avions eu le temps de nous attacher à ce bébé du bonheur ! Arthur et moi les avions accompagnées à l'aéroport de Fare et nous avons été très tristes lorsque leur avion a décollé ; Thaïs n'était encore qu'un nouveau-né. Je ne savais pas à l'époque si nous allions rentrer et quand nous les reverrions. Prévenue de notre retour, Nath a aussitôt émis le souhait que le baptême ait lieu chez les parents de Pierre, n'oubliant pas qu'il avait « sa part de responsabilité » dans la venue de cette petite dans sa vie…Toujours aussi cash, ma Nath ! Mes beaux-parents ont été très touchés par cette demande et ont eu le sentiment d'avoir gagné une autre petite-fille, venue des îles cette fois-ci.

Entre les trois femmes, Teiva, Maeva et Nath, l'entente et la confiance auront toujours été sincères, jusqu'au bout. L'accouchement s'étant déroulé sans problème au dispensaire de Huahine, Maeva n'avait pas été envoyée à Papeete, comme c'est parfois le cas sur les îles. Heureusement ! C'est mon breton qui l'a accouché... Un très bon médecin, finalement comme j'ai pu m'en apercevoir durant cette année ! Nath a ainsi pu profiter de la petite dès sa naissance. Puis, est arrivé le moment fatidique que tout le monde appréhendait, celui où Maeva a laissé sa petite au dispensaire. Un vrai déchirement ! Mais, Teiva me dira plus tard que, bien que ce fût un moment compliqué à vivre, aucune ne l'avait regretté, rassurées toutes deux de savoir la petite fille entre les mains de Nathalie. Et, surtout, elle s'était félicitée de la manière dont s'était déroulée l'adoption, dans les vraies règles de l'adoption *fa'a'mu*. Cela l'avait beaucoup rassénérée... Nath m'avait demandé d'être présente lorsque Maeva partirait, de peur de défaillir et de ne pas avoir la force de laisser la jeune fille repartir sans son bébé. Un déchirement pour l'une, un grand bonheur pour l'autre, accompagné de compassion...

Plus une transmission qu'un abandon cette fois : j'ai laissé ma bibliothèque, en la confiant à Mahine ! J'ai proposé son nom à Mana'Arii pour me succéder, avec la promesse de la former pour qu'elle poursuive ainsi nos belles réalisations. Quelle belle amitié depuis nos chamailleries au tout début de notre rencontre ! Mahine est un hibiscus qui attendait la bonne occasion pour éclore et montrer le meilleur d'elle-même. Je suis heureuse d'avoir été capable de lui montrer à quel point elle est une belle personne.

Quant à Kahaïa, pour la remercier d'avoir été à l'origine de la rencontre entre Maeva et Nath, Je l'ai nommée directrice import-export de « *pareo et tifaïfaï* », notre collection artisanale de Huahine. Elle est si fière de son nouveau titre qu'elle a fait imprimer des cartes visites alors que tout le monde la connait évidemment sur l'île ! Cette collection que s'arrachent nos clientes parisiennes à Arcachon fait travailler plusieurs familles et *La maison du pareo* de Huahine Iti a pris ainsi de l'ampleur. C'est finalement ce dont je suis le plus fière ! Une jolie trace de mon passage sur cette île qui m'a tant offert.

Toujours dans mes pensées, mon regard se fixe sur une de mes photos préférées : Arthur, Vianney et moi, assis tous les trois, sur notre fameux cocotier, avec le lagon en toile de fond. Une photo prise par Nathalie. Vianney restera un mystère pour moi. Comme un ange qui m'aurait été envoyé… Un ange, parmi tant d'autres rencontrés là-bas, mis sur mon chemin par Pierre. Vianney savait que je repartirais. Malgré cela, il m'a aimée avec mes tourments, mes coups de blues, mes coups de sang… Quel autre homme aurait pu faire preuve d'autant de patience, hormis Vianney qui a vu en nous un moyen de combler son propre malaise ? En rentrant, j'ai ainsi pris conscience que notre amour avait trouvé ses racines dans le chagrin, le mien comme le sien. Des racines tout aussi fragiles que celles du cocotier bancal de notre plage. Vianney, je l'ai aimé, vraiment. Mais pas comme Pierre, différemment, il le savait, il l'acceptait. Plutôt d'une profonde affection… Puis est venu le temps de la décision. Ce tiraillement entre partir ou rester m'a vraiment minée à la fin. Au fond de mon cœur, je l'avais la réponse, mais décider de quitter un paradis sur Terre et un homme aussi attentionné, surtout après un si grand chagrin n'est pas facile, fussent-ils tous les deux irréels ! C'est ce qui m'a incité à quitter Huahine. Là-bas, la vie était une parenthèse, enchantée, nécessaire certes, mais irréelle. Il était temps pour moi et Arthur de faire face aux réalités de la vie.

Par un courrier de Mana'arii, j'ai su que Vianney était reparti chez lui à La Réunion, très peu de temps après mon départ. Lui aussi devait affronter ses propres démons. Peut-être étions-nous destinés à nous rencontrer finalement ? Peut-être avions-nous tous les deux notre mission respective de réparer l'autre ? Qui sait… Je suis heureuse qu'il soit rentré chez lui retrouver son père.

L'automne commence tout juste. J'aime cette saison car étonnamment, malgré ce temps durant lequel la nature meurt, les couleurs ne sont jamais aussi éblouissantes qu'en ces mois de septembre et octobre… C'est un guide forestier qui m'avait fait prendre conscience de cette facétie parmi tant d'autres que peut nous offrir la nature ! Et en cette rentrée déjà bien avancée, je la regarde différemment. En effet, le deuil ne remplit plus toute ma vie, il m'autorise à y rajouter des petites touches de couleurs, telles les superbes couleurs dorées et flamboyantes des vignobles bordelais. Certes, le temps ne fait pas oublier le chagrin. Le laisser s'en aller, ce serait faire disparaître mes trois amours. Une option évidemment impossible pour moi. Ainsi, je fais mienne cette vieille pensée chinoise qui remet en question que le temps répare les blessures. Sur une feuille blanche, elle représente le deuil, le chagrin sous la forme d'un cercle noir, un cercle sombre qui donne l'impression que votre vie a été effacée. Ce cercle ne change pas de taille, ne disparaît pas. Ce qui se passe, c'est que vous commencez à construire de nouvelles expériences, autour de lui. Des cercles de couleur apparaissent alors et entourent petit à petit le cercle noir. De plus en plus nombreux... Et ce cercle sombre ne représente plus la majeure partie de votre vie. Vous vivez des moments de plaisir et, bien sûr, parfois de profonde tristesse. Vous grandissez autour de votre chagrin. Ce n'est pas parce qu'il ne disparaît pas que vous ne pouvez pas construire une belle vie. Et vous apprenez juste à aller bien avec le chagrin que vous portez en vous.

Aller bien avec mon chagrin... Je me retrouve complètement dans cette jolie pensée chinoise : d'une victime passive, cette parenthèse polynésienne m'a permis de reprendre possession du cours de ma vie. Suffisamment solide pour faire face à mon vécu, je sais que le bonheur est également possible à Bordeaux. En ajoutant d'autres cercles de couleur...

Maita'i roa ! Mauruuru roa, aita pe'ape Huahine ...

Je vais très bien ! Merci beaucoup, je t'aime, Huahine !

Lexique

Un farani : Un français de Métropole.

Un fare : Une habitation traditionnelle polynésienne.

Être fiu : Être fatigué, las.

Ia Orana : Bonjour.

Un marae : Un espace sacré, cérémoniel.

Mauruuru roa : Merci beaucoup.

Nana : Au revoir.

Un nino : Un petit enfant.

Un pareo : Un vêtement fait d'un morceau de tissu coloré qui trouve son origine en Polynésie.

Un popa'a : Un européen.

Un rae-rae : Homme se comportant comme une femme dans la culture tahitienne.

Un tamara'a : Lors des festivités, les polynésiens ont coutume de faire des tamara'a. Il s'agit de creuser un trou dans le sol qu'on recouvre de pierres et de branches. La cuisson des aliments dure plusieurs heures.

Un tifaïfaï : Une grande pièce en tissu reconnaissable à ses motifs floraux et colorés. C'est un emblème de l'artisanat polynésien.

Un truck : Un bus en Polynésie, mot anglais.

Printed in Poland
by Amazon Fulfillment
Poland Sp. z o.o., Wrocław

21028491R00246